WARHAMMER 40,000

唯一的第一团

FIRST AND ONLY

[英] 丹·阿伯奈特 著　韩之昱 译

浙江科学技术出版社

English version first published in Great Britain in 1999,

This edition published in Great Britain in 2019 by Black Library.

Games Workshop Ltd., Willow Road, Nottingham, NG7 2WS, UK.

This edition published in China by Zhejiang Science and Technology Publishing House in 2023.

Copyright © Games Workshop Limited 2019.

This translation copyright © Games Workshop Limited 2023.

Translated and used under licence by Zhejiang Science and Technology Publishing House. All rights reserved.

First and Only © Copyright Games Workshop Limited 2019. First and Only, GW, Games Workshop, Black Library, The Horus Heresy, The Horus Heresy Eye logo, Space Marine, 40K, Warhammer, Warhammer 40,000, the 'Aquila' Double-headed Eagle logo, and all associated logos, illustrations, images, names, creatures, races, vehicles, locations, weapons, characters, and the distinctive likenesses thereof, are either ® or TM, and/or © GamesWorkshop Limited, variably registered around the world. All Rights Reserved.

No part of this publication may be reproduced, stored in a retrieval system, or transmitted in any form or by any means, electronic, mechanical, photocopying, recording or otherwise, without the prior permission of the publishers.

This is a work of fiction. All the characters and events portrayed in this book are fictional, and any resemblance to real people or incidents is purely coincidental.

本书英文版由 Black Library 于 1999 年出版，2019 年再版

Games Workshop Limited，地址：Willow Road, Nottingham, NG7 2WS, UK.

本书中文版由浙江科学技术出版社于 2023 年出版

Copyright © Games Workshop Limited 2019.

This translation copyright © Games Workshop Limited 2023.

浙江科学技术出版社可在授权下翻译与使用。

First and Only © Copyright Games Workshop Limited 2019、唯一的第一团、GW、Games Workshop、Black Library、荷鲁斯之乱、荷鲁斯之眼标识、星际战士、40K、战锤、战锤 40,000、"天鹰"双头鹰标识，以及所有相关标识、插图、图像、名称、生物、种族、载具、地点、武器、角色及其中的特色同类物，所有带有 ®、TM，以及 © Games Workshop Limited 的标识均为在全世界注册的商标或为 Games Workshop Limited 版权所有。

未经许可，不得将本书任何部分以任何形式复制、存储在某个检索系统中，也不得以任何形式或手段，包括电子、机械、影印、记录或其他方式，传播本书的任何部分。

本书为虚构作品。书中人物、事件均为虚构，如有雷同，纯属巧合。

WARHAMMER 40,000

导 言

  这是人类历史上的第四十一个千年。一百多个世纪以来，帝皇沉睡在地球的黄金王座上。他是神授的人类之主，用无穷无尽的军队征服了百万世界；他也是一具朽坏中的躯体，在黑暗科技时代的力量下隐隐痛苦挣扎着；他是帝国的腐肉之主，每天都有一千个灵魂为他献祭牺牲，让他永远不会真正地死去。

  即使处在假死状态下，帝皇仍延续着他永恒的警惕。强大的舰队跨越恶魔肆虐、瘴气弥漫的亚空间，航行于被帝皇的强大灵能产生的星炬所照亮的，能在遥远恒星间通行的唯一航路。庞大的军队以帝皇的名义在无数世界奋战。而帝皇的士兵当中最伟大的，是阿斯塔特修会——星际战士，一群经由生物工程改造的超级军士。他们的战友众多：星界军和不计其数的行星防卫军，时刻保持警惕的审判庭和机械修会的科技神甫，诸如此类，不计其数。但即便集合他们全体的力量，也不足以阻止那些迫在眉睫的威胁：外星异形、异端叛徒、变种人，甚至更恐怖的存在。

  这个时期的普通人类默默无闻，生活在所能想象到的最残酷血腥的政体之下。战锤40000的故事，正是属于那个时代的传说。人们忘掉了科学技术的力量，因为它们已经被遗忘了太多，再也无法被学习掌握；人们忘掉了进步和宽容，因为在冷酷黑暗的未来只有战争。群星之间没有和平，只有永恒的杀戮，以及贪婪的众神的嘲笑。

写在前面的话

有这么一件事，会让你感觉自己真的老了。

打开一封编辑发来的电子邮件，看到他请你为你自己的小说写一篇简短的序言，而这本小说已经出版二十周年了。

朋友们，《唯一的第一团》不但写于法斯的二十年前，而且在那之后我还写了法斯的一大堆书，它还是我的第一部小说……好吧，就是这样。事实上它标志着一场漫长而激动人心的架空探险的开端——而且这场创作还在持续进行中。《唯一的第一团》是我在黑图书馆和其他出版社出版的许多部小说的起点，这些小说的总字数现在加起来已经超过了五百万。《唯一的第一团》还是冈特幽魂传奇故事的第一部，这个小说系列到现在已经持续了二十年之久。我向老天起誓，当初从未想到会有这一切。"唯一和第一"或许是世上最有讽刺意味的一个图书标题了。如果你不认同，欢迎反驳。

但还是让我们来仔细阐明一下事实。《唯一的第一团》严格来说并不算我的第一部小说。在此之前我已经写过一部小说来确认我是否能做这行，而那部小说从未出版，至今还躺在一个角落的抽屉里。《唯一的第一团》也不是我第一次发表的个人作品。在那之前十年，我就已经在以写作漫画脚本为生了。二十年前，尽管我很热爱漫画，但我还是想要写写小说。《唯一的第一团》是第一部有出版社愿意为我付稿费的作品。我必须感谢黑图书馆的创始人马克·加斯科因和安迪·琼斯给了我这个机会。借此机会，我还想感谢为我付出良多的妻子妮可。她是我的第一个读者和第一个编辑，从那时起到现在，她始终肩负着这个工作。

小说创作是一门独特的技艺，尽管我已经写过一部小说来测试我能否胜任，而且早就以写作为生，大致清楚应该怎么做了。但学写小说的过程依然是一条陡峭的学习曲线。没有任何人用同样的形式来写作；没有任何人的方法是一样的。没有所谓的"正确的道路"通往终点。（小贴士：当其他作者给你写作建议时，只接受那些你确实能用得上的——如果他们的创作规则阻碍了你，不要觉得你自己做错了）你会学会用你自己的方法来完成它，加上你自己的习惯。事实上，你将会不时重新学习写作方法。在二十年中，我自己的文风就有了巨大的变化，而且经常需要做彻底的改造。我已经不再用过去的方式写小说了。（由于这是一篇简短的序言，我不打算在此处浪费字数来深挖细节。而且毫无疑义这只是适用于我个人枯燥的技术干货）

我一边创作一边学习，犯过许多次巨大的错误（开诚布公地说：我现在还在犯错）。在写完《唯一的第一团》时，我甚至不清楚它到底算不算写完了。

但总的来说，这部小说改变了我的写作风格。作为一个拥有十年经验的自负的短篇脚本创作者，我过去并不清楚长篇小说在工作量、精力和专注力方面会有这么高的要求。

但我们终于还是走到了今天。如果我要表现得多愁善感一点，就会说《唯一的第一团》正是那本塑造了我的书，但这也太矫情了，所以我不会这么做。我也觉得我应该纠正一下我的错误。把我的下一部冈特小说起名叫《第五十五个，哦我的老天，又一个》（并不，那本书叫作《反逆者》）。

我最喜欢《唯一的第一团》的一点，是它让我结识了那些之后围绕在我身边的人。噢，请您别想歪了！我说的不是你们大家。我指的是那些还在不断增加的小说角色。二十年来他们一直是我的坚定伙伴。我真的很喜欢他们（尽管我对他们可没少干坏事）。创作这第一本小说的时候，我压根不知道我最终会在他们的陪伴下度过多少时间，也不知道我和他们一起旅行时会遇到些什么。

但是……好吧……这些真的都是和小说无关的题外话。冈特幽魂传奇已经广为人知了。我很感谢它，在创作它的过程中，我认识了许多很棒的人。他们不仅有和我一起工作的编辑们，还有你们，遍布各地的读者。你们大声表达你们的支持，一路发出欢呼和咆哮，还不知疲倦地每隔一段时间就质问我为什么要杀了布莱格。

那么……二十年了。哎，我真的早就应该学学盲打打字的。然而，当我现在用两个手指敲字的时候，我只想说这本书对我意义非凡。即使二十年过去了，我也从未想过停止创作冈特和他的部下们的故事。所以……我随便说一句……请你放心地再多买几个书架吧。

丹·阿伯奈特

2018年10月写于梅德斯通

目录

第一部分

4 …… 第一章　边境星云

9 …… 第二章　回忆片段

达伦达拉，二十年前

第二部分

17 …… 第一章　福提斯双星　铸造世界

42 …… 第二章　回忆片段

加雷图斯 10 号，十八年前

第三部分

46 …… 第一章　福提斯双星　铸造世界

83 …… 第二章　回忆片段

伊格纳提乌斯主教世界，二十九年前

目录

第四部分

第一章　克拉西亚城　黄铁星 89

第二章　回忆片段 108

曼齐波尔，三十年前

第五部分

第一章　亚空间 112

第二章　回忆片段 166

凯德 1173 号，十六年前

第六部分

第一章　曼奈泽德 5 号 174

第二章　回忆片段 249

达伦达拉，二十年前

泰拉的元老们称颂伟大的战帅司雷德在胡伦取得的功绩，向他授予一个新的使命：组建一支远征军解放萨巴特诸世界。那是位于太平星域边缘的由将近一百个有人定居星系组成的世界群。

在一支庞大舰队的运送下，十亿之众的帝国护卫军开进了萨巴特诸世界。与司雷德缔结协议之后，阿斯塔特修会和机械修会的大军也作为支援力量参加了远征。

经过十年奋战，司雷德终于在巴尔哈特赢得了大捷，开辟出一条通往萨巴特诸世界心脏地带的走廊。然而，司雷德本人却殒命于此。下属军官们争先恐后地想要夺取空出的宝座，远征军陷入争吵和内斗。论资排辈，原本应当成为继任者的是德拉维尔特级上将，但司雷德亲自指定了一位年轻的指挥官马卡罗斯接替自己。

在马卡罗斯成为战帅后，远征军继续前进，逐渐深入萨巴特诸世界，开始了第二个十年的战争。而他们接下来要面临的战场将会让巴尔哈特战役沦为一场不值一提的小规模冲突。

——引自《帝国近期远征军战史》

第一部分

第一章

边境星云

两架浮士德级截击机低掠过一条由无数缓慢旋转的沉重玉石构成的小行星带,逐渐减速至惯性滑行。铁灰色机身上的变速灯闪烁明灭,所过之处残留下模糊的光线轨迹。广阔铺展开去的橘黄色薄雾星云,就像是一张起衬托作用的巨幅背景画。这里被称为边境星云。它足有一千光年宽,宛如笼罩在萨巴特诸世界边境上的一道朦胧帷幕。

浮士德级截击机的外形就像一枚造型优雅的倒钩,从突出的机首到倾斜的机尾约有三十米长。它是一种纤细但强悍的战斗舰艇,机身就像是一个锯齿般的大教堂尖顶,在尾部伸展开安置主推进器的支架。在它装甲的侧面铭刻着帝国之鹰纹章,以及太平星域舰队的绿色标记和徽章。

在长机的指挥座上,航空联队长托尔滕•拉亨被牢牢固定在液压安全带内。在战机加速时,他强制降低了自己的心率。机械修会制造的心灵同步链接将他的新陈代谢机制与这架战机的古老机械装置连接在一起。他随着战机系统的每一次运动、每一次动力输出、响应而呼吸生存。

拉亨已经服役了整整二十个年头。由于驾驶浮士德级截击机的时间太久,这架战机仿佛已经化作他身体的延伸部分。拉亨瞥了一眼位于指挥座正下方和后方的附属工作区域,他的部下观察士正在导航台上忙碌着。

"情况怎样?"拉亨通过对讲机说。

观察士用测算工具在屏幕上的几个发光符文之间核对了几次,说:"右转舵五度,星语通信发来的指令是向下穿过气体云的边缘,进行最后一次搜索,之后就返回舰队。"

从拉亨的下方传来一声喃喃自语,是星语者。他蜷缩在小小的吊框坐席里蠕动着身躯。数百条纤细的导线,从星语者布满插孔的头颅连接到位于机腹的巨型感知器械上。每条导线上都贴着一张小小的泛黄的羊皮纸标签,上面写着拉亨绝对不想去辨认的字符。熏香和软膏的甜腻气味从那边飘来。

"他在嘀咕什么？"拉亨问。

观察士耸肩："谁知道？管他呢？"

星语者的大脑经常在测算和处理从战机感知系统涌来的海量星语数据，运用灵能探知亚空间的深处。像浮士德级截击机这样携带着星语者的小型巡逻艇，承担着舰队的早期预警任务。这项工作会压迫灵能者的心灵，经常让他们发出奇怪的呻吟或是露出痛苦的表情。但现在的情况并不是最糟糕的。上周他们飞过一片富含镍矿的小行星带时，星语者甚至陷入了痉挛状态。

"检查飞行状况。"拉亨冲着对讲机说。

"机尾炮台，确认！"战机后部的机仆回答，声音带着噼啪作响的静电声传来。

"以帝皇的名义，飞行引擎正常。"从引擎室传来含糊不清的话音。

拉亨对僚机发出信号："摩泽尔……你们先往前飞，开始搜索。我们会比你们晚一点过去，执行一次复查。等完事了我们就回去。"

"确认。"另一架截击机的驾驶员回答。他的战机向前方高速驶去，机身轮廓突然地模糊消失了，只残留珍珠般闪烁的少许亮光。

拉亨正准备紧随而去。但这时从通信线路中传来了星语者的声音。这个男人居然对其他船员开口说话了，这可是稀罕事。

"联队长……移动到我说的坐标然后在那里停泊。我收到了一个信号……一条来源不明的星语信息。"

拉亨照他说的做了，战机倾斜着旋转，马达发出剧烈的白光。观察士调整了所有的传感阵列准备接收信息。

"到底是什么信号？"拉亨口气不太好地问。他精心安排的巡逻搜索行动被打断了，让他很是不快。

过了好一阵子，星语者才回话，他先咳嗽了一声："那是一条费了很大气力才穿越亚空间的星语报告。它来自非常遥远的地方。我必须尽力收集它的内容，传达给舰队司令部。"

"为什么？"拉亨问。这种事很不寻常。

"我感知到这是一个重大的秘密。它是最高级的情报，朱红色等级。"

整个机舱内部都陷入了长时间的沉默，静得只能听见引擎的嗡鸣、显示器设备的提示音和空气循环装置的呼呼作响。

"朱红色……"拉亨倒抽一口凉气。

朱红色是这支远征军的密码专家使用的最高机密等级。之前他从未听说被实际使用过，就像神话般不可思议。即便是大型战役的作战方案，通常也只是粉红色等级而已。拉亨感到双手僵硬发冷，心脏一阵颤抖。

随着他的情绪变化，截击机的反应堆也颤动了一下，拉亨吞咽了一下口水。

例行公事的一天突然变得异乎寻常。他知道自己必须处理好接下来的每一步行动，迅速收集到这些情报数据。

"你需要多少时间？"拉亨在对讲机里问。

又是一阵沉默，"星语仪式得花点工夫。在我集中注意力时不要打扰我，能给我多少时间就给我多少时间。"星语者说。他的嗓音里有一种含糊不清而又紧张的感觉。不一会儿，他的声音变得低沉下去，就像是在祈祷。机舱内的温度仿佛突然下降了，仿佛有什么东西在某处发出一声叹息。

拉亨抓紧了手中的操纵杆，皮肤上起了一层鸡皮疙瘩。他憎恶灵能者的巫术。拉亨仿佛能在嘴里品尝到巫术的味道，它苦涩而又尖利。在飞行员头盔里面，拉亨的脸上冷汗直流。快点！拉亨在心里想……已经花了太长时间了，战机在这里空转着，很容易受到袭击。拉亨觉得仿佛有什么东西在自己皮肤上爬动着。他很想马上结束这种感觉。

星语者继续低声祈祷着。拉亨往驾驶舱外望去，一道粉红色雾气从机身上反射着光芒，照向十亿公里之外的星云深处。古老恒星的寒冷刺眼的光倾斜着穿过雾气，就像是照在薄纱上的晨光。一团团底部黑暗无光的云雾，就像花朵般缓慢而沉寂地旋转着。

"接触到目标！"观察士突然喊叫起来，"三个！不，四个！它们快得要命！正笔直朝我们飞来！"

拉亨迅速重新集中注意力："角度是多少？预计到达时间？"

观察士急促地念出一组坐标。拉亨操纵机首朝向它们的方向。"它们来得太快了！"观察士重复了一遍，"地球的王座啊！它们正在过来！"

拉亨的目光扫过显示屏，看到那些接触点已经进入了战术网格，呈现闪烁的符文光标。

"防御系统启动！武器准备开火！"拉亨大吼。在机首下方炮台的自动装弹装置咔咔作响地给自动火炮上弹，储能器轰鸣着给前装的等离子炮充能。

"僚机向长机报告！"摩泽尔的话音被长距离通信器转换后非常刺耳，"它们全都冲我来了！快跑！以帝皇的名义，立刻逃离这里！"

那架截击机全速向他飞来。在驾驶舱机械系统的增幅下，拉亨的光学强化视觉在一千公里之外就看到了摩泽尔的战机。在它后方漫不经心缓缓追来的，是有着吸血鬼般外形的混沌的恐怖舰艇。炮火的纹路在赤褐色的黑暗空间中闪烁着，留下带着邪恶杀意的黄色痕迹。

摩泽尔的惨叫声响起，在通信器中变得刺耳，随后戛然而止。

飞驶中的截击机消失在一个急剧膨胀的高热火球之中。袭击它的三架敌机如电光一闪般穿过了火焰之雨。

"它们来找我们了！调头！"拉亨喊叫着将浮士德级截击机转了个圈，全力发动引擎，"还要多久？"他冲着星语者咆哮。

"信息已经接收到了，我现在……正在转述……"星语者喘息着说，他已濒临身体的极限。

"用最快的速度！我们没有时间了！"拉亨说。

流线型的战机闪烁着向前飞行，推进器喷射着蓝色的热焰。引擎歌唱出的节奏沿着拉亨的血管传来，令他亢奋不已。他正在迫使这架战机到达极限。琥珀色的警报信号照亮了他的显示屏。拉亨的身体被缓慢地压进带裂纹的老旧皮革指挥椅里。

在机尾炮台内，炮术机仆操纵双联自动炮搜寻着目标。虽然他看不见袭击者，但能看见那在群星闪耀的背景下一闪而逝的黑影。

炮台发出了咆哮，激射出一道绯红色的超高速高热能量流。

驾驶舱内的指示器发出尖锐刺耳的警报声。有敌人的许多武器锁定了这架战机。在下方，观察士向拉亨哀号着要求启用紧急避难程序。在通信线路中，飞行引擎士马努斯正在大嚷着压力泄漏之类的事。

但拉亨此刻却镇定了下来，"完成了吗？"他平静地问星语者。

又是一段漫长的沉默。星语者虚弱无力地躺在吊框里。他已奄奄一息，这次仪式造成的创伤彻底毁掉了他的大脑。星语者喃喃自语："完成了。"

拉亨用一个猛烈的回旋将截击机转向后方，用前装等离子炮的巨大光束和机首炮的轰鸣，向追击者们夸耀着自己的存在。他既无法甩掉它们，也不能击败它们，但以帝皇的名义，拉亨至少也要带走一架敌机，当作死亡路上的垫脚石。

　　浮士德级截击机的机首下方炮台在一瞬间发射出上千枚重型爆矢弹。等离子炮呼啸着对虚空喷射出死亡的荧光。敌方黑影之中的一架伴着明亮的火焰爆炸了，机体燃料被点着后放出的白热火焰冲击波，将它碎裂的机身与主体框架炸向四面八方。

　　拉亨又赢了第二次击杀。它将另一架袭击者的机腹炸开，机内的一切都被强大的压力泼洒向虚空。敌机就像一个膨胀过头的气球一样爆裂开了，在剧烈的冲击力下不停旋转，在经过的燃烧轨迹中喷出无数的内部物件。

　　片刻后，许多像肮脏针头般的金属条如雨而下，那些有毒的、带有腐蚀性的弹头从浮士德级截击机的机头扫到机尾。它们打穿了机壳，打爆了星语者的脑袋，将观察士炸成了原子尘。接下来的第二拨扫射直接杀死了飞行引擎士，摧毁了反应堆抑制装置。

　　两毫秒之后，浮士德级截击机在压力下就像一个玻璃瓶般被折断了。从反应堆核心发生的一次超高密度爆炸，瞬间将拉亨和整架战机蒸发殆尽。

　　爆炸产生的带光碎屑一直扩散到 80 公里范围之外，最终在边境星云的薄雾之中散尽。

第二章　回忆片段

达伦达拉，二十年前

　　冬宫已被围困。在冰封湖泊北岸的树林里，帝国护卫军的野战炮正在发出重击和轰鸣。雪花飘落向大炮。每次猛烈的开炮震动，都会让成片的积雪从树枝上滑落下来。铜质弹壳旋转着从大炮的后膛响亮地滑出，冒着烟跌入不久后就会化作一团肮脏泥泞的积雪中。

　　越过湖面，可以看见崩塌的宫殿。一座翼殿正在燃烧，高墙上布满了弹孔，墙上方巨大而陡峭的宫殿穹顶上也留下了撞击的痕迹。每一次爆炸都会扬起瓦砾和屋梁破片，以及冰糖般纷纷扬扬的雪花。一些射得不够远的炮弹炸开了湖上的冰面，就像寒冷的间歇泉般时而向上喷发出湖水、泥浆和碎玻璃般的冰碴。

　　赫尔肯兵团首席军政官与总军法官德兰·奥克塔尔，站在他的冬季迷彩涂装半履带车的车顶上，用野战望远镜观察着冬宫的毁坏程度。舰队司令部刚派出赫尔肯兵团镇压达伦达拉叛乱的时候，他就已经知道事态会发展到这一步。尽管他给过这些分离派无数次投降的机会，但最终还是落得这个血腥又苦涩的结局。

　　劝降次数太多了，那个老鼠屎德拉维尔上校对此评论。他奉命指挥装甲部队辅助赫尔肯步兵团作战。德拉维尔最喜欢向上级报告这类事情。奥克塔尔很清楚他这种贵族出身的职业军人。他会用双手牢牢抓住向上爬的梯子，以便空出两脚踢开那些比他地位低的人。

　　但奥克塔尔并不在乎。最重要的是赢得胜利，而非沽名钓誉。身为一名总军法官，他的权威广受认可，没有人能质疑他对帝国的忠诚、他对规章信条的绝对遵守，以及他对人们的演讲所能激发的斗志。他相信战争本身很简单，只要保持谨慎与克制，就能以更小的代价赢得更大的战果。

　　他见证过太多次的反面例子了。帝国护卫军的高层指挥官通常都笃信消耗战理论。不管什么敌人，只要用足够多的力量砸下去，都可以将它碾成烂泥。

而护卫军士兵们对这些指挥官而言，仅仅是用来达成这一目标的无穷无尽的炮灰。

　　但这并非奥克塔尔的将道。他也向赫尔肯的军官干部们灌输了自己的理念。他教育卡纳瓦将军和他的部下们要珍惜每一名士兵。他认识六千名赫尔肯士兵中的大多数人，还能叫出其中许多人的名字。奥克塔尔从最开始就与他们在一起。这支兵团最早在赫尔肯的高原上建立，那是一片狂风呼啸的废弃工业区，到处只有花岗岩和草地。他们在那里组建了六个团，六个自豪的兵团，奥克塔尔希望他们能让赫尔肯行星的名字列入帝国护卫军的光荣榜，成为代表赫尔肯兵团的一条长长的行列的开端。

　　这些人都是勇气十足的少年。奥克塔尔绝不会虚掷他们的生命，也不会让军官们虚掷他们的生命。他从半履带车往下瞥了一眼树林，炮组成员们正在忙碌地从事着隆隆作响的工作。赫尔肯人生来很强壮，高大而肤色苍白，喜欢把浅色的头发剪得很短。他们穿着暗灰色的战斗制服，系着米色的帆布腰带，头戴帽檐很短的浅色军用便帽。在这个寒冷的战场上，他们都配发了毛织手套和长款大衣。那些正在大炮边上干活的人，现在却脱得只剩下一件米色背心。他们的腰带松松垮垮地挂在臀部周围，弯腰运送着炮弹，随时准备承受开炮时产生的高热冲击波。在这片白雪皑皑的荒野中，就连呼吸都会吐出白色的雾气，这些身穿一件薄背心的男人却汗流浃背地在硝烟中来回走动着，这幕情景显得很是怪诞。

　　奥克塔尔很清楚这些士兵每个人的力量和弱点，也很清楚谁适合进行前方侦察、谁适合狙击、谁适合指挥冲锋、谁适合扫雷任务、谁适合截断通信线路、谁适合审问俘虏。奥克塔尔珍视每一名部下各自在战争领域的特长。他绝不会虚掷他们的生命。他和卡纳瓦将军会善用他们，让他们各展所长，带领他们赢得一次又一次的胜利，要比那些把士兵当成血腥战线上的消耗品的指挥官多赢得百倍的胜利。

　　至于德拉维尔，要是这个畜牲有一天能得到这种规模的会战的指挥权，奥克塔尔无法想象他能做出什么样的事情。或许这个注重仪表的小人会让马屁精们围着他大肆吹捧。就让他把自己变成一个笑柄好了。至少这场战斗的胜利不会是属于德拉维尔的。

　　奥克塔尔从半履带车的甲板上跳了下去，将望远镜交给手下的中士，"那个男孩在哪？"他用柔和但响亮的声音问。

中士在心里微微一笑，他清楚那个男孩很讨厌被称为男孩。

"他正在高处监督炮兵，总军法官。"中士用标准低哥特语回答，他的语速有点快，带着点喉音，这是赫尔肯行星的口音。

"把他带来。"奥克塔尔一边说着，一边轻轻搓着手以促进血液循环，"我想他应该得到一次上进的机会了。"

中士刚要出发，听到这句话又停了下来："上进的机会？是指让他晋升为军法官，还是指让他上前线？"

奥克塔尔咧嘴一笑，就像一头老狼："当然两者皆是。"

赫尔肯中士连跑带跳走上山脊，来到了位于山顶的野战炮阵地。那里的树林在一周前就已经被分离派的空袭削平了。碎裂的树干上的树皮被爆炸剥去，裸露出白色的树身，积雪的地面上密布着木屑、小细枝和数不清的针叶，散发着淡淡的芳香。

当然，现在已经不会再有敌人的空袭了。分离派空军部队之前一直在冬宫南面的两座简易机场活动。但这些机场已经被德拉维尔上校的装甲部队摧毁了。就算在最开始的时候，那些空军也不值一提——大概只有六十架老式喷气战机，机翼下方安装了自动火炮，机翼末端还能再携带几枚炸弹。

不过，中士对那些分离派飞行员暗自心生钦佩。他们不惜生命地奋战，在没有任何空对地辅助装置的情况下，冒着巨大的风险将炸弹投向目标点。他难以忘记两周前一架喷气战机摧毁山脉雪线上的通信塔的情景。那架战机为了修正方向而来回低空飞行了两次。周围的防空炮全都在向它射击，但战机灵活地在榴弹的爆炸火光之间穿梭。中士清晰地记得当战机从旁边飞过时，他看到了上面的飞行员和炮手的脸。他们为了能更好地用肉眼瞄准目标，甚至将驾驶舱的舱盖都向后方打开了。

"勇敢"和"绝望"，在中士的词典中，这两个形容词几乎没有区别。按照总军法官的观点，还得再加上"坚决"这个词。在开战前，这些人早已知道自己注定失败，但他们依然试图奋力挣脱帝国的枷锁。中士知道奥克塔尔很欣赏这些人。而且，他也很钦佩奥克塔尔督促总参谋长尽一切可能让叛军投降的行为。无意义的杀戮究竟有何价值？

但是，当一吨多重的航空炸弹往下坠入通信碉堡中，将它夷为平地时，中士还是为之心惊胆战。但随后他就欢呼了起来，一座巨大的四管九头蛇防空炮锁定了正要逃离的喷气战机。那架战机就像是从后面被狠狠踢了一脚，尾部剧烈弹起，随后在翻滚之中爆炸了，拖出一条长长的火焰轨迹，坠入远方的树林。

中士走到山顶，看见了那个男孩。他正站在炮兵阵地中间，从虚掩在防爆布下方的弹药堆中，搬出新的炮弹交给炮手。这男孩高大、苍白、削瘦但很有力气，让中士心生畏惧。只要不过早阵亡，这男孩总有一天会不负众望地成为一名军法官。在那之前，他很乐于作为一名军法官学员，以热切的激情和无限的精力为导师奥克塔尔效劳。和那位总军法官一样，男孩也不是赫尔肯人。中士在这时才初次意识到，他甚至不知道这个男孩来自什么地方——就连男孩本人或许也不知道。

"总军法官找你。"中士一边走近男孩一边说。

男孩从弹药堆中又抓起一枚炮弹，将它抛给正在等候的炮手。

"你听到我说的话了吗？"中士问。

"听到了。"军法官学员伊布拉姆·冈特回答。

他知道自己正在接受考验。这次的任务责任重大，最好不要搞砸。冈特也知道，现在正是他向导师奥克塔尔证明自己具备军法官资格的时刻。

一名军法官学员的训练期并没有固定期限。从忠嗣学院毕业，并在帝国护卫军接受基础训练之后，一名军法官学员将在战场上接受他剩下的训练，只有他的指挥官才有权决定他是否能晋升为一名正式的军法官。是奥克塔尔，也只有奥克塔尔一人，有权让他成功或是毁灭。冈特是否能踏上帝国军法官的生涯，在有史以来最庞大的军事力量中管理军纪、激励军心、宣扬泰拉帝皇的慈爱，只取决于他本人的表现。

冈特是个充满热情但很安静的年轻人。从他在忠嗣学院就读的少年时代开始，冈特就将成为一名军法官作为自己最大的抱负。但他信赖奥克塔尔的公正。这位总军法官亲自从荣誉学员班中挑选了他。最近这十八个月里，奥克塔尔就像父亲一样对待冈特。也许以父亲的标准而言有点严厉无情。但冈特从未见过他真正的父亲。

"看见那座着火的翼殿了吗?"奥克塔尔这么说,"这是一个入口。那里的分离派现在一定会退回内部房间。卡纳瓦将军和我打算派几个班从那个缺口进去,切断他们的指挥中心。你能上吗?"

冈特沉默了片刻,他的心脏都快跳到嗓子眼了,"长官……你想让我去……"

"带领几个班冲进去。没错。别表现得这么吃惊,伊布拉姆。你总是央求我给你个机会证明你的领导能力。告诉我,你要带谁去?"

"我来选择?"

"你来选择。"

"第四旅的人。坦豪斯是一个很不错的班长,他的手下都是室内作战的专家。把他们派给我,还有雷克林的重武器小组。"

"最佳选择,伊布拉姆。不要辜负我的期待。"

他们穿过火线,进入了装饰着壁毯的长长的大厅。风声呼啸,阳光从高处窗户斜射进来。就像奥克塔尔平时做的一样,冈特学员亲率士兵们前进。他手中紧握着激光枪,身上的蓝色镶边军法官学员制服显得挺拔而醒目。

在大厅的第五条走廊前,分离派们展开了孤注一掷的最后反击。

激光噼啪作响地向他们射来,冈特俯身躲在一张古董沙发后面,但这沙发在射击下很快就化作一堆古董碎末。坦豪斯从后面跑了过来。

"现在怎么办?"那位精瘦但很结实的赫尔肯少校问。

"给我几枚手榴弹。"冈特说。

拿到手榴弹后,冈特解下了帆布腰带,又将全部二十枚手榴弹上的定时器都设置为同一时间,"叫沃尔瑟姆来。"他对坦豪斯说。

士兵沃尔瑟姆赶来了。冈特知道他在兵团中以投掷能力出名。在家乡赫尔肯,沃尔瑟姆曾是一位标枪冠军。

"把这些东西扔到最合适的位置。"冈特说。

沃尔瑟姆闷哼一声,掷出了用腰带捆起的手榴弹。六十米外的走廊顿时被炸得四分五裂。

穿过飘散的硝烟和砖石粉尘,冈特他们朝走廊内走去。分离派守军已经失去了抵抗的意志。冈特发现了躺在地上的叛军领袖格雷德的尸体。

冈特向卡纳瓦将军与总军法官奥克塔尔发出信号,报告战斗结束。他命令俘虏们双手高举过头离开建筑物。与此同时,赫尔肯士兵们开始着手摧毁炮台和军火库。

"我们怎么处置她?"坦豪斯问冈特。

正在从一门突击炮上拆卸下开火装置的冈特转过身。

这位少女很可爱,黑发雪肤,是一位血统纯正的达伦达拉美人。赫尔肯士兵们正催促着她和其他俘虏一起前往风声呼啸的走廊。但她死死地抓着士兵的手不肯放开。

当她看见冈特时,少女突然停下了。冈特本以为会听到挖苦和怒骂,或是那些被摧毁了一切的败者和囚徒通常会发出的诅咒。但在看到她的脸庞时,冈特怔住了。少女的眼眸透明而深邃,犹如抛光过的大理石。少女朝他回望时,仿佛带有一种情感。当冈特发现那是一种辨认出熟悉事物的表情时,不禁颤抖了一下。

"一共有七个。"少女突然开口了,用令人惊讶的毫无本地口音的纯正高哥特语说话,她的嗓音仿佛不是来自她自己,那是一种从喉间发出的声音,声音与她嘴唇的动作完全对应不上,"七枚能量之石。切断它们,你就将获得自由。不要杀死它们。不过,你首先必须找到你的幽魂。"

"别再说疯话了!"坦豪斯厉声说,命令部下将少女带走。现在那少女的眼里已失去了神采,口吐白沫,顺着下巴流下。她显然已经陷入了恍惚状态。士兵们被她的巫术吓坏了,害怕地把她推到一臂距离之外。走廊里似乎突然降温了。霎时间,所有人的呼吸都在空中化作了蒸汽。空气很沉重,闻起来有一股烧焦的味道和金属气味,就像是暴风雨来临前的气氛一样。冈特感到后颈毛发倒竖。当士兵们小心翼翼地将她带走时,冈特的视线一直无法从那个喃喃自语着的少女身上挪开。

"审判庭会处置她的。"坦豪斯的声音有点颤抖,"又是一个为敌人工作的非法灵能者女巫。"

"等等!"冈特一边说,一边大步朝少女走去。他全身紧绷,面对那个接触过超自然力量的人让冈特深感恐惧,"你说的是什么意思?七枚石头?幽魂?"

少女的眼睛转向他,眼眶里看不见瞳孔。从她颤抖的嘴唇里突兀地发出了嘶哑古老的嗓音："亚空间知道你，伊布拉姆。"

冈特就像被蜇了一下后退一步："你怎么知道我的名字？"

少女没有回答，或者说没法说出任何完整的言语。她开始激烈扭动，语无伦次，口吐白沫。毫无意义的话和动物般的声音从她颤抖的喉间涌出。

"把她带走！"坦豪斯怒吼。

一个士兵朝她走去，却突然跌倒在地，身体挣扎着，鼻孔往外喷血。少女无动于衷地瞥了他一眼。其他士兵们有的发出咆哮咒骂，有的念着祈求保佑的祷词，都举起了激光枪。

少女被拖走之后，冈特一直盯着走廊整整五分钟之久。在她离去后，这里的空气依然残留着寒意。冈特环顾四周，望向坦豪斯疲惫而焦虑的脸庞。

"别想太多。"那名赫尔肯老兵说，努力让自己的声音保持自信。他能看出军法官学员已经被吓坏了。坦豪斯确信这是缺乏战场经验的缘故。只要这男孩再历练个几年，再经历几场战役，他就能学会怎样把敌人的疯狂呓语和那些被混沌腐化、精神失常的叫喊都抛诸脑后。只有学会了这个，他才能在晚上安然入梦。

但冈特依然全身紧绷着，"那到底是怎么一回事？"他说，仿佛期望坦豪斯能够帮他解释少女的话。

"那都是些垃圾。忘了它。长官。"

"你说得对，忘了它。很对。"

但冈特从未遗忘。

第二部分

第一章
福提斯双星
铸造世界

一

夜空犹如士兵身上的制服一样暗淡无光。每天，晨曦都像匕首的一刺般无声又突然地来临，在笼罩着天空的黑袍上抹上一片暗红。

终于，太阳升起，将琥珀色的光芒照过战壕线上方。这颗恒星巨大、笨重而又发红，就像一个被炙烤的腐烂水果。晨光霎那间照亮了上千公里的范围。

科尔姆·科贝克醒了过来。他感觉到浑身上下有几千个地方都在疼痛和咔哒作响，随后就从战壕防空洞里的铺位翻身滚了出来。科贝克套着靴子的大脚踩进就连战壕底部的木垫板都没盖住的灰色泥浆里，发出了令人恶心的响声。

科贝克是个四十多岁的大块头，体形就像头公牛，但正在开始发胖。他那粗壮多毛的前臂上装饰着蓝色螺旋纹身，脸上的胡须浓密又蓬松。他穿着坦尼斯兵团的黑色腰带和制服，以及那件成为他们标志的迷彩斗篷。像他的同胞们一样，科贝克肤色苍白，长着黑头发和蓝眼睛。他是所谓"冈特幽魂"（编者注：本书幽魂特指坦尼斯唯一的第一团——冈特幽魂）的坦尼斯唯一的第一团的上校。

科贝克打了个哈欠。在战壕下方，那些躲在沙袋、石笼网挡土墙和生锈的铁丝网下头的幽魂现在也都醒了。到处都是咳嗽声、喘气声，还有人醒来后在阳光下发现本以为是噩梦的情景居然是现实，发出了低声的惨叫。有人在石墙下方划亮了火柴。枪械从被解开的包裹里拿出来，枪身受潮的部件被人们仔细擦干净了，扳机随着响亮的声音被拆下和安上。放在钢制屋顶上的防鼠柜的食品袋也被人取了下来。

科贝克步履蹒跚地在泥浆中走着，伸了个懒腰，眯起一只眼睛沿着蜿蜒曲折的战壕向前方望去。巡逻哨兵们正在往回走，他们苍白而虚弱，似乎快要站着就睡着了。在他们身后十一公里的位置有光芒一闪，那是巨大的通信天线杆，从机械修会的庞大船坞工厂生锈的贝壳状屋顶上，庞大的泰坦制造堡垒和铸造厂房的上方，冲天而起。

巡逻哨兵们身上那件黑绿色迷彩斗篷是坦尼斯唯一的第一团的独有制服，斗篷朴实无华，被干掉的泥浆弄得板结僵硬。那些要接替他们巡逻的人都还睡眼蒙眬，拍着回来的夜班哨兵们的胳膊一边开着玩笑一边递烟。但夜班哨兵都累得够呛，无心搭腔。

他们就像是正返回墓穴的幽魂。科贝克心想。我们也一样。

在战壕墙壁下方的一个洞里，个子精瘦的第一班狙击手"疯子"拉金正在一个炉灶上用一个破旧的锡盘煮着某种像是咖啡的东西。科贝克被这股刺鼻的酸味吸引了。

"给我来点那玩意，拉金。"上校说着，脚踩泥地啪嗒作响地走过战壕。

拉金今年五十多岁，瘦得皮包骨头，肤色呈现不健康的苍白，左耳上穿着三个银环，右脸下陷的脸颊上纹着蓝紫色的螺旋状双足飞龙刺青。他向上递过来一只扭曲变形的金属杯。在他那布满皱纹的眼眶中，目光中流露出一种脆弱感，既疲惫又恐惧，"是今早吧，你觉得呢？是今天早上吗？"

科贝克用大手接过杯子，感受着杯中的温度："谁知道呢……"他的声音有气无力。

在橙色的大气对流层上，一对帝国战斗机呼啸着掠过，沿着弧线爬升，消失在北方。从地平线上的机械修会工厂神殿中升腾起了带着火焰的浓烟，那些庞大的工业教堂的内部正在燃烧。片刻后，干燥的风带来了一连串的爆炸。

科贝克望着战斗机远去，抿了一小口饮料，感到一阵难以忍受的恶心，"货色太棒了。"他对拉金嘟囔了一声。

一公里外，沿着锯齿形的战壕线，士兵福尔科正忙着发疯。坦尼斯唯一的第一团的二号军官罗恩少校，被近处传来的一声激光枪射击声惊醒，荧光闪烁的光束正嗡嗡作响射进沙袋和泥浆之中。

罗恩从狭窄的铺位中翻身出来的时候，正好看见他的副官菲格尔在不远处跌倒在地。周围的人都在尖叫和咒骂着。士兵福尔科发现了那种经常出现的老鼠在掠夺他的口粮,它们用蜥蜴般突出的嘴撕咬着塑料封条。当罗恩跌跌撞撞地走过战壕时,老鼠们从他身旁飞奔而过,像兔子腿般粗大的腿从他身上擦过,它们长满虱子的毛皮上沾满了泥浆。福尔科打开了激光枪的全自动模式,对着战壕墙下方他睡觉的防空洞里开火,扯着嗓门拼命发出下流的怒骂。

菲格尔先冲了过去,从正在大喊大叫的士兵手中夺过了武器。福尔科抡拳打烂了副官的鼻子,笨重的军靴溅起了灰色的泥水。

罗恩掠身越过菲格尔,一记下勾拳打中了福尔科的下巴。

随着一声骨头裂开的响声,士兵倒下了,在排水沟里呜咽着。

"找一支行刑队来处理他。"罗恩粗野地对满脸是血的菲格尔吐了一口唾沫,大步走回他的防空洞。

士兵布莱格费劲地返回他的铺位。他的块头很大,在幽魂当中是公认最魁梧的一个。但他的内心平和又单纯。因为他的枪法实在太臭了,人们给他起了个绰号"再来一发"。整个晚上他都在巡逻,现在他感觉自己的床仿佛正在唱起一首无法抗拒的摇篮曲。布莱格在防空洞的一个拐角处撞上了年轻的士兵卡夫兰,差点把这位小个子撞翻。布莱格伸手拉起他,带着困意含糊不清地道了个歉。

"我没事,'再来一发'。"卡夫兰说,"回铺位吧。"

布莱格跌跌撞撞地继续前进。再走两步他就会忘掉刚才发生过什么。他只依稀记得自己应该对一位好朋友道了歉。疲倦已经完全攫住了他。

卡夫兰弯腰走下通往指挥部洞穴的壕沟缝隙。指挥部就在第三交通壕旁边,门上有一层厚厚的聚酯纤维防护涂层,还有防毒气用的多重罩帘。卡夫兰敲了两下门,拉开沉重的帘子,走下了深深的洞穴。

二

指挥部防空洞位于地下深处,只能通过一架镶嵌在墙里的铝合金梯子才能进入。钠炉发出的光线照得室内就像笼罩着一层白色的雾气。地板铺设得很好，周围能看到类似书架、书籍、图表之类的文明社会标志，甚至还有一股很像那么回事的咖啡香气。

卡夫兰侧身转入指挥部洞穴。他首先注意到的人是布林·麦洛，这个十六岁的男孩，在幽魂建团之初就成了兵团的吉祥物。据说，是军法官亲手将麦洛从他们家园世界的火海中救了出来。这种羁绊使得麦洛成为了兵团的乐手和这位高级军官的副官。卡夫兰不怎么喜欢和这个男孩打交道。他的青春和明亮的眼睛，让卡夫兰回忆起他们失去的故乡世界。真是讽刺，他们的年纪只相差一两岁，倘若还在坦尼斯，他觉得很有可能自己会和麦洛成为朋友。

麦洛正在一张小型折叠桌上摆放着香气诱人的早餐，有煮鸡蛋、火腿，还有一些烤面包。卡夫兰对军法官拥有的地位和这些奢侈待遇感到一阵羡慕。

"军法官昨晚睡得好吗？"卡夫兰问。

"压根就没睡。"麦洛回答，"他整晚都在看从轨道观察点传送来的侦察报告。"

卡夫兰有些犹豫。他在地洞的入口停下了脚步，手里紧攥着密封的公文袋。以一名坦尼斯人的标准而言，卡夫兰的个头有点矮。他还很年轻，一头黑发剃得很短，太阳穴上刺着一条蓝色的龙纹身。

"进来吧，随便坐。"卡夫兰一开始还以为是麦洛说的话，之后才意识到那是军法官本人说的。伊布拉姆·冈特从防空洞后面的一个小房间里走了出来，脸色苍白憔悴。他穿着制服长裤和一件白色汗衫，但依然还紧紧扎着兵团制服的背带。他用手势示意卡夫兰坐到小折叠桌前的一个座位上，随后身体摇摇晃晃地在对面的一张凳子上坐下了。

卡夫兰又迟疑了一下，但还是在指定的座位上坐下了。

冈特是一位四十多岁的高个硬汉，脸庞削瘦。士兵卡夫兰对他深怀敬仰之情。他熟知冈特过去在战场上的功勋，无论是在巴尔哈特战役、在法尔默主星、在赫尔肯第八团的服役经历，还是冈特在坦尼斯的那场灾难中的出色指挥。

卡夫兰觉得冈特比看上去的样子还要疲惫，但他信任这个男人会带他们渡过难关。如果说有人能在任何时候挽救幽魂，那个人一定就是伊布拉姆·冈特。他是一个罕见的独断严厉之人，一位同时被授予兵团的完全指挥权和名誉上校军衔的军政官员。

"很抱歉打断了您的早餐，军法官。"卡夫兰说着，不安地坐在折叠桌边，忧心忡忡地想着手里的公文袋。

"没关系，卡夫兰。其实你来得正是时候，和我一起吃早餐吧。"

卡夫兰再度迟疑，不知道这是不是在开玩笑。

"我是认真的。"冈特说，"你看起来饿坏了。而且我很确定布林准备的食物超过了两人份。"

仿佛在呼应冈特的话，男孩拿来了满满两个陶瓷盘的食物，碎鸡蛋和烤火腿，还有硬邦邦的烤小麦面包片。卡夫兰盯着面前的盘子看了一会儿，冈特已经津津有味地吃起来了。

"来吧，开动。你可不是每天都有机会来体验军官的口粮。"冈特说着，狼吞虎咽地吃下一叉子鸡蛋。

卡夫兰有点紧张地拿起餐叉开始吃饭。这是他近两个月吃过的最好的一顿饭。这让卡夫兰回忆起过去在坦尼斯的一家木材厂当工程师学徒的日子。那是在大灾难和建团之前的事了，在每天最后一趟轮班结束后，食堂的长桌上总是摆满了各式各样的丰盛晚餐。现在他也开始像军法官一样胃口大开地吃起早餐了，而冈特则带着欣赏的微笑看着他吃。

男孩麦洛端出了一壶热气腾腾的浓咖啡，现在是谈公事的时间了。

"那么，今天早上有什么指示发来了？"冈特开口。

"不知道，长官。"卡夫兰一边说着，一边拿出公文袋放到自己面前的桌子上，"我只负责传递它们，从不打听里面的内容。"

冈特停了一会儿，咀嚼并咽下满嘴的鸡蛋和火腿。随后他喝了一大口冒着热气的饮料，伸手拿起公文袋。

当冈特拆开塑料信封，阅读里面的打印资料时，卡夫兰很想移开自己的目光。

"我整晚都在等这个消息。"冈特说着，转身指向镶在指挥部洞穴泥墙上的战术通信仪的荧光屏幕，"这玩意什么都没告诉我。"

冈特仔细看完了卡夫兰的袋子里的公文。"我敢打赌，包括你在内的所有人都在猜测我们得在这个鬼地洞里藏多久。"冈特说，"老实说，我不能告诉你。这是一场消耗战。说不定我们还得再待上好几个月。"

在吃完刚才那顿美餐之后，卡夫兰感觉温暖又满足。就算军法官告诉他，他母亲被兽人杀害了，卡夫兰恐怕也不会太放在心上。

"长官？"麦洛的声音突然打破了平静的气氛。

冈特抬起头，说："怎么了，布林？"

"我想……那个……我想我们马上要遭到袭击了。"

卡夫兰轻笑一声："你怎么知道的——"但军法官打断了他。

"不知道为什么，每次敌人袭击开始前麦洛都能感觉到，每次都是。他好像有一种预测炮弹轰击的天分。或许是因为他的耳力很好。"冈特冲着卡夫兰苦笑了一下，"你是不是想表示质疑，嗯？"

卡夫兰正要回答时，第一发炮弹已呼啸而来。

三

冈特站起身，踢翻了折叠桌。比起外面来袭炮弹的尖啸，这个突然的动作更让卡夫兰吓了一大跳。冈特在梯子旁边的一个挂在钩子上的枪套里找出了他的贴身武器，然后从书架下面一把抓起通信设备的话筒。

"全体成员注意，这里是冈特！拿起武器！拿起武器！准备进行全面抵抗！"

无须等候更多指示，卡夫兰已经登上梯子，一头穿过防毒罩帘。这时炮弹正如雨点般向他们的战壕飞来。从卡夫兰身后的壕沟顶端喷溅起一大股泥浆蒸汽，被惊动起来的护卫军士兵们的叫嚷充斥着整个壕沟。

一发炮弹呼啸着从他的上方位置低掠而过，在战壕后面的矮墙上炸出了一个足以容纳一艘登陆艇的大洞。泥浆淋了他一身。卡夫兰从武装带上解下了激光枪，动作敏捷地登上战壕射击台的顶端。到处都是混乱和恐慌，士兵们从四面八方匆匆赶来，尖叫与怒吼此起彼伏。

就这样结束了？这就是他们卷入的这场漫长疲惫的战役的最后一幕？卡夫兰试着紧贴战壕往上探出身，朝远处张望。他的视线越过了无人地带，一直朝让他们的进军陷入停滞六个月之久的敌军阵地望去。但他目力所及之处，只有漫天的烟雾和满地的泥泞。

一阵激光武器噼啪作响，几声惨叫传来。随后又是更多的炮弹落下。其中一枚炮弹命中了附近一条交通壕的中央。这次的惨叫声听起来真实而且很近。洒落到他身上的飞溅物不再只是泥浆，还包括了残破的尸体。

卡夫兰咒骂了一句，擦干净激光枪瞄准镜上面溅上的污秽。他听见身后传来一声叫喊，那是一个足以在战壕间回响的有力嗓音，仿佛让脚下的木垫板都震动了起来。卡夫兰回头看去，发现冈特军法官出现在了防空洞口。

冈特已经穿戴上了他的全套制服和军帽，肩膀上披挂着他负责教导的这支兵团的迷彩斗篷，露出怒吼的表情。他一手拿着激光手枪，另一手拿着链锯剑。在清晨的空气中，被启动的链锯剑旋转着发出歌唱。

"以坦尼斯的名义！现在他们正在紧逼上来，我们必须应战！守住防线，等他们越过泥墙之后再开火！"

卡夫兰的心灵为之一振。军法官与他们同在，无论是怎样的困境，他们必将胜利。但片刻后，有什么东西在他附近猛烈地冲击下来，将泥土扬向天空，仿佛让他的魂魄都飞出了身躯。

战壕的这一段遭受了直击。数十名士兵被杀死了。卡夫兰呆呆地跌坐在破碎的木垫板和飞溅的泥浆之中。一只手抓住了他的肩膀。卡夫兰眨眨眼睛，抬头看见的是冈特的脸庞。冈特镇定地注视着他，目光令人斗志昂扬。

"吃完一顿美味的早餐后，就想要睡一会儿了？"军法官对正晕头转向的卡夫兰说。

"不，长官……我……我……"

从战壕正面射击孔中伸出的激光步枪和针刺激光枪发出的噼啪作响，环绕着他们起舞。冈特把卡夫兰从地上拖起来，让他站稳了。

"我想时机已经到了。"冈特说，"等我们前进的时候，我希望所有勇敢的部下们都能和我一同站在前线。"

卡夫兰吐出嘴里的泥巴，笑了起来，"我会和您在一起的，长官。"他说，"从坦尼斯开始，直到我们所有人的终点。"

卡夫兰听见冈特链锯剑发出的嗡鸣声，随后军法官跳上了固定在战壕墙壁上的爬梯，对他的士兵们呐喊。

"坦尼斯的男人们！你们难道想苟活一生吗？"

士兵们声音沙哑而洪亮地回答了。尽管炮弹的巨大轰击声盖过了他们的喊声，但伊布拉姆·冈特知道他们的答复。

武器闪烁着火光，冈特的幽魂越过战壕冲了出去，无论在前方烟雾中等待着他们的是荣耀、死亡或是其他任何东西，他们一往无前。

四

在一片长达 20 公里、宽达 150 米的范围内，由嘶嘶作响的激光光束交织而成的密林，拦截住了前进中的敌人军团。地面上仿佛有数不清的昆虫从巢穴和土堆中蜂拥而出，在武器发出的永不间断的炽热交火的照亮下，昆虫们翻卷沸腾着，在一片混乱中迎面撞击。

特级上将赫克托·德拉维尔转身从三脚架望远镜前离开。他用保养得很好的双手抚平了原本就无可挑剔的制服正面，叹了口气。

"谁会想要死在那种地方？"他的声音刺耳难听，尖细得令人不安。

弗伦斯上校精明地起身离开沙发，吸引了上将的注意。他是詹廷贵族团的战地指挥官。这个团是最古老、最受尊敬的帝国护卫军兵团之一。弗伦斯高大强壮，左脸颊的肌肉组织在多年前就被泰伦虫族吐出的生物酸液毁容了。

"将军有何吩咐？"

"那些……那些在下面的虫豸……"德拉维尔懒洋洋地对身后做了个手势，"我想知道他们是些什么人。"

弗伦斯大踏步穿过走廊，来到地图桌前。桌上有一块平坦的玻璃板，闪烁的标识符文从下方照亮了屏幕。他用一根手指划过屏幕表面，审视着长达四百公里的战役前线。这条线代表了福提斯双星上的战争焦点：那是彼此相对的两条巨大而不规则的战壕体系，在布满了弹坑的泥沼和工厂废墟间的废土地带对峙着。

"西方战壕群。"弗伦斯开口道，"这些战壕在坦尼斯唯一的第一团控制之下。想必您听说过他们，长官。是冈特的那帮匪徒。我相信有些人管他们叫'幽魂'。"

德拉维尔悠闲地走到一辆装饰华丽的茶点送餐车前，从镀金大壶里给自己倒了一小杯醇厚的黑咖啡。他抿了一小口咖啡，让浓稠的液体在唇齿间搅拌。

弗伦斯心头涌起一丝不安。德雷克·弗伦斯上校这一生中见过的可怕场面，足以让大多数普通人的脑子烧坏。他曾经目睹整个军团在铁丝网前死去；他曾经目睹人们在混沌引发的疯狂中丧失了人性；他曾经目睹整颗整颗的行星陷入崩溃、毁灭，或是腐坏。但德拉维尔有时的行为，比他经历过的这一切都要更让弗伦斯深深触动和恐惧。做他的部下而非对手真是令人庆幸。

德拉维尔终于咽下口中的咖啡，把杯子放到一旁，"看来冈特的幽魂今天收到了叫早服务。"他说。

赫克托·德拉维尔是一位六十多岁、矮胖而乐观的人，尽管早就秃顶了，他还是锲而不舍地把残留的几缕头发染黑。他肥胖而红润，浆洗他笔挺的制服每天早上都得消耗掉一个兵团配额的淀粉和增白剂。一根坚硬的黄铜别针在他胸前醒目地挂着许多军功勋章。他总是戴着它们。就连弗伦斯也不能全部辨认出这些勋章的含义，也不敢问。他很清楚，德拉维尔至少经历过和他同样多的战事，而且尽一切可能从中捞到了每一份荣誉。有时弗伦斯会对特级上将总是戴着这些勋章而心生不满。他想这或许是因为特级上将有，而他没有的缘故。这也就是特级上将和他这样的普通军官的区别所在。

经过六个月的连续轰炸，他们现在所在的这座公爵府的阳台依然奇迹般保持着完好无损。他们从阳台上俯瞰着迪阿莫斯大裂谷。那里曾经是福提斯双星的水电工业中心地带，现在已经成为这场战争的轴心。朝四面八方望去，目力所及之处，都是蔓延开来的各种制造工厂的丑陋建筑：塔楼与机库、拱顶与堡垒、集装箱与大烟囱。在北面耸立着一座巨大的神殿，它的侧面展现着机械修会耀眼的金色纹章。这座神殿可以与供奉帝皇的国教大教堂媲美，甚至有所逾越。不过，火星的技术神甫们会争辩说这整个铸造世界都是供奉万机之神化身，也就是帝皇本人的祭坛。

这座神殿曾经是福提斯上的技术神甫们的工业管理中心。他们在神殿里指挥着一百九十亿人的劳动大军为帝国战争机器生产装甲车和重型武器。但现在这座神殿只剩下一个烧空的建筑外壳。叛乱分子的第一个攻击目标就是它。

在这座大峡谷的远处山丘上，在那些被加固成防御工事的工厂、工人宿舍和物资仓库里，敌人正掘壕固守。他们有十亿之众，是一个庞大的拜恶魔邪教徒军团。

福提斯双星曾是帝国一个重要的铸造世界，强劲有力而活力充沛地进行着工业生产。无人知晓灭世之力是如何腐化它的，也无人知晓这支庞大劳动力中的很大一部分人是如何被堕落诸神污染的。但这一切已经发生。八个月前，机械修会的巨大生产车间和熔炉工厂几乎在一夜之间被工人们夺取了。他们原本被迫为机械信仰服务，现在却已经被混沌腐化。只有为数不多的技术神甫躲过了这场突发的大屠杀，侥幸撤离了这个世界。

现在，为了解放这个世界，帝国护卫军的庞大兵团云集而至。这次地面战争行动，很大程度上取决于此地具有的特殊地位。福提斯双星的巨型制造厂和技术工厂具有重大价值，因此不能用轨道轰炸的方式将其夷为平地。

无论付出什么代价，为了帝国的利益，这个世界必须通过地面作战一步一步夺回来。这些战士、帝国护卫军、士兵，他们会费尽辛劳，将混沌的残留物连根拔起，消灭殆尽，保留这个铸造世界里的宝贵工业资源，留待新的移民来使用。

"每隔几天，他们就会发起一次试探攻击，在我们的战壕上挑一个区域猛烈推进，想找出一个弱点突破。"特级上将回到望远镜前，观察着15公里之外正在进行的大屠杀。

"我听说坦尼斯唯一的第一团是一群强大的战士，将军。"弗伦斯走到德拉维尔身旁说，他双手放在背后挺直身体站着，脸颊上的伤疤轻微扭动抽搐，在紧张时他经常会这样，"他们在好几场战役中都表现得不错，据说冈特是一个足智多谋的将领。"

"你认识他？"上将从望远镜前抬起头，露出疑问的表情。

弗伦斯停下了。"我只是听说过他，长官。他有点名气。"弗伦斯说，他极力克制着内心的某个秘密，"不过，有一次我凑巧也见过他。我和他对统率作战的理念有些分歧。"

"你不喜欢他，是吗，弗伦斯？"德拉维尔一针见血地问。在他眼里，读懂弗伦斯就像读一本摊开的书般简单。当聊到那位恶名昭彰而又英勇无畏的军法官冈特时，德拉维尔能看出这名上校发自内心的深深怨恨。德拉维尔知道这是为什么。他看过关于某件事的报告，也很清楚弗伦斯永远也不想对别人提及此事。

"听真话？是的，长官，我不喜欢他。他是一名军法官，一名负责军政的官员。但机缘巧合之下，他得以指挥一支兵团。司雷德战帅在临终时授予了他坦尼斯兵团的指挥权。我理解军法官在军队中扮演的角色，但我鄙视他作为将领的作为。当他应该激励人心的时候却在表示同情；应该训斥的时候却在鼓励。但是……不管怎么说，他在大部分情况下还是一名值得信赖的指挥官。"

德拉维尔微微一笑。弗伦斯的激愤是发自内心的真实情感。但依然技巧性地回避了幕后的真相,"我从不信赖其他指挥官,只信赖自己。弗伦斯。"上将斩钉截铁地说,"如果我看不到胜利的迹象,我绝不会放心让别人去做。你的贵族团属于我军的预备队,对吗?"

"他们正在西面的工人宿舍区驻扎,随时可以前去支援我军的任何一个侧翼。"

"去让他们准备出动。"特级上将说,他再次走到地图桌旁,用一支触摸笔在玻璃表面划出几道长长的亮光,"我们已经被困在这里太长时间了。我的耐心有限。这场战争本应在几个月前就结束了。为了打破僵局,我们已经派出了多少个旅?"

弗伦斯有些不太明白状况。德拉维尔一向以豪掷兵力而闻名。他甚至夸口说,只要给他足够的人,他甚至可以把恐惧之眼彻底封死。当然,在过去的几周里,德拉维尔因战事进展缓慢而变得沮丧。弗伦斯猜测德拉维尔是急于要讨好萨巴特远征军的新任总司令战帅马卡罗斯。德拉维尔与马卡罗斯曾经为了争夺司雷德留下的位置而彼此竞争。在败给马卡罗斯之后,德拉维尔可能得费点力气来证明自己对新任战帅的忠诚。

弗伦斯听到点风声,据说德拉维尔最信任的心腹之一审判官赫尔丹在一周前来到了福提斯,与特级上将进行了一次私下会面。现在看来,德拉维尔很想推动局势前进,到其他地方去赢得某个比征服这个世界更加荣耀的伟业,即使是像福提斯双星这样一个重要的世界与之相比也黯然失色。

德拉维尔接着往下说:"今天早上,免罪者邪教又一次伸出了脏手,这次比以前的规模更庞大,无论他们的攻势能否取得进展,他们都至少需要花上八九个小时进行撤退和重新集结。带你的团从东面攻入,将他们拦腰截断。利用那些幽魂来牵制敌人,去打穿敌人主要防线的核心部位。在令人爱戴的帝皇的指引下,我们就有可能打破这个僵局,一举夺取胜利。"特级上将用触摸笔的笔头敲打着屏幕,就像是在强调他的命令不容任何辩驳。

弗伦斯急切地接受了命令。一直以来他都抱有野心,希望他的兵团能成为奠定福提斯双星战役胜利的功臣。只要一想到冈特有可能从他手中夺走这份功劳,就让他怒不可遏,让他想要……

弗伦斯从脑海中拂去了这个令人不快的念头,转而沉浸于冈特和他那帮下贱的人渣将会被利用、消耗、牺牲在敌人的枪炮之下,以此成全弗伦斯的战功的喜悦之下。但是，弗伦斯离开之前还是有点担心。加上一条小小的保险无伤大雅。他回到地图桌前，用戴着皮革手套的手指指向地图上的一条蜿蜒的等高线。"我们需要一大片区域作为掩护，长官。"他说，"要是冈特的人打算……不，要是他们怯懦地溃退了。我的贵族团就会孤立无援，陷入免罪者的战壕守军和撤回的部队的两面夹击。"

德拉维尔思考了片刻。"怯懦"，弗伦斯拿来形容冈特的这个词可真是绝妙。德拉维尔就像个过生日的小孩般兴高采烈地拍了拍肥胖的双手。"通信员！让通信员马上过来！"

休息室通往内部的门打开了，一个疲惫不堪的士兵匆忙走了进来，在他向两名高级军官敬礼时，脚下那双擦得发亮的旧靴子响亮地并拢在一起。德拉维尔飞快地将命令写到信息板上。他从头到尾浏览了一遍，把信息板递给了那名士兵。

"我们要让维特里安龙骑兵去支援幽魂，希望他们能把免罪者大军赶回洼地平原。这样，我们就可以确保西侧的战斗持续足够长的时间，而你的贵族团就可以趁机与敌人交战。发出这条通信。另外，还要对坦尼斯指挥官冈特发出通信，指示他继续前进。他今天的职责并不是击退敌人，而是继续推进，趁机夺取免罪者的前线战壕。一定要清楚地告诉他这是我直接下达的命令。不容许有任何退缩，告诉他。不许撤退。要么完成任务，要么死。"

弗伦斯忍不住在心里胜利地微笑了一下。他的后方现在已高枕无忧，而冈特将会被迫向前突击，等到傍晚他就会在这场战斗中丧生。士兵又敬了个礼，转身离开。

"还有一件事。"德拉维尔说。

士兵脚下一个踉跄，紧张地转回身。

德拉维尔用一个粗大的印章戒指敲了敲大咖啡壶，"叫他们送些新的咖啡来。这都已经不新鲜了。"士兵点点头，离开了。从戒指叩击发出的响声中他可以听出，这个巨大的镀金容器几乎还是全满的。上将打算丢掉的这些咖啡的分量，足够一个兵团喝上好几天了。士兵竭力克制着自己，等到走出双重大门之后，才对策划这场大屠杀的混蛋无声地咒骂了一句。

弗伦斯也敬了个礼，朝大门走去。他从衣帽柜里拿起了鸭舌帽，帽檐向后小心翼翼地戴在头上。

"赞美帝皇，特级上将。"他说。

"什么？哦，是的，确实。"德拉维尔心不在焉地说。他回到送餐车边，点上了一支雪茄。

五

罗恩少校找了一个散兵坑卧倒，差点被积在坑里的乳白色脏水溺死。他扑腾着爬到弹坑边上，用激光枪开始瞄准。周围的空气弥漫着烟雾和枪火的闪光。他还没来得及开火，又有几个人也跳到了他的临时掩体旁边卧倒：士兵内夫、排长副官菲格尔，旁边还有士兵卡夫兰、瓦尔和洛内金。

除了他们之外，还有士兵克莱，不过他已经死了。他在到达散兵坑之前已经被一发光束狠狠打在脸上，整个脸都被烧焦了。他们没有再去关心后面泥水里克莱的尸体。这种事情他们已经经历过上千次了。

罗恩用望远镜越过散兵坑向前看去。在远方的某处，免罪者们的重型武器正在支援他们的步兵。当幽魂们向前冲锋时，密集猛烈的炮火把他们打散了。

听见内夫正在摆弄着武器，罗恩朝后瞥了他一眼。

"怎么了，士兵？"他问。

"我的扳机里进了点泥，长官。我没法把它弄干净。"

菲格尔从那个小伙子手里一把夺过激光枪，弹出弹匣，把涂了润滑油的扳机盒向后拉开，露出了里面的聚焦环。

菲格尔朝开启的盒子里面吐了口唾沫，然后砰地一声关上了它。随后他使劲摇了摇扳机盒，再将能量弹匣塞回插槽里。内夫傻傻地看着菲格尔再次转身，将枪举过头顶，朝散兵坑外的烟雾中连续射击了几次。

菲格尔将激光枪丢回给士兵："看到了吗？现在它能用了。"

内夫抓紧了拿回来的武器，扭动着身躯爬到散兵坑边上。

"再前进的话，我们可都死定了。"洛内金在他们后面说。

"以法斯（编者注：法斯是坦尼斯的常用咒骂语，出自坦尼斯世界信仰的某种树神的名字）的名义！"士兵瓦尔吐了口唾沫，"那就让他们都躲起来吧。"他从腰带上解下一大把手榴弹，就像是小学生分享水果般分别扔给了其他士兵。随着拇指轻弹，每个手榴弹都激活了。罗恩做好了投掷的准备，对部下们微微一笑。

"瓦尔的想法没错。"罗恩说,"让我们把他们都变成瞎子。"

他们把手榴弹掷向空中。这些都是破甲手榴弹,在战场上的作用是震聋、致盲,以及用尖锐的弹片攻击爆炸范围内的敌人。

一连串爆炸声响起。

"这至少会让他们躲起来吧。"卡夫兰说。但他发现其他人已经从散兵坑里爬出去开始冲锋了,他赶紧也跟上队伍。

幽魂们怪叫着冲过一小片灰色的泥沼,翻过一道刚才被浓烟遮蔽住的土坡。到处都是手榴弹烧焦的爆炸痕迹,还有几个敌人扭曲的尸体。

罗恩在土坡底部用力踩地站起身,向四周打量。自从来到福提斯双星已经过了六个月,这还是他第一次亲眼见到敌人的模样。他们自称"免罪者",罗恩被派到此地就是为了和这些敌军地面部队作战。

令人震惊的是,尽管免罪者们的身躯已经变得扭曲畸形,但他们还是人类。他们身上的战斗服是用这颗行星的铸造工厂里的工作制服巧妙地改造而成的。防护面罩和手套事实上直接缝在了他们削瘦苍白的肉体上。罗恩努力不去同情这些死者。他不能想得太多,接下来还必须杀死许多这样的人才行。在烟雾中,他发现了两名被手榴弹炸成重伤的免罪者。罗恩迅速结果了他们的性命。

罗恩注意到了紧跟在他身后的卡夫兰。这个年轻士兵被眼前的场景惊呆了。

"他们有激光枪。"卡夫兰惊恐地说,"还有防弹胸甲。"

在他旁边,内夫用脚把一具尸体翻了过来,"你再看……他们还有手榴弹和弹匣。"内夫和卡夫兰一齐看向少校。

罗恩耸耸肩,"所以这帮杂种才如此顽强。你们期待看到什么?他们已经在这里顽抗帝国六个月之久了。"洛内金、瓦尔和菲格尔也快步走到附近。罗恩招手让他们一同深入敌军的防空洞。在他们前面的空间变得开阔了,一座有金属框架和岩石外壁的工业仓库出现在眼前。

罗恩迅速挥手让部下们全都去寻找掩护。几乎同时,激光枪的光束开始沿着战壕朝他们射来。瓦尔被打中了,他的肩膀顿时消失在一团红色的血雾中。瓦尔后背重重撞到地上,然后用还能动的胳膊把自己翻了个身。剧烈的疼痛攫住了他,令他甚至无法喊叫出声。

"法斯啊！"罗恩咒骂，"照顾一下他，内夫！"

内夫是军医。当菲格尔和卡夫兰努力将抽泣着的瓦尔拖到掩体后时，他打开大腿边的袋子，拿出野战纱布。闪烁的激光光束从战壕中就像针线般刺来，企图彻底压制住他们。内夫迅速包扎了瓦尔那令人毛骨悚然的伤口，"我们必须把他带回去，长官！"他在灰暗的防空洞隧道里冲着罗恩叫喊。

罗恩刚刚扑进污秽的弹坑里，灰色的泥浆紧贴着他的头发，激光灼烧空气的爆裂响声环绕着他。"现在不行。"他回答。

六

伊布拉姆·冈特跳进战壕，用军靴踢断了他遇到的第一个免罪者的脖子。当他赶到敌人炮台的木垫板上时，手中的链锯剑正嗡嗡作响。他左右挥舞着链锯剑，在血雨之中又将两名免罪者拦腰斩断。另一名手拿巨大弯刀的敌人朝他冲来。冈特抬起爆矢手枪，把对方戴着面具的头轰成了碎屑。

这是冈特和他的部下们在福提斯经历的最激烈的一场战斗。他们被密度超乎想象的敌军战壕线困住了。他们扫荡了一条又一条通道，迎接着免罪者们的疯狂攻击。布林·麦洛在军法官后面被压制住了。他用军法官几个月前送给他的一把小型自动手枪开火射击，先打死了第一个敌人，子弹从对方双眼之间穿过；随后是第二个，他先一枪将敌人打飞，当敌人向后跌倒时，又用另一发子弹打穿了他翘起的下巴。麦洛全身止不住地颤抖。他一直以来梦想着要上战场，却从未想到真实的战场会如此可怕。情绪激动的男人们在3米宽、6米长的地洞里厮杀。免罪者们的外表很可怕，带着长长的通气管的面具缝在他们脸上的皮肉里，看起来就像是大象的头。他们的防弹衣是暗淡的工业绿色橡胶胸甲。这些人把自己在工厂里的防护服改造成了战斗服，衣服上到处都涂着丑陋刺眼的符号。

麦洛重重地跌坐在地，背靠着战壕的墙壁。麦洛低头看了看倒在他们周围的这些尸体。这是他第一次仔细端详敌人的本来面目……那是混沌军队扭曲腐化的人类形体，有许多丑怪的符文和记号雕刻在他们的暗绿色橡胶胸甲上，甚至雕刻在他们的肉体上。

一名免罪者闯过冈特呼啸的链锯剑，朝麦洛扑了过来。男孩朝下躲开，让那名邪教徒撞上了壕沟墙壁。麦洛手忙脚乱地爬过泥泞潮湿的战壕底部，从地上捡起一把激光枪。它是从冈特刚杀死的一个敌人手里掉下来的。当他举起武器毫不迟疑地开火时，免罪者正冲到他面前。燃烧的光束打穿了敌人的躯干，被杀死的邪教徒往他身上跌倒下来，全身的重量把麦洛压倒摔进了战壕底部的恶心泥浆里。脏水涌进麦洛的嘴里，还混合着泥和血。他很快就被士兵布莱格拉了起来，剧烈咳嗽着站直身体。布莱格是坦尼斯团里最魁梧的大块头，不知为何他总是很关照麦洛。

"趴下。"布莱格一边说着，一边把一只火箭筒扛到自己肩膀上。麦洛跪倒在地，紧紧捂住耳朵。布莱格满怀希望地喃喃念了几句必中目标的祈祷文，他的巨大武器才朝着战壕的梯子下方发射。一股泥浆的喷泉和其他难以形容的东西都被炸成碎片扬起。布莱格经常在瞄准敌人时打偏，但在这么拥挤的战场，射击精度已经不是问题了。

在他们右边，冈特正在密集的敌人当中杀出一条血路。他正放声狂笑，尖啸的链锯剑溅起的血雨沾满了他的全身。他还不时用手枪射击，杀死一个又一个的免罪者。

冈特怒火中烧。德拉维尔特级上将发来的通信内容严厉而冷酷。冈特确实在想尽一切可能夺取敌人的战壕。但命令他们做不到就去死，让冈特认为只有一个病态残暴的头脑才会做出这种决定。自从二十年前初次谋面以来，他从未对德拉维尔有过好感。那是在达伦达拉，他还在与奥克塔尔和赫尔肯兵团一起的时候，当时德拉维尔还只不过是一个野心勃勃的装甲旅上校……

冈特没有告诉部下们这个命令背后的原因。与德拉维尔不同，他了解士气与激励的机制。现在他们之所以在夺取这些该死的战壕，几乎只是为了蔑视德拉维尔的命令，而非遵从命令。冈特之所以笑，是因为愤怒、怨恨，以及对他的部下们毫无惧色地去做这件不可能完成的事的自豪。

麦洛踉跄着从旁边走来，手中拿着激光枪。

我们成功了，冈特心想，我们击败了他们!

沿着战壕线过去10米的地方，布莱恩中士带着他的整个排跳了进来，占据了这里。他的激光枪左右射击，他部下的士兵们挺着刺刀向前冲锋。接下来是一阵狂暴的激光火力和一片坦尼斯利刃的银色闪光。

麦洛手上还拿着那把激光枪，冈特劈手夺过枪扔到战壕的木垫板上。"你觉得自己是个军人吗，孩子？"

"我是的，长官！"

"真的吗？"

"你知道我是。"

冈特上下打量着十六岁的男孩，露出了悲伤的笑容。

"或许你已是个军人，但现在先好好表现一下。演奏一首歌曲吧，唱出我们的荣耀！"

麦洛从背包里掏出了他的坦尼斯管，对着旋律管开始吹奏。一开始这乐器的声音就像是有个垂死的人在惨叫。但随后他正式开始演奏了。那是《沃尔特拉布的荒原》，一首古老的曲子，坦尼斯的酒馆里的男人们总是在这首曲子的旋律下痛饮、喝彩、尽情欢乐。

布莱恩中士听见了这个曲子，他做了个鬼脸，向敌人扑去。在他身旁，他的副官兼通信员辛巴开始和他一起边唱着歌边用激光枪射击。士兵布莱格只是露出傻笑，把另一发火箭装进了他扛着的巨大发射管。片刻后，又一段战壕消失在熊熊大火之中。

士兵卡夫兰也听见了音乐声，那就像是一阵从战场远处飘来的哀号，让他感到一阵心潮澎湃。他与罗恩少校手下的士兵们一同走过了免罪者们的尸骸，内夫、洛内金、拉金和其他人都在旁边。可怜的瓦尔直到这时候才被用担架送回后方战线，因为麻药的劲头过去了，他一路都在惨叫着。

就在那一刻，轰炸开始了。卡夫兰发现自己飞了起来，一枚炸弹在地上炸出了直径十几米的一个弹坑，爆炸产生的空气墙将卡夫兰高举起来。跟着他一同飞上天的还有大团的烂泥。

他狠狠摔到地上，身体散架，精神涣散。卡夫兰在泥地里躺了一会儿，保持着异乎寻常的平静。他很清楚，内夫、罗恩少校、菲格尔、拉金、洛内金，还有其他所有人都死了。

炮弹还在不停地往下落，卡夫兰把脑袋埋进了泥浆里，默默祈祷自己快点从这场噩梦里醒来。

在很远的一处地方，德拉维尔特级上将听到了庞大的免罪者炮兵阵地开始屠杀的声音。他意识到今天的战斗终究不会有结果了。德拉维尔恼火地叹了口气，从刚装满的大壶中又给自己倒了一杯饮料。

七

科贝克上校带着三个排的兵力，向前推进到纵横交错的敌军战壕网络中。炮击已经在他们头顶持续了两个小时，摧毁了免罪者炮兵阵地的前沿，歼灭了所有没能及时进入敌军设防地带的帝国护卫军。他们穿过的隧道和通道都已被废弃，空无一人。很明显，免罪者在炮击开始时已经撤退了。战壕的制作工程很完善，设计巧妙，但在每一个拐角处，都竖立着一座敌人崇拜的黑暗力量的亵渎神龛。

科贝克吩咐士兵斯库莱恩用喷火器烧毁每一座找到的神龛。他不想让任何手下的人辨认出供奉在神龛前的那些东西的可怕本质。

在查阅了密密麻麻滚动着的细长的荧光图表之后，库拉尔中士估计他们正在进入免罪者主战线后方的支援壕。科贝克认为他们和团里其他人隔绝了。野蛮的炮击每隔几秒就震得他们全身难受。持续不断的炮火产生的电磁余震扰乱了他们的通信，不管是每个军官佩戴的微型对讲机，还是远程通信传输设备，都受到了影响。他们接收不到任何命令，既没有催促他们重新集结，也没有让他们和其他单位会合，或是推进到某个目标点，甚至连撤退的命令都没有。

在这种情况下的应对方案，帝国护卫军的军规手册上写得很清楚：如果拿不定主意，那就前进。

科贝克派了几个人去前面侦察，他相信这几个人的速度和能力：巴鲁、科尔马和侦察中士穆克尔。他们用坦尼斯迷彩斗篷裹住全身，溜进了尘土飞扬的暗处。烟雾和硝烟正越过战壕线滚滚飘来，能见度正在下降。布莱恩中士默默地用手指了指正在逼近过来的滚滚浓烟。

科贝克知道他的意思，而且也知道他不想说出来，以免吓到士兵们。免罪者不择手段地使用生化武器和通过空气传播的让人血液灼烧、肺部化脓的违禁毒气。科贝克拿出一个口哨，短促地吹了三下。他身后的人轻快地放下枪，从腰带上取下了防毒面具。科贝克上校也把自己的防毒面具扣在脸上。他非常讨厌视野范围的缩小、厚厚的防毒眼镜带来的幽闭感和紧绷的橡胶口罩引起的呼吸困难。但对它们的厌恶加起来也比不上对毒气的一半恐惧。炮击搅动着泥海，随着蒸汽飞沫飘入空中的还有其他毒素。空气传播的病菌孢子在这片死亡地带里腐烂的尸体上孵化：斑疹伤寒、坏疽、驮兽和战马的腐蚀躯壳中滋生的家畜炭疽病，还有可怕的真菌毒素，贪婪地吞噬了所有的有机物质，将它们转化为潜伏的黑色霉菌。

　　身为坦尼斯唯一的第一团的军官之首，科贝克一直都有权知情参谋部发出的电信。他知道自从这次入侵开始以来，帝国护卫军中接近百分之八十的死亡都是由毒气、疾病，或是受伤后感染导致的。就算面对一名手里拿着充满能量的激光枪指着你的免罪者，活下来的机会依然胜过去无人地带散个步。

　　眨巴着被防毒面具蒙住的眼睛，科贝克带着部队缓慢向前移动。他们走到支援壕的一个分岔口，科贝克叫来第五排的指挥官格雷中士，指示他带三个喷火器小组去左边，焚烧他们发现的所有东西。这些人离开后，科贝克意识到自己越来越不安。派出去的侦察兵一个都没有回来。他现在依然和刚才一样两眼一抹黑。

　　上校加快了行军速度，带着剩下的大约一百名部下沿着一条宽阔的交通壕前进。两名眼神锐利的先锋走在前面，用安装在沉重的工具背包上的电磁感应棒来扫描爆炸物和陷阱装置。看起来免罪者们走得太着急，没时间给他们留下点惊喜。不过，每隔几米，队伍就会因为扫描仪器发现某个热源而停下。有时候是一个锡杯、一块胸甲，或是一个食堂饭盆。有时候，是一座用锻造炉里的冶炼矿石制造的怪异偶像，那些被混沌腐化的工人将它雕刻成某种怪兽的外形。科贝克亲自用激光手枪射击每座雕像，将它们炸得粉碎。

　　当他第三次射击雕像的时候，那个令人不快的东西在被他击碎时蹦出了许多锋利的碎片，畏畏缩缩地站在后面几米处的士兵德拉伊尔被一块碎片击中了锁骨，碎片插进了肉里。德拉伊尔龇牙咧嘴地一屁股坐在泥地里。库拉尔中士叫来了身穿战地服的军医。

　　科贝克咒骂着自己的愚蠢。他太急于抹去免罪者邪教的痕迹，却伤到了一个自己人。

　　"我没事，长官。"当科贝克扶着德拉伊尔站起身时，士兵在防毒面具后说着，"在沃尔蒂斯水门，我还被刺刀捅到过一次大腿。"

"当年在坦尼斯,他还有一次在酒吧打斗中被破酒瓶子砸在脸上。"他们身后的士兵科尔笑着说,"那回他比现在还惨。"

他们周围的人都哄笑起来,笑声被呼吸面具变得难听又恶心。科贝克点头表示他心领神会。德拉伊尔是个很受欢迎的英俊士兵,他的歌声和幽默感让他排里的战友们心情愉快。科贝克也知道讨论德拉伊尔过去的荒唐经历是坦尼斯团的一个主要话题。

"是我的错,德拉伊尔!"科贝克说,"我欠你一杯。"

"至少一杯,上校。"德拉伊尔一边说着,一边熟练地背上了激光枪,表示他随时可以继续前进。

八

他们继续走着,来到一段破裂的壕沟前。一枚巨型炮弹没飞出多远就掉在这里,炸出了一个直径30米左右的庞大弹坑。带着咸味的地下水涌出来填满了弹坑。科贝克紧跟在扫雷员身后,先行涉水穿过弹坑,酸性的水淹至他们大腿中段。科贝克能感觉到酸液渗过制服灼烧着自己的双腿。裤子的布料开始燃烧,绕着腿的周围形成了微弱的雾气旋涡。科贝克命令后面的部下全都后退,从战壕往上爬到弹坑的对面去。他和两名扫雷员低头看着自己的腿,酸液腐蚀衣料的情况让他们都心惊胆战。科贝克感觉到双腿正在发生病变。

他转过身,找到了正绕过弹坑的队伍最前头的库拉尔中士。

"让士兵们上去,绕过来!"科贝克大喊,"让军医先过去等我们!"

士兵们害怕在炮击下暴露自己,在绕过弹坑边缘朝高处移动时动作都很快。科贝克让库拉尔重整队列,士兵们沿着弹坑对面的战壕两侧排成射击阵形。军医赶到他和扫雷员面前,拿出一个烧瓶把消毒喷雾喷在他们的腿上。疼痛减轻了,受潮的布料也不再烧了。

科贝克刚拿起枪,就听见格雷尔中士冲他大喊。他沿着正在待机的士兵队列往前走,然后看到了格雷尔发现的东西。

那是科尔马,科贝克派出的几名侦察兵之一。但他已经死了。一枚生锈的巨大铁钉刺穿了他的胸膛,把他悬挂在战壕墙壁上。铸造世界的工人们过去用这种铁钉锲入并操作机械修会锻炉机器上的矿石料斗。科尔马的手脚都已不翼而飞。

科贝克盯着科尔马的尸体看了一会儿，移开了视线。虽然他们还没有遇到严重抵抗，但令人不安的是，在这片战壕很明显还藏着其他人。不管这里还有多少免罪者，不管是撤退时掉队的人还是特意派来阻挠他们的游击队，在这条交通壕的沟壑和通道中，潜伏着某个饱含恶意的敌人。

科贝克抓住铁钉，把科尔马拉了下来。他从自己的睡袋里拿出了床单，把可怜的尸体卷在里面，这样就不会有人看见他了。科贝克不能像对付那些神龛一样焚烧自己的士兵。

"继续前进。"他命令格雷尔带领士兵们，跟随扫雷员前进。

突然，科贝克停下脚步，仿佛有一只小虫叮了他一下。他耳朵里响起了刺耳的噪音。科贝克意识到这是他的微型对讲机在响。当他听出这是侦察中士穆克尔发出的短程广播时，科贝克感到一阵汹涌而来的宽慰感。无线电线路应该是实时的。

"听见那个声音了吗，长官？"穆克尔的嗓音传来。

"法斯啊！听见什么？"科贝克问。他能听到的只有敌人炮火持续的雷鸣和炮弹坠落引发的震动。

"鼓声。"侦察中士穆克尔说，"我这里能听见鼓声。"

九

布林·麦洛比冈特更早听见鼓声。冈特很看重他的乐手超乎常人的敏锐听觉，但这有时也会让他感到不安。这种洞察力让他联想到某个人。或许是许多年前的那个少女，那个拥有灵能视觉的少女。这么多年来，她仍在冈特的梦中萦绕。

"鼓声！"男孩低声说着。片刻后，冈特也听到了这个声音。

他们正在穿过免罪者战线正后方的仓库群和被轰炸过的工业制造厂。到处都是融化的岩石的焦黑外壳、生锈的金属栅栏和断裂的陶钢。用来抵抗建筑腐化的石像鬼已经全都毁坏或者倒塌了。冈特格外警惕。这一天的战斗结束得有点莫名其妙。他们最开始仅仅是要击退一次敌人的攻击，但因为好运气和德拉维尔的严苛命令，现在他们已经推进到了远远超出预期的地方。冲到了敌人战线的后方。冈特发现在最初的短暂交火后，他们差不多已经被无视了。免罪者的主力全都匆匆撤离了。敌人的炮火轰炸切断了幽魂们的退却路线，但冈特觉得免罪者犯了很大的错误，为了躲避护卫军的攻击和他们自己的反击炮火，他们仓皇退却得太远了。但如果不是这个原因，也许他们正在策划某种战术。

冈特不太喜欢这个想法。他身边有两百三十名部下，正在以漫长的锋矢纵队前进，但他知道，要是免罪者现在发动反攻，他们这点人根本不堪一击。

在前进中，他们扫荡了每一座焦黑的工厂堡垒、石质建筑和铸造塔，以寻找敌人的踪迹。他们在翻卷的破裂旗帜下走着，踩过满地的破碎彩色玻璃。厂房里的机器都已经被拆下来搬走了，或是故意破坏掉了。没有任何东西还保持完好无损，除了每隔一段距离就会遇到的一座免罪者竖立的混沌神龛。就像科贝克上校一样，军法官也派了一名喷火兵来清除这些亵渎的痕迹。然而讽刺的是，他正在同一条战壕里与科贝克以完全相反的方向前进。通信已经中断了，这些突破敌阵的坦尼斯唯一的第一团的士兵们，盲目而没有方向感地在敌军势力范围内游荡。

鼓声还在敲击作响。冈特叫来了负责操作他的通信仪器的士兵拉夫兰，对这件沉重的背包装置的话筒发出简短的喝令，要求确认这附近是否还有其他人。

片刻寂静，只听见鼓声隆隆。

从无线电线路传来了回复，但这是一串无法理解的乱七八糟的词汇组成的怪叫。冈特一开始还以为通信被加密了，但随后他就意识到这是另一种语言。他重复了自己的要求，在一段令人焦心的漫长沉默之后，终于传来了一条能听懂的简化低哥特语信息。

"这里是维特里安龙骑兵的佐伦上校。我们正过来支援你们。别开火。"

冈特做了确认，随后让部下们分散在地下仓库大厅里取得掩护，一边警戒一边等候。在他们前方有什么东西在昏暗的光线下闪烁着，过了一会儿冈特看见了朝他们移动的士兵们。这些士兵一直走到很近的地方，才发现了幽魂们。凭借着可以在任何地方隐蔽的顽强能力和隐秘斗篷，冈特的幽魂们个个都是潜行伪装的大师。

至少三百名龙骑兵排着一条整齐的长队赶到了。冈特看得出他们都训练有素。龙骑兵们身材苗条但充满力量，身披某种闪烁奇怪光泽的链甲，就像未抛光的金属般能吸走亮光。

冈特脱下坦尼斯迷彩斗篷，自从加入唯一兵团以来，他就习惯于这种装束。他从隐蔽处走出来，向龙骑兵们公开招呼示意。他往前走去，想要见这支部队的指挥官。

走近了看，维特里安龙骑兵们的样子令人印象深刻。他们特殊式样的铠甲是一种锯齿交错的金属链甲，贴合地覆盖着身体，就像黑曜石般闪闪发光。他们的头盔附带了面甲，狭长的眼缝上镶嵌着墨镜，显得严肃坚定。他们的武器都擦得锃亮干净。

"坦尼斯唯一的第一团军法官冈特。"冈特一边说着，一边行了个军礼。

"维特里安龙骑兵的佐伦。"这是答复，"很高兴看到你们当中有一些人还活着。我们一直担心去支援的是一个已经被屠杀殆尽的团。"

"那些鼓声，是你们的吗？"

佐伦把头盔的透镜向后滑开，露出一张肤色黝黑的英俊的脸。他用诧异的目光看着冈特，"不是……以帝皇的名义，我们都在猜测那到底是不是我们自己人的鼓声。"

冈特朝着周围的烟雾和破碎的建筑物望去。噪音越来越大。现在听起来就像是有上百面鼓在同时敲击……不，上千面……从四面八方传来。每一面鼓，都有一个鼓手。现在他们不但已经被包围，而且人数上也被完全压制了。

十

卡夫兰拖着沉重的身躯穿过泥地，滑进了一个弹坑。周围的轰炸丝毫没有缓和的迹象。他的激光枪和大部分装备都弄丢了，但还留着一把银匕首和一把自动手枪，这手枪是他过去某次战斗中缴获的战利品。

他扭动着身体爬到弹坑边缘，看见远处有人影。那些士兵看上去就像是穿着玻璃衣服。他们是一支完整的部队，但遭到来自不同方向的连续炮击的屠杀。

炮弹又在近处落下，卡夫兰滑下弹坑底部，双手抱住脑袋。

这里根本就是地狱，无路可逃。以法斯的名义，这一切真该死！

他抬头看，发现有什么东西跳进了旁边的一个弹坑里，连忙抓起了手枪。那是他刚才在远处看到的一名身穿玻璃铠甲的士兵，大概是为了寻找掩护才逃到这里来的。那个男人高举起双手，以免卡夫兰一怒之下做出什么事。

"护卫军！我是帝国护卫军，和你一样！"男人急促地说，摘下了戴着墨镜的头盔，露出了一张英俊的脸，他的皮肤就像抛光过的黑檀木一样黝黑发亮，"我是维特里安龙骑兵团士兵佐加特。我们被派来支援你们。炮击开始的时候，我们有一半人都在开阔处来不及躲避。"

"深表同情。"士兵卡夫兰毫无幽默感地说。他把手枪塞回了枪套，伸出苍白的手向对方握手，并注意到那个穿着金属链甲的男人用不屑的眼神看着他右眼上方的青龙纹身。

"士兵卡夫兰。坦尼斯唯一的第一团。"他说。过了一会儿，维特里安兵才伸手回握。

一颗炮弹在近处落地，泥浆溅了他们一身。他们站了起来，转身眺望着周围的末日景象。

"好吧，朋友。"卡夫兰说，"我想我们得在这儿多待一阵子了。"

十一

在西边，詹廷贵族团在弗伦斯上校指挥下前进。他们乘坐着奇美拉运兵车，摇摇晃晃地从湿滑的泥地上驶过。贵族团全员都是贵族士兵，穿着深紫色的镶金制服。弗伦斯在六年前被任命为他们的指挥官。这些战士既傲慢又坚定，为弗伦斯赢得了许多功勋。他们的兵团历史可以追溯到十五代之前在詹特·诺曼尼德斯主星的初次建团。每一代的詹廷贵族团都取得了卓著的战功，许多杰出的将领和战役都与这个团有关。他们的光荣榜上只有一个污点，唯一的一个，这个污点让弗伦斯夜不能寐。他一定会将它修正。就在这里，就在福提斯双星上。

弗伦斯拿起了望远镜，眺望前方的战场。他有两个纵队的车辆和一万多名士兵，等坦尼斯兵和维特里安龙骑兵将免罪者赶回来的时候，他就会从侧翼突入截断敌军。那两个团已经全都冲入了免罪者的战线。但弗伦斯没有预料到从山丘上的免罪者炮兵阵地上发出的大规模炮击。

前方两公里的地面，已经如同喷发的火山，巨型炮弹不断捶击着大地，扬起的泥水之雨溅上了他们的车辆。没有任何办法绕道过去，也几乎不存在让纵队冲过弹雨的可能性。德拉维尔上将相信一切损失都是可以接受的，也毫无愧疚地在许多场合用实践证明了这一看法。但弗伦斯可不打算自杀。他脸颊上的伤疤抽搐着。他咒骂着。尽管他利用了德拉维尔，但现在的事态发展并非他的本意。弗伦斯已经失去了他的胜利。

"后退！"他用手持通信器下令，同时感觉到他的车在倒车时履带的剧烈摩擦。

他的副手，一个名叫布洛胡斯的高大老人，从压低的头盔帽檐下瞪着他，"我们要撤了吗，上校？"他问话的语气，就像是宁可被炮弹炸碎一样。

"闭嘴！"弗伦斯吐了口唾沫，在通信器里重复了一遍命令。

"那冈特怎么办？"布洛胡斯问。

"你在想些什么？"弗伦斯冷笑着，指向奇美拉的观察孔外面，那片废土已经化作了沸腾的地狱，"或许今天我们无法获得荣誉，但至少我们可以开心地知道那个杂种已经死了。"

布洛胡斯点点头。他须发皆白的脸上慢慢露出了慰藉的笑容。贵族团每个老兵都不会忘记凯德1173号。

贵族团的装甲车队蜿蜒回转，在免罪者的炮台能够轰炸到他们之前，隆隆地驶回了友方战线。胜利还得再等下次机会。坦尼斯唯一的第一团和维特里安支援兵团现在得自己想办法了。不过，恐怕他们现在已全军覆灭。

第二章　回忆片段

加雷图斯 10 号，十八年前

　　奥克塔尔一直拖了八天才去世。

　　这位指挥官曾经说过一个笑话。冈特不记得那是在达伦达拉，还是在弗连，但他对这个笑话印象深刻："我在战场上死不了，可这些该死的胜利庆典总有一天会杀了我！"

　　他们当时站在一个烟雾缭绕的大厅里，周围都是欢呼的市民和飘扬的旗帜。大多数赫尔肯军官都喝得醉醺醺的。加斯特中士脱掉了上衣，爬上了广场中央的帝国双头鹰雕像，把赫尔肯的军服挂在了鹰徽的最顶端。整个街道都被喧闹的人群塞得水泄不通，充斥着车辆喇叭声和无法无天的鞭炮声。

　　弗连，肯定是在弗连。

　　当时冈特学员微笑着回应了导师，也可能是大笑着。

　　但奥克塔尔在所有事情上总是对的，那一次也同样如此。在对加雷坦卫星持续了十个月的屠杀之后，加雷图斯行星世界上的帝国劳动工具们终于摆脱了野蛮的兽人们的威胁。奥克塔尔带着冈特一起，指挥了对特罗普斯 9 号环形山的兽人战争堡垒的最后突击，彻底击溃了战争首领埃尔戈兹的凶残的哈兹卡尔卫队。奥克塔尔亲自用一柄帝国制式长矛刺穿埃尔戈兹被炸坏的脑袋，插进了环形山底部的松软灰土中。

　　接下来，在加雷图斯 10 号的加雷坦巢都首府举行了胜利阅兵式。欢呼雀跃的大群市民，没完没了的庆典、颁奖仪式、酒宴，还有——毒药。

　　以兽人而言，那算是一次非常狡猾的行动了。在兽人们占据巢都的最后几天，他们好像意识到自己待不久了，于是污染了食物和饮料的储备。试毒机仆们用嗅觉找出了大部分被污染的食物和饮料，但唯独漏了一瓶酒。就是那一瓶被遗忘的酒。

　　在解放庆典的第二天晚上，布罗夫副官发现了一架子古董酒，它们就藏在奥克塔尔征用来作为他的军官干部们的游乐场的宫殿房间内的一个长廊酒吧里。谁也没想到——

在人们发现这件事的时候，已经有八个人被毒死了，布罗夫也包括在内。他们在几秒钟之内死去，在一阵无法控制的抽搐之中倒下，口吐白沫，牙关颤抖。当有人拉响警报的时候，奥克塔尔正好从玻璃杯中啜饮了一小口。

仅仅一小口。凭借奥克塔尔钢铁般的体质，他顽强地活到了第八天。

冈特当时去了巢都中央宫殿后方的兵营，处理一次酒后斗殴事件。当坦豪斯把他带回宫殿时，一切都已无法挽回。

在第八天，奥克塔尔那原本年老但强壮的身躯，已经形销骨立。医生们从他房间里走出来，绝望地摇着头。腐朽和衰败的气味弥漫着。冈特在前厅等候着。几位他所认识的最坚强的赫尔肯人，正在无法自制地痛哭着。

"他叫那男孩进去。"一个医生走出来说。他的表情就像是努力控制着不要呕吐。

冈特走进了那个房间。房间的气氛带着温暖和疾病的气息。奥克塔尔被固定在一个生命维持装置的悬浮场中，周围环绕着闪烁的烛光和点燃的熏香碗。奥克塔尔的生命显然只剩最后几分钟时间了。

"伊布拉姆……"他说话的声音就像是耳语，宛如烟雾般虚无缥缈。

"总军法官。"

"现在是时候了。我已经耽搁了那么久，真不该拖到这最后一刻。我让你等待的时间实在太长了。"

"等待？"

"事实上，我无法忍受失去你……不只是因为你个人，伊布拉姆……而是因为这样一位优秀的士兵，让我很不情愿放手让你晋升而去。现在，告诉我你是谁？"

冈特耸耸肩。房间里的恶臭呛得他无法呼吸。

"伊布拉姆·冈特学员，长官！"

"不……从现在开始，你是伊布拉姆·冈特军法官，在战场危急关头，被授予军法官职位，负责监护赫尔肯各兵团。找个书记员过来。我们必须记录下我对此的授权，以及你的就职誓词。"

奥克塔尔顽强地多活了十七分钟，直到人们找到一名内政部的书记员，并且举行了恰当的宣誓仪式为止。在他去世时，那双瘦骨嶙峋、被汗水浸透的手还紧握着冈特军法官的双手。

伊布拉姆·冈特神情呆滞，心里变得空荡荡的，仿佛有什么东西从他的身体里被夺走、被撕碎扔掉了。他神志恍惚地走进前厅，甚至没有注意到所有士兵都在向他敬礼。

第三部分

第一章
福提斯双星
铸造世界

一

不知为什么,科贝克最讨厌的不是鼓声,而是它的节拍。尽管这些音符是有规律的鼓点,但它的节拍有时听起来却像是心脏的跳动,带着切分音重复循环着。炮击还在持续轰鸣着,但当他们接近鼓点的来源时,鼓声甚至盖过了战壕线外的爆炸巨响。

无须库拉尔中士提醒,科贝克早已发现部下们都在害怕。沿着前方的隧道,侦察中士穆克尔正朝他们走回来。他没有收到戴好呼吸面具的通信,因此脸色已经变得蜡白发绿。一看到连队的其他人戴着面具,穆克尔急忙也拉起了他的防毒兜帽。

"报告情况!"科贝克快速发问。

"前面很宽敞。"穆克尔透过面罩呼吸困难地说,"在前方有大面积的工厂区域。我们已经突破敌人战线,进入了这个工业地带的核心地带。我没有发现任何敌人。但我听到了鼓声。它听起来就好像……就好像外面有成千上万的敌人。他们本该早就发起攻击了,究竟在等什么呢?"

科贝克点点头,带领部下们往前移动。他们挨着战壕的墙壁,摆出射击队形,蹲着身体小步前进,枪口越过前面一个人的头顶上方来回扫动。

蜿蜒曲折的战壕朝着一片宽阔的石砌盆地敞开,那里有一条向下的斜坡,可以俯瞰盆地底部的巨大厂房。

隆隆的鼓声,还有那持续不断的不规则节拍,现在正从四面八方传来。

科贝克挥动双手,让两支射击纵队互相掩护侧翼前进。德拉伊尔指挥右翼,卢卡斯指挥左翼。科贝克亲自带领队伍的前锋。斜坡陡峭湿滑。他们不得不把注意力更多地放在如何保持身体平衡上，而非警惕地防御敌人的攻击。

环绕着厂房的中央广场毫无隐蔽之处而且空无一人。科贝克感到有在火力下暴露的危险，招手让部下们前进，前锋的士兵们很快就散开组成松散的方阵，后面的士兵也从斜坡上滑下来加入了方阵。德拉伊尔的队伍先在右边建立阵地掩护其他人，随后卢卡斯的队伍也很快就位了。

现在鼓声已经变得震耳欲聋，震动得他们呼吸面具上的硬塑料镜片在胸甲上发出砰砰的回音。

科贝克带着八名士兵匆匆穿过空地，对各个方向展开火力掩护。当科贝克跑到第一间厂房时，格雷尔中士又带着十二个人跟了上来。他往回看去，注意到德拉伊尔把防毒面具抬了起来，用衣袖背面擦了擦脸。尽管科贝克知道这个人还在为那次不幸的误伤心神不宁，但他还是不喜欢这种违反纪律的行为。

"把这法斯的面具戴好！"科贝克对士兵德拉伊尔吼着，然后，在七把激光枪的全方位掩护下，他走进厂房区域。

这座三角墙的建筑物也被鼓声震得嘎嘎响。科贝克简直不敢相信自己看到的景象。这里放置着几千台临时性的机械装置，有旋转发动机、有小型旋转涡轮机，它们以各式各样的方式驱动着杠杆，敲打着各种外观尺寸的圆筒，那些筒面上都蒙着一层皮。科贝克根本不想知道这是些什么皮。免罪者们留在这里的打鼓机器发出的带切分音的不规律砰砰响声，占据了他的全部身心。它们的节拍听不出任何韵律。但科贝克更畏惧的是，这其中可能有某种他无法理解的疯狂旋律。

一次深度扫描的结果显示这座建筑物内空无一人，在进行仔细搜查之后，他们发现在所有房间内都摆满了这些临时制造的击鼓机……一万，不，两万只鼓，它们大小和形态各不相同，就像是衰竭而畸形的心脏在搏动着。

科贝克的部下们紧紧围绕着厂房，保持着紧密的防守队形，但科贝克知道他们其实都很害怕，空气中律动的节奏，已经超出了大部分人类所能承受的程度。

科贝克叫来了斯库兰，他手中的重型喷火器正发出恶臭的石油气味，不停滴落着泄漏的油点。科贝克指向第一间厂房。"格雷尔中士会带一支射击小组保护你。"他告诉这名喷火兵，"你无须担心背后遇袭，直接去把这些邪恶的洞窟一个一个全烧了。"

斯库兰点点头，停了一会儿，给他那把烧得焦黑的武器上紧了线圈。当格雷尔指挥一小队士兵过来保护他之后，斯库兰走到第一间厂房的门口，举起了喷火器。他被压得发白的手指紧紧按在带着锡壳的橡胶板机上方。

一个鼓点响起。只是单独一声鼓点。接下来发生了不可思议的事情，所有的机械鼓都以怪诞的韵律齐声作响。

斯库兰的头炸开了。他就像一袋蔬菜般摔到地上，身体撞击的冲力和神经系统的抽搐触发了喷火器的扳机。凶猛的烈火之矛划出一道无情的弧线刺向周围，首先烧毁了厂房的大门，然后又向回挥动，将三个保护他的士兵烧成了灰烬。被火舌笼罩的人们一边惨叫一边手足无措地扭动着。

士兵们惊慌失措，匆忙散开。科贝克怒骂一声。不知是怎么回事，在死亡的那一刻，斯库兰的手指紧扣在了喷火器的扳机上，那件武器的燃料管道被压在他的尸体下面，就像一条喷火的毒蛇般来回摆动着。又有两名士兵被火舌吞噬，紧接着是第三个。在广场沾满泥泞的混凝土地面上，火焰灼烧出了大面积的圆锥形疤痕。

当火焰从他身边掠过时，科贝克扑向厂房的侧墙伏倒在地。他的头脑飞快转动着，在思考完成前，双手已经本能地开始了行动。科贝克手中多了一枚手榴弹，拇指轻轻一弹启动引信。

他纵身跃出掩体，大声叫喊着命令部下趴下，然后他才将手榴弹扔到了斯库兰的尸体和旋转中的喷火器上。爆炸犹如一场可怕的灾难，尸体背后的燃料箱被点燃了，白热的火焰从厂房大门喷了出来，掀翻了前面的屋顶。几段碎裂的石块坠落下来，砸在士兵斯库兰残缺不全的遗体上。

就像其他人一样，科贝克也被爆炸产生的高热冲击波击倒了。侦察中士穆克尔蜷缩在附近的一条沟渠里，避开了最严重的爆炸伤害。他注意到了一件科贝克还未留意的事。尽管鼓声的持续节拍现在又一次变得不规律和不成体系，让人很难集中精神思考。但穆克尔确信自己目击到了真相。

斯库兰其实是被后方的一道激光光束打中了脑袋。穆克尔抱着自己的步枪四处匍匐移动，想要找出袭击的来源。这里有个狙击手，他心里想着，在这片争夺地带里潜伏着一个免罪者游击队员。

所有士兵都趴在地上，用双手护着脑袋。除了士兵德拉伊尔。他大喇喇站着,手里懒散地拿着激光枪,脸上挂着一丝微笑。

"德拉伊尔!"穆克尔大喊,从战壕中站起身。德拉伊尔转过身面对着广场对面的穆克尔。他的双眼呈现出乳白色的虚无,随后举枪,射击。

二

穆克尔急忙扑倒在地。但第一道光束已经灼烧着擦过他的后背,撕裂了他的腰带。他一头栽进沟渠,肩胛骨上被烫伤起疱的地方隐隐作痛。没有流血,激光烧掉了经过之处的所有血肉。

到处都是惨叫和恐慌,人们慌乱的程度比刚才还要严重。德拉伊尔用一种奇怪而令人毛骨悚然的腔调喊话。他转身用激光枪点射,瞄准后脑勺杀死了最近的两名幽魂。当其他人争先恐后地逃开时,他又开启全自动模式朝他们开火,一连杀死了五个人,随后第六个、第七个。

科贝克跳起身,恐惧地看着眼前的景象。他把激光枪举到齐肩,仔细地瞄准,射中了德拉伊尔的前胸。德拉伊尔发出一声刺耳的怪叫向后飞了出去,手脚大张,样子几乎有点滑稽。

周围陷入了短暂的寂静。科贝克一步一步向前走去,除了几个人去帮助那些被德拉伊尔打中但还没死的士兵之外,穆克尔和其他大多数人也都一起走了过来。

"以法斯的名义……"科贝克一边喘息,一边走向那个被杀死的护卫军士兵的尸体,"这该死的到底是怎么回事?"

穆克尔没有回答。他突然跌跌撞撞地快步跑过广场,猛地撞到科贝克身上,把他扑到地上。

德拉伊尔并没有死。有什么邪恶可怕的东西正在他皮肤内部膨胀和沸腾着。他先是坐起身,然后站了起来。当他站稳之后,已经变得有正常人的两倍大小。由于他体内的骨骼结构正在扭曲扩大,他的制服和皮肤都裂开了。

科贝克不想看到这些。他不想看到从德拉伊尔的血肉中冒出来的那个骨架般的东西。混沌之力在德拉伊尔体内引发感染和变化时,体液四溅。某个怪物从它藏身的破碎尸骸中猛然迸发出来,获得了自由。

德拉伊尔,或者说那个曾经是德拉伊尔的怪物,面对着他们走过广场。

它的高度足有四米，仿佛是用生锈的钢铁焊接而成的一个庞大丑陋的骨架。巨大的头颅上长着不规则的扭曲光亮的角。它看上去好像在笑，一会儿向左转头，一会儿向右转头，仿佛对即将到来的大屠杀满心期待。

怪兽伸出金属般的巨大利爪，朝着天空发出嚎叫。

"快躲起来！"科贝克对吓坏了的部下们大喊。他们赶紧逃到能找到的任何阴暗处和缝隙间。科贝克和穆克尔跳进了一条沟渠，侦察中士全身颤抖。沿着湿淋淋的排水沟，科贝克看到了携带连队火箭筒的士兵梅利尔。但他被吓得动弹不得。科贝克穿过恶臭的污水爬到他面前，想要把火箭筒从他肩膀上拉下来。但梅利尔害怕得全身都僵硬了，科贝克很难取走火箭筒。

"梅利尔！看在法斯的份上，帮个忙！"科贝克一边费劲地拉扯着武器，一边喊叫。

火箭筒终于掉了下来。科贝克双手接过它。他的肩膀很不习惯驾驭这件沉重的武器。快速检查了一遍后，科贝克确认火箭筒已经装弹就绪。这时候，一个巨大的身影笼罩了他。

不再是德拉伊尔的那只怪兽就站在他面前，就像马齿般粗笨的满嘴大牙咧开，露出幸灾乐祸的笑。

科贝克坐倒在地，想要用火箭筒瞄准目标，但手里的火箭筒又湿又滑，他滑进了沟渠的烂泥里，"帝皇，从虚空的黑暗中拯救我们，指引我的武器为您效命……帝皇，从虚空的黑暗中拯救我们……"他终于扣下扳机，但什么也没有发生。火箭筒击发装置的挡板被潮湿的烂泥堵塞了。

怪物俯身逼近他，用金属般的手指钩起了他的军服外衣。科贝克被从沟渠里抓了起来，悬在离那只可憎之物仅有一臂之隔的空中。但现在他已经清理干净了火箭筒的击发装置。科贝克再次扣下扳机，近距离的爆炸将怪物的脑袋都轰没了。

爆炸让科贝克在空中翻滚了几十米，最后掉在一堆烂泥和矿渣中。火箭筒掉到了另一边。

那个失去脑袋的渎神怪物摇摇晃晃地走了几步，最后跌进了沟渠。格雷尔中士赌咒发誓着找来了一群惊恐的士兵，跑到怪物的后面。他们沿着沟渠边缘站着，用激光枪朝那具抽搐着的骷髅射击。不一会儿，这只金属雕塑般的怪物化作了碎片和熔渣。

科贝克又盯着那边看了一会儿，最后终于扑通一声后仰着倒在地上。

现在他想通了一切的来龙去脉。这全都是他犯的错，这个想法纠缠着科贝克。德拉伊尔是被那尊该死的神像飞溅出的碎片污染了。镇定点，他沙哑地告诉自己。士兵们都在指望你。他的牙齿不停打颤。叛军、匪徒，就算是肮脏的兽人他也可以轻松应付，但是这种东西……

炮击依然在他后方持续着。近在咫尺的打鼓机器依然还在发出断断续续的信息。自从坦尼斯陨落以来，科贝克第一次感到如此沉重的倦怠无力，泪水模糊了他的双眼。

三

夜幕降临。天色渐渐暗淡下去，免罪者的炮击依然持续着，在三百公里宽的范围内，炮火和飞扬的泥浆交织成一座咆哮着的丛林。冈特相信自己已经看懂了敌人的战术。这是一种两头下注式的成功策略。

他们在黎明时分发起进攻，企图突破帝国防线，但同时也预期到了会遭遇冈特部队的顽强抵抗。当突破失败后，免罪者就立刻采用另一种反击策略，先让部队后撤到远远超出必要的距离，引诱帝国护卫军前进来占据免罪者的战线，然后又把自己的部队都撤到了山顶的免罪者炮台轰击范围之后。

德拉维尔特级上将向冈特和其他指挥官保证过，帝国海军已经从轨道上空执行了长达三周的地毯式轰炸，敌军的炮兵阵地已被炸成了废铁，从而确保步兵可以相对安全地展开进军。这确实是真的，免罪者用来骚扰帝国战线的自走野战炮遭受了惨痛打击。但他们显然在山丘高处隐藏着射程更远的固定炮台。这些大炮被安置在轨道轰炸也未能击穿的堡垒工事内部。

能射出这些威力巨大的炮弹的，本身必定也是庞然大物，但冈特并不感到惊讶。毕竟这里是个铸造世界，尽管免罪者们在混沌的信仰下变得疯狂，但他们并不愚蠢。他们原本都是福提斯双星的工程师和技术员，受到过火星技术神甫的训练和教导。他们可以制造出任何需要的武器，而且还有几个月的时间来准备这场战争。

就这样，此地变成了一个精心设置的战场陷阱，引诱着坦尼斯唯一的第一团、维特里安龙骑兵和只有帝皇知道的其他什么人穿过无人地带，进入了废弃的战壕线和防御工事。随后，一道缓慢移动的弹幕将会逐渐向内拉起，一次推进一米，直到将他们尽数歼灭为止。

就在几个小时前，冈特和他的部下近身肉搏突破了免罪者先前的炮兵阵地，攻入敌人防线内部。现在回想起那场徒劳的战斗，只能让人感到愤怒和痛苦。

冈特的幽魂们，还有与他们会合的那支维特里安龙骑兵连队，现在正躲藏在某处废弃的工厂里。逼近而来的弹幕离他们只剩下1公里左右。他们没有遇到任何其他维特里安或者坦尼斯部队。就目前情况而言，他们是唯一推进到这么远的帝国军队。当然，也没有任何迹象表明帝国主力发起过救援行动。冈特本以为讨厌的詹廷贵族团或是德拉维尔的某些精锐风暴兵部队会被派来包抄敌人侧翼。但这场炮击使得一切可能性都化为泡影。

大规模轰炸带来的电磁干扰和无线电干扰已经切断了他们的通信线路。他们现在既无法联系上总司令部，也无法联系上他们自己在前线的部队，就连短程通信也被切断和扰乱了。佐伦上校催促他的通信员尝试接通轨道上方的某一艘监听星舰，这样他们就有可能报告自己的坐标和当前的困境。但在这个已经被战火施虐半年之久的世界上，大气层中充斥着浓密的化工烟雾、灰尘、电磁异常，以及其他更可怕的东西。任何通信都无法穿透大气层到达轨道。

从周围环境传来的声音，就只有震耳欲聋的炮弹轰击，还有持续不断的鼓声节拍。

冈特穿过士兵们藏身的昏暗厂房。他们三两成群地坐着，用迷彩斗篷裹住身体抵御寒夜。冈特命令过禁止使用炉子或者加热器，以免敌人的射程测量员用热成像电子眼发现他们。凭借这座工厂的塑钢强化混凝土墙壁，足以掩盖他们身体热源残留的细微痕迹。

在这里的维特里安龙骑兵人数比幽魂要多将近一百人，双方都尽量保持着距离，各自占据了工厂的两端。在这两个团的士兵离得比较近的地方，人们会有少量的交流。但也仅限于生硬的客套和问候。

维特里安龙骑兵团是一支训练有素、作风严肃的部队，冈特听说过许多关于他们举止坚忍和善于作战的溢美之词。

他想知道，这些士兵在战斗中是否像他们身穿的有名的玻璃纤维链甲一样明快而锐利，会不会缺少了铸就一支真正伟大军队所需要的斗志和灵魂。随着炮火越来越接近，冈特担心自己将不得不亲眼确认这一点。

佐伦上校放弃了连接无线电通信的努力，从他的部下们当中走来，迎向冈特。在厂房的阴影下，他黝黑的脸庞显得空虚而无助。

"我们该怎么办？上校军法官？"他问，对冈特的官衔表示了服从的态度，"难道我们要像一群老人家一样枯坐在这里，等着死神来认领我们吗？"

冈特环顾着阴暗的厂房，他的呼吸让寒冷的空气中出现了白雾。冈特摇了摇头，"如果我们要死，"他说，"至少得死得有价值。现在我们手头有将近四百人，上校。我们现在注定只有唯一一条路可走。"

佐伦迷惑不解地皱了皱眉，"这话怎么讲？"

"往回走，我们将会进入轰炸区；沿着防御战线往左走或者往右走，都无法让我们脱离死亡的弹幕。唯一可行的只有一条路：我们继续深入敌军战线，攻击他们新设置的防线。只要能成功，多少能给敌人造成一些伤害。"

佐伦沉默了片刻，随后咧嘴一笑，洁白的牙齿在黑暗中闪光。冈特的话很明显引起了他的兴趣。这个方案的逻辑很简单，而且带有令人钦佩的荣耀色彩。这正是冈特用来打动他的技巧所在。

"那么，我们什么时候开始出发？"佐伦一边问，一边戴上了链甲护手。

"在一到两个小时之内，免罪者的扫荡弹幕就会把这里彻底摧毁。只要在这之前出发都是明智之举。老实说，越快越好。"

冈特和佐伦彼此点头，然后立刻去叫醒他们的军官，集结部队。

不到十分钟，战斗部队已经做好了出发的准备。坦尼斯兵都在激光枪里装上了全新的能量弹匣，检查或是更换他们的聚焦管，并按照冈特的指示将充能设置调整为一半功率。他们用泥土抹在激光枪刺刀插槽内的坦尼斯战斗刀上，将银白的利刃抹成了黑色，以免刀刃闪光暴露目标。所有人都系紧了迷彩斗篷。幽魂被分组为十来个人的小型单位，每个单位至少都配备了一名重型武器士兵。

冈特观察了一下维特里安兵的准备情况。他们被编组为规模略大的二十人战斗单位，重型武器数量较少。在重型武器当中，他们主要装备的是等离子枪。冈特没有看到一个人带着热熔枪或是喷火器。他想这一局幽魂赢了。

维特里安兵在自己的激光枪上安装了尖头形刺刀，以精心训练的优雅动作同步进行着武器检查,将激光枪的充能设置调整到了最大功率。随后,他们再次整齐划一地改变了他们链甲腰带上的某个小型控制装置。在黑暗中一片微光闪烁后,他们的贴身链甲上那些细密啮合的玻璃片翻转合上了,这些链甲片不再露出闪烁的防高热表面,而是呈现出暗淡无光的反面。他们的多功能链甲还具有这种适合夜间行动的潜行模式,给冈特留下了深刻印象。

炮击的震动和轰鸣还在从他们后方传来,因为持续的时间太久,他们几乎都对此遗忘了。冈特和佐伦一边互相调整微型对讲机,一边商量。

"使用10号频道。"冈特说,"18号频道备用。我带幽魂走在前面。不要落后太远。"

佐伦点头表示明白。

"我注意到你的士兵们把激光枪充能调到最大功率了。"冈特像是忽然想起般补充了一句。

"这是维特里安战争艺术手册的内容'确保第一次打击足以致命,你就无需第二次了'。"

冈特露出了思索的表情。随后转身带着部下们出发了。

四

现实世界被一分为二:一个是在下方的漆黑的散兵坑,另一个则是在上方炮击轰炸中明亮的地狱。

士兵卡夫兰和那名维特里安兵蜷缩在弹坑底部的泥泞和黑暗之中,炮火在他们头顶肆虐,就像是恒星地表的一场火焰风暴。

"最神圣的法斯!我们怕是没法活着逃出这里了。"卡夫兰阴郁地说。

维特里安兵没有看他,说道:"生命只是通往死亡的必经之路,不管是我们死还是敌人死都差不多。"

卡夫兰若有所思,随后皱起眉摇了摇头说:"这都是些废话,你以为自己是个哲学家?"

维特里安士兵佐加特转过脸,轻蔑地看着卡夫兰。他收起头盔上的墨镜,卡夫兰看到一道冷冷的目光。

"这句话出自《拜哈塔》,维特里安的战争艺术手册。那是我们的法典,我们的武士阶层的指导思想。反正我也不指望你这种人能理解。"

卡夫兰耸耸肩:"我又不是傻子。告诉我……战争艺术是怎么回事?"

维特里安兵不太确定对方是否在嘲笑自己,他们用来交流的公用语言低哥特语,其实并不是他们双方的母语,而卡夫兰运用低哥特语要更熟练一点。从文化上讲,他们来自的世界不会有太大的区别。

"《拜哈塔》包含了关于战争的理论和实践。所有维特里安人都研究和学习其中的信条,并以此来指导我们的战争行动。它的智慧造就了我们的战术,它的力量加强了我们的武器,它的清晰统一了我们的思想,而它的荣誉决定了我们的胜利。"

"那这一定是本好书。"卡夫兰语带讽刺地说。

"它确实是本好书。"佐加特不屑地耸了耸肩回答。

"你是把这本书记忆在脑海里了,还是随身带着?"

维特里安兵解开了他的防弹链甲的纽扣,让卡夫兰看了一眼里面,在链甲衬里用系带绑着一个薄薄的灰色公文袋。"它被放在我的心脏前,八百万字的内容被转录编码到单纤维纸上。"

卡夫兰有点吃惊。"我能看看它吗?"他问。

佐加特摇头,扣上了铠甲的纽扣,说道:"这些纤维纸对授予的特定士兵设置了基因编码的触摸检查,其他人都无法打开它。而且它是用维特里安语写的,我肯定你也看不懂。就算你能看懂,一个非维特里安人阅读这本伟大的典籍也是死刑重罪。"

卡夫兰坐了回去。他沉默了片刻:"我们坦尼斯人……我们没有这样的东西,没有伟大的战争艺术。"

维特里安兵回头看着他:"你们没有行为准则吗?没有战斗哲学?"

"我们只是放手去做……"卡夫兰开口说,"我们的人生信条是'如果你必须战斗,那就好好战斗,别让敌人发现你的踪影'。我想这算不上什么宝贵的理论。"

维特里安兵思索了一下:"这确实……缺少了维特里安战争艺术的精妙隐喻和深刻教义。"他最后说。

他们很长时间都没有说话。

卡夫兰偷笑了起来。随后他们两人都爆发出几乎无法控制的大笑。

过了好几分钟，他们的笑声才渐渐平息下来，在这恐怖的一天中积累的极度紧张情绪也随之缓解了。

尽管炮击的雷鸣还在头顶隆隆作响，他们还是时而害怕会有一枚炮弹落进他们的庇护所，把他们烧成蒸汽，但他们心中的恐惧似乎终于平静了下来。

维特里安兵打开他的水壶痛饮了一大口，递给卡夫兰："你们这些坦尼斯人……你们的人数很少。是这样吗？"

卡夫兰点头："差不多只有两千人。这是在建团的那天，上校军法官冈特从我们的家园世界解救出来的所有人。那天也是我们家园世界的毁灭之日。"

"但你们团很有名气。"

"是吗？好吧，这种名气让我们经常被选中执行各种机密和肮脏的突击行动，这种名气让我们被送进敌人控制下的巢都和死亡世界，执行其他人都无法做到的破坏工作。我总是很好奇，等他们把我们的最后一个人都用掉的时候，还有谁能再去做这些脏活。"

"我经常梦见我的家园世界。"佐加特若有所思地说，"我梦见那些玻璃之城和水晶楼阁。尽管我知道或许我再也无法看到它们了，但只要在脑海中想到它们一直在那里，就会让我感到振奋。失去家园一定很难以忍受。"

卡夫兰耸耸肩："这又算得上什么呢？比猛攻敌人阵地还难吗？比死还难吗？在帝皇的大军中，生存本身就是一件难事。从某种意义上说，没有了家园还是一件好事。"

佐加特向他投去质疑的目光。

"没有什么可以失去的，也就没有什么可以用来威胁我，没有什么可以用来控制我，让我倒戈或是让我屈服。我孑然一身,帝国护卫军士兵德蒙·卡夫兰，只是可敬的帝皇的一名臣仆。"

"你看，你终究还是有一套哲学理论。"佐加特说。

他们停止了谈话，安静地听了一会儿炮声。"你的世界是怎样……怎样毁灭的，坦尼斯人？"维特里安兵问。

卡夫兰闭上眼睛，艰难地回忆了片刻，仿佛他正在从心灵深处搜寻某种他早已故意丢弃或是埋藏的东西。最后他叹了口气："那是我们建团的日子……"他开始述说。

五

他们不能待在原地,尤其是这个地方。就算不管那些正在缓慢推进而来的炮击,德拉伊尔身上的那个怪物也让他们毛骨悚然,急于逃离。

科贝克命令库拉尔中士和格雷尔中士用雷管炸掉工厂的厂房,让这些来自地狱的鼓声停下来。他们必须移动到敌人的防线内,尽一切可能造成损害,直到他们被迫停下或是得救为止。

在德拉伊尔腐化事件之后,连队只剩下不到一百二十人。当他们正准备离开时,侦察兵巴鲁总算回来了。他是在刚到达这个区域时科贝克派出的三名侦察兵中的一人,他返回时并非孤身一人。巴鲁之前在东面的锯齿形战壕里被敌人炮火压制了半个小时,炮击摧毁了他原路返回的路线。巴鲁本以为他再也无法和连队会合上了。他沿着战壕网络,在铁丝网和木桩之间艰难地穿行,意外地遇到了另外五个坦尼斯士兵:菲格尔、拉金、内夫、洛内金和罗恩少校。在轰炸开始前他们已经进入了战壕,现在正如同迷路的家畜一样游荡着寻找出路。

科贝克很高兴能遇到他们,他们也很庆幸找到了连队。拉金是团里最好的狙击手,在他们接下来的险恶行军环境里,他将会是无价之宝。菲格尔也一样是个优秀的射手和潜入专家。洛内金对处理爆炸物很在行,因此科贝克立刻派他去加入库拉尔和格雷尔的爆破工作。内夫是军医,有了他就可以利用他们能找到的所有医疗物资。罗恩的战术才能毋庸置疑,科贝克迅速挑选了一个小分队的士兵交给他直接指挥。

在炮火闪烁的夜空下,炮弹呼应着鼓点的节拍,疯狂地发出爆炸巨响和闪光。格雷尔回到科贝克身边,报告说雷管已经设置完毕,十五分钟后爆炸。

沿着主交通壕,科贝克驱使连队以双倍行军速度远离布过雷的厂房,在队伍前方是一个作为先锋的六人火力小组:格雷尔中士、狙击手拉金、侦察兵穆克尔和巴鲁、带着火箭筒的梅利尔,还有带着扫描仪器的多莫。他们的工作是确保快速移动的纵队前方道路安全,随身携带的机动火力也超出了单单侦察和警示的需要。

厂房开始在他们身后爆炸,黄色和绿色的火光朝着暗夜喷出,形成了炽热的蘑菇云,撕碎了那些建筑物的黑色轮廓,将附近的鼓声平息下去。

但是，随着厂房爆炸的巨响停息，从远方传来了另一个鼓点节拍。他们近处的击鼓装置掩盖了远方还有其他同样装置的事实。跃动的旋律拍打着他们。科贝克满心怨恨地咒骂着。这些鼓向他发出刺耳的噪音，使得他的怒火涌上心头。这让他回想起在坦尼斯家乡的终焉木森林的夜晚。每当你踩碎一只在篝火边上叽叽喳喳的蟋蟀，就会冒出一百只蟋蟀在火光外面开始喧闹。

"走吧。"他对部下们吼道，"让我们找到所有的鼓。让我们把它们一个一个干掉。全都给法斯掉。"

他的连队成员们不约而同地表示了赞同。他们开始了前进。

麦洛抓住冈特的衣袖让他转过身，随即他们看见在西方大约六公里处的天空中亮起了绿色的爆炸火光。

"是更近处的炮击？"麦洛问。军法官拿起望远镜环顾四周。他一边观察远处的建筑一边调整视野范围，镜头上的自动刻度盘嗡嗡作响地旋转着。

"那是什么？"佐伦的声音在短程对讲机中刺耳地响起，"那应该不是炮击。"

"同感。"冈特回答。他命令部下停止前进，占据他们当前所在的区域。这是一片地势低洼、潮湿渗水的储物仓库。随后他带着麦洛和几个士兵去找佐伦，对方也正过来找他。

"在这个地狱里，有其他人正在协助我们。"他告诉维特里安龙骑兵团军官，"这些建筑物是被穿甲炸弹炸毁的，典型的我军的建筑爆破行动。"

"我……我担心……"佐伦点头表示同意，他的声音带着一点犹豫，"……我怀疑那是某种雷管造成的。维特里安军规很严格，除非有某种不为我们所知的紧急原因，维特里安士兵是不会用这种方式引爆的。这相当于给敌人的炮火竖了一个靶子。他们知道了那里有人，很快就会炮击那个区域。"

冈特挠了挠下巴。他也同样确定这应该是坦尼斯兵的行动。罗恩、菲格尔、库拉尔……甚至是科贝克自己。他们都以不假思索、果断行事而出名。

在他们的注视下，又有一连串的爆炸火光涌起。更多的厂房被破坏了。

"照这么搞下去，"冈特怒吼说，"他们还不如直接把炮击坐标发送给敌人好了！"

佐伦把通信员叫到他们身边，冈特疯狂地切换着通信器上的频道转换装置,对着被缆线缠绕着的话筒重复他的呼叫信号。他们和爆炸地点距离很近,应该有可能联系上对方。

就在他们刚将第三组击鼓厂房夷为平地,走进钢筋支架的隧道中时,卢卡斯告诉科贝克上校,他收到了一个信号。

科贝克匆匆走过潮湿的混凝土地面,命令库拉尔带着他的爆破小队前往下一片隆隆作响的打鼓工厂。他拿起耳机仔细倾听。一个微弱的声音正在重复着一个呼叫信号,不时被恶劣的无线电环境打断或是混淆。毫无疑问,这是坦尼斯兵团指挥部的呼叫信号。

科贝克催促卢卡斯转动黄铜刻度盘提高功率,随后对着通信设备嘶声吼叫着他自己的呼叫信号。

"科贝克!……上校!……是你吗?……引爆……离开……"

"请重复一遍!军法官,我快要听不到你的信号了!请重复一遍!"

佐伦的通信员在通信仪器前摇了摇头,抬头说:"什么回应都没有,军法官。只有一片白噪音。"

冈特让他再试一次。现在是一个机会,他们很有可能获得一支有力的援兵,以更强大的力量进军。当然,必须让科贝克尽快停止这些会引来炮击的自杀式行为。

"科贝克!这里是冈特!停止你的爆破行动,迅速以双倍行军速度向东面移动!科贝克,请回答!"

"准备好爆破了。"库拉尔叫喊,但科贝克举手示意他安静,库拉尔急忙停下。在通信设备旁边,卢卡斯伸长了脖子,努力倾听在炮弹轰击和击鼓巨响之外的动静。

"我们要停下来……他命令我们停下来,双倍行军速度向东移动……我们……"

卢卡斯抬起头,突然很紧张地看着上校。

"他说我们正在吸引敌人的炮火来轰炸我们。"

科贝克慢慢转过身,抬头望向夜空,远处重炮阵地上飞射而出的炮弹,呼啸着撕裂了黑暗中红得发亮的硝烟。

"神圣的法斯啊!"当科贝克意识到是自己的愤怒愚行招来了这些炮弹时,他倒抽了一口凉气。

"快走!快走!"他大叫着,身边的士兵们慌乱地跌跌撞撞跟着走。科贝克一边带着他们往回跑,一边向前方发出信号,让先头部队也跟着他掉头后退。他知道自己只有几秒钟时间让部下们脱离炮击目标区域。一路爆破留下的绿色火焰,就像箭头般指明了他们的行进路线。

他奋力带着部下们向东跑。冈特说的是东面。但军法官的连队离这到底有多远?1公里?2公里?敌人的炮击离这有多远?在敌人的射程测量员校准好黄铜瞄准镜,汗流浃背的炮手们扭动着沾满油污的庞大齿轮,调低巨大炮管的射角时,他们是否已经在3吨重的巨型重氢炮弹里灌满氧磷凝胶,把炮弹塞进免罪者巨炮的后膛里了?

科贝克全力催促部下们前进。他们无暇考虑行军中的掩护。科贝克只能寄希望于免罪者们早已从这个地区全都撤走了。

维特里安通信员重新播放了他们收到的最后一个信号,并且调整设备尽量清除静电干扰。冈特和佐伦聚精会神地注视着他。

"我想这是一个答复信号,"通信员说,"一个确认。"

冈特点了点头。"在这里布置阵地。我们必须在和科贝克会合之前守住这个区域。"

这时,在他们西面被科贝克的爆破照亮夜空之处,以及那周围的区域,都开始缓慢地喷发出火焰的喷泉,一个接一个的爆炸波潮毁灭了整个区域。炮弹重叠地落在同一个点,新的爆炸盖过了旧的爆炸。免罪者将他们的弹幕向后直接拉回了大约3公里,轰击他们找到的有活动迹象的敌军。

冈特只能静静地看着这一幕。

在弗伦斯的职业生涯中,最信奉的原则就是机会主义。现在,机会已在手中,他甚至可以品尝到胜利的味道。

自从詹廷贵族团在下午进军失败后,他就撤军回到帝国司令部,考虑其他作战方案。但只要敌人的炮火封锁着整个前线,一切手段都无济于事。弗伦斯还是打算先做好准备，在炮击停止或者开始减弱的时候采取行动。在这样的一场轰炸过后，外面的陆地将会变成一片硝烟废土和泥潭，无论是免罪者还是帝国军都难以进行防守。这将是实施一次外科手术式的装甲突袭的最佳时机。

到了晚上六点，光线渐渐变暗了，弗伦斯在河流拐弯处的一条破碎的街道上布置好了一支突袭部队。八辆黎曼·鲁斯攻城坦克，这些很讨人喜欢的破坏者型坦克都安装着独特的粗短炮管；四辆标准的烈焰型黎曼·鲁斯主战坦克；三辆格里芬装甲运兵车和十九辆奇美拉运兵车上装载着将近两百名全副武装的詹廷贵族军战士。

他在公爵府里，与德拉维尔和其他几位高级军官讨论着行动方案，他们也尝试着对坦尼斯和维特里安两个兵团今天可能遭受到的损失进行评估。就在这时，值班室的通信仪器操作员带着一叠透明胶片走了进来，这是轨道上的帝国海军的沉思者机器处理并发送过来的。

其他人只是随手拿起看看这些从轨道上拍摄的炮击照片，但弗伦斯立刻就被它们吸引住了。有一张照片上，显示了在炮击线之内至少1公里处发生的一连串爆炸。

弗伦斯把那张照片拿给德拉维尔看了一眼，领着将军走到一旁。

"一些没飞远就掉下来的炮弹。"这是将军对此的看法。

"不，长官，这是一连串的火光……这是设置好的引爆区域。有人在那里做的。"

德拉维尔耸耸肩。"那么，看来有人幸存下来了。"

弗伦斯表情严肃地说："我已经决定让我自己和詹廷贵族团全力攻击前线的这个区域，以此为突破口夺取这个世界。我不会袖手旁观，眼睁睁看着一些乱窜的幸存者在战线后捣乱，破坏我们的战略计划。"

"你太感情用事了，弗伦斯……"德拉维尔微微一笑。

弗伦斯知道对方说得没错，但他也意识到了一个机会，说道："将军，如果炮击出现了中断，我能否请求您的许可，让我的部下前进？我已经让一支装甲部队做好了出击准备。"

特级上将感到有点困惑，但还是同意了。晚餐时间到了，而且他正心事重重。不过即使如此，他还是对胜利的可能性有所动心，他说："要是你能够帮我打赢这场战斗，弗伦斯。我是不会忘记你的。只要我能不被束缚在这个地方，就有可能在未来大展宏图，你一定会得到我分享的好处。"

"您必将心想事成，特级上将。"

弗伦斯敏锐的投机头脑发现了某种可能性。免罪者或许会重新校准他们的炮击范围，至少会在相当长的一段炮击范围内进行校准，以便粉碎在他们旧防线后方的敌人活动。这将会让弗伦斯获得一个突破口。

从轨道舰队传输来的导航信号，持续发送给在弗伦斯的指挥坦克上的一名星语者。弗伦斯指挥着车队隆隆从西边驶来，沿着河流边的公路穿过一座浮桥的桥头堡，最后他终于鼓起勇气进入了这片荒原。免罪者的炮弹就像怒火般在他的车队前方坠落。

弗伦斯正好赶上时机。他恰巧把车队开进了炮击的缺口。大约半公里长的一段炮击弹雨突然停止，然后在几公里的后方再度出现，轰炸目标正是轨道照片上显示的那个区域。

在毁灭的炮火之间出现了一条走廊，一条通往免罪者的道路。

弗伦斯命令车队前进。车辆用最大的引擎动力撕扯着、颠簸着，在烂泥上滑行着，驶入了免罪者的核心区域。

六

士兵卡夫兰的声音从散兵坑的黑暗中传来，在炮击声中仅是隐约可辨而已。

"坦尼斯是一个光荣之地，佐加特。一个森林茂密而又神秘的世界，总是被绿色覆盖。森林本身仿佛也有灵魂。那是一个平静的地方……有人告诉我，那些奇怪的树被称为'会走路的树丛'。大体而言，这些我们称之为'终焉木'的树……它们会追随着阳光、雨水，或是潮汐，甚至树液中流淌的渴望而移动，重新种入大地，重新自我安置。我并不想假装自己很懂，但事情实际上就是这样的。"

"本质上，这就导致了在坦尼斯的方位没有标准的规则。穿过终焉树林的小径或是道路可能在一夜之间改变、消失，或是重新出现。因此，随着世代流逝，坦尼斯人都拥有了天生的方向感。我们都很擅长追踪和侦察。我想正是因为家乡世界的那些移动森林，才让我们这个团获得了侦察和隐秘行动的好名声。"

"坦尼斯的大城市都很壮观。我们的产业都是来源于农业的，我们的外贸商品主要是加工过的优良木材和木雕。坦尼斯工匠们的作品颇为值得欣赏。城市是在森林之外竖立起的巨大石头城堡。你说在你的家乡里有玻璃宫殿。但我们的城市没有这么花哨，只不过是简简单单的石块，颜色就像大海一样灰，高高耸立而坚固有力。"

佐加特没有说话。卡夫兰在黑暗的泥坑里换了个更舒服的姿势。虽然他的声音和他的内心都很痛苦，但他感受到了一种很久都没有体验过的忧伤和失落的情绪。

"当时传闻说，坦尼斯将要为帝国护卫军组建三个团。虽然这是我们的世界第一次被要求履行兵役，但我们已经有过许多能干的战士接受过市政民兵的训练。建团的过程花费了八个月，当运输舰队到达轨道上时，集结的部队正在一望无垠的平原上等待着。我们得知自己将会加入执行萨巴特诸世界战役的的帝国军队，赶走混沌的大军。我们也被告知，很可能我们再也无法看见自己的世界了。因为只要一个男人开始了兵役，他可能会前往战事需要的任何地方，直到死亡把他带走，或是他奉命在某个终点开始新的人生为止。我敢肯定，他们也跟你说过同样的事情。"

佐加特点点头。在潮湿黑暗的弹坑中，他那气质高贵的侧脸流露出一种悲哀的共鸣情绪。爆炸声在他们头顶连绵不绝地响着。大地在摇晃。

"我们就这样等待着。"卡夫兰继续说，"成千上万的战友，穿着僵硬的崭新制服，注视着运兵船来来回回。我们渴望着出发，又对告别坦尼斯心怀感伤。但想到坦尼斯将会一直在这里，永远都会在这里，我们的情绪都保持着振奋。在最后一天早上，我们知道冈特军法官已经被派到我们团，来整顿我们的军纪。"卡夫兰叹了口气，想要拂去对失去的世界的悲伤情绪。他清了清嗓子："在赫尔肯兵团的老兵们中间，冈特有些名气，有过很长时间的功勋记录。当然，我们都是新兵，没有经验，未经打磨。最高统帅部显然认为，需要一个像冈特这样有勇气的军官，来将我们打造成一支有战斗力的部队。"

卡夫兰停下了。一股愤怒涌上心头，令他说不出话。除了愤怒之外，还有一种错位感。卡夫兰痛苦地意识到，自从坦尼斯陨落以来，他还是第一次大声讲述这个故事。记忆的丝线紧紧缠绕着他的心脏使它抽搐，他感到越来越痛苦。"就在那最后一夜，所有的事情都朝着错误的方向变化。登船已经开始了。大多数士兵要么在等待起飞的运输船上，要么已经进入了轨道。但海军的侦察队的工作失职了，漏过了一支强大的混沌舰队。它们是上一次被帝国海军击败的一支庞大混沌舰队的残部。它们偷偷穿越封锁线，潜入了坦尼斯星系。在毫无预警的情况下，黑暗大军袭击了我的家园世界，在仅仅一个夜晚的时间里，便将它从银河中抹去了。"

卡夫兰再次停下，清了清嗓子。佐加特带着强烈震惊的表情注视着他。"在冈特面前的选择很简单：要么，派出他部下所有的兵力，英勇地进行最后一搏；要么，带上所有他能救下的人逃走。他选择的是后者。我们所有人都不喜欢这个决定。我们都想要为自己的家园世界献身死战。然而，我想如果我们留在坦尼斯的话，除了在历史上留下一个英勇的注脚之外，不会再留下任何事迹。冈特救了我们所有人。我们本来会满怀自豪地成为一场毁灭灾难中的一分子。但他救了我们，因此我们就可以在其他地方造成更加惨重的毁灭了。"

佐加特的眼睛在黑暗中睁大："你恨他？"

"不！好吧，是的，没错。我恨他，就像我也恨那些导致我的家园毁灭的人，那些为了所谓更大的利益牺牲它的人一样。"

"那真是为了更大的利益吗？"

"我和幽魂们曾经在十几个战场上战斗过。但我还未曾见过什么更大的利益。"

"你确实很恨他。"

"我仰慕他。我会追随冈特到任何地方。我只能说这些。我的家园在我离开的那个晚上就死去了，从那之后我就一直在为了记忆中的它而战。我们坦尼斯人是一个即将灭绝的民族。幸存至今的同胞只剩下两千人。冈特只来得及带走一个团的人。坦尼斯唯一的第一团。现在你知道了，这就是我们被称为'幽魂'的原因。一个已经死亡的世界的最后一群未能超度的亡魂。我想我们会一直这样下去，直到全都完蛋为止。"

卡夫兰陷入了沉默，在昏暗的弹坑里寂静无声，只有外面传来的炮击响声。佐加特也沉默了许久，随后他抬头望着惨白的天空，"再过两个小时就清晨了。"他轻声说，"等天亮了，我们或许能找到离开这里的路。"

"你说得对。"卡夫兰回答着，舒展了一下那沾满泥浆的酸痛的手脚，"炮击好像越来越远了。谁知道呢，或许我们终究还是能活下来的。法斯啊，以前还有过更糟糕的状况，我不也活下来了么。"

七

阳光透过翻卷着的潮湿肮脏的云雾照下来，下方是持续不断的炮击轰炸。隐藏在遥远群山中的免罪者巨型炮台发射出的炮弹轨迹和火焰弧线，在逐渐变亮的天空中划出无数道交错的条纹。在更低处，那片宽阔的山谷和战壕中每隔一秒就会落下两三发炮弹，累积了持续二十一个小时的杀戮硝烟，现在已经凝结成了奶油状的浓雾，散发着无烟火药和引爆油的恶臭。

冈特让重新集结起来的部下们在一座曾经安置过熔炉和地下窑洞的工业筒仓中休息。他们摘下了呼吸面具。在地板上和空气中，弥漫着一种带着铁锈或是血腥味道的绿色微尘。室内散落着破碎的塑料板条箱。他们现在距离轰炸线已经有五公里远，周围的仓库和工厂里的击鼓机器发出的噪音盖过了炮击的响声。

科贝克带着他的部下全数逃离了炮击区域，尽管所有人都被冲击波击倒过，十八个人被空气爆裂的巨响永久性地震聋了。战线后方的帝国护卫军军医部门会用塑料薄膜修补他们破裂的耳鼓，或是植入临时的听觉增强器官。但那是在战线后方的事。而在此地，十八个聋子只是累赘。等列队出动时，冈特会把他们安置在纵队中间，这样周围的人可以尽量指引和提醒他们。还有些其他的伤员折断了胳膊、肋骨，或是锁骨。但值得庆幸的是，每个人都可以继续行走。

冈特带着科贝克走到一旁。冈特可以凭直觉分辨出一名士兵是否优秀，因此他很担心自己的直觉失灵了。他选择了科贝克和罗恩来互补。这两人在坦尼斯唯一的第一团里都备受士兵们的尊重，其中一人是因为被大家喜爱，另一人则是因为被大家畏惧。

"犯下这么严重的战术错误，真不像是你做的事。"冈特开口说。

科贝克想要说些什么，但立刻闭上了嘴。当着军法官的面找借口推卸责任，这种话他说不出口。

冈特帮他说了："我很理解，我们现在的处境都很困难。状况非常紧急，你们还遇到了特别悲惨的遭遇。我听说了德拉伊尔的事情。我也想到了你用自杀般的方式疯狂攻击的这些击鼓工厂，它们的作用应该是为了让我们陷入迷惑，做出不合理的行为。让我们面对现实吧。这些鼓是不正常的。它们和大炮一样都是一种武器。它们的目的就是为了拖垮我们。"

科贝克点点头。这场战役让他那肤色苍白的魁梧身躯中充满了痛苦。他的外表和行为都暴露出了一种疲惫。

"我们接下来有什么计划？是等炮火停下来然后撤退吗？"

冈特摇了摇头，说道："我想我们已经太过于深入了，因此我们可以做点更有用的事。先等我们派出的侦察兵回来吧。"

半个小时后，侦察小队回到了这个避难所。这些侦察兵当中有几个是维特里安兵，但大多数是坦尼斯兵。他们把各自的扫描装置取得的数据拼合起来，为冈特和佐伦绘制出了一幅直径两公里范围区域的图像。

最让冈特感兴趣的，是地图西边的一座建筑物。

他们向前穿过很长一段排水管道，在沾满油污和尘土，又被雨水冲刷过的混凝土通道中间行进。

硝烟飘过他们的上方。西方耸立着巨大的山脉，北方是近在眼前的阴暗重叠的尖塔居住区，这些工人居住的庞大圆锥形塔楼在战场迷雾中若隐若现，成千上万的塔楼窗户全被炮击和空气冲击波震碎了。在敌人领域的这个区域内没有多少击鼓工厂，但依然没有任何生物的迹象。甚至连老鼠都没有。

他们开始通过庞大的防爆碉堡群，它们的内部都是空的，只有一些散乱的支撑架和成堆的灰色纤维塑料托盘。在碉堡群前的广场上丢弃着一大堆损坏严重的黄色运货车。

"弹药库。"佐伦在行进中对冈特说，"他们肯定为这次轰炸储备了大量的炮弹，现在这些库房里的炮弹已经都被用完了。"

冈特认为这个猜测颇有道理。他们把武器上膛，小心翼翼地以一半的行军速度前进。侦察报告中那座醒目的建筑物就在眼前。这是一座由钢管和铆接防爆板组成的货物装卸车间。这个车间外面安装着液压起重机和吊杆起重机，可以将货物下降到地下的洞穴里。

护卫军士兵们沿着金属格栅阶梯向下走，来到了一座突起的平台上。平台旁边有一条宽阔的隧道，里面灯光照明充足，穿过地下，通往某个看不见的尽头。这条隧道是组合模块化的，横截面是圆形，底部有一条凸出的脊柱延伸向前。菲格尔和格雷尔检查了隧道和上方的装甲控制室。

"磁悬浮轨道。"菲格尔说，他搜肠刮肚，使用自己知道的基础机械知识来解释这条隧道的外部机制，"依然还可以使用。他们从弹药库里把炮弹搬出来，往下运到这个装卸车间里，然后再把它们装上炮弹列车，迅速送到山顶的炮台。"

他给冈特看了控制室里的一块指示面板。这块平板上闪烁着绿光，用发亮的图标显示出一个轨道网络的结构。"这里有一个完整的运输系统，专门设计用来连接所有的铸造厂，并快速运送各种材料。"

"这条支线已经被废弃了，因为他们已经耗尽了这个区域的弹药库储备。"冈特沉思片刻说。他拿出自己的数据板，用草图记录下这个运输网络。

军法官命令大家休息十分钟，随后坐在平台边上，拿着他的草图和数据板的战术档案库中的旧工厂区域地图进行了对比。免罪者们改造了许多地方，但地图的基本构造还是完全一致的。

佐伦上校来到他身旁，"看来你已经有方案了。"他开口说。

冈特指着隧道，"这是一条进入的道路。这条路可以通往免罪者的中央阵地。他们不会封锁这条路，因为他们需要保持这些磁悬浮轨道良好运转，以确保炮弹列车为他们的大炮提供补给。"

"但这有点奇怪，你不觉得吗？"佐伦把头盔上的墨镜收起。

"奇怪？"

"昨晚，我认为你对他们战术的判断是对的。他们一度试图发起正面进攻，击穿我们的防线，但在失败后他们就撤退到了极限程度，来引诱我们前进，然后再用炮击摧毁所有被引诱进来的帝国军队。"

"这可以说明当前的事实。"冈特说。

"即使到现在为止也是？他们肯定知道这个诡计只能骗到我军当中的几千人。按理说，我们这些被引诱进来的人大部分早就死在轰炸里了。为什么他们还要持续轰炸？他们到底在轰炸谁？这种炮击肯定会耗尽他们的弹药。他们已经持续轰炸了一整天，而且他们还放弃了这么一大片面积的防线。"

冈特点点头，"天亮的时候，我也想到了这一点。开始时我以为这是为了消灭被他们困住的我军部队。但到现在嘛，你的看法是对的。他们已经牺牲了许多阵地，持续的轰炸毫无意义。"

"除非他们想要把我们挡在外面。"一个声音从他们身后传来。罗恩走了过来。

"让我们听听你的想法，少校。"冈特说。

罗恩耸耸肩，重重地对地上吐了口痰。他皱着眉头，黑眼睛眯成了一条缝。"我们都知道，混沌造物不会按照我们所知的任何战术法则来战斗。我们已经被困在这条战线上好几个月了。我想昨天是他们最后一次试图用常规进攻来突破我们。而现在他们竖起一道火墙来阻止我军，同时他们也改变了战术。或许，他们是用这几个月的时间来准备什么事情。"

"例如什么事情？"佐伦不安地问。

"某种我不知道的事。某种运用他们的混沌力量的事，某种仪式。那些击鼓工厂……或许它们并不是用于心理战……或许它们是某个庞大的……仪式的一部分。"

三个人沉默了一会儿。随后佐伦笑了，嘲弄地大笑着说："魔法仪式？"

"不要嘲笑你不理解的事物！"冈特警告说，"罗恩有可能是对的。帝皇在上，我们已经遇到过很多次他们的疯狂之举了。"这次佐伦没有回答。他也曾见过这类事情。或许是因为他内心想否认这种事，或是把它们当作不可能发生的事而刻意忘记了。

冈特站起身，指向下方的隧道说："那么，这里有一条进去的道路。我们最好用上它。倘若罗恩是对的，我们就是唯一有能力对这种亵渎罪行采取行动的部队了。"

八

磁悬浮轨道的铁轨两侧分别可以容纳两人，两边加起来总共可以让四人并排前进。隧道墙壁内嵌的照明蓝光照亮了隧道。但冈特还是派出了多莫和其他扫雷员，在队伍前方检查陷阱。

他们没有遇到任何阻碍，沿着闷热的隧道向东走了两公里，经过了另一处被废弃的货物装卸车间和两个通往其他磁悬浮支线的岔路口。干燥的空气中，充满了通着电的磁悬浮轨道放出的静电，一阵阵热风周期性地朝他们吹来，就像是在预告一班永远不会到站的列车。

走到第三条支线时，冈特按照地图让队伍转入一条新的隧道。他们走了20米左右时，麦洛低声对军法官耳语。

"我们得返回刚才的岔路口。"他说。

冈特没有质疑。他就像信赖自己一样信赖布林的直觉，他知道直觉具有预知的力量。冈特把整个连队都撤回了刚才他们经过的十字路口。不到一分钟，一股热风吹向他们，隧道嗡嗡作响，一列磁悬浮列车沿着他们刚才要走的那条支线呼啸而来。这是一辆由六十个敞篷车厢组成的自动列车，车身涂成暗绿色，上面画着黑色和黄色的闪电。每个车厢都装满了炮弹和弹药。这是从远处的碉堡中运来的数百吨军火，目的地就是主炮台。当列车在光滑的惯性轨道上驶过时，许多士兵都目瞪口呆地看着它。有一些人甚至做出了抵御和防护的祈祷手势。

冈特查看了一下他画的草图。很难确定离下一个车站或十字路口还有多远，而且因为不知道炮弹列车的发车频率，他无法确保在下一趟列车隆隆驶过之前他们能顺利走出隧道。

冈特暗自咒骂。他不想现在掉头往回走。他查看着数据板里的部队档案，脑子里飞快地回想每个人的特长。

"多莫！"随着他的喊声，那名士兵赶紧跑了过来。

"在坦尼斯的时候，你和格雷尔都是工程师，对吗？"

年轻士兵点点头，"我在坦尼斯阿提卡的一家木材运输公司做学徒，主要做重型机械相关的工作"。

"依靠我们现有的手段，你能让一列这样的列车停下吗？"

"长官，之后呢？"

"然后让它再开动起来，可以做到吗？"

多莫一边思考一边挠着脖子，随后说："如果不炸掉磁悬浮轨道本身的话……您就需要阻碍或者切断驱动列车的动力。据我所知，这些列车在轨道上行驶时，会从轨道上吸收动力能源。这是一种导体之间的电力交换，和电池或是磁通装置的原理一样。我们需要找一些不导电的材料，要细到缠绕在铁轨的脊柱上也不会让列车脱轨。您想要做什么，长官？"

"让下一班经过的列车停车或是减速,我们都跳上车,然后再让它启动。"

多莫咧嘴一笑:"一路开到敌人老家去?"他笑了起来,左右张望了一下,看见佐伦上校正在和几名部下一边休息一边聊天,多莫朝佐伦走去。冈特也跟了上去。

"抱歉打扰了,长官。"多莫先快速行了一个军礼,"我可以检查一下您的链甲吗?"

佐伦用困惑和带着一丝轻蔑的眼神看着坦尼斯兵,但冈特平静地点点头,让他放心。佐伦脱下一只护手交给了多莫。年轻的坦尼斯兵用敏锐的目光审视着护手。

"做工真精美。链甲表面的这些鳞片是用玻璃珠做的吗?"

"是的,云母。或者按你说的玻璃。在隔热材料的织物上编织了这些鳞片。"

"不导电。"多莫说,把护手拿给冈特看了看,"我需要一块大小适中的这种材料。可能是一件外套。不过等用完以后,它或许就不完整了。"

冈特正准备要开始解释,想让佐伦从部下当中挑一名志愿者。但上校站起身来,摘下头盔交给他的副手,随后脱下了自己的链甲外套。

现在佐伦只穿着一件无袖衬衣,他那矮胖有力的体形、剃短的黑发和黝黑的皮肤都第一次显露了出来。佐伦停了一下,只是从他链甲外套的一个袋子里拿出了一本薄薄的灰色封皮的书,就把外套递给了多莫。随后佐伦小心翼翼地把那本书塞进腰带里。

"我想这应该是你计划的一部分吧。"在多莫匆忙离开,叫上格雷尔和其他人来帮助他的时候,佐伦对冈特问。

"你会喜欢这个计划的。"冈特说。

大约在他们遇见第一班列车十七分钟之后,一股强劲的暖流预示着下一班列车即将到来。多莫已经把维特里安上校的链甲外套裹在了支线出口的铁轨周围,并且从他自己的迷彩斗篷上切下来一些布条将它牢牢绑紧。

列车隆隆驶入视野。他们每个人都屏息注视着。前车头毫无阻碍地经过了外套,由于电磁斥力,列车比光滑的铁轨要悬浮高出几厘米,因此,车头沿着铁轨毫不受摩擦阻碍地驶过。冈特皱起眉头。他现在确信外套没发挥作用。

但是,当前车头刚越过绝缘层后,电流就中断了。随着推进力消失,列

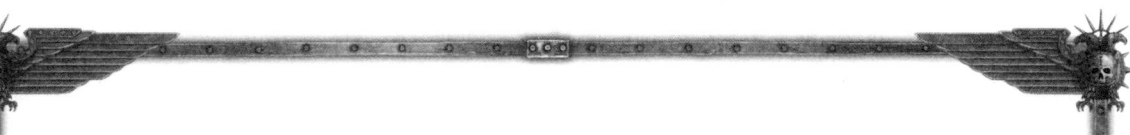

车迅速减速。前冲力让列车又前进了一小会儿。多莫祈祷着不要让整列列车都越过电流中断点，否则它将会再次启动。但最后列车还是陷入了沉寂，彻底停下了，在悬浮力场上方轻微地晃动着。

欢呼声响了起来。

"上车！用最快的动作！"冈特命令连队向前。维特里安兵和坦尼斯兵都爬上了满载着炸弹的车厢，尽可能找地方落脚或是用手挂在某个地方，收好武器，伸手帮助战友们上车。冈特、佐伦、麦洛、布莱格，还有六个维特里安兵登上了前车头，穆克尔、库拉尔和多莫手上紧紧抓着固定链甲外套的布绳子，也来到他们这节车厢上。

"干得好，士兵。"冈特对正在笑的多莫说。他抬起一只手臂示意，往列车后方望去，查看所有人是否都已安全上车。整个连队在短时间内全部就位，士兵们沿着列车一个接一个地回答确认，一直报告到冈特这里。

冈特放下手臂。多莫开始用力拉扯布绳，绳子被绷紧了，被撕扯着，最后飞了出来，把佐伦的链甲外套也一起从车厢下拽了出来，活像一条大比目鱼被钓鱼线吊起一样。

不一会儿，线路的电力恢复了，列车突然摇晃了一下，安静地再次开始移动，迅速加快了速度。隧道的灯光在他们乘车掠过时快速地闪烁着。

多莫小心地解开了临时的布绳，将外套还给佐伦。玻璃纤维的一部分因为和铁轨的摩擦而熔化和失去了光泽。但链甲本身还是完整无缺的。维特里安人郑重地点头，把外套收了回去。

冈特转头注视着他们正在急速驶入的隧道。他打开腰带上的口袋，取出了一个爆矢手枪用的新鼓式弹匣。这个容纳了六十发子弹的弹匣上面有一个蓝色十字记号，标记着里面装的是炼狱弹。他把弹匣装进手枪，随后拨动了一下他的有线头戴通话器。

"准备好，武器就绪。预先提醒下，我们即将驶入地狱之门，随时都可能出现在敌人中间。准备好突袭交战。帝皇与你们所有人同在。"

沿着整辆列车，不断地响起激光枪充能的呜呜声、火箭筒装弹的咔哒声、等离子能量匣嗡嗡作响着渐渐加热沸腾的声音，以及喷火器的点火装置打着的响声。

九

"走吧。"卡夫兰一边说,一边沿着恶臭的弹坑的边缘往上爬。他们已经在这里待了几乎一整天。佐加特紧随其后。清晨的阳光刺得他们直眨眼。炮击仍然在远处轰鸣着,浓烟吞没了无人区。

"往哪走?"佐加特说。他在硝烟和阳光中失去了方向感。

"往家走。"卡夫兰说,"趁我们还有机会离开这个地狱。"

他们挣扎着在泥潭里走着,艰难地翻越铁丝网和扭曲的混凝土废墟。

"你觉得我们会是仅有的两个幸存者吗?"维特里安兵问着,回头看了一眼壮观的轰炸弹幕。

"或许吧,我们有可能真的是。要是那样的话,我就成了坦尼斯唯一一人了。"

詹廷装甲部队突破了炮火后方的免罪者阵地。在两公里多的前进过程中,他们没有遇到任何抵抗。旧厂房区域里荒无人烟,一片死寂。

弗伦斯下令停下,从顶舱口爬了出来,用望远镜扫视前方的道路。那些被毁坏和空置的建筑物就像幽灵般耸立在浓雾中。一阵阵持续不断的鼓声刺痛着他的神经。

"往山脉的方向行驶。"他回到车里对驾驶员说,"只要我们能停止他们的炮击,就会在战史中留下一笔荣耀的篇章。"

4公里,5公里,越过空荡荡的车站和灯光熄灭的卸货车间,列车驶向一条向左的支线,随后再次向左转,列车停下了。在焦急地等待了三分钟之后,另一班炸弹列车从其他支线驶来,经过他们前方,然后列车又开始移动了。

紧张的气氛就像一件难受的紧身衣般笼罩着冈特。每一条经过的隧道看起来都很普通,让人感觉眼熟,没有任何预警或是警报的迹象。一切都很平静。

炸弹列车从一条分支侧线滑入一个巨大的装卸车间,停靠在另外两辆列车的旁边,起重机和装卸机仆正在从那两辆列车上卸货。一列空荡荡的列车刚沿着一条通往军火库的环形轨道驶离。

这个车间又高耸又昏暗,几千盏照明灯和发出红光的工作灯发出了亮光。室内很闷热,气味难闻,就像一个熔炉大厅。在他们可以看清的墙面上刻着巨大的混沌符号，还挂着污秽的旗帜。这些符号刺痛着护卫军士兵们的眼睛，看的时间长了让他们脑袋里嗡嗡作响。它们都是不洁的符号，象征着瘟疫和腐化。

在昏暗的装卸车间里，有两百多名免罪者正在操作着起重机或是驾驶炮弹送货车。他们当中似乎没有人有空去注意新来的列车上那些额外的货物。

冈特的连队从列车上跳下来，一边奔跑一边开火，释放出激光的暴雨，光束就像空气中的静电一样噼啪作响。坦尼斯枪在低功率设置下的嗡鸣声和维特里安枪在全功率下射击的灼热重击声交织在一起。冈特禁止部下在弹药车间里使用热熔枪、火箭筒和喷火器。尽管车间里的弹药都还没有解除保险或是设置引信，但也没必要特意去引爆它们。

几十名免罪者原地倒下。两辆只装了半满的炮弹送货车因为驾驶员松开操纵杆翻了过去，车上的弹头在平台上来回翻滚。一辆满载炮弹的送货车的驾驶员被射中，送货车在墙上撞翻了车。一台起重机在爆炸中倒塌了。

护卫军士兵们向前冲去。维特里安龙骑兵以完美的队列展开，占据一个又一个掩护点，击倒那些逃跑的免罪者们。有一些敌人找到了武器进行还击，但他们都被无情地消灭了。

冈特一边领着坦尼斯兵朝主装货通道前进，一边用爆矢手枪轰击免罪者。在附近，疯狂拉金和另外三名坦尼斯狙击手带着针击式激光枪，躲在隐蔽处一个个消灭掉上方过道的免罪者们。

士兵布莱格扛着一门他几个星期前从炮架上卸下来的突击炮。冈特还从未见过有人能不借助动力装甲的反冲辅助器和负重系统，仅凭空手就使用这样一件武器的。布莱格做着怪相，紧张地用炮身上的六根支架稳住突击炮开火射击，他的射击精度像往常一样惨不忍睹，但不管怎样，他还是杀死了几十名敌人，更不要说被他炸毁的一列磁悬浮列车了。

幽魂们一边战斗一边冲出卸货车间，登上了一条深深嵌入山体的运货坡道。一层蓝色烟雾在闪烁摇曳的照明灯光下方升起。

扫清了弹药车间的敌人后，冈特命令士兵们拿起热熔枪、喷火器和火箭筒，在前方坡道上开路。他们烧黑了斜坡上的混凝土，将免罪者的骸骨熔化为黏稠的池水。

在斜坡的顶端，在运送炮弹前往山体高处炮台的巨型电梯集合点。他们遭遇了第一次坚决抵抗。一大群免罪者士兵朝他们冲了下来，用激光枪和自动步枪开火射击。罗恩指挥一支射击小队从左翼横扫他们的侧面，科贝克的排则从右翼射击配合，形成了一场交叉火力，给免罪者造成了惨重的伤亡。

在免罪者还击队伍的中央，冈特看见了第一个混沌星际战士，那是一个长着角的庞大怪物，至少活了几个世纪之久，铠甲上带着钢铁战士的扭曲徽记。那个怪物用强化过的嗓音发出洪亮的吼声，催促变种人士兵们为胜利而战。他那装饰精美的古老爆矢枪朝着坦尼斯的队伍喷吐着死亡。格雷尔中士被他的第一拨子弹打中，整个人蒸发了，他的射击小队的另外两人很快也步其后尘。

"瞄准他！"冈特对布莱格大吼，大块头将手中的重型武器朝那个方向开炮，但并没有打中目标。混沌星际战士继续轰击维特里安兵的战线。突然，他身上爆炸了，最后跌倒在地。

冈特向手拿火箭筒的士兵梅利尔郑重点头致谢。在电梯集合点的免罪者们的激光光束和自动步枪子弹这时候正呼啸着向下射来。冈特躲到一个运货平台背后，发现在这个掩体里还有两名正忙于更换激光枪能量匣的维特里安兵。

"你们还剩多少弹药？"冈特一边快速询问，一边把爆矢手枪的空弹匣换成了一个新的镰刀式穿甲弹匣。

"用掉一半了。"一名维特里安下士回答。

冈特拨动了一下微型对讲机："冈特呼叫佐伦。"

"我听到了，上校军法官。"

"告诉你的部下，把激光枪调成一半功率。"

"为什么，军法官？"

"因为他们即将耗尽弹药！我很尊重你们的军规，上校，但射杀免罪者用不着开全功率射击，你的人会以我部下的两倍速度耗尽弹匣！"

通信线路里传来一阵噼啪作响，暂停片刻后，冈特听见佐伦下达了这个命令。

冈特看着那两名正在调整充能设置的士兵。

"这样可以用得更久点，你们也能用更多次的射击来赢得战功。没有必要做得这么过火。"他笑了笑，"你们叫什么名字？"

"扎波尔。"一个人说。

"泽佐。"另一个人，那名下士说。

"你们跟我一起上吗，孩子们？"冈特像狼一样咧嘴笑着问，同时举起手枪，用拇指把他的链锯剑调到最大转速。士兵们点头回应，用强壮而坚定的双手紧握着激光枪。

当他冲出掩体时，冈特感觉到了从他身后射出的光束，他自己的部队也正在掩护和支援他。

他能听见加长型狙击枪的嗖嗖响声，常规激光武器的短促爆响，还有布莱格手中突击炮的咔嗒咔嗒猛响。

"你瞄准点，'再来一发'……"冈特低声怒吼，他和两名龙骑兵已经冲进了敌人周围的临时防御工事。

泽佐被一发激光束打倒了。冈特和扎波尔跳进了废墟掩体里，对惊慌失措的免罪者们射击。冈特打空子弹后扔掉了爆矢枪，用他的链锯剑斩杀敌人。扎波尔用刺刀插进敌人的身体再开枪，让每一次杀伤都发挥最大效果。

战斗进行了两分钟。但对冈特而言却像是一辈子般漫长，血腥和疯狂的每一秒都像度过了一年。他和扎波尔终于冲到了电梯前，还有五六名维特里安兵紧跟而来，在他们周围的免罪者尸积成山。

扎波尔转头对军法官微笑了一下。

但他笑得太早了。

在他们面前的电梯门打开了，又一名钢铁战士军团的混沌星际战士从里面向他们扑来。他比防卫军士兵中个头最高的人还更高大，全身披挂着几乎像昆虫甲壳般的远古动力铠甲，上面布满了献给不死主宰的疯狂符文。比他先一步到来的，是从那格栅面罩中呼出的一股强烈恶臭，还有一声足以让冈特听力受损的刺耳嚎叫，听起来就像是一个肺痨患者的肺在压力下爆炸了。

这个怪物的链锯拳就像愤怒的恶兽般尖叫着，随手一拍就将扎波尔捣成了肉泥。怪物又开始疯狂地猛击，杀死了至少四名前来支援的维特里安兵。

冈特正面对着那个怪物。他能做的事情唯有举起链锯剑冲上去，将尖啸着的剑刃深深扎进混沌星际战士的铠甲之躯中。锯齿状的刀刃嘎嘎作响地对抗着铠甲，旋转着的切割齿陷进了怪物黏稠而坚韧的内脏，开始嗡鸣着冒出青烟。

钢铁战士跌跌撞撞地退了一步，发出了痛苦和愤怒的吼叫。那把冒烟短路的链锯剑现在已经卡住动弹不得，深深刺穿了他的胸膛。

冈特知道自己已经束手无策。他无力地跪倒在地，而那个受到重创的怪物又站了起来，希望即将破灭。

但冈特的祈祷得到了回应。那个怪物被击中了一次，两次……一连四五道精心瞄准的激光光束撕扯着钢铁战士，将他的躯体打得旋转起来。冈特下意识地知道这一连串神枪手般的精准射击都来自狙击手拉金。

怪物单膝跪地试图站起，怒气冲冲。他的大部分胸甲都已经被刺穿和撕裂了，冒着青烟，黑色的液体从可怕的伤口中溢出，沾满了他的脸庞、脖颈和胸口。

最后一束威力强大的激光击中了怪物，这一枪是近距离射击，而且开启了最大功率，连混沌战士的脑袋都被轰飞了。

冈特转过头，看见负伤的泽佐下士站在路障上。

尽管伤口还在痛，但维特里安兵还是咧嘴笑了。"恐怕我未能遵守命令。"他开口说，"我把枪调成了最大功率。"

"我注意到了……而且我宽恕你的抗命。干得很好！"

冈特站了起来。他全身都被血和污秽之物弄湿了。他的幽魂们和佐伦的维特里安兵都正在沿着斜坡向上移动，赶来占据阵地。在他们上方，在电梯井的顶部，可能有百万人之多的免罪者正一无所知地待在炮台碉堡里。冈特的远征军已深入敌后，就在敌人据点的最中心处。

伊布拉姆·冈特笑了。

十

冈特又花费了宝贵的半个小时来重新集结部队和检查装卸车间。冈特的侦察兵们找到了所有的出入口，将它们全部封锁了，甚至连通风管道和排水沟都不例外。

冈特紧张地踱步来回走着。时间正在嘀嗒流逝，电梯上方的大批军队迟早会开始奇怪为什么下面的弹药补给枯竭了，过来查看是什么原因。

这个地方本身也令他紧张：昏暗的光线、空气里的异味、涂鸦在墙上的亵渎图像。就好像他们身处某种禁忌不洁之地。所有人都直冒冷汗，眼神里带着恐惧。

通信线路响了起来，冈特收到消息后，匆匆走到炮弹车间的控制室里，佐伦、罗恩和其他人都在等着他。有人设法打开了控制室瞭望窗的百叶窗帘。

"以帝皇的名义，那到底是什么玩意？"佐伦上校问。

冈特从彩色玻璃的瞭望窗向外看了看。"我想这就是我们必须阻止的事情。"随后他转身离开窗前。

在他们下方很深的一个空心洞穴内，矗立着一块硕大的巨石。这座巨石柱高达五十米，散发着混沌能量的烟雾。它产生的亚空间气息充斥着卸货车间，让在场的所有人都变得急躁而心烦意乱。没有人能平心静气看着那块巨石。它似乎压在一堆发黑的尸体上，或者说一堆尸体残躯上。

罗恩少校皱着眉头，用大拇指朝上方一挥。

"他们用不了多久就会发现炸弹平台不再提供炮弹了。我们就等着迎接一场猛烈的攻击吧。"

冈特点点头，但什么也没说。他走到控制台前，菲格尔和一个名叫佐勒克斯的维特里安中士正在尝试访问数据库。冈特不喜欢菲格尔。这个又高又瘦的坦尼斯人是罗恩的副官，拥有和罗恩一样的负面性格。但冈特知道如何运用他和施展他的能力，特别是在关于沉思者和其他智能机器的领域。

"帮我查一下布局图。"他对那位副官说，"我有种预感，这里还会有其他的类似的巨石。"

菲格尔按下了玻璃屏幕和黄铜机器装置上的几个符文按钮。

"我们在这里……"菲格尔指着发光的地图信号说，"看那里还有一张更大比例尺的地图。你的想法很对。下面的巨石柱是埋在这些山脉里的一系列石柱的其中一座。总共有七座，各自以星辰的图案排列。法斯啊，七个亵渎之物！我不知道敌人打算用它们做什么，但这些石柱现在应该都正在充能。"

"多少个？"冈特迅速发问。

"七个，"菲格尔重复了一遍，"怎么了？"

伊布拉姆·冈特感到头晕目眩，"七枚能量之石……"他喃喃自语。脑海中闪过一个多年前的声音，那个少女，达伦达拉的少女。他绞尽脑汁也想不起少女的名字。但冈特能回想起在审问时她的那张脸庞，清晰地听见她当时说的话。

两年前，当那个少女说的幽魂的话成真时，冈特被吓坏了，连续好几个晚上都睡不着，辗转反侧回想着她的预言。当时冈特成了这些失去世界的可怜人的指挥官，他们当中的一名士兵"疯狂拉金"，自作主张给大家起了"冈特的幽魂"的绰号。冈特曾经试图把这件事看作是一个巧合，但从那以后，他发现那一夜的预言逐渐——实现了。

"切断它们，你就将获得自由。"她这样说，"不要杀死它们。"

"我们该怎么办？"罗恩问。

"我们有充足的雷管和手榴弹。"佐伦说，"让我们炸飞它们。"

不要杀死它们。

冈特摇了摇头，"不！免罪者已经准备这些东西很久了，他们利用这些巨石进行某种重大仪式，施展某种大规模的魔法。他们一直以来都用全部精力投入这件事，所以才一直在试图转移我们的注意力。我们并不知道炸掉他们的仪式工具会释放出怎样的污秽力量，很可能会犯下大错。不行，我们必须切断它们的能量链接。"

切断它们，你就将获得自由。

冈特站起身，又一次戴上了大盖帽，"罗恩少校，尽可能多找几辆送货车，装满免罪者的炮弹，给它们安装上引信，准备听我指示将它送上电梯。我们会用他们自己的武器来封锁楼上的炮台。佐伦上校，我需要你调派给我尽可能多的人手，或者更具体地说，我需要他们的链甲。"

少校和上校都茫然地看着冈特。

"可以吗？"冈特厉声补充了一句。他们立刻跳起身去安排了。

冈特带着人沿斜坡走向那座巨石柱。巨石上冒着能量的烟气，刺得他的皮肤很不舒服。这就是混沌能量的气味，像是烧焦的血和电流混合的刺鼻臭味。他们谁也不敢看石柱下方那堆尸体。

"我们要干什么？"佐伦在他旁边问，他很明显因为靠近这个不可名状的东西而感到烦躁不安。

"我们要破坏这里的能量链接，在不破坏巨石的情况下中断它的仪式。"

"你怎么知道要这样做？"

"内幕消息。"冈特努力咧嘴一笑，"相信我。让我们切断它。"

在指挥官的示意下，他身边的维特里安兵们向前走去。他们试探性地靠近那座巨大的石柱。佐伦一共搜集了五十多名部下的云母链甲外套。他用一把设为最低功率的热熔枪，像做外科手术般把这些外套融合成了一整块。维特里安兵们拿着这件临时做成的大斗篷，小心翼翼地裹在巨石上，使用从坦尼斯兵那里借来的热熔枪，就像工业焊枪一样把云母斗篷固定在巨石表面。

"没生效。"佐伦说。

确实如此。过了一会儿，维特里安链甲上的玻璃鳞片开始融解液化，从石块流下去，剩下的底层布料也很快被点燃，焚烧起来。

冈特背过身，沮丧的情绪在他心中翻腾着。

"现在怎么办？"佐伦垂头丧气地问。

切断它们，你就将获得自由。

冈特突然打了个响指。"我们无须炸掉它！我们可以调整它的位置。用这种方式就可以切断充能。"

冈特叫来了多莫、卢卡斯和布莱格。"在那堆支撑物上放炸药。但不要炸到巨石。把它炸倒，让它掉下去。"

"那堆东西……"卢卡斯吞吞吐吐地说。

"对，士兵，那堆尸体。"冈特重复说，"尸体伤害不了你。去做吧！"

幽魂们不情愿地去干活了。

冈特轻轻敲了一下微型对讲机。"罗恩，把炮弹送到上头去。"

"知道了。"

多喊一声长官又不会死。冈特在心里说。

在电梯门口，罗恩指挥士兵们将炮弹送货车推进了电梯轿厢。

"嘘！"一名维特里安兵突然叫起来。他们停下了。在安静的环境下，现在所有人都能听到从远处传来的叮当作响声。罗恩带着激光枪走进电梯集合点。他拉下操纵杆，打开了电梯上部的检修窗。

在他上方，庞大的电梯井就像一只怪兽深深的咽喉。

罗恩凝视着黑暗，努力看个清楚。

黑暗正在移动，是正在往下方过来的免罪者，他们就像是蝙蝠般沿着竖井通道的侧面向下爬着。

一阵恐惧涌上心头，罗恩砰地关上了检修窗，对外面大喊："他们来了！"

哨兵们纷纷报告说周围封锁上的舱门和入口都正在受到撞击，内部通信线路变得令人抓狂。那是几百次撞击，几千次撞击。

冈特咒骂着，他感到部下们正在陷入恐慌。那些被困住和挡住的邪教军队正从四面八方渗入。墙上的扬声器和周围的控制台都在发出尖叫声，刺耳的声音到处回荡，朝房间里吐露着非人的胡言乱语。

"关掉它！"冈特对菲格尔大喊。

菲格尔绝望地在控制台上乱摸乱按。"我做不到！"他大声喊道。

东面的一个舱门向内部炸开，火花四溅。士兵们发出叫喊。激光枪开始对射。再往北边一点，另一扇大门被一团熊熊燃烧的火焰风暴向内部吹开，越来越多的免罪者开始朝里面扑来。

冈特转向科贝克，看见对方脸色惨白。冈特想要想想办法，但扬声器发出的刺耳回荡的噪音令他无法思考。他低吼一声，举起爆矢手枪轰飞了墙上最近的一个扬声器。

冈特转向科贝克说："开始撤退。尽一切可能进行火力掩护。"

科贝克点点头，匆匆离去。冈特打开微型对讲机调到广域频段："这里是冈特，全体注意！开始撤退，在撤退同时最大限度进行反击！"他奔跑着穿过混乱的人群，来到巨石房间，但被这里的恶臭熏得倒退了好几步。卢卡斯、多莫和布莱格从暗处出现。他们的胳膊、胸前和膝盖上都沾满了黑色的油状黏稠物质。每个人都面色惨白，眼窝深陷。

"炸药布置完了。"多莫说。

"那就炸吧！快点离开！"冈特大喊，把那些跌跌撞撞的部下推出了洞穴，"罗恩！"

"他们快到了！"罗恩在上方的电梯那边回答。

冈特和身边的幽魂们迅速朝上望去，听到了从电梯轿厢顶部传来的撞击声。罗恩咒骂着把最后一车炮弹推进了电梯间。

"后退！后退！"罗恩对部下们大喊。他按下电梯的上升按钮，电梯立刻开始沿着竖井朝上方高处的免罪者炮台上升。轿厢碾碎了那些从竖井往下爬的免罪者，撞击声和惨叫声传到了他们耳中。

和罗恩在一起的幽魂和维特里安兵都匆忙逃命。在遥远的高处，他们的货物终于到达了目的地——这场爆炸震撼着大地，从山洞顶部朝下方洒落泥土和碎石。大厅内的照明阵列就像钟摆一样不停晃动着。

冈特感到所有该做的事情都已经完成了,这让他的心志坚定了下来。冈特和一大群匆忙的护卫军士兵一起走向磁悬浮隧道,差点撞倒了在那里发呆的布莱格。免罪者的火力正在从后面射来,灼烧着通道。一名幽魂在途中倒下,其他人都转过身单膝跪下还击。激光枪的光束来回穿梭。

在他们后方的巨石柱房间内,多莫的团队安放的炸药爆炸了。巨石下方的支撑物都被炸飞了,它摇摇欲坠,然后掉进了坑里。那些扬声器全都随之陷入了死寂。

完全的死寂。免罪者全都停止了射击,追来的敌人都扑倒在地,开始哭泣。

冈特能听见的,只有快步撤离的护卫军士兵们的沉重脚步声和喘息声。

紧接着一阵隆隆声响起。炽热的绿色火焰闪烁着,从巨石房间里向外扩散开来。控制室瞭望窗的彩色玻璃在冲击波下毫无预兆地炸开了。大地在震动着断裂。混凝土地面就像汹涌的怒海般翻腾。

"出去!快出去!"伊布拉姆·冈特大吼。

十一

炮击渐渐减弱,直到完全停止。正在艰难地穿越死亡地带的卡夫兰和佐加特停下脚步,往回看去。

"法斯救了我!"卡夫兰说,"他们终于——"

免罪者战线上方的山脉爆炸了。巨大的冲击波扑来,将两个士兵都卷起来摔到地上。山体四分五裂,喷出烟尘和火焰,它们短暂膨胀后又塌缩下去。

"帝皇的王座啊!"佐加特扶起年轻的坦尼斯人。他们回头看着从塌陷的山脉中升起的蘑菇云。

"哈!"卡夫兰说,"看来某人打赢了某场仗!"

在别墅里,德拉维尔特级上将刚放下手中的杯子,有点好奇地发现那个杯子在推车上晃动着。他动作笨拙地走到阳台栏杆前,用望远镜看了看远处。但他其实根本用不着望远镜,就能看见一团土黄色的钟形烟云从免罪者要塞方向的地平线上升起。闪电在天空中闪烁。在房间角落的通信设备的扬声器先是发出刺耳的怪声，然后就彻底陷入死寂。接下来是第二次爆炸，或许是弹药库被引爆了。这场爆炸沿着免罪者战线扩散，将敌人的中心部分彻底炸上了天。

德拉维尔咳嗽了几声，挺直身体，转身面向他的副官说："准备好交通工具，我要登船了。看来我们在这儿的工作已经结束了。"

一道冲击波和烈焰的风暴掠过了弗伦斯上校的装甲车队。当这股火焰风暴结束后，弗伦斯爬出车舱顶部，望向他面前的山脉，当第二次爆炸发生时，山体正在崩塌下滑。

"不……"弗伦斯喘着粗气，睁大眼睛看着这幕大屠杀的景象。

"不！"

他们被冲击波击倒在地，好些人被从后方涌入隧道的绿色火焰夺走了生命。之后他们踉跄着穿过黑暗和尘埃。呻吟、祈祷、咳嗽声此起彼伏。

最后，他们几乎花费了五个小时才找到路走出黑暗。冈特亲自带队走出隧道。幸存下来的坦尼斯和维特里安部队也都来到地面上。他眨着眼睛，走进了另一个傍晚的阳光之下。大多数人都一屁股坐倒在地，或是跌进了烂泥，他们伸展四肢，大哭又大笑。每个人都疲惫到了极点。

冈特坐在一团泥土上，摘下了帽子。他开始笑了，几个月的紧张感一下子就都烟消云散。一切都结束了。先不管别的，不去想后续扫荡之类的事，福提斯战役已经胜利了。

而那个少女，不管她叫什么名字，预言又一次成真了。

第二章　回忆片段

伊格纳提乌斯主教世界，
二十九年前

"什么……"那个带着困惑的嗓音停顿了片刻，"你在干什么？"

正跪在长廊地板的通风瓷砖上的布莱内学员抬起头，看见身旁站着一个男孩。男孩正好奇地俯视着他。尽管这个男孩也穿着忠嗣学院冷峻的黑色斜纹制服，但布莱内并不认识他。

是个新学员，布莱内推测。

"你觉得我在干什么？"布莱内反问，"我看上去像是在干什么？"

男孩沉默了片刻。他又高又瘦，布莱内猜测他大概十二岁，只比布莱内自己小一两岁。但在他那双黑眼睛的凝视中，有某种沧桑又摄人心魄的东西。

"看上去，"新来的男孩说，"好像你正在用一把小刷子打磨这条走廊上的地板瓷砖。"

布莱内无精打采地对男孩笑了一下，挥舞他脏手里的小刷子。这是一种软布式的工具，专门用来抛光制服上的纽扣和扣件。"我想你已经找到了你需要的答案。"他把小刷子放回身边的一盆凉水里，继续开始擦洗，"现在，要是你不介意的话，我还得去把这个四方形庭院的另外三条走廊都刷一遍。"

男孩沉默了几分钟，但他并没有走开。布莱内擦着瓷砖，感觉到身后的视线刺得他脖颈发烫。他再次抬头望去，问道："还有别的事吗？"

男孩点点头，问："为什么？"

布莱内把刷子丢进水盆里，跪坐在地上，揉着已经麻木的双手，说道："我太粗心了，在武器射击训练时使用了实弹，差点摧毁了一个目标模拟器。副校长弗莱维乌斯对此很不满。"

"这是给你的惩罚？"

"这确实是给我的惩罚。"布莱内同意。

"我还是让你接着做吧。"男孩想了想说,"我觉得我真不应该找你聊天。"

他走到这条回廊空旷的那一边,向外望去。这座古老的教会学校的内部四方庭院里,用石板铺设出一个帝国双头鹰的马赛克图案。空气中细雨蒙蒙,雨滴被寒风从石柱上方吹落。在这座古老建筑物回廊的屋顶上方,耸立着精心装饰的殿堂和高塔。在千年的岁月侵蚀后,屋顶雕刻的排水管和滴水兽的形状几乎都难以辨认了。在学院校区之外是城市的天际线。这座城市是强大的主教世界伊格纳提乌斯的首都。占据西方地平线的是国教殿堂的巨大黑色建筑。它那石板式样的高塔群足有两公里高,顶上的塔尖直插进寒冷的青色天空。

这里看上去是一个潮湿、黑暗、寒冷的地方。伊布拉姆·冈特初次从那艘将他送来此地的护卫舰的穿梭机上走下来时,就被这刺骨的寒冷冻僵了。在这个冰冷的世界里,国教以帝国信仰的铁腕统治着帝国的一大片疆域。有人告诉他,能在伊格纳提乌斯的一所忠嗣学院里就读是一种莫大的荣耀。伊布拉姆的父亲曾经教育他要爱帝皇,但不知为何,他觉得这种荣耀好像并不足以弥补他失去的东西。

尽管已经转过身,伊布拉姆依然能感觉到那个年纪更大、身材更粗壮的擦瓷砖的男孩正盯着他看。

"你有什么事情要问我吗?"他说,但没有转身。

"一件小事。"受罚的男孩说,"他们怎么死的?"

"谁?"

"你妈、你爸,他们肯定死了。如果他们没有光荣牺牲,你就不会来这家孤儿院了。"

"这是忠嗣学院,不是孤儿院。"伊布拉姆说,"无论如何,这个神圣的机构是一所教会学校。送到这里接受教育的,都是为黄金王座捐躯的帝国忠仆的子嗣。"

"行,那他们怎么死的?"

伊布拉姆·冈特转过身说:"我母亲在我出生时去世。我父亲是帝国护卫军的一名上校。他在去年秋天的一次攻打肯托尔兽人的行动中牺牲。"

布莱内停止了擦拭,站起来走到冈特身边。"听起来很有趣。"他开口说。

"有趣?"

"护卫军的英雄行为之类的？具体经过是怎样的？"

伊布拉姆·冈特凝视着他。布莱内在他深深的注视下有些畏缩。"你为什么这么感兴趣？你父母又是因为什么死了，才让你到这儿来了？"

布莱内后退了一步说："我爸爸是个星际战士。他在福塔克杀了一千个恶魔后战死。你肯定听说过那次伟大的胜利。我妈妈听说他的死讯后，为爱而自杀了"。

"我明白了。"冈特慢吞吞地说。

"然后呢？"布莱内催促说。

"什么然后？"

"他怎么死的，你爸爸？"

"我不知道。他们没告诉过我。"

布莱内停了一下："没告诉你？"

"我想那应该……那是机密。"

两个男孩谁都没有说话，长时间凝视着在庭院中央的雄鹰石像上蜿蜒流过的雨水。

"噢。我的名字是布莱内，沃纳姆·布莱内。"更大的那个男孩说，转过身伸出一只手。

冈特和他握了手。"伊布拉姆·冈特，"他回答说，"也许你应该回去继续你的——"

"布莱内学员！你在偷懒吗？"在回廊远处响起了一个声音。布莱内赶紧俯身跪下，从盆里一把捞起刷子，手忙脚乱地擦拭起来。

一个身穿飘逸长袍的高大身影大步踏过瓷砖地面走向他们。他在布莱内面前停下了，说道："擦干净每一厘米，学员，每块瓷砖，每一条连接线。"

"是的，副校长。"

弗莱维乌斯副校长转向冈特。"你是候补学员冈特吧。"他说，他并不是在询问，"跟我来，孩子。"

伊布拉姆·冈特跟着高大的副校长走过瓷砖地面。他回头看了看。布莱内抬起头，用手指模仿了一下割喉咙的动作，就像是被绞死般吐出了舌头。

年轻的伊布拉姆·冈特笑了。这是一年来他初次露出笑容。

校长的房间就像是一个由书构成的圆筒，一个书架接一个书架的古代典籍和数据板，排列成了犹如巢都般拥挤的模样。有一条奇怪的齿轮轨道从地板上升起，盘旋着绕过房间的内墙。伊布拉姆·冈特完全猜不出这个带锯齿的黄铜机械有何用途。

他在房间中央等待了漫长的四分钟，校长博尼费斯才终于赶到了。

校长五十岁左右，身材魁梧有力，可惜他已经失去了双腿、左臂和半张脸庞。他坐在一把黄铜轮椅上，轮椅框架内部的三个力场浮标制造的悬浮力场支撑着他。在闪闪发光的能量球体内，他残疾的身体能免于惯性牵制地轻松移动。

"你是伊布拉姆·冈特？"校长的声音是一个刺耳的电子合成音。

"是的，校长。"冈特说，像他叔叔过去教他的一样迅速立正行礼。

"你很幸运，孩子。"博尼费斯轻声说，他的嗓音是从咽喉辅助装置里发出来的，"伊格纳提乌斯第一忠嗣学院从不轻易招生。"

"我知道这是一种荣誉，校长。德西乌斯将军向我征求同意时，已经告诉过我了。"

校长拿过一枚数据板，竖立在他的悬浮力场中，用他嗡嗡作响的骨骼义手在设备上输入："德西乌斯，詹廷贵族团的指挥官。你父亲的顶头上司。我知道了。这里记录了他建议将你安置到本校。"

"我叔叔……我是说德西乌斯将军，他说现在我的父亲已经去世了，你会关照我的。"

博尼费斯怔住了，随后他转过头注视着冈特。他的严厉表情突然消失了，从他那只单眼中流露出的表情……是关爱吗？

"当然，我们会的，伊布拉姆。"他说。

博尼费斯转动轮椅来到房间的一侧，让轮椅侧面的齿轮和锯齿形轨道啮合在一起。他转动了一个小把手，轮椅就开始沿着轨道上升，划出一道宽阔的弧线升到了男孩的头顶。

博尼费斯在上方第三个书架停下，拿出了一本书，"帝皇的力量何在？回答我。"

"是人性，人性的力量正是帝皇本尊。出自《塞巴斯蒂安·索尔布道集》第六十二章。"

博尼费斯让轮椅沿着螺旋轨道上升到更高的地方，又选了一本书。

"战争的意义何在？"

"是胜利！"冈特急切地回答，"《格雷什上将回忆录》第九章。"

"请问我欠了帝皇何物？"

"我欠他的是黄金王座，出于义务，我将偿还。"冈特回答，"出自《憧憬的领域》，审判官拉文纳著，第……三卷？"

博尼费斯让轮椅又回到了地毯上，转身面对冈特说："实际上，是第二卷。"

他凝视着男孩。冈特看着博尼费斯的半人工脸庞上暴露的软骨和组织，努力不表现出畏缩的样子。

"你还有什么问题吗？"

"我父亲怎么死的？没人告诉过我，甚至叔——我是说德西乌斯将军也没说。"

"小伙子，你为什么想知道这件事？"

"我在回廊里遇到了一个男孩布莱内。他知道他双亲是如何去世的。他的父亲在福塔克和敌人战斗而死，他的母亲因为爱而自杀了。"

"他是这么说的？"

"是的，校长。"

"布莱内学员家人所在的世界当时发生了基因窃取者的叛乱，整个世界都被病毒炸弹摧毁，他的家人们也因此去世。布莱内当时在另一个行星的亲戚家里拜访。我记得应该是舅母。他的父亲是一位内政部的书记员。布莱内学员总是拥有丰富的想象力。"

"他是在训练中使用实弹了吗？那是不是他受罚的原因？"

"有人发现布莱内学员在厕所的墙上涂写了一些关于副校长的粗鄙之词。这是他受罚的原因。你在笑，冈特。怎么了？"

"没什么特别原因，校长。"

室内陷入了长时间的沉默，只能听见校长轮椅的悬浮力场发出的噼啪作响和嘶嘶声。

"我父亲是怎么死的，校长？"伊布拉姆·冈特问。

博尼费斯用力啪的一声关闭了手中的数据板。"那是机密。"

第四部分

第一章
克拉西亚城
黄铁星

一

科尔姆·科贝克上校觉得，帝国之针真是一件了不起的杰作。它耸立在黄铁星最古老和最庞大的城市克拉西亚城。四百年前，为了表达对帝皇的崇敬，更重要的是为了展示黄铁星的工程技术，人们修建了这座足有三千米高的铁塔。它比法务部分局的那些锯齿般起伏的塔楼还要高，甚至连国教殿堂最宏伟的双子塔也相形见绌。在晴朗的日子里，这座城市仿佛变成了一个巨大的日晷，日晷的指针就是这座铁塔。只要看看城市的哪些街道正处在铁塔阴影下方，市民们就可以精确地推断出当前的时间。

可惜今天并非晴天。现在正是克拉西亚的冬季，暗淡的灰白色天空就像是一块没有调试好的投影屏幕。雪花从铅灰色的天空飘落下来，化作冰雪覆盖了这座古老的灰色城市的哥特式尖顶和塔楼，妆点着华丽的建筑装饰、锻铁排水管和黄铜屋檐，洒落在消防通道和柳叶窗的窗台上。

但街上还是暖洋洋的。这里的每一条大道边上都有装饰着彩色玻璃珠的铁艺遮阳篷，下方的人行道和广场上都有暖气。在城市下方几公里的地方，古老的涡轮机将暖风送到人行道下的暖气管道中，并在遮阳篷下方循环流动。在一层楼高的高度，有一个低功率的能量罩遮挡了大部分的雨水和雪花，让它们无法落到人行道上。

在一家露天咖啡馆里，科贝克敞着坦尼斯团上校制服的外套，松开了腰带扣子，坐在黑色铁艺椅子上晃晃悠悠地喝着啤酒。黄铁星的人们很喜欢黑色的铁艺制品。他们用这种材料制造一切。甚至连啤酒的味道，也让人觉得是用黑铁酿造的。

几个月以来，科贝克初次感到全身都放松了下来。福提斯双星上的地狱场景终于被抛得远远的了：那些该死的泥浆、老鼠和炮击。

那里的情景仍然会在梦中闪现。他经常被想象中的轰炸惊醒。但在这里，一杯啤酒、一把椅子、一条温暖而友好的街道，让一切又都恢复了活力。

一个比帝国之针投下的影子还要大的阴影挡住了阳光。"我们准备好了吗？"问话的人是士兵布莱格。

科贝克眯起眼睛看了看这位身材魁梧但面容和善的士兵，他差不多是科贝克部下最壮的汉子。"现在还早。他们说这个街区的夜生活很棒，但要等到天黑后才会开始。"

"无聊死了。什么乐子也没有。"布莱格一脸沉闷地说。

"嘿，我们得庆幸来的是黄铁星而不是盖斯潘丁。所有人都知道那里只有尘土、矿渣和无边无际的巢都。"

这时，一个自动循环时间周期结束了，大道和遮阳篷下的统一照明都同时亮起。尽管现在还是在白天。

"我们一直在说——"布莱格开口。

"我们指的是谁？"科贝克说。

"呃，拉克斯和我……还有瓦尔，还有布兰。"布莱格有点坐立不安地说，"我们听说了一个小赌场。可能会很有趣。"

"不错。"

"不过，呃——"

"什么？"科贝克说，他很清楚"呃"是什么意思。

"那个赌场在寒冷区域。"布莱格说。

科贝克站起来，把几枚当地货币的硬币丢在他喝空的啤酒杯旁边的玻璃桌上。"士兵，你知道寒冷区域是禁止进入的。"他平静地说，"兵团在这个城市里有四天娱乐时间，但这些娱乐有几个先决条件：保持礼貌的行为，不要冒犯或者打扰这座古老而又文明的城市的市民；只能进入指定的酒吧、俱乐部、赌场和妓院；绝对禁止帝国护卫军士兵私下离开这座城市的供暖区域。寒冷区域是无法无天的。"

布莱格点头说："是的……但在克拉西亚现在有五十万护卫军士兵在休假，星港和车站都被挤得满满当当。每个人都是最近几个月才刚从各自的地狱战场回来的。你真的觉得他们会守规矩吗？"

科贝克不悦地噘起嘴，随后叹了口气道："不，布莱格。我也不这么觉得。告诉我，你刚才说的赌场在哪儿。我先去办几件事，之后去那里找你们。记住别惹麻烦。"

二

在内政部办公区旁边，克拉西亚上城区最好的酒店之一的极地帝国酒店内部，在烟雾缭绕、镜面墙壁的酒吧里，军法官沃纳姆·布莱内正在讲述敌军战列舰埃拉迪库斯号被摧毁的经过。他讲故事的技巧复杂而丰富。有时利用手中那支点燃的雪茄的烟圈，有时做出富有表现力的手势，还有时故作嘶哑地制造声音效果，在他桌子旁边，响起一阵阵赞赏的叫喊和欢笑。

然而，伊布拉姆·冈特却只是注视着他们，什么话也没说。他保持沉默，这可以让别人放松警惕。

从他们还在忠嗣学院的时候起，布莱内就已经是个编故事高手了。冈特总是盼望着与他重聚。布莱内和他差不多称得上是老朋友了。在漫长的岁月里，许多故人的形貌都已经湮灭或是消失，看到布莱内的脸庞时，冈特总会有一种奇妙的安心感。

但布莱内也是个糟糕的吹牛大王。他沉溺于享乐的生活，变得软弱和自满。在过去十年里，他一直在灰色戈里安第三团服役。灰色兵团效率很高，工作努力，很少有其他兵团像他们一样坚定不移地忠于帝皇。他们把布莱内惯坏了。

布莱内把侍者叫了过来，又给他同桌的军官们点了一大盘的饮料。在这个帝国护卫军军官们拥挤在一起放松交流的沙龙里，冈特的目光来回扫视着。

他看见，在房间的另一边，在一幅描绘着帝国泰坦进军的巨大华丽的镶金边框油画下方有几位身穿黄色紫色相间制服的詹廷贵族团军官——这个团被称为"帝皇亲选"。在他们当中有一个身材高大、虎背熊腰的人，他的脸上带着酸液腐蚀留下的疤痕。他是德雷克·弗伦斯上校。冈特对此人了如指掌。

他们的视线交会了几秒。彼此目光中流露出的"热情"和"友好"，堪比一对自动瞄准仪彼此锁定射击目标。冈特在心里默默咒骂。要是他知道詹廷贵族团的军官们也住在这家旅馆，他绝对会事先避开。冈特最讨厌的就是无谓的对抗。

"冈特军法官?"

冈特抬头望去。一名身穿制服的旅馆门房正站在他的扶手椅旁边。他歪着脑袋,既有谄媚,又带着几分冷傲。真是个傲慢的狗屎,冈特心想。当我们为他拯救世界的时候,每个人都满心喜欢护卫军,但等我们到他宝贵的旅馆里休息,他又满心害怕我们弄坏家具。

"有个男孩,长官。"门房不以为然地说,"一个男孩正在接待区,说有事想找您。"

"男孩?"冈特问。

"他说把这个给您看。"门房接着说。他有点犹豫地用戴着天鹅绒手套的手指拿出一个银色的坦尼斯耳环。

冈特点点头,站起身跟着门房出去了。

在房间的另一边,弗伦斯注视着冈特离开。他恶狠狠地打了个响指,叫来了他的副官埃布赞,说道:"去把布洛胡斯少校和他的几个同伴找来。我有点事需要解决。"

冈特跟着昂首阔步的门房走进了大理石大堂。随着时间推移,他对这个地方越来越厌恶。黄铁星很柔弱,受到精心保护,远离艰苦的战争前线。他们向帝皇交付什一税,获得的回报是他们对他们的文明世界之外的残酷真相一无所知。即便是在这里作为永久驻军的帝国士兵们,似乎也同样变得软弱了。

冈特中断了自己的思绪,看见布林·麦洛正耸肩站在一株种在培养皿里的大树下。男孩穿着幽魂军服,看上去很不高兴。

"麦洛?我还以为你会和其他人一起去玩。科贝克说过他会带你和其他坦尼斯人一起行动。你为什么来这种无聊的地方?"

麦洛从裤袋中拿出一块小型数据板,递给他,说道:"这是你走后,通信传输器发过来的,长官。副舰长克雷夫认为最好直接把它交给你。因为人们觉得我是你的副官……嗯,他们就把这个工作派给我了"。

冈特看着男孩厌烦的表情,忍不住想要取笑麦洛。他拿过数据板,打开了它。"这是什么?"冈特问。

"长官,我只知道,这是在某个加密频道上提示让你关注的一条私人通信。"

他说，停了一下看了看计时器，"四十七分钟前。"

冈特研究着数据板上的乱码文字。随后他用拇指触碰解码图标，指纹解锁了它，显示出只有他的眼睛能辨认的内容。

"伊布拉姆，你唯一的朋友就在附近，他需要你的帮助。去针影大道1034号。用我们过去的暗号。有值得拥有的宝物，朱红级的宝物。弗雷德。"

冈特突然抬起头，砰的一声关上数据板，就好像犯错被当场抓住一样。他的心脏怦怦直跳了好一会儿。地球的王座啊，他有多少年没有体验过这种心脏直跳的感觉了——这是真正的恐惧吗？弗雷德？他长久以来的老朋友，他们之间的关系纽带以鲜血铸就，自从——

麦洛好奇地看着他，"有什么麻烦吗？"男孩小心地问。

"有个任务需要执行……"冈特低声说。他再次打开数据板，按下擦除图标，删掉了这条信息。

"你会开车吗？"他问麦洛。

"我可以开车吗？"男孩兴奋地说。

冈特双手拍了拍他，让麦洛发亮的眼睛平静下来。"去下面的停车场找一辆车。要一辆军用履带车。告诉他们是我派你去的。"

麦洛匆匆离去。冈特沉默地站了一会儿。他刚深呼吸了两口，突然背上狠狠地挨了一巴掌，差点把他打倒在地。

"伊布拉姆！你这狗东西！你错过派对了！"布莱内大叫着。

"阿沃，我有点公事要办——"

"不不不！"醉得脸色通红的军法官一边抚平自己皮革大衣上的皱褶一边说，"我们有多少次在一起畅谈往事了，嗯？多少次？我觉得每隔十年才能有一回！我不会让你离开我的视线的！下次就没有机会了。我对你可清楚着呢！"

"阿沃……真的，我有些枯燥的兵团琐事要去做……"

"那我就跟你一起去！这样我们可以事半功倍！两个军法官一起上，嗯？我告诉你，让他们体验一下王座的恐惧！"

"真的，你会感觉很无聊的……这是一个很乏味的任务……"

"那我去的理由就更充分了！我会让这些事不那么无聊的！嗯？嗯？"布莱内叫喊着。他从上衣口袋里掏出一瓶他偷来的精酿白兰地酒晃了晃。冈特看见了,门厅里的其他人也都看见了。

再这样下去的话,冈特心想,我还不如在广播里直接公告我的秘密行动。他一把抓起布莱内的胳膊,把他带出了酒吧。

"你可以跟我走。"冈特带着怒意说,"只要你能守规矩!还有,保持安静!"

三

在舞台前缘随着手鼓乐队的音律旋转起舞的少女非常可爱,身上几乎一丝不挂,但罗恩少校却并没有看她。

在昏暗的、烟雾笼罩的光线中,罗恩凝视着桌子对面,乌尔诺·哈布什普特·卡尔·吉尔正在往两只玻璃杯里倒黏稠透明的酒。

哪怕只剩下一身骨架,吉尔也肯定会是个大块头。而他身上裹着三百多公斤的厚厚肥肉,就算是魁梧的布莱格跟他一比也显得有点营养不良。

罗恩少校很清楚,就算他的体重再沉个三倍也比不上这个衣着华丽的诈骗犯。但罗恩脸上毫无惧色。

"干杯,士兵小子。"吉尔带着浓重的黄铁星口音说,用巨大的手掌举起一只玻璃酒杯。

"干杯。"罗恩表示赞同,拿起了自己的杯子,"不过我希望你可以叫我罗恩少校……诈骗犯小子。"

四处陷入一片死寂。这间拥挤的寒冷区域酒吧几乎一瞬间变得寂静无声。少女也停止了旋转。

吉尔哈哈大笑。

"很好!很好!非常有意思,有胆色!哈哈哈!"他笑着和罗恩碰了下杯。酒吧里的人们都松了一口气,恢复了正常的谈话和行动。

罗恩缓慢但不停地喝空杯里的酒。随后他拿起雕花玻璃酒瓶,眼都不眨地又灌下去一升酒。他知道这是一种黑麦原料的酒精,化学成分和奇美拉或是犀牛运兵车的防冻液很相似。在走进酒吧前,罗恩吞服了四枚解酒药片。它们是从一个黑市商人那里花大价钱买的。但这笔买卖很划算,现在他喝酒就像是在喝泉水。

吉尔看得嘴都合不拢,随后才恢复了镇定。

"罗恩少校，你的酒量跟我们黄铁星人一样好！"他用赞美的口气说。

"所以黄铁星人很善于思考……"罗恩说，"现在让我们谈公事吧。"

"这边请。"吉尔一边说着，一边动作笨拙地站起身。罗恩跟在他身后，吉尔的四名保镖走在最后。

酒吧里的所有人都注视着他们从后门离开。

在舞台上，少女意识到根本没人在关注她，气急败坏地跺着脚走了。

在俱乐部背后的一条白雪皑皑的小巷里，一辆甲壳虫式车头的灰色六轮卡车正在等候。

"特级小麦酒、香烟、图片数据板，你要的货一样不少。"吉尔故作豪迈地说。

"你真是个说到做到的男子汉。"罗恩说。

"现在，该付钱了。两千帝国币。别用本地的垃圾货币来糊弄我。两千帝国币。"

罗恩点点头，打了个响指。士兵菲格尔背着一个鼓鼓囊囊的背包从阴影中走了出来。

"这是我的合伙人菲格尔先生。"罗恩说，"给他看看货，菲格尔。"

菲格尔把背包放在雪地里打开。他伸手往里面探去，然后拿出一把激光手枪。

最开始的两枪就射中了吉尔的脸和胸膛，把他击倒在小巷里。

菲格尔一边咧嘴笑着，一边娴熟地击中了怒气冲冲的保镖们的头部。

罗恩冲向卡车，爬进了驾驶室。

"我们走！"他大喊着。菲格尔刚爬上卡车侧边，罗恩已经发动了车，驾驶着卡车隆隆冲出了小巷。

他们呼啸着经过小巷尽头处的拱门时，一个巨大的黑影跳下来砸在卡车上，落在平台上的那些用帆布包裹的违禁品中间。正紧紧挂在车上的菲格尔沿着载货平台的安全绳索爬过去，朝那个不速之客冲去。但一记狠狠的刺拳把菲格尔猛地打倒在帆布折叠的缝隙处。

罗恩一边打着方向盘，一边从后视镜里看见菲格尔倒了下去。袭击者身形一晃就在他身后钻进了驾驶室。罗恩惊慌失措。

"少校。"科贝克的声音。

"科贝克！"罗恩脱口而出，"你怎么在这儿！"

"如果我是你的话，我会看着路好好开车。"科贝克朝后头瞥了一眼，说道，"我想吉尔的手下有很多话想跟你聊聊。"

卡车在积雪的街道上疾驰而过。尾随其后的是四辆气势汹汹的豪华轿车。

"法斯！"罗恩少校说。

四

巨大的黑色军用履带车隆隆作响，沿着被铁架路灯照亮的大道行驶。它平稳而巧妙地在车流稀少的夜间通道驶过，不断变换车道超车。

其他司机都很主动地给这台气势不善的巨大机械让路，它的引擎发出低沉的轰鸣，车身上带着闪闪发亮的双头鹰纹章。

在履带车防弹玻璃后的乘客车厢，冈特从带着钉子装饰的皮革座椅上向前探身，按下了话筒的开关。在他身旁，布莱内低声笑着倒了两大杯白兰地。

"麦洛，"冈特朝话筒说，"别开这么快。我希望尽量别引人注目，而且也没让你刷新什么速度纪录。"

"明白，长官。"麦洛在话筒那头说。

麦洛前倾着身体，岔开两腿坐在履带车的驾驶区，双手摆在方向盘上，得意地一笑。车速减慢了点。但也就一点点而已。

冈特没有理会布莱内递给他的酒杯，打开了一张这座城市的街道规划数据板地图。

随后，他按了一下话筒开关说："接下来向左，麦洛，然后沿着地下通道前往愤怒广场。"

"那条路……那条路会经过寒冷区域，军法官。"麦洛从电话线回答。

"执行命令，副官。"冈特简短地说，然后关掉了对讲机。

"这根本不是帝国护卫军的公务，对不对，老朋友？"布莱内挖苦地说。

"只要别问那么多，你就用不着在这些事上跟人撒谎了。阿沃，最好你什么也别管，假装不在这里。过一个多小时，我就会把你送回酒吧。"

希望如此，冈特在心里补充了一句。

罗恩驾驶卡车来了一个急转弯。六个巨大的车轮在潮湿的雪地上令人恐惧地打着滑。在后面，那些沉重的追击车辆都在翻滚和滑动着。

"这么走不对！"罗恩说，"我们正在深入这个该死的寒冷区域！"

"我们别无选择。"科贝克回答，"他们想要包抄我们。你事先没规划好逃跑路线吗？"

罗恩沉默不语，专心开车。他们又沿着另一个危险的拐角转了一圈。

"你来这里干什么？"他终于开口问科贝克。

"问问你自己就知道了。"科贝克淡然回应，"好吧，事实上，我想我应该像一个优秀的团长一样，为在福提斯这种地狱深渊里执行过噩梦般任务的部下们做点好事，到市区去淘一些黑市饮料之类的东西回来。士兵们总是喜欢照顾他们的上校。"

罗恩皱着眉头，和方向盘搏斗着。

"然后，我凑巧看到了你和你的副手。我意识到你在做那种鬼鬼祟祟的底层机灵鬼们在港口休假时爱干的事——从当地人那里骗一些违禁品回去卖给他的战友。所以，我觉得我得帮帮你。罗恩少校会弄到我需要的东西，但如果没有我帮助，他就会被干掉，明天早上在克拉西亚河上就会看到他漂浮的尸体。"

"你的帮助？"罗恩呸了一口。这时驾驶室后面的玻璃窗被一枚子弹打得粉碎。两个人都赶紧俯身躲避。

"没错。"科贝克说，从外套里拿出一把自动手枪，"我的枪法比给法斯擦屁股的菲格尔要好点。"

科贝克降下他旁边的车窗，探出身子，从飞驶的卡车上向后迅速射出一连串猛烈的火力。

一辆黑色轿车的前挡风窗爆炸了，它猛地侧滑，逼停了另一辆同伙的车，然后撞上了墙。轿车在空中翻滚了三圈，喷溅出大量的玻璃碴和金属碎片，最后才停下。

"我的子弹用完了。"科贝克说。

"可后头还有三辆！"罗恩说。

"对。"科贝克说着，装上了一个新弹匣，"但身为一个机灵鬼，我总会带点备用弹药。"

冈特让麦洛把军用履带车停在前往针影大道的街角。他爬出履带车，来到了外面的寒夜之中。"留在这里。"他对布莱内说，后者则在车厢里愉快地朝他挥手，"还有你。"冈特告诉想跟他出来的麦洛。

"您带武器了吗，长官？"男孩问。

冈特意识到自己没带。他摇了摇头。

麦洛拔出了自己的坦尼斯白银匕首，交给了军法官。"多加小心。"他简洁地说。

冈特点头感谢，随后离开。

寒冷区域就像一个严酷的警告，让人们意识到像克拉西亚这样的大都市里存在着严重的社会割裂。在城市中心是恢弘的国教殿堂和帝国之针。围绕着它们的市中心和富人区拥有巡逻、保安、暖气和安检，就像安全和舒适的具象化缩影。在那里，人们享受着身为帝国公民的一切权益。

但在这之外，城市的大部分地区都得不到这些奢侈的待遇。只有一个又一个衰败不堪的城市街区、建筑物和小区，上千年的时间里，它们就这样在没有照明、没有暖气、无人清扫的状态下腐烂。犯罪到处肆虐。法务部也不管这里的事，光是控制内城区已经耗尽了他们的全部精力。

这是一个蓄养人类的动物园，一个环绕着文明的城市荒原。在某种程度上，这让冈特联想起了帝国本身——拥有一个富丽堂皇、极尽奢华的中心，却被它所知甚少或是懒于知晓的可怕现实重重围困。

太过湿润而无法凝结起来的细雪，纷纷飘落而下。空气寒冷而阴湿。

冈特大踏步走过凌乱的人行道。针影大道 1034 号是一座漆黑而阴森的建筑遗迹。只在六楼有一盏昏暗的孤灯还在亮着。

冈特悄悄走了进去。门厅里弥漫着潮湿地毯的气味和发霉的味道。这里没有灯，但冈特发现楼梯被几百根插在各色瓶子里的蜡烛照亮了，发出一种烟雾缭绕的黄光。

当他走到三楼时，冈特听到了音乐声。似乎是某种古老的舞蹈民谣。但陈旧的录音里夹杂着嘎嘎作响的噪音，让这音乐声听着像是在闹鬼。

六楼是最顶层。破碎的灰泥散落在破旧的大厅地毯上。在阴暗处，有老鼠在吱吱叫。音乐声变得更响了，他走近那个房间，听见一台旧的音频播放机正在低沉地演奏。公寓房间的门半开着,灯光比外面大厅里的蜡烛要亮不少,那盏自供电的便携式台灯发出了紫罗兰色的光。

冈特的手指握住藏在大衣口袋里的刀柄,走进房间。

五

房间里只有光秃秃的地板和剥落的墙纸。音频播放器被放在一堆旧书顶上,带着颤音低吟着。墙角的台灯将紫罗兰色的灯光洒满了整个房间。

"有人在吗?"冈特问,自己发出的声音让他神经紧张了一下。

在隔壁的浴室里,有个人影动了动。

"暗号是什么?"人影说。

"什么?"

"我没时间逗你玩。暗号。"

"鹰之片羽。"冈特说,他使用了他和弗雷德多年前在帕什 9-60 号行星时的暗号。

那个人似乎松了一口气。随后一个穿着破旧肮脏的市民服装的老人走进房间,来到了冈特的视线之内。老人手里放下了一把头部翘起的小型手枪,冈特辨认不出这把枪的型号。

冈特的心突然一沉。这个人不是弗雷德。

"你是谁?"冈特问。

老人皱起眉头回答:"现在的处境下,通名报姓实在不是明智之举。"

"如你所愿。"冈特说。

老人走到音频播放器前,切入了一个新的音轨。这是另一首怀旧的曲调,一首充满了希望和遗憾的情歌,在一连串的管弦乐声中开场。

"我是一个导师、一个信使,很可能也是个已经死去的人。"陌生人对冈特说,"你知道这桩事件的规模有多大,影响有多么深远吗?"

冈特耸耸肩,说道:"不。我不确定你说的是什么事。但我信任我的老朋友弗雷德。对我而言这个理由就够了。根据他给我的信息,我绝对不会质疑这件事的严重程度,但至于深度和复杂性……"

老人打量着冈特,说道:"帝国海军情报网络建立了一个遍布萨巴特诸世界的间谍系统，来监视这场远征。"

"是的。"

"我是这张蜘蛛网的一部分。你大概知道，其实你也一样。我们正在追寻的真相极为可怕。我的朋友，在这支强大的远征军中，一场严重的权力斗争正在进行。"

冈特心中涌起一阵不耐烦。他费尽周折来到这里，并不是为了听一些猜测。"这和我有什么关系？我并不是最高统帅部的一员。让他们争吵、互相陷害，然后——"

"你愿意让一切付诸东流吗？十年的解放战争？还有司雷德战帅取得的所有胜利？"

"不。"冈特不情愿地承认。

"阴谋威胁着一切。一场如此庞大的远征，当它的指挥官们互相指责的时候，怎么能继续下去呢？如果我们耽于内斗，又怎能与敌人作战？"

"为什么让我来这里？"冈特缺乏兴致地打断了他。

"他告诉我你会小心行事。"

"谁说的？弗雷德？"

老人停顿了一下，没有直接回答。"两天前的晚上，我在克拉西亚的同事截获了从边境星云的一艘侦察艇上传来的星语者信息。这条信息的发送目标是德拉维尔特级上将的舰队司令部。它的机密等级是朱红色。"

冈特眨了眨眼睛。朱红色等级……

老人从外套口袋里拿出一小块水晶，把它高高举起，在紫罗兰色的灯光下熠熠生辉。

"那些数据就储存在这个水晶里。为了捕获这条信息并将它传输过来，损失了两个灵能者的生命。它绝不能落入德拉维尔的手中。"

老人把水晶递给冈特。

冈特耸耸肩。"你要把它交给我？"

老人不满地噘了噘嘴。"自从我在克拉西亚的情报网络截获它之后，我们就被打散了。德拉维尔手下的反间谍网络正在追捕我们，急切地想要夺回这些数据。我没有人手来保护它。我联系了在其他世界的上级领导，他让我等候一个值得信赖的盟友来找我。不管你是什么人，朋友，你已经被寄予厚望。

你是值得信赖的。在这场秘密战争中，这一点非常重要。"

冈特从老人颤抖的手中拿走了水晶。他不知道自己该说什么。他不想插手这件情况危急又至关重要的事。但他渐渐意识到了有什么事情可能正在濒临险境。

老人对冈特微笑了一下。他开口想要说些什么。

就在这时，老人身后的墙壁在一团火光中爆炸，砖块被烧成蒸汽。两道来势汹汹的蓝色激光射进了房间，老人还来不及躲避，就被杀害了。

六

冈特俯身躲藏在公寓的门口。他拔出了麦洛的匕首，现在已经到非用它不可的时候了。

脚步声就像雷鸣般在楼梯上响起。

冈特藏在门口的有利位置向楼梯观察着，但在这时，两名身穿胸甲的士兵从炸破的墙壁冲了进来。他们都身材魁梧，身穿没有任何徽记的黑色战斗铠甲，带着调短了枪管的小型激光步枪。他们的膝盖处和前臂处都有吸附夹，刚才他们正是用这些工具爬上外墙，再用一个定向附着雷管爆破墙壁进来的。士兵们检查着房间，用绿色的激光瞄准光束在室内扫过。一道光束照亮了趴在门口的冈特，随即他们开枪了。爆炸打穿了门框，炸出的碎片插进了石膏板墙壁。

冈特一头扑到地上。他死定了！除非——

老人的手枪就在他鼻子边的破旧地毯上。在老人被激光击倒时，枪滑到了这里。冈特一把抓起手枪，解除了保险，翻身开枪射击。

这把枪很小巧，但奇特的外形设计清楚地表明这是一把堪称无价之宝的古老特制武器。开枪时的后坐力就像是被骡子踢了一脚，枪响声就像是蛇怪自行火炮的咆哮。

第一枪的威力让冈特和两名秘密士兵一样震惊，墙上被炸出了一个舱门大小的洞。第二枪直接击毙了一名袭击者。

枪柄上的一个小符文从"5"跳到了"3"。冈特叹了口气。看来很不幸，这把枪并没有一个大容量的弹匣。

楼梯上的脚步声越来越响亮，又有三名秘密士兵正跌跌撞撞地往上走来，蜡烛的火焰随着他们的奔跑而摇曳。

冈特跪姿射击，直接击杀了第一个人。但另外两人在楼梯间里用激光枪朝上开火。公寓里剩下的那名士兵也从他身后开始射击。激光光束的交叉射击很快就将顶层走廊炸成了碎片。冈特急忙趴下，他的手重重地砸在地板上，枪脱手飞出，沿着台阶啪嗒作响地掉了下去。

过了一两分钟，射击停止了。袭击者们小心翼翼地前进检查他们的杀伤成果。尘土和烟雾在昏暗的光线中飘浮着。有几道激光打穿了地板，扫掉了冈特鼻子下面的几根胡须，留下了几个烟雾缭绕的小坑。但冈特本人丝毫未伤。

当公寓里的那个士兵探头到门口时，一把半米长的坦尼斯银刃被猛力掷出，刺穿了他的头颅，他跌倒在地，抽搐痉挛。冈特跳起身，只要再过一两秒钟，他就能捡起倒下的士兵的激光枪，从楼梯间往下射击了。

但楼下的两名士兵已经发现了他。一道光闪过，冈特意识到对方激光枪的绿色瞄准光线扫过了他的脸庞，指向他的心脏。突然，一阵快速猛烈的激光枪爆响传来，一团带着焦臭味的燃烧烟气顺着楼梯滚滚升起到冈特身边。

布莱内爬上楼梯，出现在冈特的视野内，他小心翼翼地跨过阴燃着的尸体，手里拿着一把冒烟的激光手枪。

"我实在是等得不耐烦了。"那位军法官叹着气说，"看起来你还是需要个帮手，嗯，伊布拉姆？"

七

在灰色卡车的后方，还剩下最后一辆追踪轿车。卡车在翻过积雪道路的一个高点时猛地挂上最高挡，车身几乎从路面上腾空飞起，让车里的人的胃肠里一阵翻江倒海。

等车轮颠簸着落地，再度在湿滑的路面上行驶后，罗恩怒吼了起来："这是什么？"

科贝克说："我觉得，这大概叫作路障。"

在他们前方，寒冷区域的街道被一排点燃的油罐、混凝土柱子和铁丝网封锁了。几个全副武装的身影正在等候着。

"滚开！滚开！"罗恩咆哮着。他压低身体，拼命转动新月形的方向盘。

卡车在泥泞中侧滑，甲壳虫式车头撞穿了一个早已被废弃的旧仓库的木质大门。在这座漏水仓库内部的黑暗中，卡车隆隆地停了下来，它的发动机响声渐渐变得缓慢，就像是一阵阵的咳嗽。

"现在怎么办？"罗恩低吼。

"好吧，这里有你、我，还有菲格尔……"科贝克开口说，在他们身后的菲格尔正在挣扎着站起身，"帝国护卫军里最该死的战斗兵团——冈特幽魂中最棒的三个人。我们精通一切鬼鬼祟祟的秘密工作，而且你瞧，我们现在就在一个漆黑的仓库里。"

科贝克给自动手枪上好了子弹。罗恩拔出自己的激光手枪也换上了弹匣，咧嘴一笑。

"让我们大干一场吧。"罗恩说。

几年之后，在克拉西亚寒冷区域的违禁酒店和俱乐部里，老文森仓库枪战的故事到处流传。人们听见了成千上万发枪响，那是二十个全副武装战士随身携带的自动手枪的低沉轰鸣，他们都是乌尔诺·哈布什普特·卡尔·吉尔帮派令人生畏的行刑者。他们冲进仓库，想要抓住从外星球来的一群歹徒。

二十个人全都被杀了。人们听到了二十声枪响，有的是激光手枪的，有的是大口径自动手枪的。就二十声枪响，不多也不少。

在那之后，谁也没有再见过那几名外星歹徒，也没人找到引发这场事件的那辆违禁品卡车的下落。

军用履带车沿着寒冷区域街道疾驰前进，返回安全的市中心。在后面的车厢里，布莱内又倒了两杯昂贵的白兰地。这一次，冈特接过了其中一杯，和布莱内碰了杯。

"你不用告诉我发生了什么事，伊布拉姆。如果你不想说就不用开口。"

冈特叹了口气："如果我必须说，你想听吗？"

布莱内低笑一声："冈特，我固然忠于帝皇，可我对老朋友的忠诚更甚于此。你还有什么不放心的事吗？"

冈特微笑了一下，放下杯子。

布莱内将它重新斟满。

"我想没有。"

布莱内向前倾身，露出了很多年没有过的认真表情，他说："听着，伊布拉姆……你也许觉得我变成了一个老顽固，因为身在一个近乎完美的军团而耽于享乐，变得越来越胖……但我从未忘记战场的感觉。我从来没有忘记我身处这个位置的原因。请相信我，就算要到地狱走一遭，我也会对你忠心不二。"

"还有对帝皇。"冈特咧嘴一笑提醒他。

"对，还有天杀的帝皇。"布莱内说。他们碰杯。

"对了。"布莱内停了一会儿，问道，"为什么你的男孩把车开慢下来了？"

麦洛小心地停下了。在前面堵住去路的两辆履带车将车头照明灯开到了最大亮度，但麦洛还是可以辨认出那些车上詹廷贵族团的涂装。几个魁梧的光头大汉手持警棍和工兵铲从车里爬出来，朝他们走来。

麦洛停车时，冈特爬出了车厢。雪花正纷纷飘落。他眯起眼睛透过晃眼的车灯望向那些人。

"布洛胡斯。"冈特低声说。

"上校军法官冈特。"詹廷贵族团的布洛胡斯少校回答，走上前走来。他打着赤膊，就像职业拳击手一样在身上涂了油。他手里的木棍拍打着肉乎乎的手掌发出响声。

"我想，该和你算算账了。"布洛胡斯说，"你和你那帮人渣，在福提斯作弊骗走了属于我们的胜利。你这杂种，你和你那些可悲的幽魂，就应该老老实实地认命，死在铁丝网前，而不是愚弄那些准备了一整天的真正的精锐士兵。"

冈特叹了口气："这不是真实的理由，对吗，布洛胡斯，你是在为福提斯被夺走的荣誉而痛苦？我想应该不是这个原因。毕竟那一天是我们赢了，你有什么不开心的？你是为了那个古老的荣誉，是吗？你和弗伦斯想要找我算算那笔旧债。蠢货，你们现在做的事毫无荣誉可言，你想在寒冷区域里搞一场鬼鬼祟祟的小巷谋杀，等几个月后人们才会知道我们死了。"

"这里没有你讨价还价的余地。"布洛胡斯说，"我们詹廷贵族团一向血债血偿。在这里和在其他地方没有任何区别。"

"所以你就用可耻的行为来报复一次轻微的冒犯？布洛胡斯，你这个混球。但愿你能看出其中的可笑之处！从一开始就没有什么冒犯。我只是纠正了已经公认是个错误的事。你知道实际上谁对谁错。我做的只不过是揭露了詹廷贵族团的懦弱之举罢了。"

"伊布拉姆！"布莱内在冈特耳边低声说，"别再表演外交手段了！这些人一心只想杀戮！侮辱他们无济于事。"

"我会处理好这件事的，阿沃。"冈特自信地说。

"不，你不行，我是……"

布莱内把冈特往后推开，面对詹廷贵族团的暴徒们。"少校……你要是想打架的话，我不会让你们失望的。但是等一会儿，可以吗？"布莱内举起一根手指表示暂停。随后他转向麦洛耳语说："孩子,你能把这辆婴儿车开多快？"

"要多快就有多快。"麦洛小声说，"我还很清楚该去哪里。"

布莱内转过身，朝着车灯下的詹廷贵族团壮汉们露出微笑，"我和同事们商量了一下，布洛胡斯少校，现在我可以放心地说了……见鬼去吧，你这条吃屎的狗！"

他跳回车上，把冈特推进他前面的车厢。就在那些愤怒的士兵们朝他们冲来时，麦洛在一瞬间发动了军用履带车，然后迅速转向。

三秒钟后，冈特的车已经以惊险的速度在积雪的街道上呼啸而过，只留下发动机的怒吼声。布洛胡斯和他的手下争吵和咒骂着，跳进自己的车里开始追赶。

"你处理得太好了，阿沃。"冈特大笑着说，"我的外交技巧自叹不如。"

八

士兵布莱格亲吻了他的幸运骰子，放手让三枚骰子都飞了出去。赌场房间里响起一阵欢呼声，一堆堆筹码被推到他面前。

"继续，布莱格！"疯狂拉金在他旁边咯咯发笑，"再来一把，你这个法斯的老醉鬼！"

布莱格嘿嘿一笑，一把捞起了骰子。

他想，这才是生活。远离福提斯的战场，还有骚乱和死亡，在某个古老城市的寒冷区域的一座烟雾缭绕的房子里，他和几个真正的好朋友，还有一大堆漂亮女孩和赌桌在一起，痛快地玩个通宵。

瓦尔突然出现在他旁边。他友好地拍了他一下，但却下手重得让人生疼——瓦尔还没有完全习惯军医在福提斯给他植入的那块人工肩关节。

"游戏可以先放放，布莱格。我们有公务要干了。"

布莱格和拉金各自跟化着彩妆的女友道别，跟着瓦尔沿赌场后门走出去，来到了楼梯前。等在这里的人还有梅利尔、梅林、卡夫兰、库拉尔、科尔、巴鲁、穆克尔、拉格伦……差不多有二十名幽魂。

"怎么回事？"布莱格问。

梅利尔刷地举起大拇指，指向正从一辆弹痕累累的六轮卡车往下搬运烟酒的科贝克、罗恩和菲格尔。

"上校有一些好东西要跟我们分享，赞美他拥有的坦尼斯人之魂。"

"太棒了。"布莱格舔着嘴唇说。不过他有点奇怪罗恩和菲格尔为什么满脸愠色。科贝克则坏笑着看着他们。

"把所有人都叫出来！我们要开一场派对，男孩们！为了坦尼斯！为了我们大家！"

人们欢呼和鼓掌。瓦尔跳进停车场，用坦尼斯匕首撬开了一个箱子，把里面的酒瓶扔给周围的人群。

"嘿！"拉格伦突然指向俱乐部停车场尽头的黑暗雪地，"来了！"

那辆军用履带车滑进停车场，停在科贝克的卡车旁边，冈特从车上跳了下来。一阵欢呼声响起，有人朝他扔过去一瓶酒。冈特扯掉酒瓶塞，喝了一大口，随后指向身后的黑暗处。

"伙计们！我需要你们帮个忙……"他开口说。

在飞驰的军用履带车里，布洛胡斯少校在驾驶室里往前探身，透过雨刷器正不停刮掉积雪的挡风玻璃往前张望。

"我们总算追上他了！他就停在前面的空地上！"

布洛胡斯活动了一下手腕，挥舞着警棍。

随后，他看见了停车场周围的那群正在放声嘲笑的幽魂，一百人……两百人。

"噢，混球。"布洛胡斯脱口而出。

酒吧里已经几乎空无一人，打烊时间就要到了。伊布拉姆·冈特抿下最后一口残酒，盯着在他身旁吧台上正趴着呼呼大睡的沃纳姆·布莱内。

冈特从内侧口袋拿出了藏在里面的水晶，在手中向上抛了一次又一次。

科贝克突然出现在他旁边。

"一个漫长的夜晚，嗯，军法官？"

冈特接住水晶紧握在手中，朝他望去。

"感觉像是我经历过的最长的一晚，科尔姆。我听说你玩得很开心。"

"是的，而且你一定会很高兴地知道，是罗恩付的账。你愿意告诉我，你遇到了什么事吗？"

冈特微笑。"我更愿意请你喝一杯。"他对疲惫的酒保说，"还有，是的，我愿意告诉你。等时机到了的时候，我肯定会说的。科尔姆·科贝克，你是否忠诚？"

科贝克看起来有点受伤。"为了帝皇,我可以粉身碎骨。"他毫不犹豫地说。

冈特点点头，说道："我也一样。前面的路也许会非常艰难。但至少我可以指望你的帮助"。

科贝克什么也没有说，举起了酒杯。冈特晃了晃自己的杯子，里面只剩几滴了。

"敬坦尼斯第一个也是最后一个兵团。"科贝克说。

冈特温和地笑了。"敬唯一的第一团。"他回答。

第二章　回忆片段

曼齐波尔，三十年前

他们在雷斯德山顶有一栋房子，长长的柱廊可以俯瞰大瀑布。天空通常是金黄色的，到日落时会变得像是着了火一样红。带着沉甸甸的花粉的萤火虫，每天晚上都会在中庭的温暖空气中流连忘返。伊布拉姆把它们想象成导航员，在看不见的亚空间波涛中，追寻着秘密的航路。

他在阳台上玩耍，俯瞰着披了一层薄雾的大瀑布如雷鸣般冲下八公里深的北方裂谷。有时在那里，可以看到战斗艇和帝国快艇在拉纳特油田的巨大着陆场上升起或是降落。从这个距离眺望，那些飞行器就像是黑暗夜空中的萤火虫。

伊布拉姆总是指着那边，高声说他的父亲就在一艘快艇上。

他的保姆和老私人教师本特利总是纠正他。他们过于缺乏想象力。本特利甚至连胳膊都没有。他用嗡嗡作响的义肢指着那些光，耐心解释说如果伊布拉姆的父亲回家的话，他们会事先得到通知的。

但厨师奥利克的心胸更为宽广。他会用肥硕的胳膊举起男孩，鼻子朝着天空，寻找每一艘快艇和每一架穿梭机。伊布拉姆有一个玩具——无畏舰，那是他叔叔德西乌斯用一大块塑料为他雕刻出来的。当奥利克举起他的时候，伊布拉姆会用双手操纵无畏舰来回俯冲，与天空中的光芒激烈对决。

奥利克的左前臂上有一个巨大的闪电刺青，伊布拉姆对它很感兴趣，"帝国护卫军。"在回答男孩的疑问时，奥利克总是那样说，"在詹廷贵族第三团服役八年。这是个荣誉的印记。"

他从来不透露更多信息。每次他把男孩放下来，走回厨房时，伊布拉姆都在想着他那长长的厨师制服下面传来的嗡嗡噪音。那听起来就像他的私人教师在做手势时，义肢胳膊发出的响声。

德西乌斯叔叔造访的那天晚上，并没有任何事前的通知。

奥利克一直和他在阳台上玩，用木头给他雕刻了一艘新的护卫舰。他们一听见德西乌斯叔叔的声音，伊布拉姆就立刻从奥利克怀里跳下去，跑进了客厅。

他就像一颗流星般撞在德西乌斯穿着制服的腿上，紧紧地抱着他。

"伊布拉姆，伊布拉姆！你的力气可真大！见到叔叔你高兴吗，嗯？"

身穿詹廷贵族团紫色制服的德西乌斯看上去就像有上千米高。他微笑着朝下看着男孩，但眼神中带着一抹悲哀。

奥利克在他们身后走进房间，道了个歉。"我得回厨房去了。"他说。

德西乌斯叔叔做了一件奇怪的事。他径直走到奥利克面前，拥抱了他，说道："见到你太好了，老朋友。"

"见到您也一样，长官。好多年了。"

"叔叔，你给我带玩具了吗？"伊布拉姆插嘴说，甩开了一脸忧虑的保姆的手。

德西乌斯转身走到他面前。

"我会让你失望吗？"他笑着从左小指上摘下一枚图章戒指，把伊布拉姆抱到怀里，"你知道这是什么吗？"

"一个戒指！"

"聪明的孩子！但它还有更多的用处。"德西乌斯说，他小心地转动戒指边缘的螺丝，戒指砰的一声开启，有一道细细的、被截断的激光从里面射出来，"你知道这是什么吗？"

伊布拉姆摇了摇头。

"这是一把钥匙。像我一样的军官，需要有某种方法来打开特殊的机密文件和密令。你知道那是什么意思吗？"

"爸爸告诉过我！有很多种不同的密码……那叫作'安全许可'。"

德西乌斯和其他人都因为男孩的早熟而大笑起来。但他的发音有些不标准。

"你说得对！那是类似密码法、转义法、混淆法之类的加密方式，或是古老的颜色机密等级：青绿色、猩红色，逐渐往上，还有紫红色、黑曜色和朱红色。"德西乌斯说，他拿下戒指，"像我这样的将领，都被授予了这种图章戒指，用来开启和解码。"

"我爸爸也有一个吗，叔叔？"

德西乌斯停顿了一下。"当然。"

"爸爸回家了吗？他和你一起来了吗？"

"听我说，伊布拉姆，有——"

伊布拉姆拿着戒指仔细观察。"我真的可以拿走这个吗，德西乌斯叔叔？这是给我的吗？"

伊布拉姆突然抬起头，发现所有人都在注视着他。

"这不是我偷的！"他大声说。

"你当然可以拿着它。这是属于你的……"德西乌斯说。他在男孩身边蹲下，看上去心事重重。

"听着，伊布拉姆，有一件事我必须告诉你……关于你父亲的事。"

第五部分

第一章
亚空间

一

冈特一直在和弗雷德交谈。在帕什9-60号行星最大的城市的一栋非军事区住宅的斑驳阴影下，他们围坐在一个油桶篝火旁边。弗雷德伪装成了农场主，穿着很多帕什居民都习惯穿的厚厚的红色羊毛长袍。他拐弯抹角地谈论着间谍工作。他很喜欢用那种只说半截话、留下悬念的方式来吸引他的军法官朋友。军法官和帝国间谍，这是很不协调的一对组合：一个人高大、削瘦、金发碧眼，另一个人身材短小黝黑。尽管他们的身份背景和职责都各不相同，但在战斗环境的促使下，两人团结一致，忠于彼此。

弗雷德所属的情报部门在帕什的农业城市进行了不为人知的秘密工作，揭露了肮脏的混沌邪教和被邪教控制的异端海军军官。弗雷德的发现，导致了一场过于仓促的灾难性舰队行动，引发了对这座行星的公开战争，也让帝国护卫军不得不来到这颗行星上作战。冈特的赫尔肯团发起的一次偶然的突袭，从帕什的叛徒们手中解救出了弗雷德。随后，冈特与弗雷德一同揭发并且处决了叛徒塞拉格男爵。

他们两人正在谈论着忠诚和背叛。弗雷德认为，帝皇的间谍网时刻保持警惕，是压制各种高级军官的个人野心的唯一手段。但冈特很难听进去弗雷德的话，因为弗雷德的面容在一直变换。有时候他像是奥克塔尔，而现在，在火光的照耀下，他的脸又变得像是德西乌斯或是冈特的父亲。

随着一声呼噜，冈特才意识到自己是在做梦，他向老朋友道了别，而后不情愿地醒了过来。

空气闷热而污浊，让人心情不快。他的房间很小，拱形的天花板很低矮，上面嵌入的照明灯板在他睡觉时调到了最暗。冈特起床了，穿上了散乱丢在地上的衣服——马裤、衬衫、皮靴，还有一件短小的战地皮夹克，它的高领上绣着交错的帝国鹰。这里是枪械管制区，因此在门后挂钩上的枪套里没有他的那把爆矢手枪，但冈特还是拿上了自己的坦尼斯匕首。

他打开舱门走出去，来到了一条长长的、昏暗的升降扶梯前。燥热的空气令人窒息，但至少还在流通。地板的黑色金属格栅下的空气循环系统正在运转着。

散个步对他有好处。

现在正处于夜班时间，甲板上的照明设置得很暗。巨型发电站一刻不停地发出嗡嗡声，让所有的金属表面都产生了轻微共振，甚至连空气都在振动着。

冈特在这座庞大建筑物寂静的通道里走了十五分钟以上，没有碰到一个人。在一个通道交会口，他走进主干电梯，在墙上的符文键盘里输入了他的通行密码。电梯发出一阵电子响声开始运转，机械音哼唱了三秒钟的圣歌，标志着电梯启动。抛光黄铜面板上的二十个浮雕玻璃符文的指示灯缓缓亮起。

随着又一声柔和的人工圣歌响起，电梯门打开了。

冈特走出电梯，来到了一个玻璃隔间。这座半径一百米的超高密度二氧化硅材质的透明穹顶，是整座建筑物中最安静的地方。透过玻璃，可以看见一幕被特殊的抑制力场过滤后的令人不安的旋转着的壮观景色。在黑暗中有带条纹的光，还有呈现出无法名状的色彩的冒着泡的丝线，光带和黑暗以人类视觉难以捕捉的速度飞驰远去。

那是亚空间，混沌的所在，一个超越现实的维度。冈特所在的建筑——大型货物运输舰押沙龙号，现在正在亚空间航行着。

冈特第一次见到押沙龙号，是在载着他前往轨道与押沙龙号会合的穿梭机的厚厚的彩色舷窗前。那时他对它肃然起敬。它是一艘古老的机械修会运输舰，一艘服役多年的星舰。火星的技术领袖们派遣了大批辅助部队前往协助福提斯的惨烈战役。现在为了感谢这次解放，他们把这些船都列为帝国护卫军的从属舰艇。冈特很清楚，乘坐押沙龙号旅行是一种荣誉。这艘船上承载着万机之神教派的神秘和机巧。

在穿梭机上，他看到了这座整整16公里长，就像一座倾斜的流线型大教堂的灰色建筑物。许多部队运输艇发出的微光在它开启的腹部入口忽隐忽现。这艘强大的机械修会星舰的锯齿状表面和尖塔上到处都是石像鬼浮雕，警戒炮塔从石像鬼张开的布满尖牙的大嘴里伸出来，灵活地转动着。数以千计的狭缝窗口闪烁着舰艇内部的绿色光芒。领航拖船看起来很臃肿，船身上布满了被多联装矢量推进器的火焰灼烧而留下的焦黑痕迹。在运输舰前方和缓的太阳风中，领航船展开了推进器。

冈特的旗舰——大型护卫舰纳瓦拉号，被借调到边境星云执行警戒任务了。因此冈特选择和他的部下们一同搭乘押沙龙号航行。他怀念纳瓦拉号那细长的流线型舰体，也很怀念那些船员，特别是副舰长克雷夫，他一直都尽心尽力地关照军法官和他那些不守规矩的部下。

押沙龙号则是和纳瓦拉号完全不同的巨兽，是一只庞然大物。它那空旷的舰体内部足以容纳整整九个兵团，包括了坦尼斯团、詹廷贵族军的四个师，还有至少三个机械化营的许多辆坦克和装甲运兵车。大型升降船将无数的战争机器从黄铁星的仓库运送到押沙龙号的货舱内。

现在他们已经上路，经由六天时间的亚空间跳跃，前往一个叫作曼奈泽德星钩的一系列交战世界。这是萨巴特诸世界战役的下一条目标战线。冈特希望和幽魂们一同加入对首都行星曼奈泽德18号的主攻战场，在那里有一支强大的混沌军队正在抵抗帝国大军的猛烈攻击。

但在曼奈泽德星钩的边缘，还有一个遥远而黑暗的死亡世界——曼奈泽德5号。冈特知道战帅马卡罗斯的参谋团队正在评估那个世界的战略作用，有一些团会被派去攻占它。

没人想去曼奈泽德5号。没人想要去送死。

冈特抬头凝视着玻璃外面那腐化、旋转着的亚空间光芒，对万福的帝皇默默祈祷：请让我们远离曼奈泽德5号吧。

另一件更令人焦虑的事笼罩了他的心灵。他在黄铁星机缘巧合获得的那个令人厌恶、却又无比珍贵的数据水晶。一想到它的存在，还有它封存的秘密，冈特的心底就像是被热熔枪灼伤般燃烧。弗雷德没有发来更多的信息，没有信号，甚至没有任何迹象表明有谁对他有所期待。是不是要让他做一名信使？如果是的话，他要等待多久？当时机来临时，他又怎么知道该把这颗珍贵的水晶托付给谁？他还有什么要做的事吗？是不是后续的重要指示没能传达到他这里？若不是看在他们之间长久的友情分上，冈特几乎想诅咒自己为什么要认识弗雷德。在他需要履行军法官职责的重要关头，他十分不愿卷入这种复杂的局面。

他已决定要守护这颗水晶，带着它，直到弗雷德提出别的要求为止。但冈特还是对这件事具有的重大意义感到焦虑不安。时间在焦虑中不知不觉地流逝。

冈特走到玻璃隔间边缘的多节围栏前，身体重重地靠在栏杆上。壮观的亚空间潮流在他面前摇曳和扭动着，原初物质形成的乳白色触须就像一条条流动的薄雾般舔舐着玻璃的外壁。这个玻璃隔间是押沙龙号的三个虚空观测站之一，导航员们和星语庭的圣职人员可以从这里观察外部的虚空。在这个隔间的甲板中央，在一个用润滑齿轮和传动装置构成的庞大机械平台的上方，巨大的感知观察镜、光环成像仪和光谱估算器正在循环运转着、观察着外面的旋涡潮流，绘制表格、思考运算、评估测算，将所有的数据都整合在一起，通过吱吱作响的转接器和嗡鸣着的水晶阵列传输到八公里之外，位于押沙龙号最高的指挥塔顶端的主舰桥上。

这些观测站不禁止外人入内，但也不推荐初次进行亚空间航行的旅客进来。据说，如果没有外层玻璃的过滤，即使是意志最坚定的星语者也有可能会精神错乱、扭曲。电梯发出的警示圣歌就是为了提醒冈特这件事。但在过去的航行中，他早已无数次见识过亚空间的模样。现在他已不再恐惧。而且，通过这种过滤之后，他发现亚空间的波动在某种程度上令人感觉放松，仿佛它那激烈的扰动能让冈特的心灵得到休息。他可以在这里进行沉思。

在这些穹顶的边缘，那些精心打磨过的铁艺窗台上雕刻着军事领袖、陆军上将和海军提督们的姓名，组成了一道荣耀之环。每个姓名下方都有一篇简短的传记，介绍他们在哪些战役中取得了胜利。冈特过去在伊格纳修斯上学时，在历史书和必修课文中知道了其中的一些人物。他们当中有些人在一万年前就已死去，碑文陈旧褪色，事迹已不为人知。冈特绕着穹顶边缘一边走一边看碑文。差不多绕了半圈，冈特才找到了自己真正认识的那个人的名字：司雷德战帅。他是马卡罗斯的前任。萨巴特远征的第十年，他在著名的巴尔哈特大捷中去世。

冈特的目光离开窗台，朝周围望去。位于传送轴顶端的电梯门嘶嘶作响着开启了，那首提示圣歌又一次响起。有个人从电梯走到了甲板上。他是一个带着小型工具箱的海军船员。船员盯着独自站在栏杆边的冈特看了一会儿，转身走到电梯后面，从冈特的视野中消失了。大概是个巡查员吧。冈特心不在焉地想。

他转回头,又读了一遍司雷德的碑文。冈特回忆起了巴尔哈特,还有那场将黑夜和混沌大军统统驱散的战火。他和他心爱的赫尔肯团就在那场战役的核心。在那片泥潭中,背着沉重的呼吸装置挣扎着穿过带硫磺味的空气。作为战帅,司雷德获得了这场著名战役的胜利荣誉。但以付出的血和汗而言,这也是属于冈特的荣耀战功。那是他的辉煌时刻。司雷德临终前的赞美之词足以证明这一点。

即使是现在,冈特依然能听到敌军突击载具的刺耳噪音在耳边回响,它们液压驱动的长腿大步踏过泥沼,细长尖锐的血红色光芒在空中交织,向冈特的部下洒下死亡和火焰。一阵紧张和疲劳的生理记忆掠过冈特的脊背,他和他最好的射击小队,甚至抢在了光荣的阿斯塔特修会军队前方,以非凡的努力突破了寡头之门,用激光光束和手榴弹炸穿了敌军掩体墙壁的多重装甲板。

他仿佛又看见了坦豪斯射出至今还被赫尔肯士兵们津津乐道的幸运一击:仅仅一束激光,穿透了一架肮脏而疯狂的混沌无畏机甲的面甲缝隙,引爆了里面的动力系统。他还看见维奇在打光了最后一个能量匣之后,用步枪刺刀干掉了六个敌人。

他看见了财阀之塔在赫尔肯团的持续火力下燃烧着倒塌。

他看见了无数阵亡者的脸庞,从泥泞中、火焰中升起。

他睁开眼睛,幻象消逝无踪。亚空间的浪潮在他前方不知何故猛烈地抽打和绽放着。冈特准备离开返回宿舍。

但一把刀架在了他的咽喉上。

二

冈特没有察觉到身后有任何人存在——没有影子,没有温度,没有声音,甚至没有呼吸的气味。就好像他下巴下方的那道冰冷的利刃是凭空出现的。冈特立刻明白自己落入了某个强敌手中。

但这个念头还是给了他一点信心。如果刀刃的主人只是想让冈特死,他早已在完全没察觉到的情况下就死了。有某个理由让他活着更有价值。而且他已经很确定那是什么理由了。

"你想要什么？"冈特平静地问。

"别耍花招。"从他身后传来一个声音，嗓音轻微而低缓，并非耳语，从某种程度上而言要更加柔和平静，刀刃的寒意似乎更逼近他脖颈的皮肤了，"我们都知道你是个聪明人。别想玩拖时间的把戏。"

冈特小心地点了点头。要是他想要多活一会儿，就得谨慎地执行他的计谋。

"这不是解决问题的办法，布洛胡斯。"冈特平静地说。

对方停顿了一下："什么？"

"现在是谁在耍花招？我知道这是怎么回事。我很抱歉让你们詹廷贵族团的战友在黄铁星丢了脸，估计还掉了几颗牙。但你这么做无济于事。"

"别犯傻了！你搞错了！这件事不是因为那些愚蠢的兵团私斗。"

"是吗？"

"好好想想，傻瓜！想一想为什么会发生这件事！我要你明白你究竟为什么死的！"顶在他咽喉的刀刃稍微移动了一下。尽管压力并未减轻，但角度短暂地变化了一点。冈特知道他的话让他的敌人一瞬间分心了。

冈特抓住了这唯一的机会。他狠狠用右手肘撞向后面，同时身体往后避开刀刃，举起左手推开它。尽管匕首割开了他的衣袖，但他趁着敌人被肘击踉跄后退的机会挣脱了出来。

冈特还没转过身，对方就已经动作迅猛地开始反击了。他们同时跌倒在地，四肢扭动着想要恢复身体平衡。那把匕首穷追不舍地撕开了冈特外套的左袖接缝处。

冈特翻转身体的重心，挥出右拳猛击，将敌人打飞出去。随后冈特站起身，从腰带上拔出了银白色的坦尼斯匕首。

他终于第一次看清了自己的对手。是那名海军船员，一个看不出有多大岁数的矮个瘦子。他看起来有点奇怪，嘴角在扭曲狞笑着，但他睁大的眼睛却仿佛是在……恳求？那名船员凭借腰背和双腿的力量像剪刀般翻身站起，身体蜷曲成前倾的攻击姿态，右手以刀刃向上的方式高举着匕首。

一个普通甲板船员怎么可能掌握这样的战斗技巧？冈特心头涌上疑云。训练有素的动作、完美的姿态平衡、坚定的沉默，一切都暴露出他是一名专业杀手，是一个擅长潜行和暗杀的行家。但近距离观察后，冈特发现这个人只不过是个工程师，他的海军制服被臃肿的肚子勒紧了。这是伪装吗？他身上所有那些属于船员的军衔、徽章、识别编码看起来都是真的。

　　匕首的刀刃很短，外形像一片叶子，甚至比匕首的橡胶刀柄还要短。刀刃上有一连串几何形状的孔，在保持结构强度的同时减轻了整体的重量。很明显这不是金属制成的，它呈现无光泽的蓝色，是一把陶瓷刀。因此船上的武器检测力场发现不了它。

　　冈特凝视着对方那从不眨眼的眼睛，想要辨认或者找出某些关联因素。他看到的眼神绝望而令人怜悯，好像来自被囚禁在这个危险的身躯内的某种东西。

　　两人缓慢地绕着圈子。冈特按照他在赫尔肯兵团接受的刺刀训练技巧，保持身体倾斜，压低姿态。但他的右手松松垮垮地握着坦尼斯匕首，刀尖从拳头处向下，斜着指向自己的身体。他一直饶有兴致地观察幽魂们进行匕首训练的古老方式，有一次在纳瓦拉号上长达一周的漫长航行中，冈特让科贝克教会了他这种刀法的精妙技巧。这种握法很巧妙地利用了坦尼斯战刀的重量和长度。冈特伸出左手摆出格挡的姿态，不像在赫尔肯兵团过去练习的那样张开手掌（他的对手现在正是这样），而是握紧拳头，指关节突出。"用你的手去挡刀总比用喉咙挡刀好。"这是坦豪斯多年前告诉过他的话；"让刀刃割破你的指关节总比撕裂你的手掌好。"而这是科贝克不久前告诉过他的话。

　　"你想让我死吗？"冈特低吼说。

　　"这不是我的优先目标。水晶在哪里？"在对手答复的同时，冈特已经注意到了异样。尽管那个男人的嘴在动，但发出的声音完全对不上口型，就像嘴唇的动作慢了半拍。冈特多年前在其他场合也遇到过这种情况。那有点像是……被附身了。一阵恐惧从冈特背上掠过，令他毛骨悚然。这并不是普通战斗的恐惧，而是对巫术的恐惧，对灵能者的恐惧。

　　"一位上校军法官无缘无故地失踪，会引起别人的注意的。"冈特找了个话头。

　　船员无动于衷地耸了耸肩，仿佛在暗示在玻璃穹顶之外沸腾着的无尽虚空。"在这里，不管是怎样的大人物都避免不了湮灭的命运。就算是战帅本人也一样"。

　　他们已经绕了整整三圈，"水晶在哪里？"船员再次发问。

　　"什么水晶？"

"你在克拉西亚城搞到的那个。"杀手用一种飘忽不定、异乎寻常的声音说,"马上把它交出来。我们就可以当作一切都没有发生过。"

"谁派你来的?"

"在已知世界中,没有人能让我回答这个问题。"

"我没有水晶。我不知道你在说什么。"

"撒谎。"

"就算是撒谎,我难道会蠢到把这么重要的东西随身携带?"

"我已经搜查过你的宿舍两次了。水晶不在那儿。你肯定带着它。莫非你把它吞到肚子里去了?解剖的手艺我也略懂一点。"

冈特正要回答,那名船员突然向前冲出一大步,匕首横扫而来,以毫厘之差擦着军法官的肩膀掠过。冈特刚想虚晃一下再反击,那柄匕首又反着扫了回来。船员碰了碰刀柄上的一个按钮,使得陶瓷刀随着一声气动响声收了回去,又从刀柄的另一端冒了出来,刀锋角度逆转了。刀尖划破了冈特用来格挡的左前臂,鲜血飞溅在甲板上。

冈特怒骂着向后跳开,但船员无情地紧追而来,刀刃再次翻转,从他挥出的拳头上冒了出来。冈特匆忙用匕首挡下这一击,同时狠狠一脚踢在了对方的左膝上。

船员后退了一步,但双方没有继续绕圈对峙。这并不像是刺刀训练中的打斗,有长时间的观察和假动作与偶尔的攻击和刺杀。这个杀手在每一次佯攻和每一次闪避之后,都能立刻恢复平衡,再次攻击。他的刀刃在手掌中上下翻飞,引诱冈特露出破绽,有时在第一次攻击时向上挥刀,然后控制刀尖向下翻转再来一次横扫。

冈特躲过了第八次、第九次,一连十次的致命攻击。这主要是因为他敏捷的速度,以及袭击者不熟悉他怪异的坦尼斯刀法。

他们继续打斗着。这一次冈特没有用匕首,而是用格挡的左手来直击那个男人的匕首。刀锋在他的指关节上划出一道火辣辣的伤口,但冈特的手从匕首下滑了过去,抓住了那个男人的右手腕。冈特以他压倒性的身高和块头紧逼着对方向前。男人的左手扼住了冈特的喉咙,就像一副铁钳般夹紧。冈特喘不过气,他的视线开始模糊,颈部肌肉竭力抵抗着压迫之力。

他用尽全力把那个男人往后撞倒在了护栏上。船员再次按下刀柄机关,翻转陶瓷刀扎进了冈特的手腕。冈特则用自己的匕首狠狠刺进了攥紧他咽喉的那只手臂。

他们都挣脱了对方，踉跄着后退。鲜血从他们胳膊和手臂的刺伤喷涌而出。冈特气喘吁吁，咽喉的疼痛让他难以呼吸，但那个男人却没有发出一点声音。仿佛他感觉不到疼痛，或是疼痛对他没有任何影响一样。

船员再次向他扑来，冈特压低身体准备接招，但在最后一瞬间，男人将陶瓷刀从右手交换到了左手，刀刃在半空中翻转，原本从右侧朝上的一刺，变成了从左侧向下的一刺。刀锋扎进了冈特右肩的肌肉里，幸好肩垫和外套的皮革减轻了一些伤害。但白热的刺痛感依然贯穿了他的右半身，扎断了他的肋骨，阻碍了肋骨内部的呼吸。

刀刃被抽了出去，鲜血随后如雨般洒下。滚烫的热流从冈特的袖子内侧流下，使得他握刀柄的手变得湿滑。血顺着他的指关节和白银刀锋滴下。冈特知道，要是他继续以这种速度失血，就算能击退这名杀手，恐怕他也活不了多久了。

船员再次突破了他的防御，就像变戏法般在双手交换着匕首，一会儿是右手，一会儿又回到左手，刀尖的方向也不停变换。船员虚晃了一下，随后迫近军法官身边，左手挥刀从下方划向冈特的腹部。

冈特用匕首迎向下方的斩击，用白银刀尖刺穿了陶瓷刀刃上的一个孔洞。

几乎是下意识地，冈特将刀刃向后一扳，把陶瓷刀撬飞了出去。眨眼之间，那柄高科技陶瓷匕首旋转着溜过玻璃隔间，从冰冷的地板上越滑越远看不见了。那名船员被突然解除了武装，怔了一小会儿，冈特趁机用坦尼斯匕首朝上刺进男人的身体，扎碎了他的胸骨。

船员颤抖着蜷曲低下身体，因为肺衰竭而剧烈呼吸着。白银匕首牢牢地插在他胸膛上。少量的血从伤口喷出来，他微张的嘴里也往外流血。船员先是膝盖着地，然后脸朝下跌倒。他的四肢和躯干就像帐篷一样被坚硬的金属刀尖支撑在地上。

冈特踉跄着后退靠在栏杆上，发出刺耳的喘息。他的身体不停颤抖，灼热的疼痛仿佛正在讥笑着他。冈特用沾满了鲜血的手抹了抹自己湿漉漉的苍白脸庞，低头看向躺在地板上猩红血池中的那具躯体。

他浑身发抖，虚弱地坐在甲板上，笑了一笑。半是微笑，半是从心底发出的痛哭。下次有机会见到科尔姆·科贝克的话，冈特一定要给他买个最大的——

船员又站了起来。

那个男人膝盖在地上扭动着，激起周围的血水一阵荡漾，随后他的上半身晃动着竖了起来，手臂在身体两侧犹如没有骨头般摆动。他跪在地上，缓慢地转动脑袋朝向坐在地上面如死灰的冈特。他的脸上没有一丝表情，他的双眼也不再哀求和被禁锢。实际上那对眼睛已经消失了……他轻轻松松地把坦尼斯匕首从胸口拔了出来。没有血流出来，只有一道明亮的绿光从伤口中射出。

冈特无奈地叹息一声，他知道这场灵能木偶戏还在继续。这个男人在刚开始攻击时，是被灵能魔法操纵的无助的奴隶，现在已经被这种可憎的巫术赋予了新的生命。

这巫术将会持续到他赢得这场战斗。

而他将会被杀死。

冈特竭力保持清醒，想要站起来，想要逃跑。但他却眼前一黑倒了下去。

船员身体摇晃着向冈特靠近，就像一个来自古老神话中的不死人，他的双眼放着绿光，面无表情，手里紧握着那把曾经杀死他的坦尼斯匕首。

死者举起匕首攻击。

三

两道激光光束从船员的侧面掠过。紧随其后的另外两道激光炸开了他的胸腔，释放出一道明亮而耀眼的灵能能量光晕。第五枪打在他的脑袋上，就像攻城锤撞在耳朵上般把他狠狠撂倒在地。

科尔姆·科贝克手持激光枪，怒气冲冲地走过玻璃隔间的甲板，站在那具被烧焦冒烟的尸体前俯视。

在某个地方，武器违禁警报正在发出长鸣。

当科尔贝走到他面前时，冈特已经用栏杆支撑着身体勉强站了起来。

"没事了，军法官。"

冈特摆了摆手，意识到鲜血还在不停地从自己身体滴落到甲板上。

"你来得……"他有点吐字不清地说,"正是时候……上校。"

科贝克面色凝重地向他身后指了一下。冈特转头望去,看见布林·麦洛正站在电梯口,脸色通红,眼神炙热

"这小伙子做了个梦。"科贝克说着,不在意冈特刚才拒绝的手势,把胳膊放到指挥官的肩膀下方搀扶,"他发现你不在宿舍后,就立刻去找我了。"

麦洛朝他们走来。"你的伤势需要立刻处理。"他说。

"我们会带他去船上的医务室的。"科贝克开口说。

"不行。"麦洛坚定地说,尽管冈特全身都很痛,但看到自己的下级助手对一位浑身毛茸茸的猛男连长发号施令,他差点就大笑起来,"回我们自己的兵营甲板。让我们自己的医生来照顾军法官。我不认为军法官想因为这次的事接受调查审讯。"

科贝克诧异地看着男孩,但冈特点了点头。根据他过去的经验,这个男孩的预测往往是正确的。

麦洛从未打探军法官的隐私,但他似乎本能地理解了冈特当下的意图和愿望。冈特不能把自己的秘密告诉麦洛,但他很信任这个男孩,而且对麦洛的洞察力评价极高。

冈特对科贝克说:"布林是对的。这件事还有更多的……我以后会好好解释,但在我们确认谁是自己人之前,我不希望让这艘船上的军官们插手此事。"

武器警报还在持续响着。

"那样的话,我们最好赶紧离开这里——"科贝克开口说。

电梯的格栅门伴着电子乐音嘶嘶作响地滑开,打断了科贝克的话。六名身穿纤维质地的海兵胸甲、头戴低檐头盔的帝国海军士兵排着队走出来。他们单膝跪地,举起小型短枪包围了这里的三个人。其中一个士兵对着头盔通信装置简短地下达命令。一名军官在他们身后走出电梯。就像那些士兵一样,他身穿银色镶边的翠绿色制服,这是太平星域舰队的制服。不过他并不像士兵们一样穿着胸甲。军官身材高大,略有发福,浮肿的皮肤带着不健康的苍白色。

一个职业太空军官,科贝克心想,或许他几十年都没有踏上过真正的地面了。

军官打量着他们几个人:一个带着未经授权的激光手枪的大胡子护卫军

人渣；一个全身是血的伤员倚靠在他身上，血洒得甲板上到处都是；还有一个四肢瘦长、眼神怪异的男孩。

他皱起嘴唇，低声对自己的通信器说了几句话，然后按下他随身携带的操纵杆的一个按钮，随意对着周围的空气挥动了一下。警报声低鸣着关闭了。

"我是勒库兰齐准尉官。我奉命代表高阶舰长格拉斯蒂库斯监管这艘船的安全。尽管一直以来，我都知道帝国护卫军的人渣总会想方设法把违禁武器带上这艘神圣的星舰。但使用上述武器的行为更加不可饶恕。"

"瞧，尽管这把枪看起来——"科贝克开口说着，露出想让人放松警惕的微笑往前走去。六把短枪立刻径直瞄准了他。这个小队的士兵们的武器是那种枪管很短、压动式扳机的型号，专门为了在船上开火而设计。

缠绕在一起的碎玻璃和铁丝，被紧紧塞进这些武器的微型弹头里，呼啸而出时能在近距离内将一个男人撕得粉碎。与激光枪或爆矢枪的不同之处在于，这些短枪没有打穿船体外壳的风险。

"不要做剧烈的动作。不要着急解释。"勒库兰齐盯着他们说，"等正式审讯你们的时候，会有人好好盘问的。你们现在必须知道的是，在机械修会的运输船上使用违禁武器开火是一种犯罪行为，将会受到军事法庭制裁。把你们的武器交出来。"

科贝克把激光手枪交了出来，一名士兵动作敏捷地跃起身拿走了枪。

"这太蠢了。"冈特出其不意地开口，所有的短枪立刻又都指向了他，"你知道我是谁吗？勒库兰齐。"

因为自己的名字没有被加上军衔敬称，海军准尉官有点紧张。他眯起了带着眼袋的双眼。

冈特摆脱了科贝克的搀扶，挺身走上前说："我是上校军法官伊布拉姆·冈特。"

勒库兰齐准尉官愣住了。没有外套、军帽、军衔徽章，冈特看起来跟任何一个护卫军下级军官没有区别。

"过来。"冈特对他说。勒库兰齐犹豫了一下，随后一边走向冈特，一边小声对通信器下达了命令。卫队立刻都站起身，举手敬礼，放下了武器。

"这样好多了……"科贝克笑了起来。

冈特随意把一只手放在了勒库兰齐肩膀上，军官气得浑身僵硬。冈特指向甲板上的某个东西，一块烧焦的绿色油渍或污渍，结块变成了油乎乎的一团，

"你知道这是什么吗?"

勒库兰齐摇头。

"这是一个袭击了我的杀手的遗骸。我的首席军官为了救我的命才使用武器开火。我会对他进行正式警告,因为他在上船时隐藏了枪支,确实违反了规章制度。"

冈特微笑着,注意到勒库兰齐苍白的额头上开始冒出紧张的汗珠。

"这个杀手是你们的人,勒库兰齐,一个船员。但他受到了别人的支配,黑暗力量引诱了他,像木偶般操纵了他。你不喜欢在你的船上有非法武器是吗?那你对非法灵能者怎么想?"

几个海军士兵低声咕哝着,摆出驱邪的手势。勒库兰齐结结巴巴地说:"但是,谁……谁会想杀您,长官?"

"我是个军人,一个成功的军人。"冈特冷冷地一笑,"我随时随地都在树敌。"

他朝遗骸做了个手势。"分析一下它。然后彻底净化这里。确保这艘宝贵的舰船上没有留下任何污秽和不洁的污点。不管发现了什么蛛丝马迹,都要立刻直接向我报告。等我的伤治好后,我会亲自向格拉斯蒂库斯高阶舰长汇报,并且给他提交一份完整的记录。"

勒库兰齐不知所措。

在科贝克的搀扶下,冈特离开了玻璃隔间。在电梯门前,勒库兰齐注意到那个男孩冷酷的眼神,不禁颤抖了一下。

在电梯内,麦洛转头对冈特说:"那个人的眼睛就像是毒蛇的眼睛,他不值得信赖。"

冈特点点头。他改变了主意。就在不久前,他刚说服自己充当弗雷德的信使,守护这枚水晶。但现在事情已经发生了变化。他不会再坐以待毙。他将展开行动。他要加入这场游戏,掌握它的规则,想方设法赢得这场游戏。

这也就意味着,他要搞清楚水晶里隐藏的秘密。

四

"我已经尽了最大努力了。"幽魂的军医长道登一边发牢骚,一边朝周围的整个兵团医务室漫不经心地做了个手势。幽魂的医务室是一个由三间低矮的拱顶支撑房间组成的套房，也是坦尼斯唯一的第一团驻扎的兵营甲板上的一所附属设施。医务室的墙壁和天花板上都刷上了一层灰绿色的漆，坚硬的地板上铺着打磨过的红色石砖。在房间周围墙角的钢架上，摆放着一些贴着泛黄纸质标签的带塞大玻璃瓶，大多数瓶子都装满了糖浆状的液体、外科药膏、干燥的粉末和制剂，或是泡在透明胶状悬浮液里的有机体检测标本。在拉开的抽屉里摆放着一排排光亮的仪器，塑料垃圾袋、用过的床上用品和绷带卷都被塞进低矮的带盖箱子里，这些箱子被堆放在墙边，两个一摆用来当成座位。在一辆黄铜推车上有一个污浊的高压灭菌器，两台带着发亮的铁片的复苏仪器。还有一张靠墙的桌子上摆着药剂师用的药秤、一个诊断探针和一份血液净化剂。空气中散发着霉味和恶臭，地板上残留着深色的污渍。

"正如你所见，配给我们的医疗设施不算太好。"道登故作轻松地补充了一句。他是用自己的野战医护包里的工具给军法官进行的包扎，现在那个医护包正敞开口放在一个储物箱两用凳上。道登不相信这间医务室里提供的材料是新鲜的或是无菌的。

在主厅中央有一排黄铜移动轮床，冈特赤裸着上身坐在其中一张床上，床下的轮子锁在了瓷砖地板上的固定把手上。每当冈特在肮脏发臭的床垫上移动身体时，床垫里的弹簧都吱吱作响着发出呻吟。

"别乱动。"道登急忙说，"要是能找到人工肌肉，我会给你贴上的，不过让伤口吹吹风也没有坏处。老实说，我觉得你最好还是去这艘船的中心医院的病房里待着。"

冈特摇摇头说："你干得已经很棒了。"他说完后，道登不禁微笑了一下。他并不想就这个问题同军法官争执。科贝克跟他嘀咕了几句要保密之类的悄悄话。

道登个头矮小，比幽魂中大多数人年纪都要大，蓄着一把灰胡须，目光和蔼。他在坦尼斯的时候曾是一位医生，在普利兹郡的郊外森林和贝尔丹的农场和村庄之间行医。

在刚建团时他就被选拔入伍，以满足内政部对兵团军医的需求。他的妻子在建团一年之前就已去世，他唯一的儿子是坦尼斯团第九排的一名士兵。他唯一的女儿、女婿和外孙都在坦尼斯毁灭时葬身火海。道登对家乡所有的回忆，只剩下多年来从事社区服务的往事。如今，他为坦尼斯的最后遗民们承担起了同样的责任。

道登拒绝佩带武器,因此他也成了冈特部下唯一一个不能作战的幽魂……但冈特对此并不介意。他的团里至少有六七十个士兵都是因为有道登才活了下来。

"我对伤口进行了毒液污染和纤维毒素的检查。你很走运。那把刀很干净,甚至比我的手术刀还干净!"道登大笑着说,冈特也被他逗乐了,"但这不合常理……"道登补充了一句,陷入了沉默。

冈特扬起一条眉毛:"什么意思?"

"我知道刺客们喜欢在刀刃上涂毒药作为保险。"道登直截了当地说。

"我从未说过是刺客弄伤了我。"

"用不着你告诉。或许我是个非战斗员,法斯,或许我是个老糊涂,但就连上次的炮轰也没把我弄死呢。"

"不要自找麻烦,道登。"冈特说,他不顾医生的建议伸出手臂,顿时感到一阵疼痛和抽搐,"就按你平常的方式工作。不要带有立场。别被牵扯进来。"

道登在一小碗透明的消毒液里清洗夹子和伤口探针。"不要带有立场?你懂个屁,伊布拉姆·冈特。"

冈特就像是被扇了一耳光般怔住了。自从他最后一次和德西乌斯叔叔在一起之后,就再也没有人用父亲般的姿态跟他说过话了。不……那其实并不是最后一次……

道登转过身,在一片雪白的棉球上擦拭医护工具。"抱歉,军法官。我的话有点冒犯你了"。

"别在意,说吧,我的朋友。"

道登伸出拇指,穿过拱门指向外面的兵营甲板。"这是我唯一的财富。坦尼斯血脉仅剩的最后一点余烬,也是我和那个我深爱的绿色世界,以及我的过去的唯一联系。我会一直粘贴、修补、连接、缝合他们,直到他们全都离去,或是我离去,或是已知的世界全都衰败灭亡为止。尽管你不是坦尼斯人,我也知道有不少人是这么看待你的。但是我并不这么想。我的看法是,你非常出郎"。

"初览?"

"是出郎。抱歉,我的坦尼斯方言脱口而出。这个词有'外来者'的意思,也有'不确定'的意思。很难直接翻译成某一个具体的通用语词汇。"

"我想是的。"

"这个词并没有贬义。你可能不是坦尼斯人，但你为了我们竭尽所能。冈特，我认为你很关心幽魂们。我认为你会尽一切能力让我们走在正确的路上，带我们走向荣耀，带我们走向和平。这是我的信念，每天晚上我躺下休息的时候，或是每次炮轰开始的时候，或是登陆船降落的时候，或是我看着小伙子们翻过铁丝网的时候，知道这一点至关重要。"

冈特耸了耸肩，但立刻就后悔自己不该做这个动作。"真的吗？"

"我曾经和其他团的军医们聊过。比如在福提斯的野战医院里。他们中大多数人都说他们的军法官根本不关心手下的死活。他们把士兵看作炮灰。你也这样看待我们吗？"

"不。"

"我也觉得不是。所以，你这样的人真的很少见。为了这些可怜的幽魂，有一些事情是值得珍惜的。法斯，或许你不是坦尼斯人，但要是有刺客想要你的命，我会很介意这件事。为了幽魂们，我非常介意。"

道登沉默了。

"好吧，我不会对你隐瞒的。"冈特说着，伸手取下他的汗衫。

"为此我非常感谢。你是一位很好的出郎，伊布拉姆·冈特。就像是一位回到家里的安洛思。"

冈特突然皱起眉头："你说的是什么意思？"

道登回过头严肃地看着他说："安洛思。我说的是安洛思。这同样也不是贬义词。"

"它是什么意思？"

道登有些不安地犹豫了一下，在冈特严厉的注视下感到不太自在。"安洛思……好吧，那是家门守护灵的意思，来自坦尼斯的摇篮故事。他们常常说安洛思是从某些美丽的秩序世界来的灵魂。它来到坦尼斯来照顾我们的家庭。别介意。这只是一段古老的往事，一句森林谚语"。

"这个词有什么问题吗，军法官？"一个新的声音说。

冈特和道登四下张望，看见麦洛坐在靠门的一张凳子上，专心地看着他们。

"你什么时候来这里的？"冈特厉声说。他的怒气让自己有点吃惊。

"几分钟前刚到。安洛思是坦尼斯传说的一部分。就像监管树林的德尔福莱德，或是看守溪水的尼尔西斯一样。为什么这个词会让你这样紧张？"

"我以前听说过这个词，在某个地方。"冈特一边说着一边站起身，"谁知道呢，或许是一个听起来类似的词？算了。"

他想要穿上汗衫，但发现它已经被撕坏了，上面都是血。冈特把汗衫丢到一边。"麦洛，从我宿舍里再拿件衬衫过来。"他命令说。

麦洛站起身，从他的帆布包里拿出一件新汗衫递给冈特。道登咧嘴一笑。冈特怔了怔，点头表示感谢，拿过了汗衫。

麦洛和军医官都注意到冈特肌肉发达的粗壮身躯上布满了伤疤，但谁也没说话。要经历多少个战场、多少条战线、多少次生死搏斗，才能积累这么多的痛苦痕迹？

但在冈特站直身体面对他们时，道登第一次注意到了一条贯穿冈特腹部的伤疤，不由得倒抽一口凉气。那道伤痕又长又有年头了，就像一条用疤痕组织编织成的丑陋绳索。

"神圣的法斯啊！"道登控制不住自己的声音，"这伤痕是在什么地方——"

冈特挥了挥手。"这个伤疤很老，是很久之前的事了"。

冈特穿上了汗衫。伤疤被遮盖住了。他拉上了制服裤子的背带，伸手去拿外套。

"但你怎么会受这么严重的伤——"

冈特目光锐利地盯着他："不要再问了。"

冈特扣上了外套，然后穿上麦洛已经给他准备好的长长的皮大衣，把军帽扣在头上。

"军官们都准备好了吗？"他问。

麦洛点头："如您吩咐。"

冈特向道登点头告别，随后大步走出了医务室。

五

他在脑海中思考着应该信任谁。几分钟的深思熟虑之后，冈特意识到自己可以信任他们所有人，上至科贝克上校，下至最低级士兵的每一个幽魂。

他唯一顾虑的，只有爱发牢骚的罗恩，以及他在第三排的直接下属们，比如菲格尔。

冈特离开医务室，沿着短短的升降扶梯径直走向兵营甲板。科贝克正在出口处等候。

科尔姆·科贝克已经等了将近一个小时。独自待在医务室的前台的时候，他有充足的时间来思考他在太空中最讨厌的事是什么。从第一名排到最后一名，全都是太空旅行这件事本身。

科贝克的父亲是个工程铁匠。在普利兹河的第一个宽阔的拐弯处，有一座三角墙仓库，他父亲就在那座仓库下的熔炉工作为生。大部分工作内容都围绕着装卸原木的机器：锉锯、木材起重机、有轨滑车。小时候，他有过很多次摇摇晃晃地走下油乎乎的维修管道，拿着检查灯照明，以便他父亲检修某一辆有二十个车轮的平板货车的经历。那些货车纠缠在一起的滴着油的轮轴，损坏的啮合齿轮，都是在贝尔丹或是索特雷斯的工厂里，被一批又一批新采伐的潮湿木材压坏的。

长大后，科贝克在索特雷斯的伐木厂工作过，他看到人们被刺耳尖叫的锯木机和刨木机夺走了手指、手掌和膝盖。他自己的肺也吸入了大量的锯末，导致到现在都遗留着干咳症。随后，他加入了坦尼斯玛格纳民兵，提心吊胆地在普利兹郡终焉木树林的神圣地带巡逻，搜捕盗猎者和走私犯。

这种生活方式很不错。脚下是泥土，头顶是树林，从树叶之间可以眺望到遥远的星光。他逐渐懂得了怎样在扭曲的树林、移动的终焉木和林间空地之间找到道路。他学会了怎样使用小刀、怎样潜行，还有狩猎的乐趣。他一直都很快乐。只要群星还在天上，大地还在脚下，这一切都不会改变。

但现在那片大地已经不复存在，永远消失了。还有森林土地里的潮湿的芳香、霉烂的树叶发出的浓郁甜腻气味、终焉木果实飘落、堆积而成的柔轻表层。他朝着群星唱歌，有时接受它们无声的祝福，有时咒骂它们。群星一直都在那么遥远的地方。科贝克从未想过自己会在它们之间航行。

科贝克害怕亚空间航行，他知道他的许多战友们也同样害怕，即使是经历过了这么多次亚空间航行也一样。离开土壤，离开大地、海洋和天空，穿越群星，通过亚空间远征。这真是一件令人恐惧的事。

他知道押沙龙号是一艘坚固的星舰。乘坐接驳艇上船时，他从观测窗里看到过这艘巨舰的庞大船身。但他过去也曾经见过工厂主的巨型木材运输船在贝尔丹湍急的河水中颤抖和破碎。他知道，所有的船都会沿着航路一直航行下去，但总有一天航路会毁灭它们。

他讨厌这里的一切：空气里的味道、墙壁的阴冷、人工重力的不稳定性，以及亚空间引擎永不停息的震动。所有的一切他都讨厌。只是因为对军法官人身安全的担心，才让他克服恐惧去了那个噩梦般的玻璃隔间观测台。即使如此，他还是得强迫自己把注意力集中在冈特、士兵，还有那个愚蠢的海军准尉官身上——只要别让他去想玻璃外的那些疯狂舞动。

他无比渴望脚下的泥土、自然的空气、和风与细雨，还有树枝轻轻摆动时的宁静。

"科贝克？"

当冈特走近时，科贝克立刻立正敬礼。麦洛跟在军法官身后不远处。

"长官？"

"记得我在黄铁星的酒吧里跟你说过的话吗？"

"只依稀记得一点，长官……已经过去很长时间了。"

冈特笑了笑："很好。那么你也会为此大吃一惊了。其他军官都来了吗？"

科贝克有点不情愿地点点头："如您吩咐，除了罗恩之外的人都来了。"

冈特抬起军帽，用手往后抚平短发，然后又将军帽整齐地戴上。

"你们先去军官室等一会儿，我很快就过去。"

冈特走下甲板，进入了兵营的主兵舍。

幽魂们被分配到了第三甲板，这里就像是一个由长长的黑暗的拱顶组成的巨大蜂巢，里面的铺位呈人字形堆叠摆放，用链子拴在一起。紧挨着这些大通铺的是一个空荡荡的娱乐厅和三个气垫运动室。坦尼斯团幸存的四十个排，两千多位幽魂，都被安置在此地。

汗水、烟雾和身体发出的热气在通铺拱顶里升腾着。罗恩、菲格尔和第三排的其他人都站在斜坡上等着他。他们一直在运动室里训练，每个人都带着一根用于格斗练习的电棍。这些神经电击器是航行中唯一允许他们携带的武器。他们可以用这些电棍来击剑、格斗，甚至还可以将它们设置成长距离放电模式，用精度很差的自动瞄准器射击那些吱吱作响的金属假人目标。

冈特向罗恩致意。士兵们迅速立正敬礼。

"少校，你觉得兵营甲板怎么样？"

罗恩犹豫地说："军法官？"

"这儿安全吗？"

"这里一共有八座调度电梯，另外有两座电梯通往空降艇机库，再加上一些维修通道。"

"带上你的人，分散开把守所有这些出入口。没有我的允许，任何人都不得进出这个兵营甲板。"

罗恩看起来有点困惑："军法官，我们没有武器，要怎么才能阻止入侵者呢？"

冈特从士兵内夫手中拿过电棍，对内夫的腹部点击了一下，顿时将他放倒在地。

"就用它们。"冈特说，"每隔半小时直接向我汇报一次，我要知道所有企图进入的人的名字。"冈特停顿了一会儿，注视着罗恩的脸，确定对方已经清楚地听懂了自己的指示，随后转过身，走上斜坡返回。

"他在干什么？"当冈特已经走到听不见说话的地方时，菲格尔对少校发问。罗恩摇了摇头。他会搞清楚的。但在此之前,他得先组织好这次警戒任务。

六

军官室是一个紧挨着医务室附属楼的陈旧的报告厅。台阶向下通往一个圆形房间，房间的阶梯上排列着三圈漆木座椅，在中央的讲坛上，有一个漆成黑色的控制台。控制台就像一个打磨抛光过的蘑菇一样又矮又圆，这是一种旧型号的战术显示仪器。在它顶部有一个镜面屏幕，在召开战略会议时，屏幕将会在周围的空中投射三维全息投影。但这个仪器不但很旧，而且已经坏了，冈特把它当成座位坐在上面。

军官们列队走进房间：科贝克、道登，然后是各排的排长：梅林、穆克尔、库拉尔、勒罗德、哈斯克、布莱恩、福洛尔……总共39人。最后进门的是最近升职的瓦尔。麦洛关上了栅栏门，坐在后面。军人们呈半圆形在椅子上坐下，面对着他们的指挥官。

"什么事，长官？"瓦尔问。冈特微微一笑。瓦尔头一次参加军官级别的报告会议，他表现得热切而又直率，并不知道军官会议的默认流程。我应该早点让他升职的，冈特有些无奈地想。

"这是一次完全非官方的会议，与公务无关的幽魂内部会议。我想告诉你们一件事，以便你们能在特定情况下采取相应行动。但是，这件事要对这个房间之外的人保密。你们可以视情况需要告诉手下一部分内容，以便他们能知道如何解决问题，但不能告诉他们所有的细节。"

军官们明显都打起了精神。

"我不会拐弯抹角说这件事，正如我也不可能做到把布莱格举起来扔出去一样，所以请相信我。据我所知，有一场权力斗争正在进行。这场斗争很可能会毁掉整个远征。"

"你们都听说过，在司雷德战帅去世后曾发生过多么严重的内讧，以及有多少位特级上将争夺过他留下的位置。"

"最后猥琐马卡罗斯得到了这个位置。"科贝克苦笑了一下。

"是威瑟·马卡罗斯战帅，上校。"冈特纠正说，但他容忍了部下们的窃窃发笑，幽默感会让事情更容易进行一点，"不管你喜不喜欢他，现在是他管事了。因此对我们而言事情很单纯。你们都像我一样忠于帝皇，因此我们也就都应该忠于马卡罗斯战帅。司雷德选择了他作自己的继承人，因此马卡罗斯的命令就是黄金王座的命令。他代表了帝国的权威。"

说到这里，冈特停了一下。军官们都疑惑地看着他，担心自己错过了什么笑点。

"但有人不乐意他上位，对不对？"麦洛在后面板着脸说。军官们立刻都转身盯着他看，听见军法官发笑之后，他们又用同样快的动作回过头注视冈特。

"的确是的。可能有不少人都对他升到自己头上深感不满。其中有一位我们大家都很熟的人，当然只是名字很熟，德拉维尔特级上将。在远征军中直接指挥我们这个战区的人。"

"您在说什么呀，长官？"勒罗德露出难以置信的惊恐表情。勒罗德是一位身材魁梧的光头中士，在太阳穴上刺了一个帝国鹰的纹身。他曾经指挥过坦尼斯终极城的民兵部队，那座城市是幽魂失去的家园世界里的一座圣地城市，因此他和其他来自终极城的士兵们一样，都是坦尼斯唯一的第一团里最忠诚和最坚定的帝国臣仆。冈特很清楚，勒罗德可能是军官们当中最难说服的人。"您是说德拉维尔特级上将有叛变的倾向？是说他……不忠诚吗？但他是您的直接上级，长官！"

"这也就是我私下进行这次会议的原因。假设我说的是对的，我们能向谁求助？"

军官们都不安地陷入了沉默。

冈特继续说："德拉维尔从未隐瞒过，他觉得司雷德任命更年轻的马卡罗斯是对他的一种冷落。屈居于昔日下级的麾下，一定让他非常恼火。我很肯定，德拉维尔打算篡夺战帅之位。"

"让他们去自相残杀好了！"瓦尔啐了一口，其他军官都表示赞同，"不过是再死一个高级军官而已——请您原谅，长官。"

冈特微微一笑说："我最初也和你想的一样，中士。但仔细想想吧。如果德拉维尔用自己的军队去对抗马卡罗斯，这将会削弱整个远征军的力量。而我们此时正应该巩固远征军的力量，向敌占区深处推进。如果我们自相残杀，我们要怎样才能对付敌军呢？如果这件事真的发生了，我军将会门户大开，战力虚弱……也很容易被敌人屠杀殆尽。德拉维尔的阴谋，会危及我们所有人的未来。"

又是一片沉寂。冈特摸着自己的尖下巴说："要是德拉维尔真的干出这种事，我们就会失去一切。过去十年中我们在萨巴特诸世界赢得的一切，都将付诸东流。"

冈特身体前倾："还有，如果我是那个想要篡夺战帅之位的人，我不会只想要几个忠于我的团。我还需要取得另一个优势。"

"这就是我们的开会目的吗？"勒罗德问，他已经被冈特吸引住了。

"正是如此。德拉维尔正在等待什么。某种巨大的优势，这个优势将会让他能和战帅一较高下，甚至会让他更胜一筹。我们这些小人物能想到的就只有这么多了。"

冈特停顿了一下说："我在黄铁星的时候，机缘巧合得到了这个东西。"

冈特举起水晶。

"加密在这个数据水晶里的信息，是掌握一切的钥匙。德拉维尔的间谍网络在传输它的时候被截获了信息。"

"是谁干的？"勒罗德问。

"忠于马卡罗斯的间谍网络，试图瓦解德拉维尔的阴谋的帝国情报人员。

他们很隐蔽，很脆弱，人数很少，但他们是唯一对抗德拉维尔势力的组织。"

"您为什么会？"道登小声问。

冈特停下了。即使是此刻，他也不能把真正的原因和盘托出。他被要求过要对那件事保密。"我和他们是一边的，他们很信赖我。我不太了解全局。但我的一个老朋友是情报组织的成员，他联系了我，让我来照看这件珍贵的货物。可能是因为在黄铁星上除了我之外，他没有其他可信任的人来做这件事。"

瓦尔在座位上挪动了一下身体，挠了挠肩膀的植入关节。"然后呢，在水晶里有什么？"

"我不知道。"冈特说，"它被编码加密了。"

勒罗德正想说点什么，但冈特补充了一句："那是朱红色级别的机密。"

会场陷入了长时间的沉默，直到布莱恩吹出一声长长的刺耳口哨声。

"现在你们明白了吗？"冈特问。

"我们该做什么？"瓦尔无精打采地说。

"我们要先搞清楚这里面有什么，然后再做决定。"

"但要怎样才能——"梅林开口了，但冈特举起一只手示意安静。

"这是我要做的事，而且我想我可以做到。事实上也没什么难的。但在那之后……好吧，这就是我希望你们都参与进来的原因。德拉维尔的秘密部队已经开始尝试杀死我，要夺回水晶。这种事已经发生了两回。一次在黄铁星，在这艘船上又发生了一次。我需要你们和我站在一边，击退特级上将的间谍们，守护这件无价之宝。保护我，直到我搞清楚我们接下来应该采取的行动为止。"

军官室内一片沉寂。

"你们会站在我这边吗？"冈特问。

沉默持续着，几乎令人窒息。军官们偷偷摸摸地朝别人瞥看。

最后，勒罗德替所有人发言了。冈特很高兴是勒罗德来做这件事。

"这个问题您完全没必要问，军法官。"他直接地说。

冈特微笑着表示感谢。他从播放仪器上站起来，走下讲坛，军官们也都站起身。"让我们开始吧。罗恩已经在安排巡逻，保护兵营甲板的安全，去支援和加强这个工作。我需要确保船上分配给我们的这个区域是绝对安全的。把入侵者们挡在外面，或是把他们直接抓来带给我。如果有人质疑这些预防措施，告诉他们，我们认为该死的詹廷贵族团可能会找我们发泄怨气。泰拉在上,这个理由足够了,在这艘船的其他甲板上有人数比我们多四倍的詹廷贵族团士兵。而且毫无疑问他们是被德拉维尔掌控的。"

"我还要在这个甲板区域内搜索隐藏的通信中继器和摄像线路。哈斯克、瓦尔……让你们部下所有掌握技术能力的人来执行搜索行动。敌人可能会想尽办法监视我们。从此刻开始,不要信任我们团之外的任何一个人。任何人都不行。我们无法判断谁可能是针对我们的阴谋的一部分。"

军官们看起来都很激动,但也有些不安。冈特知道对普通军人而言这次行动很奇怪。他们列队离开时,脸色都很严肃。

冈特看着手里的数据水晶。在这里面究竟隐藏着什么?他陷入了沉思。

七

冈特回到自己的住处,麦洛一言不发地跟在他身后。在门口,科贝克已经派了两名幽魂来保护军法官的私人宿舍。冈特坐到镶嵌到墙里的一台沉思者面前,开始检索用这台终端可以获取的船上的信息。琥珀色的闪烁文本行在黑暗的显示屏上轻轻滚动着。他想要一份船上的人员名单,从里面寻找有可能和他作对的人的名字。但情报杂乱而且不完整,甚至无法搞清楚到底有哪些团在船上。詹廷贵族团被列出来了,还有一个来自博瓦尼亚第九团的辅助机械化部队。但冈特知道至少还有另外两个团在船上,而列表上没有列出他们。他还试图查阅押沙龙号上的海军干部和其他也乘这艘船航行的高级帝国臣仆的详细资料,但这个级别的资料被海军专用暗码加锁了,冈特没有浏览权限。

像这样的高科技,总是像沙袋堆成的路障般将他挡在外头。冈特靠在椅子上叹了口气,感到肩膀酸痛。水晶就放在他手边上的控制台上。是时候了,他打算尝试一下自己的猜想。因为担心这个法子不能奏效,冈特已经拖延很久了。但现在他终于下定决心站起身。

在门边的座位上,麦洛已经快要睡着了,军法官突然的动作让他吓了一跳。

"长官?"

冈特站在桌前,随意地从墙上的储物柜里拉出他的背包和行李箱。

"希望那个老家伙没有撒谎!"冈特说。

麦洛根本不知道他说的老家伙是谁。

冈特粗暴地翻着他的行李箱。一条丝绸质地的制服落到地板上。书和数据板不停地从打开的箱子里被往外扔出来。

麦洛看得目瞪口呆。军法官总是自己打包行李，麦洛从未见识过冈特随身携带的那些重要物品。男孩瞥了一眼，看见：一块用束腰外衣包裹着的勋章、从一个天鹅绒衬里的盒子掉出来的巨大的银色星光玫瑰、一顶褪色的赫尔肯徽记军帽、一个装满止痛药片的玻璃盒子、十几颗发黄的石板状大牙——那是兽人的牙齿——串在一根绳子上、一个放在木盒子里的古董望远镜、一个破旧的小刷子，还有一罐银色打磨油、从象牙盒子中掉出来的几张塔罗游戏牌。那张卡牌是硬纸板做的，背面装饰着某个叫加雷图斯10号的地点的解放庆典纪念画像。麦洛赶在冈特踩到塔罗牌之前弯腰把它们捡了起来。它们干净崭新，从未使用过，牌盒的盖子上刻着"德·奥"的字样。

而冈特正漫不经心地把一堆衣服从行李箱里抓出来丢到一边。

麦洛不禁笑了一下。看到这一幕，他莫名其妙地觉得有些荣幸，仿佛军法官允许他到自己的内心世界里待了一会儿。

这时，有什么东西撞到堆积在甲板上的杂物上掉了下来，麦洛怔住了。那是一个玩具战舰，用一大块塑料粗糙地雕刻而成。上面的瓷漆已经剥落了不少，有些塔楼和炮台已经断裂了。麦洛转过脸。他感觉这个玩具带有某种痛苦的色彩，会让他更深地瞥见伊布拉姆·冈特隐私中的遗憾，令他望而却步。

这种感觉让麦洛有点惊诧。他后退了一小步，把他刚才洗好的塔罗牌放回象牙盒子里，心里有点庆幸能有点事情做，不至于手足无措。

冈特突然从那堆杂物中转回头，目光中流露出胜利的神采。他用手指夹着一枚失去光泽的旧图章戒指高举起来。

"您在找什么，军法官？"麦洛故作爽朗地笑着问，他感到自己应该发表点评论。

"是这个。我亲爱的老叔叔德西乌斯，那个混蛋，在那天晚上为了分散我的注意力给了我这个东西——"冈特突然停下了，脸上若有所思。

他在麦洛旁边的铺位上坐下，环顾四周，凄然一笑，注视着正在整理甲板上杂物的男孩，说道："这些都是纪念过去的东西。哼，帝皇才知道我为什么会留着它们。我已经好多年没有仔细看过它们了，这些东西只会勾起不快的回忆。"

他拿起卡牌，翻了翻，苦笑着拿起几张给麦洛看，好像这个坦尼斯小伙子能理解其中的幽默感。一张卡牌上画着赫尔肯军旗在某座塔楼上空飘扬，另一张画着一个带有兽人头颅的纹章图案，还有一张是从帝国鹰的利嘴中发出闪电击中了月亮。

"这是七十二个理由，用来让我们忘记在加雷图斯世界群取得的崇高胜利。"他讽刺地说。

"这个戒指呢？"麦洛问。

冈特把塔罗牌放到一旁。他扭动图章底座旁边的一个小螺丝，一束很短的光束从戒指中射出。"法斯！过了这么长时间，电池里居然还有电！"

麦洛有点不知所以地笑了笑。

"这是一枚军官级别的解密戒指，用来让高级军官访问秘密情报或者隐藏数据的密钥。它们是将领们的玩具，过去曾经很流行。这枚戒指是发给詹廷贵族兵团的总司令的。他是一位地位很高的大人物，但这老混蛋居然把它送给了曼齐波尔的一个小男孩。"

冈特从外套口袋里拿出了水晶，把它放在戒指的光束上方。他瞥了一眼麦洛，目光中带着一种令人惊奇的顽皮和年轻的喜悦，麦洛忍不住笑得直冒鼻涕泡。

"开始。"冈特说着，将水晶的底部滑入戒指的基座。两者完美啮合在一起，发出一声轻微的嗡嗡响声。水晶被锁住了，在光束的照亮下，它就像一颗异常艳丽的宝石被安放在戒指上。水晶开始发光。

"来吧，来吧……"冈特催促着。

在戒指上方几厘米的空气中有什么东西正逐渐浮现成形，那是一个视觉影像，在舱房的昏暗光线下发出霓虹灯般的闪烁光芒。

悬在空中的紧凑的全息小字写着："权限否认。根据帝国内政部长官山泽斯在太平星域历法403457.M41（编者注：M41是小说虚构的人类历史的第四十一个千年）的命令，这份文件仅在朱红级别解密权限下才能开启。任何试图篡改加密数据的行为都会导致删除内存。"

冈特咒骂一声，把水晶从底座上滑了下来，关闭了戒指的光束。"太旧了，该死的，这东西太旧了。法斯，我还以为我搞定了！"

"怎么回事，长官？"

"审核权限等级还保留着，但他们每隔一段时间会修改读取所需的密码。德西乌斯的戒指在三十年前肯定能开启朱红色级别的信息，但后来这些密码被覆盖了。我早该料到德拉维尔会设置他自己的信任暗码。该死的！"

冈特似乎还想要接着骂下去，但有人在他宿舍的门上敲了一下。冈特迅速把水晶装回口袋，打开了门。士兵乌恩站在门口，他是一名通道哨兵。

"布莱恩中士带了几个客人给您，长官。我们已经搜查过了，他们身上没有武器。您想要见他们吗？"

冈特点点头，戴上了军帽，穿上了长大衣。他走到外面的通道里。当他认出客人们是谁时，冈特挥手让部下退开，走上前去欢迎他们。

那是佐伦上校，维特里安团的指挥官，他还带着三名军官同行。

"很高兴见面，军法官。"佐伦简短地说。他和部下们都穿着土黄色的制服，戴着软军帽。

"我不知道你们维特里安龙骑兵团也在船上。"冈特说。

"在最后一刻才调整的行程。我们原本被派往贾菲特，但登机通道出了点问题。他们就让我们来这里了。等技术问题解决之后，原本按计划要上押沙龙号的那几个团会代替我们去贾菲特。从这里往船尾方向过去一点就是给我们的兵营甲板。"

"很高兴又见到你了，上校。"

佐伦点点头，但冈特感觉到他好像隐瞒了什么事情。"当我听说我们和坦尼斯团搭乘相同的运输船时，我想我最好来互动一下。我们一起取得过共同的胜利。但是——"

"但是？"

佐伦压低了嗓音说："今天早上我在宿舍被袭击了。一个穿着没有标记的海军船员服的人正在搜查我的行李。当我进门时他向我攻击过来。经过一场搏斗后，他逃走了。"

冈特感到怒气再度升起："然后呢？"

"他在寻找什么东西。某个他在别处没有找到，觉得有可能在我这里的东西。我想我应该把这件事直接告诉你。"

接下来发生的事让麦洛、乌恩和通道里的其他人都大吃一惊，甚至连佐伦自己也一样，因为冈特一把抓住维特里安龙骑士团上校的制服衣领，拖着他走进了自己的宿舍。

冈特把身后的门用力关上。

现在房间里只有他们俩了，冈特转向佐伦。尽管佐伦看起来有点被弄痛了，但不知何故他表现得并不惊讶。

"你刚才说的话简直是在向所有人广播，上校。"

"确实。"

"开始说正题吧，佐伦。否则我不得不跟你绝交了。"

"别不开心，冈特。我知道的事情比你估计的还要多，而且我可以保证，我是你这边的。"

"哪一边？"

"你这边，泰拉的王座这边，还有我们的一个共同的熟人的这边。那个熟人，我管他叫贝尔·托尔舒特，而你管他叫弗雷德。"

八

"那个……"德雷克·弗伦斯上校开口说，"我还得考虑一些事情。"

回答他的是一阵窃笑，这笑声让他的神经更加紧张了。窃笑声来自房间后部的一个戴兜帽的高大人影。那个人影的轮廓倒映在一扇彩色玻璃窗上，被亚空间的闪耀和火花所照亮。

"你是个军人，弗伦斯。我不认为你的工作职责中包括了思考。"

弗伦斯在这个尖锐的回答面前退缩了。他感到恐惧，非常恐惧在玻璃窗五彩斑斓的光影之中的那个人影。他不安地挪动着身体，渴望能呼吸到一口新鲜空气，他的喉咙太干了。从窗台的石板底座旁边的漆黑水管里涌出的浓烟，弥漫在整个房间里。带花蜜甜味的鸦片气味在他周围盘旋，带走了空气中的所有水分。他的头脑因为呼吸这种气味而变得松懈而迟钝。

勒库兰齐海军准尉官站在门边。在他左边的阴影中，三个遮蔽面孔的星语者聚在一起，似乎对房间里的这一幕毫不在意。星语者有自己的律法，不被凡俗拘束。

准尉官刚到弗伦斯的宿舍传唤他时，弗伦斯就从勒库兰齐的脸上分辨出了隐秘吸毒者的那种苍白脸色。弗伦斯在几年前曾经领兵攻击波斯科的一个吸毒者巢都。他从未忘记那股甜腻的恶臭，也从未忘记那些懒洋洋的造反者的苍白脸色。

窗户边上的人影缓步走下台阶，来到弗伦斯面前。弗伦斯就算不穿长筒军靴也有两米高，但在这时，他却不得不抬头仰望对面斗篷中的黑暗。

"想好了吗，上校？"兜帽里的声音低语说。

"我——我真的不明白您想让我干什么，大人。"

审判官戈莱什·康斯坦丁·菲普斯·赫尔丹再度发出窃笑。他伸出戴满了戒指的手，将他的兜帽掀了起来。弗伦斯惊恐地眨了眨眼睛。赫尔丹的脸很长，就像骡马之类野兽的脸。他那湿漉漉的、挂着冷笑的嘴里长满了大板牙，他的眼睛又圆又漆黑。流体管和纤维线就像发辫般绑在他又长又倾斜的头颅上。他巨大的头颅上没有一点头发，但弗伦斯可以看到覆盖在脖颈和喉咙上的厚重毛皮。他是个人，但为了让那些被他调查的人感到恐惧和服从，他用外科手术改变了自己的外貌。至少，弗伦斯希望这是被手术改变的。

"你看起来有点不安，上校。是因为这里的气氛，还是因为我说的话？"

弗伦斯发现自己又开始呼吸困难，他挣扎着开口挤出几句话："我以前未有幸被允许进入这样一座神圣的隐修所，大人。"

赫尔丹极力伸展开双臂，像是要将整个房间都容纳在臂弯里。只有像他这样一个削瘦的巨人才能将臂弯伸展这么大的范围。弗伦斯不禁颤抖了一下。他们都站在押沙龙号的一座星语隐修所里，这是一个屏蔽了一切外界干扰的空间。墙壁是灭灵力场的死寂空间，用来将物质世界和亚空间的虚空嚎叫隔绝开来。隔绝声音、阻断灵能、防止窃听，这种不容侵犯的茧房是专为星语者保留的。帝国法律禁止其他人入内。只有从房间内发出的直接邀请，才能让弗伦斯这样的愚钝者入内。

愚钝者，在勒库兰齐提起这个词的时候，弗伦斯才第一次意识到自己不喜欢这个词。

愚钝者，这是灵能者用来称呼没有灵能的人的词。弗伦斯极度希望自己能离开这里去别的地方。任何其他地方都可以。

"你让我的眷族很不自在。"赫尔丹对弗伦斯说，指了指那三个坐立不安、喃喃自语的星语者，"他们感觉到你很不情愿来这里。他们因此感到羞耻。"

"我对他们并无偏见，审判官。"

"不，你有。我可以感受到。你憎恨心灵预知者。你鄙视星语天赋。你是个愚钝者，弗伦斯，一个失去感知能力的蠢货。我或许应该让你看清楚自己有什么残缺。"

弗伦斯颤抖着说："不用了，审判官！"

"就稍微体验一下怎样？给个面子。"赫尔丹窃笑着，厚厚的大板牙喷着唾沫星子。

弗伦斯全身战栗。赫尔丹缓缓地转开了目光，突然猛地转头看向他。不可思议的光芒涌进了弗伦斯的脑海。在一瞬间，他仿佛看见了永恒。他看见了空间的角度，以及空间与时间交错的方式。他看见了亚空间的潮汐、非物质界的毁灭的触须，以及混沌的扭动的旋涡。他看见了自己的母亲和姐姐，她们早已在多年前去世。他看见了光明、黑暗和虚无。他看见了无法名状的色彩。他看见了那个在他脸上留下疤痕的基因窃取者诞生时的痛苦挣扎。他看见了他自己站在母星的军校操场上。他看见了一团血迹。这血迹很熟悉。他开始哭泣。他看见了埋葬在丰饶的黑土地下的白骨。他意识到那是他自己的骸骨。他往白骨的眼窝中望去。他看见了蠕动的蛆虫。他惨叫着。他呕吐着。他看见一片黑红色的天空和数不清的太阳。他看见一颗恒星过载崩溃。他看见——

够了。

德雷克·弗伦斯痛哭着倒在神圣隐修所的地板上，吐了自己一身。

"我很高兴我们能坦诚交流。"赫尔丹审判官说，他再次掀起兜帽，"让我们重新开始吧。我和你一样为德拉维尔服务。为了他，我会让恒星扭曲；为了他，我会让行星燃烧；为了他，我将会掌握一切难以洞悉的奥秘。"

弗伦斯呻吟着。

"站起来。听我说。宇宙中最无价的珍宝正在曼奈泽德星钩静候我们的主人。但它的内容和命运都掌握在冈特军法官的手中。我们要拿到那个秘密。我花费了宝贵的能量来试图夺取它。但冈特这个人……非常足智多谋。在这件事上你可以派上用场。你和你的贵族团之前就已经和他结下了冤仇。"

"不要……不要……"弗伦斯在地板上声音嘶哑地说。

"德拉维尔对你评价很高。你记得他说过什么吗？"

"不——不……"

赫尔丹的嗓音变了,完美地复制了德拉维尔的嗓音:"要是你能够帮我打赢这场战斗,弗伦斯。我是不会忘记你的。只要我能不被束缚在这个地方,就有可能在未来大展宏图,你一定会得到我分享的好处。"

"现在是时候了,弗伦斯。"赫尔丹说,他恢复了他自己的声音,"来分享这个机会,帮助我达成我们的主人德拉维尔的命令。一个宝座正在等待着你,一个荣耀的宝座,在新任战帅身边的宝座。"

"求求你!"弗伦斯哭喊着。他能听见星语者们在嘲笑他。

"你还没下决心吗?"赫尔丹一边问着,一边慢慢走向如同胎儿般蜷缩、发抖的上校,"要再体验一次吗?"他提议。

弗伦斯发出刺耳的尖叫。

九

"我们被当成外人了。"菲格尔打破了沉默。

罗恩恼怒地瞪了一眼他的副官,但他很清楚这个瘦子的意思。除了他之外的其他军官被冈特召集去开会,已经是四个小时前的事情了。他和他的排就这么轻易地被排除在外了。当然,如果科贝克说的船上有危险的话是真的,那确实需要一支优秀的巡逻队。但按照正常的顺序,应该是福洛尔的第十六排来做才对,他们通常负责第一轮的岗哨值班。

罗恩嘟囔着回应了几句,带着他的五人小队往下一条走廊的路口走去。到目前为止,他们已经巡逻过这里六趟了。这里只有吹着换气风的船内空间、黑暗的角落、空荡荡的储藏室、满是尘土的地板,还有被锁上的舱门。罗恩确认了一下时间。二十分钟前勒罗德给他发了条无线电消息,告诉他下个小时换班。罗恩渴望换班。他知道跟着自己的部下们都又累又冷,很想到炉边取暖,喝杯咖啡,再休息一会儿。他排里所有的五十个人,现在正按照五人一组分散在幽魂的兵营甲板周围巡逻。推己及人,罗恩很肯定他们也都士气低落,饥肠辘辘。

就像过去很多次一样,罗恩思考着冈特为什么要这样做。从最开始,从刚建团的血腥时刻起,他就从未对冈特表示过忠诚。当冈特将他提拔为少校,并让他担任兵团的第三顺位指挥官时，罗恩非常惊讶。他先是对此大肆嘲笑，随后又因为觉得冈特认可了他的领导才能而收敛了一点。过了一段时间，罗恩在团里唯一一个可以称得上朋友的人，也就是菲格尔，终于想到了一句谚语来提醒他："朋友要放在近处，但敌人要放在更近处。"

罗恩加入帝国护卫军后不可能当逃兵，因此他不得不埋头做好自己的事。但他总觉得冈特这个人很奇怪。如果罗恩是上校军法官的话，在身边有这么一号危险的人物，他早就找一支行刑队来把对方解决掉了。

在前面，士兵洛内金正在检查一个储物箱的锁。罗恩扫了一眼他们刚巡逻过的通道，菲格尔偷眼看了一下他的指挥官。罗恩对他一向很好——建团前他们曾经是坦尼斯阿提卡民兵的战友。他们在那里经营敲诈勒索的行当，做得风生水起，直到法斯的帝国把一切都毁了。菲格尔是一个黑市商人的私生子，他凭借敏锐的头脑和强健的体魄在民兵组织中谋得一席之地，而后又加入了帝国护卫军。但罗恩的出身很好。尽管他不怎么谈论，菲格尔很清楚罗恩家里很有钱，做生意，而且是本地政客和贵族。罗恩总是很有钱，他可以从父亲的木材厂集团领到津贴。但作为家里的第三个儿子，他永远不可能成为财产继承人。加入民兵组织，获得进一步晋升的机会，这已经是他最好的选择了。

菲格尔并不信赖罗恩。菲格尔不信赖任何人。但他从未对少校动过坏心眼。只是……觉得痛苦。痛苦是让他作恶的根源，痛苦在他的少年时代毒害了他的天性。

就像菲格尔一样，罗恩排里的士兵们也都是坦尼斯幸存者当中的不合群者和闯祸者。他们都被罗恩吸引了，本能地把他视作领袖，视作一个能给他们创造更好机会的人。在分配人手时，罗恩挑选的部下大多数都是这样的人。

总有一天，菲格尔心想，总有一天罗恩会杀掉冈特，夺取他的位置。冈特、科贝克，还有其他所有反对者都会死。要么罗恩杀掉冈特，要么冈特杀掉罗恩。不管怎样，最后总会有一个结果。有人说罗恩已经尝试过了。

菲格尔正要提议他们返回左边的储藏室，这时候士兵洛内金突然大喊一声跑过甲板，随后被从后方射来的什么东西打中了。他蜷缩着身子，躺在栅格过道上抽搐着。菲格尔清楚地看到一把短刀插在那个士兵的肋骨上。刚才射中洛内金的正是这把刀。

罗恩大喊起来，这时袭击者们正从四面八方涌来。他们一共有十个人，都穿着詹廷贵族团的紫色作训服。他们带着短刀、木桩和用双层床的床脚做的棍子。在狭窄的过道里，一场疯狂的肉搏厮杀爆发了。

士兵科尔恩的脑袋被狠狠一击撞在墙上，他还没来得及转回头，也没有说一句话就倒下了。士兵弗雷尔用电棍猛地打中了一名袭击者，在一阵电火花中将他击倒在地，但许多袭击者扑向他，他倒在一片血泊中。菲格尔还看到两名詹廷贵族团士兵用棍子不停抽打受伤无助的洛内金。

菲格尔把他的电棍朝最近的一个詹廷贵族团士兵丢过去，爆炸的火焰烧穿了他制服的腹部，炸得他踉跄着后退。随后菲格尔拔出银白色的坦尼斯匕首，咒骂着往前冲上去，第一次就斩杀了一个敌人。他猛烈地转过身，以在坦尼斯阿提卡小巷里横行霸道的敏捷技巧飞身一脚，把一个敌人拿着短刀的手腕踢得脱臼了。

"罗恩！罗恩！"他一边乱抓着无线电通信话筒一边吼叫。有人从后面打中了他。菲格尔还没回过神，紧接着又挨了两下，翻滚着跌倒在地。许多双脚朝他踢来。有什么东西带着白热的刺痛插进了他的胸膛。菲格尔痛苦又愤怒地大叫着。

罗恩用电棍打倒了一个人，挥舞和格挡着。他用自己脑海里的每一句脏话来咒骂他们。一把尖刀撕开了他的外套，划出一道长长的野蛮伤口。一记重击打中了他的太阳穴，罗恩差点晕了过去，视线变得一片模糊。

少校想要挣扎站起来，但他的身体已经不听使唤了。甲板格栅的寒意从他的脸颊和松弛张开的嘴里侵入。温热的液体流过他的脖颈。他的目光失去焦点，朝上望去，看见一个魁梧的詹廷贵族团士兵正站在眼前，举起一把长柄扳手要敲碎他的头颅。

"住手，布洛胡斯！"有一个声音响起，举着扳手的胳膊不情愿地放了下去。

罗恩想要看清楚周围的情况，但他动弹不得。另一个人影取代了刚才挥舞扳手的那个袭击者。罗恩的双眼暗淡而模糊。他希望自己能更看清楚局面。那个正朝他俯身过来的男人看着像是个军官。

弗伦斯上校在罗恩旁边蹲下，遗憾地看着对方沾满血糊的头发和扭曲伸展开的四肢。

"瞧瞧他的肩章，布洛胡斯。"弗伦斯说，"他是个少校。是那个罗恩。别弄死他。至少现在先别弄死。"

十

"你怎么会认识他的？"冈特厉声问。

佐伦上校轻轻一耸肩，这是维特里安人很典型的优雅动作。"可能和你一样。一次偶然的邂逅，一种经过谨慎评估后的信赖，在一场危机中发展的一种非正式工作关系"。

冈特摸了摸棱角分明的下巴，摇了摇头，说道："如果你想让这次谈话有意义，你就得更具体一点。如果你真的意识到了当前局势的危险所在，你就会明白我为什么一定要确保周围的人都值得信任。"

佐伦点点头。他转过身，就像是要打量一下这间房间，但冈特的宿舍这么狭小，他几乎没什么可注视的。"那是在神像荒原星爆发的饥荒战争期间的事，大概在三个标准年之前吧。我的龙骑兵们被派往那里的一个主要城邦坎纳迪城维持秩序。随后就发生了食物暴乱和政府垮台事件。你认识的那个弗雷德假扮成了一个叫作贝尔·托尔舒特的当地粮食经销商。他是个在神像荒原星议院里有一席之地的贸易银行家。他的伪装很完美。我根本不知道他是从其他星球来的特工，更不知道他其实根本不是本地人。他掌握了当地的语言、风俗，甚至手势……"

"我清楚弗雷德是怎么工作的。他擅长细致的观察和模仿。"

"那你应该也知道他的工作方法。他通常会找那些他称作'值得信赖的人杰'的帝国臣仆一起协作。"

冈特点点头，嘴角微微露出一丝笑意。

"要在这种孤独、脆弱的环境下工作，我们共同的朋友必须在他认为未受腐蚀的帝国臣仆当中培养人脉。为了根除帝国官僚阶级中的腐败和有污点之人，他不能信任内政部、国教，或是任何有可能是密谋组织成员的高级官员。他告诉我，在这种情况下他经常发现自己的最佳盟友都来自帝国护卫军，来自那些被召集到危急战地的人，来自那些不想卷入这种事件因此没有嫌疑的普通士兵当中。他在我和我部下的一些军官干部们身上发现了这种特质。他花费了许多时间和仔细的调查才信任了我，又花费了同样多的精力才赢得了我的信任。最后，在那场食物暴动中，我们维特里安龙骑士团成了他唯一可以指望的帮手。策动饥荒战争的是一个和军需部有瓜葛的政府派系。他们能调动两个团的帝国护卫军来执行他们的阴谋。但我们击败了他们。"

"是阿尔塔萨战役？我看过一些相关的资料。但我没想到饥荒战争是因为帝国的内部腐败引起的。"

佐伦悲哀地笑了笑。"这种情报总是被封锁，以免动摇军心。我和他告别时就像盟友一样，但从未想过还会再遇到他。"

冈特在他的行军床上坐下，双肘搁在膝盖上，陷入了沉思，问道："你又见到他了？"

"在黄铁星休假的时候，我收到了一条加密信息。不久之后，就和他碰了个头。"

"你们亲自见面了？"

佐伦摇了摇头，说："通过中间人"。

"你怎么知道可以信任这个中间人？"

"他用了某个特定的识别方法。那是贝尔·托尔舒特和我在神像荒原星研究并投入使用的密码词，其中的密码音节来自维特里安的战斗宗教用语，只有他能知道其中的意思。托尔舒特研究了我们的战争艺术的文化遗产维特里安《拜哈塔》。只有他能用这种方式来表达和发送这个信息。"

"这确实是弗雷德的做法。那么，我们两人是盟友了？我觉得好像你要比我更了解现在的情况，佐伦？"

佐伦注视着坐在行军床上、下巴搁在手背上的这个高大有力的男人。在福提斯战役中，佐伦就已经开始欣赏他了，弗雷德的信息中包含了关于冈特的情报。佐伦心想，很明显，这位帝国秘密特工非常信任上校军法官伊布拉姆·冈特，他对冈特的信任不但超过了对佐伦的信任，甚至超过了对这个星区里的其他所有人的信任。

"没错，我很清楚，冈特。在萨巴特远征军的最高统帅部里，有一群同谋的高级军官正在寻找某种宝贵的东西。那件东西非常重要，为了得到它，这群人甚至可能会改变这次远征的大目标。可以开启那件东西的钥匙从他们的手里遗失了，落入了你的周密看管之下，因为在弗雷德的特工当中，当时你是唯一一个可以处理它的人。"

冈特愤而站起，咆哮着说："我不是任何人的特工！"

佐伦用优雅的道歉手势请他坐下，指了指自己的嘴表示这是他使用不太熟悉的语言导致的误会。冈特提醒自己，低哥特语并非这位上校的母语。"一个可信的合作伙伴。"佐伦纠正说，"弗雷德很谨慎地建立起了一个广泛而深远的朋友网络。这样他可以在需要时调用这些人脉。在黄铁星上，你是唯一一个能够截住并且保护那把钥匙的人。在经过一些操作之后，弗雷德让我能登上和你同一班的运输船来协助你。要不然，你想我们维特里安龙骑士团为什么会如此顺利地登上押沙龙号？我想弗雷德和在战帅参谋部的特工们冒了巨大的风险才能安排我们被转移到这艘船上。这表面上是一次公开行动，但在暗中却需要付出很大的勇气来冒险。"

"那个中间人还告诉你别的什么事了吗？"冈特说。

"他要我为你提供一切帮助，即使是要违抗我的上级的直接命令也在所不惜。"

这些话的重要程度非同小可，他们都陷入了一阵漫长的沉默，"然后呢？"冈特问。

"给我的指示说，你会做出正确的选择。弗雷德无法亲自来此地协调，但他相信你会推动这件事的进展，直到他的情报网络能再度介入为止。你需要评估局势，采取相应的行动。"

冈特无奈地大笑道："但我什么都不知道！我不知道这是怎么回事，也不知道要去哪里！我并不擅长这种影子游戏！"

"因为你是个军人吗？"

"什么？"

佐伦重复了一遍："因为你是个军人吗？就像我一样，你惯于接受命令，发号施令，以及直接行动。对弗雷德的任何盟友来说，这种事情都一样困难。我们这些'帝国人杰'或许值得信赖，可以为他的事业出力，但我们缺乏对这种秘密战的复杂性的认识。这并不是我们可以用喷火器和射击小队解决的问题。"

冈特咒骂着弗雷德。佐伦也跟着一起骂。他们都大笑了起来。

"你不可能做不到的。"佐伦突然严肃地说。

"为什么？"

"为什么?因为他信任你。因为你在上校之外首先是一个军法官,是一个政治官员。这场战争与政治和阴谋都紧密相关。我们当时都在黄铁星上,冈特。为什么他要把钥匙给你而不是给我?为什么我是来这里帮你的,而不是你去帮我?"

冈特又骂了一句弗雷德,但这一次他的声音低沉而痛苦。

他刚要再次开口。这时候有人猛力砸宿舍的门。冈特站起身推开了门。科贝克站在外面,他脸色通红,面露凶光。

"什么事?"冈特疑惑地说。

"您最好来一趟,长官。我们有三个兄弟死了,还有一个人重伤。詹廷贵族团又来找麻烦了。"

<h2 style="text-align:center">十一</h2>

科贝克带着冈特、佐伦和其他一群人走进医务室。道登在里面等着他们。

"科尔恩、弗雷尔、洛内金……"道登指着地板上被床单盖着的三个人体轮廓说,"菲格尔在那边。"

冈特朝罗恩的副官望去,他躺在角落的一张移动轮床上,从透明管子里吸着氧气。

"是匕首造成的刺伤,肺部衰竭。要是我弄不到新的器械,他只能再活一小时了。"

"罗恩呢?"冈特问。

科贝克侧身靠近。"正如我刚才说的,长官,不见了。这是一次游击行动。他们一定把罗恩带走了。但他们留下了这个,好让我们知道发生了什么。"

科贝克给军法官看了一枚詹廷贵族团的帽徽。"它被钉在了科尔恩的前额上。"科贝克的语气里带着憎恨。

佐伦困惑地说:"为什么他们要进行这样夸张的公然挑衅?"

"詹廷贵族团是这场密谋的一部分。但他们跟幽魂之间也有公开的宿怨。现在他们已经摊牌了,让这件事看起来就像是一场兵团之间的私斗。上级会训斥他们,但这会掩盖事情的真相。詹廷贵族团想要在密谋组织里立功……在公开争斗的名义下,他们就可以放手做自己想做的事了。"

冈特意识到大家都在看着自己。他的头脑快速运转。"那么，我们也可以做同样的事。科尔姆，增加一倍人手持续巡逻这个甲板区域。此外，还要组织一次对詹廷贵族团的突袭，你亲自领队。看在我的面子上，多弄死几个人吧。"

科贝克咧开嘴，露出了笑容。

"让我们陪他们玩玩这场游戏，但要用我们自己的方式来结束它。医生。"冈特说，他朝道登打了个手势，"既然你现在手头有个重伤员，那就以我的名义授权你去拿一批医疗用品回来。"

"你打算怎么办？"道登一边问，一边用纱布巾擦干净双手。

冈特正绞尽脑汁思索。他现在需要一个计划，一个在德西乌斯的戒指被证明无效之后的替代方案。他暗自咒骂自己对此事过于自信。现在他们不得不从头开始，要在保护自己的同时搞清楚水晶的秘密。但冈特已经做了决定。他一定要彻底解决这件事。他会让敌人付出代价。

"我需要一个去舰桥的许可。我要和舰长本人见面。佐伦上校，来一下好吗？"

"嗯？"佐伦上校朝冈特走近了几步。但他完全没想到，接下来冈特迎面一拳把他直接打晕了，被打破的嘴唇血肉模糊。

"向舰长报告吧。"冈特说。他的计划已经开始实施。

十二

在詹廷贵族团兵营甲板的窗明几净的医务室内，詹廷贵族团的首席军医加伦·加泰尔缓缓转身从伤员边上离开。自从这个人被送来之后，加泰尔就一直在照料他。他是个粗暴的野蛮人，一个坦尼斯人。抬担架的人这么告诉他。

伤员身材削瘦但很结实，外表硬朗，棱角分明，在一只眼睛上方有蓝色星光纹身。现在，他那清瘦英俊的太阳穴上赫然多了一个血淋淋的撞击伤口。布洛胡斯少校帮加泰尔把这个男人抬进来的时候，怒气冲冲地说着："别让他死了！"

如此严重的伤势……这样一个野蛮人……当加泰尔开始工作，给对方清理和治疗的时候，心里一直自言自语。他很不情愿把自己的技术用在这种野兽的身上，但很明显，他的詹廷贵族团对某些被袭击的仇敌人渣有所怜悯，打算治好伤送他回去，对和詹廷贵族团共用一条船的那些甲板老鼠表示一下慈悲为怀的优越感。这时候，弗伦斯上校的声音让他转过身来。"他还活着吗，医生？"

"勉强还活着。我搞不懂为什么要浪费我们宝贵的医疗用品去救这样一个无赖。"

弗伦斯示意他住嘴，走进了医务室。一个戴着兜帽的高大身影跟在他身后。

加泰尔不禁后退一步。那个身影有两米多高，一股微不可辨的烟雾环绕着他周围波动起伏，令人难以察觉到他的存在。

这是谁？加泰尔感到很奇怪。而那件阴影斗篷，只有令人敬畏的帝国要人才会拥有这种装置。

"你需要什么工具？"弗伦斯朝着那个人影问。那人盘旋着前进，越过了加泰尔，朝下方俯视着伤员。

"颅骨夹、一枚神经探针，可能还要几把长一点的单刃手术刀。"一个低沉的声音说。

"什么？"加泰尔结结巴巴地说，"以帝皇的名义，你打算干什么？"

"教导这个东西。把他教导成好人。"那个人影回答着，伸出一只扭曲的大手抚摸那个幽魂的前额。手上的指甲褐色呈钩状，就像是爪子。

加泰尔感到一阵怒火涌上心头。"我是这里的首席军医！在这间医务室里，没有我的许可，谁也不能做手术——"

戴兜帽的人影轻轻一挥手臂。

加伦·加泰尔没想到就这样迎来了自己生命的终结。

"弗伦斯？把这里弄干净，好吗？"审判官赫尔丹用手中沾满鲜血的长刃手术刀指着脚边的尸体问。随后他转身开始处理伤员。

"你好，罗恩少校。"他柔声低语，"请让我向你展示一下，你内心最深处的渴望。"

十三

机械修会大型运输舰押沙龙号的指挥官——高阶舰长伊图马德斯·格拉斯蒂库斯斜靠在指挥座的皮革软垫上。在他周围有许多块受到悬浮力场支撑的全息屏幕板，就像是退潮时的一群水面浮标般上下轻微摆动着。格拉斯蒂库斯用一只肥胖的大手举起操纵杖，指向其中一块屏幕。

被选中的那块屏幕漆黑无光的表面闪烁了一下，然后屏幕上出现了缓慢旋转的琥珀色的符文。格拉斯蒂库斯仔细地记录下他的巨大星舰当前的亚空间排量，随后又选中了另一块屏幕来评估引擎的耐受能力。

在他的宝座下方的甲板上伸出许多强化金属缆线，就像茂密的藤蔓一样附着在椅背上。格拉斯蒂库斯通过这些缆线感知着他的星舰。这些数据线上大多数都贴着印有暗码或祈祷词的纸标签，它们越过宝座的头垫，通过缝合在身体上的生物接口连入了格拉斯蒂库斯的头颅、后颈、脊椎和浮肿的脸颊，向他传输着这艘船的整体状况、结构完整性、船内空气浓度等级、以及这艘宏伟的星舰的个体情绪。通过这些数据线，他能感知到每一个接入系统的船员和机仆的行为，引擎远远传来的节拍化作了他自己的脉搏节奏。

繁忙的舰桥高踞于押沙龙号船体后方的指挥尖塔上，格拉斯蒂库斯的私人战略室则位于舰桥中央的一个装甲穹顶内部。他很少离开自己的宝座，也很少敢于走出这间清净的战略室。

格拉斯蒂库斯的身躯异常巨大。三百千克的松弛肥肉挂在他庞大的躯干上。在一百三十标准年前，他从上一任高阶舰长乌尔本尼手中继承这艘船的时候，还是个高大削瘦的人。懒惰，以及沉醉于和这艘船合为一体的同步，使得他从此陷于宝座不能自拔。他的身体仿佛知道自己和如此庞大的机械合为一体，因此让他的新陈代谢变慢，体重增加，就像是要让这具身躯也匹配上押沙龙号的臃肿巨体一样。机械修会的运输舰并不像帝国海军的船。它们的船龄无比古老，而且通常巨大得多。它们的用途是从火星将战争机器运往任何需要的地方。它们的舰长更像是巨大的陆地泰坦机长，通过心灵脉冲接口与有生命的机械连接在一起。这些舰长就是活生生的船本身。

格拉斯蒂库斯用操纵杖点亮了另一块屏幕，这样他就可以直接观察他最心爱的导航员们。这些人的躯壳被连接到属于他们的圣坛里，安放在主舰桥往下几个大理石台阶处的一座壁龛里。他们咏唱着告诉他在亚空间中的坐标和航路的进展，形成了一首数据颂歌，在他的心灵中激起了一种苍白的和声。他倾听着，领会着，感到安心。

他向高阶操舵员下达了略微调整航向的指令。距离曼奈泽德星钩只剩下两天的航程。以太中没有任何要发生亚空间风暴或是亚空间旋涡的迹象，用灵能光芒指引所有星舰穿越亚空间的星炬灯塔发来的信号也很清晰。"导航员家族发出的歌声是被赐福的。"格拉斯蒂库斯用他那浑厚的嗓音喃喃背诵着《航海福音经》的片段，"只因从中闪耀的希望之光，照亮了我们的金色大道。"

突然，格拉斯蒂库斯一皱眉头。从如同子宫般的这间密室外头传来一阵喧嚣。紧急通信系统中响起了人类的嗓音。他那厚厚的前额肥肉就像沙丘般滑动，格拉斯蒂库斯用操纵杖控制宝座旋转，让自己面朝进入战略室的正门。

从房间穹顶的天花板上，绷紧的铜线垂下一个对讲机话筒。格拉斯蒂库斯朝话筒说："勒库兰齐准尉官。进来解释一下外头的骚动是怎么回事。"

他轻轻一挥操纵杖，降下了挡住入口的防暴盾。勒库兰齐匆匆走了进来，神情很是惶恐。海军准尉官抬头望向坐在吊床般宝座内的胖大身躯，紧张地拨弄着制服的镶边和自己的操纵杖。他很少像这样直接面对舰长。

"高阶舰长阁下，有一名帝国护卫军的高级军官请求与您会面。他希望提出一项正式的控诉。"

"一件货物居然有事情要抱怨？"格拉斯蒂库斯有点好奇，慢吞吞地说。

"是一名乘客。"勒库兰齐说。听见舰长罕见的直接发声,他吓得全身颤抖。

格拉斯蒂库斯像往常一样，对部下的纠正置之不理。他不习惯运送人类。与他奉命运送的那些神之机械相比，这些人类显得微不足道。不过这些人类解放了福提斯双星，技术神甫派他和他的船来协助他们。大概这算是一种表达感谢的方式吧，格拉斯蒂库斯心想。

格拉斯蒂库斯并不喜欢勒库兰齐。三个月前，他的代理准尉官在一场亚空间风暴中丧生。根据修会的命令，这个小鬼被派到了他的指挥部。格拉斯蒂克斯不信任这个人的能力。他讨厌勒库兰齐那派不上用场的脆弱身体。

"批准他的请求。"格拉斯蒂库斯说。这个不寻常的事件吸引了他的注意力。和人谈话可以换个心情。他可以用嘴说说话，看看人的躯体，闻闻它发出的温暖的肉质呼吸。

两名手持霰弹枪的海军士兵一左一右押着佐伦上校走进战略室。上校的脸上明显有一处青肿和一道整齐的伤口。

"说吧。"格拉斯蒂库斯说。

"高阶舰长阁下。"那名军人开口了，他的口音带有一种遥远世界的悦耳腔调。格拉斯蒂库斯遮住自己的脸暗自窃笑。他喜欢这种声音。

"我是维特里安龙骑兵团的佐伦上校。我们有幸搭乘您的伟大星舰。但是,我还是得强烈控诉船内军营严重缺乏安全保障。我们与坦尼斯团的粗俗野蛮人之间发生了争斗。当我找他们的指挥官投诉几场斗殴事件时,他出拳打了我。"

通过他的数据管道,格拉斯蒂库斯能感觉到在战略室内层层叠叠展现的灵能测谎力场的轻微波动。这个男人说的是实话。坦尼斯团的指挥官——好像叫冈特?——确实打了他。测谎力场检测到了较低程度的矛盾和虚假成分。但格拉斯蒂库斯判断是因为这个人直接面对他时的紧张导致的。

"这是我的保安副官该管的事,找这名海军准尉官处理。船上的礼仪和规矩是他的管辖范围。别拿这种无关紧要的琐事来烦我。"

佐伦朝神情不安的勒库兰齐瞥了一眼,对方似乎很想赶紧离开这里。

两人谁都没来得及说话,一个新的不速之客就已经直接走进了战略室。他是个身穿长大衣、头戴帝国军法官大檐帽的高个子。士兵们出于本能反应将武器对准了他。但这个人却镇定自若,连眼都不眨一下。

"勒库兰齐是个无能之辈。他连自己的职责都履行不好,更别提管好这艘船上的秩序了。您必须亲自处理这件事。"

这位不速之客胆大包天,直截了当。既不做开场白,也没有谦逊的礼节。格拉斯蒂库斯被他的行动震撼了,感到一阵手足无措。

"我是冈特。"不速之客说,"我的坦尼斯兵营被突袭了,而且有人企图谋害我的性命。我的三名部下被杀了,一名部下身受重伤,还有一名部下下落不明。我误以为佐伦和他的手下是罪魁祸首,因此我攻击了他。但犯下罪行的那帮人其实是詹廷贵族团。现在我向你发出直接请求,逮捕他们,对他们的指挥官进行处分。"

格拉斯蒂库斯再一次在灵能测谎力场中感觉到一丝欺骗的迹象,但他还是把这个现象归因于对方在他面前的敬畏之情。毕竟,这个冈特看起来非常坦率,甚至坦率到了胆大妄为的地步。

"你手下有人死了?"格拉斯蒂库斯几乎有点害怕地问。

"死了三个人。更紧急的是,我急需获得你的授权,让我的军医进入军需仓库,获取医疗物资来救治我受伤的士兵。"

这只小虫在侮辱我。在我自己的战略室里侮辱我!格拉斯蒂库斯突然感到一阵嫌恶。

他的思维切换了一下,屏蔽了传输进他头颅的数据流的百分之六十,这样他就能集中注意力了。十几年来,他还是头一回不得不亲自处理他的货物的问题。不是货物,乘客!是乘客,勒库兰齐是这样称呼他们的。格拉斯蒂库斯在宝座上轻微扭动着躯体。这太不体面了!这太耻辱了!这种事情本该在一开始就被控制住,而不应该等到货物被伤害和死亡之后,不应该等到别人跑到他面前来抱怨和控诉之后。

他举起操纵杖,对着一面悬浮的屏幕板挥舞。在这些会走路的小肉虫面前,他不能丢脸。这艘船上的所有人都将生命托付给了他。他必须证明自己身为一位舰长,不,一位高阶舰长的能力。

"我已经给你的军医授权了。他现在获得了我的正式标记,可以优先进入仓库。"

冈特微笑着说:"这只是一个开始。此外您还得逮捕詹廷贵族团,处罚他们的军官。"

格拉斯蒂库斯感到惊讶。他用火腿一样粗壮的手肘支撑起身体,打量着冈特。十五个月以来,他的上半身还是头一次离开座椅。随着潮湿的座椅皮革发出吱吱响声,一股陈腐的肮脏臭味飘进了战略室的空气中。

"我不会容忍这种犯上言论。"格拉斯蒂库斯带着怒气说,他那尖细的话语从被松弛肥肉环绕的油光发亮的小嘴中喷溅而出,唾沫就像是一座舞台拱门前的珠帘般洒下,"谁也不能命令我。"

"这可不行。别逼我们威胁你。我们要你立刻采取行动!"这次说话的人是佐伦,他走过去和眼神凶恶的冈特并肩站在一起。格拉斯蒂库斯惊讶地反应了过来。他本以为这个维特里安人会更谦逊、更恭敬一点。但现在就连他也开始步步进逼了。"逮捕詹廷贵族团,约束他们的争斗,否则你现在就要面对一场暴动了!想想吧,成千上万名训练有素的士兵,个个嗜血好斗!你那些卫兵可挡不住我们!"佐伦朝着海军卫队投去轻蔑的一瞥。

"你在威胁我?"格拉斯蒂库斯说,他恼火得几乎无法呼吸,"就凭你说的话,我会给你戴上手铐!"

"你就是这样对待自己不想听的事的吗?"冈特厉声说着,推开一名士兵,走向格拉斯蒂库斯的宝座。那名士兵想要阻拦高大的军法官,但冈特灵巧地一甩胳膊，就让士兵摔了个四仰八叉。

"你是这艘船的指挥官，还是一个藏在这艘船深处的虚胖废物？"

勒库兰齐背靠着战略室的墙壁颓然倒下，惊恐得喘不过气。没有人可以用这种口气跟高阶舰长说话！谁也不能——

格拉斯蒂库斯翻滚着从他的宝座上站起，用双手把悬浮的屏幕板扫开。它们都畏缩地藏到他身后的房间角落。格拉斯蒂库斯瞪着护卫军军官们，怒火在他的肥大身躯中熊熊燃烧。

"怎么样？"冈特说。

格拉斯蒂库斯开始叫嚷起来，多年来第一次扬起了浑厚沉重的大嗓门。

佐伦紧张地看了一眼冈特。他们对舰长是不是有点欺人太甚了？但冈特的镇定莫名其妙地让他安心了。他想起了他们计划的要点，于是开始对舰长发出高声嘲笑，以配合冈特的计划。

冈特暗自一笑。现在他们已经完全吸引了格拉斯蒂库斯的注意力。

在战略室外头，在屋顶高耸、凉风习习的舰桥穹顶的低处，高阶操舵员们从冒着油光的漆黑齿轮和杠杆上抬起头，交换着好奇的目光。舰长的低沉怒吼回荡着从装甲穹顶中传出来。高阶舰长显然非常生气，他已经暂时把自己的注意力从大部分舰船系统中剥离出去了。这种事情是前所未闻。

一支海兵小队惴惴不安地在战略室的门廊外打转。"我们要进去吗？"有一个刺耳的声音在头盔对讲机里说话。但谁也不想进去面对高阶舰长的怒火。

他们甚至对引发骚乱的那群愚蠢的护卫军军官感到怜悯。

但冈特对此毫不在意。眼下的事态发展，其实正符合他的计划。

十四

军医长道登带着随行人员穿过了军需库甲板的装甲舱门。卡夫兰、布林·麦洛和布莱格走在他身旁，就像是这位老医生的一支高矮不一的怪异仪仗队。

他们走进了一个宽敞的隔间，房间里弥漫着消毒水和电离过滤器的味道。灰色的甲板表面上洒满了干净的沙子。道登看了看手上的计时器。

"该到了……"他说。

"谁到了？"布莱格问。

"我的意思是，要么现在动手，要么就永远不可能动手了。我们已经给了军法官足够长的时间。他现在应该已经到舰长跟前了。"道登说。

"我还是没搞懂。"布莱格挠着自己突出的下巴说，"为什么这就意味着要开始动手？这个救治幽魂的老头想干什么？"

"这叫拐弯抹角。"麦洛低声说，"别管那么多，跟着装傻就行了。"

"没问题！"布莱格高声说。但卡夫兰发出的窃笑，让他又陷入了茫然。

在隔间尽头的金属栏杆门外，有三个身穿长袍的军需部官员正在低矮的控制台上工作着。至少有七名海军士兵正在这周围巡逻。

道登往前走去，敲了敲金属栏杆。"我需要补给品！"他叫喊，"快一点，有个伤员快要死了！"

一个军需部的人从控制台前站起身，把斗篷挂在椅背上。他身材矮小但壮实，在卡其布色的军需部制服上衣下有一副孔武有力的身材。他的脸颊、太阳穴和咽喉都钉入了光滑的铬质植入伺服部件。他一边从脖颈上的插座里拔出一根缆线，一边朝道登他们走来。

道登伸手把他的数据板放到对方的眼前。"医疗物资的征用单。"他高声说。

军需部的人看了看数据板。当他往下翻看数据时，海军士兵们突然注意到了这边，朝隔间中央聚集了过来。麦洛能听见从他们头盔内置通信器发出的低声交谈。其中一名士兵转向了那名军需官。

"舰桥发生骚乱了！"他通过扬声器说话，声音变得又尖又细，"该死的护卫军士兵们又开始内讧了。我们被调往兵营甲板执行巡逻任务。"

军需官挥手让他们走开，说道："随便吧。"士兵们离开了，只留下一个人看守栏杆门的入口界面。

军需官把栏杆门朝旁边推开，放四名幽魂入内。他看了看数据板，然后把他们带往左边的过道。"高阶舰长格拉斯蒂库斯给你们发放了许可。从这里下去，第十一号仓库。把你们需要的东西拿走。但只能拿走你们需要的那些东西。我会在出口处盘点库存。没有海军准尉官的签字不许拿镇静剂，禁止偷窃。"

"法斯你。"道登说，一把拿回数据板，招呼其他人跟着他一起走，"我们正急着救人。你觉得我们会浪费时间小偷小摸吗？"

军需官漠不关心地转过身走了。道登带着其他三人一同走下黑暗的过道。

他们两侧是一排排的氧气罐，还有装满了酒瓶和食物的板条箱，一直堆积到高处的天花板上。他们走进货仓的黑暗深处的一个岔路空间，从这里穿过几道舱门向前方望去，可以看到这艘巨舰的大量储备物资。

"医疗物资就在下面。"卡夫兰注意到了一个舱门的门框上的白色标签条，对大家说。

"那有一座控制台。"麦洛指向通往某个黑漆漆的货仓的另一条过道。能看到过道尽头有一名军需部主机发出的暗淡的绿色光芒。道登又看了一眼计时器。"好，按计划进行。有五分钟时间！去吧！"

道登带着布莱格大步走进医疗用品库，开始从黑色的金属架上取下几卷无菌纱布、几罐化脓清洗药水和几包干净的外科手术工具。布莱格从门边的一个壁橱里拿出一辆有轮子的手推货车，跟在道登身后。

麦洛和卡夫兰悄悄走进那个漆黑的房间，男孩一晃身体坐在控制台前的矮凳上。他在口袋里摸索着，拿出了冈特给他的记忆卡，小心翼翼地塞进了主机桌边的插槽里。机器识别出了那张空白记忆卡，机身上的两盏浅黄色的灯闪烁发光。麦洛的手微微颤抖。他努力回忆着军法官告诉他的那些话。

"这可行吗？"卡夫兰一边问，一边忧心忡忡地拔出匕首监视着门口。

军需部的数据机组直接联通舰船的主沉思者。麦洛一步一步按照冈特的指示，在象牙制键盘上输入搜索关键字。数据机组拥有访问这艘船的信息库的完全权限，其中也包括了冈特的解密戒指缺少的机密许可。

"快点，孩子！"卡夫兰焦急地叫着。

麦洛没有理会他，但被称作孩子让他很不高兴。麦洛颤抖的手指在磨损的键盘上来回敲击着，就像军法官教他的一样，控制台的平板上闪烁着符文光标，进入了新的指令等级界面。

"在这里！"麦洛突然说，"我想……"他笨手笨脚地触碰了一个刻有符文的命令按键，控制台嗡嗡作响着，开始将数据下载到空白的记忆卡内。冈特一定会很高兴的。麦洛一字不差地记住了如何操作主机的那些犹如天书般的步骤。

在医疗用品库里，正在往小推车里装药品的道登抬起头瞥了一眼他的计时器。布莱格小心翼翼地看着他。

"法斯，我们浪费的时间也太多了！"道登暴躁地说。

"还是回去好了——"布莱格提议。

"不，我们还没有拿完需要的东西。"道登一边说，一边在架子上翻找着几罐气胸树脂。

麦洛的手指悬在键盘上空，惊呼一声："我们找到了！"

卡夫兰没有回答。麦洛转过身，看见卡夫兰一动也不动，有一把海兵霰弹枪的枪口正顶在他太阳穴上。拿枪的帝国海军士兵什么话也没说，冲着麦洛点头示意，让他快点从凳子上站起来。

麦洛站起身，双手放在士兵能看到的地方。

"很好。"士兵的声音从头戴通话器的扬声器中沉闷地传了出来。他用枪口指了指一个地方，让麦洛站过去。

卡夫兰猛地后退，手肘不顾一切地撞向士兵的胸前，打在了他的心口上。但士兵身穿的纤维编织胸甲挡下了这一击，他转过身，张开一只手将卡夫兰推到墙边的架子中间。

麦洛也试图行动起来。

霰弹枪开火了，在黑暗中发出了大范围的白炽火光。

十五

在暗处等待着的时候，他们注意到詹廷贵族团被分配的地段是船上最好的兵营甲板。入口柱廊是一个宽敞的登船大厅，足以容纳最笨重的装备。壮观的壁炉在地板砖上投下了长长的紫色阴影。

两名全副武装的詹廷贵族团士兵正手拿训练电棍在远处巡逻。正当他们在闲聊的时候，拉金出现在柱廊下，摆出了一副迷路般的笨手笨脚的样子。詹廷士兵们难以置信地急忙转向他。拉金愣住了，削瘦的窄脸上露出了恐惧的表情。他咒骂了一句，迈开步子往来路跑回。

两名哨兵在他后面发出嗜血的吼叫。他们跑过去十米后，身后的阴影突然展开了，涌出了潜伏的幽魂们。幽魂们丢下迷彩斗篷，从后面抓住哨兵。穆克尔、巴鲁、瓦尔和科贝克压在两个詹廷士兵的身上，用电棍和坦尼斯匕

首对付他们，然后把倒下的两人从大厅里拖到了黑暗处。

"为什么我总要当法斯的诱饵？"拉金一边往回走一边问，在科贝克身边停下脚步，后者正在用斗篷下摆擦拭地板上的血迹。

"因为你长了一副诱饵的脸。"瓦尔说。科贝克不禁微笑。

"瞧瞧这儿！"巴鲁在大厅尽头压低声音叫了起来。大家都走到他身边。巴鲁从拱门的角落里拿出了詹廷哨兵们刚才一直在看守的东西。是枪！一把破旧的式样古怪的爆矢式步枪，带着长长的枪管和装饰华丽的枪托；还有一把磨损但还能用的连发短枪，上面连着一条子弹带。它们都不是配发给护卫军的制式武器，而且都比护卫军的标准装备的技术含量要低得多。科贝克知道这些东西是什么。

"纪念品和战利品。"他喃喃地说，手中检查着那把短枪。每个士兵都会收集这一类的战利品，把它们放进自己的工具包里用于出售，或留作纪念，或是在决斗中使用。科贝克知道许多幽魂也都有自己的战利品……但他们在上船时都老实地把它们和自己的配发武器一起交了上去。科贝克一点也不惊讶詹廷贵族团还留着这些没有报备的武器。哨兵们把这些枪放在这里备用，以防范那些用他们的电棍应付不了的攻击。

瓦尔把步枪递给拉金。毫无疑问，他是最有资格使用这把枪的人。

手中步枪的重量仿佛让老狙击手冷静了下来。他舔了舔嘴唇，它薄得像刀子般几乎可以割开脸上的皮肤。从他们出发之后，拉金就一直在不停地抱怨，不想加入这次复仇行动。

"要是我们被抓住了，就会被丢给行刑队！这不公平！"

科贝克则很坚定。他很清楚这是一次多么大胆的行为。"我们正在进行一次兵团私斗，拉金。"他直接地说，"这是一种荣誉行为。他们杀了洛内金、弗雷尔和科尔恩。你再想想他们对菲格尔做了些什么，还有他们会对少校做些什么。军法官要我们血债血偿，而我也自愿效命。"

科贝克没有提到他之所以选择拉金只是因为他出色的潜行技能，也没有解释冈特发动这场突袭的真实原因：扰乱和误导，并且像詹廷贵族团一样把押沙龙号真正在发生的事件宣扬成一场士兵间的愚蠢私斗。

拉金检查着他的长管步枪，似乎已经平静下来了。拉金唯一擅长的就是射击。既然科贝克已经决定违反船上的法律，那么最好给拉金一把枪来发挥最大的作用。大家都很清楚，拉金是全团最好的射手。

他们悄悄走进詹廷贵族团的兵营区。从一条长长的交叉走道的尽头传来了唱歌和痛饮狂欢的声音，从另一条走道的尽头则传来了训练室内的电棍撞击声。

"我们要做到什么程度？"穆克尔低声说。

科贝克耸耸肩说："他们杀了三个人，弄伤了两个。我们至少要让他们付出同样的代价。"

他还有一种强烈的愿望，想要知道罗恩现在怎样了。他想尽可能把罗恩救出来。但他猜测少校或许早已被害了。

身为侦察排长的穆克尔，是他们当中最好的潜行者。他带着巴鲁一起消失在大厅的暗处，向前快速移动。

其他三个人在原地等待。从远处传来的星舰的引擎运转震动着甲板，节奏似乎时断时续，令人不安。但愿我们没有被卷入某种法斯的亚空间混乱。科贝克在心里说。随后他忽然灵光一闪，意识到这可能是冈特的行动导致的。军法官说过他打算进行干扰行动，惹怒舰长。

巴鲁回到他们身边。"我们走运了，真的很走运。"他压低声音说，"你最好亲眼看看。"

穆克尔在下一个拐角处的拱门隐蔽着。在他前面是一个亮着灯的舱门。

"医务室。"穆克尔低声说，"我走到门附近查看过了。他们把罗恩关在了这里。"

"里面有几个詹廷贵族团的人？"

"两名士兵，一名军官——是个上校——还有个穿着长袍的人。我很不喜欢他的模样……"

一声尖叫突然割裂了空气，先是号哭，随后转为了抽泣。五名幽魂都愣住了。那是罗恩的声音。

十六

那名海军士兵狠狠踢了一脚卡夫兰倒下的身体，随后调转霰弹枪的枪口打算要他的命。使用违禁武器的警报声在军需部仓库周围刺耳地响起。海军士兵刚拉动装弹泵，突然有人狠狠一拳把他打得摔进了左手边的包装箱中间。

布莱格举起那个惊呆了的士兵蜷缩起来的身躯，将他丢进地下通道10米深处。士兵重重地摔在地上，传来骨头撞碎的响声。

"小布林！小布林！"布莱格焦急的喊声盖过了警报声。麦洛从机器下面站了起来。刚才那一枪打碎了显示屏，但没有打中他。"我没事。"他说。

布林将记忆卡从机器的插槽里拔了出来，布莱格也扶起了神志不清的卡夫兰。

"走！"布林说，"快走！"

他们在一分钟内赶到了道登身边，帮他将装满的手推车推回地下室。此时，军需官和海军士兵们正从栏杆那边赶来。

道登壮起胆子开始表演。"感谢法斯，你们来了！"他声音嘶哑地吼叫着，"里面有詹廷贵族团士兵。一群疯子！他们攻击了我们！你们的人和他们打了起来，但我想他已经被逮住了。快点去，快点去救他！"

大多数士兵一起跑了过去，边跑边给武器装弹。但有一个士兵留了下来，警惕地盯着幽魂小队。

"你们必须等等。我们要检查一下这些东西。"

道登大步向前，现在他的表情已经变得钢铁般冷酷，举起数据板给那名士兵看。

"你不认识这个？这是你们舰长的直接授权吧？在我的医务室里有个伤员就要死了！我急需这些药品！你想让他因为你而死吗？法斯在上，只因为你——"

士兵挥手示意他们可以走了，随后快步追赶他的同伴们。

"我还以为这里很安全。"在朝出口拥过去的时候，道登冲着军需官吐了口唾沫。

他们把手推车猛地推进了升降梯。当轿厢开始上升时，所有人都松了一口气，背靠在墙壁上。

"你搞到那个了吗？"道登深深吸了几口气。

麦洛点头："我想应该搞到了。"

卡夫兰傻笑着看老医生，说："'里面有詹廷贵族团士兵。一群疯子！他们攻击了我们！你们的人和他们打了起来，但我想他已经被逮住了。快点去……'你说的都是些什么法斯玩意？"

"非常精彩，我觉得。"布莱格说。

"在家乡的时候，我是个医生……但我也是普利兹郡市民演员协会的干事。我演的泰戈尔王子大受好评。"

他们如释重负的欢笑声在电梯里回荡。

十七

科贝克的复仇小队正要行动，突然甲板上的通信扬声器开始了违禁武器警报广播。低沉的电子乐音回荡在走廊上，所有拱门上方的警报图标开始闪烁。

刚等上校把部下拖回到隐蔽处，就有人从医务室里走了出来四处张望。詹廷哨兵小队从两边赶来，到处巡逻。通信兵则想方设法确认发生了什么事故。

科贝克看见了弗伦斯和布洛胡斯这些詹廷贵族团高级军官，还有另一个人，一个身材魁梧的丑陋怪人，身上穿着闪闪发光的雾气般的长袍。这个人让科贝克心生恐惧。

"在军需库甲板有武器开火！"一名身后背着通信器的詹廷士兵报告说，"海军士兵们很快就会控制局势……长官，频道里有很多报告正在传递。他们把这次事故归咎于詹廷贵族团！他们说我们在补给仓库里对坦尼斯的人渣们进行了一次私斗攻击！"

"冈特！这个恶魔想跟我们把游戏玩下去！"弗伦斯咒骂道，他转向部下，"布洛胡斯，戒严这片甲板区域！警备小队跟我过来！"

"我会留下来，好完成我手头的事情。"长袍人用一种就像深渊般低沉的口音说。这话音让科贝克心底一凉。等所有人都离开执行命令后，长袍人伸手按在弗伦斯肩膀上让他停下。科贝克不寒而栗地注意到那与其说是手，不如说更像是一只长爪子。

"事情不妙，弗伦斯。"那人对突然颤抖起来的弗伦斯上校低声说，"对冈特这样的军人使用暴力，可以预料到他一定会以牙还牙。而且你似乎低估了他的政治能力。我怕你现在已经落了下风。如果我没猜错的话，你最好担心一下自己。"

弗伦斯挣脱了他，匆匆离去。"我会处理好的！"他一边走一边不耐烦地吼着。长袍人注视着他走远，随后转身回到医务室。

"我们该怎么办？"瓦尔小声说。

"下令让我们赶快回去吧。"拉金低声催促。

从医务室里又传出了一声惨叫。

"你们觉得呢？"科贝克反问。

十八

昔日宁静的战略室里警笛声大作。格拉斯蒂库斯在摇篮般的宝座里旋转着，挥舞操纵杖调用不同的屏幕，随后对自己看到的信息大声咒骂。

冈特和佐伦互相递了个眼色。

希望这场骚乱和我们的计划一致，冈特心想。

格拉斯蒂库斯用手肘把自己的身体支起来，对正在哆嗦的勒库兰齐大喊大叫："在军需库甲板有武器开火！情报显示是詹廷贵族团的寻仇者干的！"

"我的部下有人负伤了吗？"冈特快步上前问，催促说，"我告诉过你，詹廷贵族团正在到处制造流血事件。"

"闭嘴，军法官。"舰长说，他突然感到闷闷不乐，今天已经被搞得一团糟了，"这些报告还没有被证实。去那看看到底怎么回事，准尉官！"

勒库兰齐匆忙跑出了房间。格拉斯蒂库斯转向两名帝国护卫军上校。

"这件事需要我全神贯注处理。等下次有空谈话时，我会传唤你们的。"

佐伦和冈特点点头，迅速退出了战略室。他们肩并肩穿过了舰桥的正厅，穿过了一片骚乱中的舰桥工作人员们，走进了升降梯。

"事情办成了吗？"当电梯门合上，电子乐音响起时，佐伦问。

"向王座祈祷吧，希望能成功。"冈特说。

十九

他们以教科书式的行动效率占领了医务室。

室内空间很宽广，但是天花板很低矮。长袍人正将身体俯在罗恩上方。

罗恩被捆在了一张移动轮床上，不停惨叫。两名詹廷士兵在门口站岗。科贝克没有管他们，从两人中间翻身滚了进去，抬起霰弹枪就开火射击。长袍人仿佛察觉到突然有人入侵，急忙转过身。但霰弹枪已经把他打得向后跌入一堆嗡鸣着的急救仪器中间。

詹廷哨兵刚转身，穆克尔和巴鲁紧随科贝克之后冲了过去，用匕首刺中了两人。科贝克从地上翻身站起，把霰弹枪挂在皮带上，伸手抓住罗恩。

"神圣的法斯……"看见罗恩的样子，科贝克不禁喃喃自语。少校头上有一处重伤，脸、脖子和被脱光的身体上到处都是手术刀留下的丑陋痕迹，罗恩已精神恍惚。

"醒醒，罗恩，醒醒！"科贝克吼叫着，把少校扛到自己的肩膀上。

"我们必须离开了！"在第二次违禁武器警报响起的同时，穆克尔大声叫着。科贝克把霰弹枪丢给了他。

"掩护我们！如果有必要就开枪杀出一条血路！"

"科贝克！"巴鲁高喊警告。科贝克背着沉重的罗恩，来不及转头。长袍人正挥舞着手爪爬起来紧追而来。他的兜帽已经被掀到后面去了，人们惊恐地看着那个像马头一样伸长、露出牙齿的脑袋。在这个半人半怪物的双眼中怒火沸腾，身体周围环绕的深紫色能量噼啪作响。

科贝克感到房间内温度骤然下降。法斯的巫术，他的脑海中刚浮现出这个念头，突然那个半人半怪物被干净利落的一枪击杀了。

拉金站在门边，手里举着那把老式步枪。"现在我们可以走了，对吗？"他说。

二十

冈特拿过麦洛递给他的记忆卡。随后他关上宿舍的门，挡住了那些挤在外头的部下。在房间里，只有科贝克、佐伦和麦洛小心地注视着他。

"希望这个东西，能值得我们所付出的该死的代价。"最后是科贝克开口说了所有人共同的想法。

冈特点点头。他们投入的赌注非常大。要不是詹廷贵族团用嗜血残忍的手段来推动阴谋，他们恐怕永远不会走到这一步。这艘船依然还处在混乱之中。

机械修会的保安小队挤满了每一条走廊，对兵营进行搜查。随着人们的造谣、控诉和保证，引发了更多的辟谣、反控诉和威胁。

冈特很清楚他的手段并非无瑕，他也不想掩饰自己的部下在私斗中报复了詹廷贵族团。他们会受到训斥、惩罚和多轮盘问，但不会有任何结果。而就像他一样，詹廷贵族团也不会让整件事超出兵团私斗的范畴。只有他和那些敌对的密谋成员才真正清楚事情正处于危急关头。

他把记忆卡插入自己的主机，然后将数据水晶放进读取插槽，再按下了几个按键，没有任何反应。

"没生效。"佐伦开口说。

确实没有生效。冈特可以确定麦洛已从军需部主机里下载了最新的权限密码，但它们依然还是没能开启水晶。事实上，他甚至无法开启密码让它们发挥作用。

冈特低声咒骂。

"要不试试戒指？"麦洛问。

冈特怔了怔，然后从口袋里掏出了德西乌斯的戒指。他把戒指放进了插进水晶的读取插槽旁边的一个插槽里，激活了戒指。

由于年代久远，超出期限，戒指无法解开水晶的专用密码。但戒指的密码系统执行过标准化，能够下载授权可用的密码。在符文语言进行互相转译、叠加数据、抄录和解释、重新读取和重新设置的时候，显示屏上刷过一屏又一屏的乱码。水晶开启了，将存储的内容用显示屏投射出了一个新的全息投影。

"噢，法斯……这是什么意思？"科贝克喃喃自语，被自己看到的景象震惊。

麦洛和冈特都保持着沉默，继续阅读着细节。

"是示意图。"佐伦简洁地说，声音里带着敬畏的语气。

冈特点头道："以王座的名义，我不确定自己理解了这一切，但在我看来……我现在已经明白他们为何如此渴望夺取它了。"

麦洛指着显示图形上一个侧边栏。"一个表格和一个地点。那到底是什么地方？"

冈特看了看，再次缓缓点头。现在事情很清楚了。他也知道了弗雷德为什么选择他来保管这个水晶。事态变得比冈特过去担心的情况还要更严重。

"那是曼奈泽德5号。"他低声说。

第二章　回忆片段

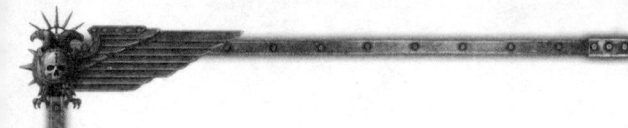

凯德人从未想到敌人会在冬季出动,但泰拉元老们的帝国护卫军向来都居住在没有季节分别的船舱内,航行于永恒寒冷的太空中,对他们而言,只有战役月份和休假月份的区别。在深深的峡湾通往冰海和群岛的海特河口,护卫军烧毁了两个聚落城镇,随后行军前往冰川高原,讨伐那些在过去的夏季里一直游击骚扰帝国主要前哨站的游牧民。

在高原上,空气就像玻璃般清澈,天空宛如深邃明亮的绿松石。他们的奇美拉运兵车、从当地征用的雪橇头半履带车、装备了大型铲车刃的地狱犬坦克和黎曼鲁斯坦克,排成纵队飞速掠过刀劈斧凿般的荒芜冰原,喷泻着废气和冰屑。在上一次天命棱镜星尘土飞扬的炽热大陆的战役中,卡其色车辆迷彩涂装已经被改成了白色底漆,上面豹皮斑点般点缀着灰色和蓝色的小点。只在这些奔驰、颠簸和咆哮着的车辆的侧面,还保留着银色的帝国鹰徽和詹廷贵族团的紫色纹章。

在主力前方大步行进的轻骑兵是哨兵机甲侦察部队,在三公里远处的一座醒目的绿色冰川顶部发现了一座游牧民营地。阿尔多·德西乌斯将军命令部队停下,他坐在指挥坦克的主炮塔上,脱下了毛皮手套,以便将哨兵机甲带回来的一叠薄薄的照片整理归类。

这座营地看起来很普通——用剥掉树皮的冷杉树干制作的栅栏围绕着十八个球茎形状的栖息地帐篷。它们都是用处理过的动物肋骨搭成伞状框架,然后在上面支撑起一层晒黑的麻黑须鲸皮。在栅栏旁边有一个畜栏,里面至少有六十只阿纳希鸟,那种讨厌的东西是凯德人最喜欢的不会飞的驼背鸟坐骑。该死的东西——尽管它们外表笨拙可笑,但这种两足骑兽在松软的雪地上跑得比一辆空载的奇美拉运兵车还要快,它们层层叠叠的油腻羽毛下面的鳞片可以抵御激光枪的射击,它们带利齿的鸟喙可以像嚼奶糖一样轻松把人体撕成两半。

德西乌斯把反光护目镜向上抬起，以便能更好地查看这些照片，直视外面辽阔的雪原令他不禁心生畏缩。在这辆黎曼鲁斯坦克的车头下方，战车乘员们正在抽空舒展四肢放松一下。一个火炉煮沸了一锅糖浆般的咖啡。德西乌斯的两名副官兼护卫在他们被雪冻伤的脸颊和鼻子上涂着麻黑须鲸油。这些用小圆罐头盛放的鱼油是他们从当地人手中以物易物换来的。德西乌斯为这种小事而暗自微笑。他的贵族团士兵以贵族式的傲慢态度出名，但他们也都很聪明。当然不至于因为傲慢而不学习当地人的智慧，他们用鲸鱼脂肪涂在脸上抵御无情的冬日烈日。

德西乌斯也在脸上涂了厚厚一层刺鼻的白色油脂，副官布洛胡斯从他手中接过小罐鱼油，放进毛皮镶边的紫色和铬质的贵族团军服口袋里，又向炮塔上方递来一个装满咖啡的铁丝把手金属杯。

德西乌斯感谢地接过了咖啡。布洛胡斯是个年轻强壮的士兵，他低头看着铺在炮塔舱盖上的那些照片。

"这是一个攻击目标？或者只不过是又一群锡拉克猎人？"

"我正在想办法搞清楚这一点。"德西乌斯说。

自从八天前离开海特河口以来，他们成功袭击过凯德游牧民的一个游击队营地。但随后他们浪费了四个下午，只攻击了一些衣衫褴褛的牧民和猎人的家族聚居地。德西乌斯渴望再取得一次胜利。帝国护卫军拥有兵力、技术和火力，但游牧叛军拥有爱国的决心、狂热的思想和易守难攻的严酷环境。

德西乌斯知道，当最初取胜的帝国护卫军把本地叛军赶回条件恶劣的家园后，许多条战线都陷入了僵局。他最不愿意看到的就是一场消耗战，让他经年累月对神出鬼没的游击队执行治安任务。凯德人很擅长利用这里美丽但严酷的自然环境，德西乌斯知道自己的军队至少要花几个月来狩猎他们，与此同时，会在灵活移动的敌人的打击下缓慢地损失兵力。但凡敌人能有一座基地，一个不能移动的指挥部，一座可以攻打的城市就好了。但凯德人是凶猛的游牧民族。这是他们的领地，在德西乌斯逮到他们之前，他们都会是这里的主人。

尽管如此，德西乌斯还是聊以自慰地想到，战帅司雷德已经答应在这次扫荡战役中给他增派三支护卫军部队，以增援他部下的詹廷贵族第四团和第十一团。他只需要再多等一两天……

他又看了看照片，发现了某种迹象。"很有希望。"他一边喝着咖啡，一边告诉布洛胡斯，"这是一个大型定居点，比我们之前见过的那些牧民和猎人的营地要大得多，有六十多头牲畜。这些阿纳希鸟个头很大，我觉得它们像是战斗用的坐骑。"

"货真价实的毁灭军马！"布洛胡斯大笑着说。他提到的"毁灭军马"是詹特·诺曼尼德斯主星上那些男爵的种马场按传统培育出来的美丽的十六足野兽。

德西乌斯很喜欢这个笑话。这是他的前任少校冈特经常会说的那种妙语。在一场缓慢累积着紧张感的艰难战役中，这种俏皮话可以释放大家的压力。他拂去了这个回忆。一切都过去了，在肯托尔星结束了。

"看这里。"他说着指向一张照片。布洛胡斯靠近了点。

"你能看出这里有什么问题吗？"德西乌斯问。

"最主要的那座帐篷？你指的是它吗？我不知道——是说那一道烟？一片空域？"

"或许吧。"德西乌斯一边说，一边举起照片以便副官能看清楚一点，"这里肯定有烟从里面冒出来。但我们都知道烟是很容易遇到的。注意那一瞬间的光……在那里。"

布洛胡斯笑着点头说："王座啊！一根朝上的天线。毫无疑问，他们在那里设置了一个通信显示器，仪器的天线从开口的地方伸出来了。您的眼神真好，将军。"

"这就是我成为将军的原因，布洛胡斯士兵！"德西乌斯心情很好地哼了一声，"那么这给了我们什么启发？一个规模超常的营地，围栏里有六十头战斗坐骑……"

"而且，从什么时候开始锡拉克牧民还需要洲际通信设备了？"副官补上了最后的一句。

"我想帝皇已经对我们赐福了。让扫罗少校把坦克围着冰川边缘排成新月阵形。派地狱犬坦克到前面去，步兵留到后排准备最后清场。我们会把敌人一口气吞掉。"

布洛胡斯点点头，从黎曼鲁斯坦克的履带盖上跳了下去，边跑边叫喊着传令。

德西乌斯把最后一点咖啡残渣从炮塔边泼了出去。咖啡融化了坦克履带旁边的雪，弄脏了雪地。

日落时分将至。一号太阳已经成了沉入地平线的淡粉色的半圆，二号太阳在变暗的天空中的一缕缕火烧云中发出杏黄色的灼热光芒，营地也变成了一个暗色的斑点。

凯德人勇猛作战。这些身披毛皮的冰雪战士的帐篷营地被坦克的炮弹轰击，被隆隆驶来的地狱犬坦克喷出的烈火扫过。大多数死者都和营地残骸被高热融合在一起，这些扭曲、破碎、焦黑的轮廓又被融化的冰水迅速凝固冻住，覆盖上了一层卷曲的厚厚冰坨。

有二十来个凯德人骑上了阿纳希鸟，沿着北面的山坡进行了一次反冲锋。有几个詹廷贵族团步兵被那些噼啪作响的鸟喙撕碎，或是被三趾的鸟脚狠狠地撞倒了。德西乌斯让部队后退，派出坦克用推土铲来无情地对付敌人。

凯德的日落很美。德西乌斯让指挥车沿着冰川斜坡向上开，直到他能俯瞰大海为止。那片海洋在暮光下呈现出充满活力的红色，冬季海洋里大量增殖的微生物和磷虾的反光生动地闪烁着。不时，在夕阳下能看见一头麻黑须鲸缓慢游动的反光，它露出了巨大的躯体，吞噬着海面上的小生物群。德西乌斯注视着汹涌澎湃的厚厚的红色海浪，观察着突然出现的二十米长的巨鱼和它背上的鱼脊，倾听深水下低沉的叫声。

在他下方明亮的炮塔内部的通信器，正在播放着背景音般的话声，突然他听见一个信号插入：那是一个低沉的、简短的信息，使用的是詹廷贵族团的简化战斗用语。

"谁知道这是怎么回事……是谁在广播？"德西乌斯喃喃自语，跳进了炮塔，调整通信设备的频道表盘。

当他听清时，德西乌斯微笑了起来，是司雷德许诺的援军来了，赫尔肯第五团和第六团。这个信息是赫尔肯团军法官小伊布拉姆·冈特发来的。

赫尔肯团的装甲车队驶入了视野，车前的雾灯照亮了冰川的峰顶。履带高高扬起了雪尘，朝着詹廷贵族团的队伍纷纷洒了下去。

能见到伊布拉姆真是太好了，德西乌斯心想。已经多久了……十三年，还是十四年？自从我最后一次见到他以来，他已经长大了，长得像他父亲一样。

他在赫尔肯团服役，成为了军法官。

德西乌斯一直关注着伊布拉姆的军官生涯的漫长履历报告。他不但像他父亲期望的那样成了一名军官，而且还是一位军法官，冈特军法官。好吧，好吧。不去管发生过的其他事情，能看到那个男孩真是太好了。

冈特的半履带车在将军的黎曼鲁斯坦克旁边的雪地里停下。德西乌斯下车迎接，一边戴上了军帽，一边在装饰性的剑鞘中调整着兵团链锯剑的位置。

他几乎没能认出下车来见他的那个人。

冈特已经长大了，高大强壮，脸庞削瘦，他的眼神就像瞄准光束般坚定而带有穿透力。黑色的制服大衣和帝国军法官的军帽很适合他。

"伊布拉姆……"德西乌斯说，他慢慢露出笑容，"已经有多久了？"

"很多年。"军法官冷漠地说，面无表情，"宇宙过于辽阔，无法跨越。我非常期待这一刻。在漫长的岁月里我一直在盼望着我们有机会再次面对面相逢。"

"啊……我也一样，伊布拉姆！见到你真令人高兴。"德西乌斯张开了双臂。

"因为父亲把我培养成了一个公正的人，我得提前告诉你一件事。德西乌斯叔叔。"冈特说，他的声音低得出奇，"四年前在达伦达拉，我得知了真相。一系列的揭秘。我得到的信息中，有一些是无稽之谈，或是无用的废话。但其中有一些则是苦口的良药。它让我知道了一个真相。从那时起，我就一直在等待着遇见你的时刻。"

德西乌斯身体一僵，说道："伊布拉姆……我的孩子……你在说什么？"

冈特拔出了他的链锯剑。锯齿在寒冷的空气中轻微震动着。"我知道在肯托尔星发生了什么。我已经知道了。因为妨碍了你的事业，我父亲死了。"

德西乌斯的副官突然插入他们中间。"够了！"布洛胡斯大叫，"退下！"坦豪斯少校和克莱夫上前一步站到冈特身旁。

"你在和一位帝国军法官说话，朋友。"冈特说，"好好想清楚要不要反对。"布洛胡斯后退了一步，在犹豫和职责之间纠结。

"现在我已是一位军法官。"冈特接着对德西乌斯说，"我被授权，在我认为有必要的场合声张正义；我被授权，惩罚卑怯之人；以帝皇之名义，我被授权，拥有无限的权威，在战场上执行审判。"

德西乌斯突然意识到了冈特言语中隐藏的含义，他拔出自己的链锯剑，冲向军法官。冈特紧紧握着剑柄，挥剑格挡。

詹廷指挥官的心中充满了疯狂和恐惧……这个小杂种是怎么发现的？谁会知道这件事并告诉他？暮色降临，周围的冰雪反光迅速变暗下去，自从凯德战役以来充盈他内心的镇定自信也随之无影无踪。他已经知道了！尽管经过了这么长时间，德西乌斯花费了那么多的心思掩盖，这个男孩终于还是发现了！这是德西乌斯一直以来恐惧的事，他一直竭力让自己相信这一切不会发生。

链锯剑相互撕咬，发出刺耳的声响，剑上的锯齿带相互摩擦和排斥，在寒冷的夜空中迸发出火花。断裂的锯齿犹如弹片般横飞。德西乌斯曾经在詹特·诺曼尼德斯军事学院的决斗学校接受过剑术训练。他的脸颊和前臂上的伤痕都是证明这一点的荣誉勋章。链锯剑诚然是完全不同的武器。它比刺击用剑要沉重和迟缓十倍，锯齿彼此撕咬产生的扭力还会带来无法预测的随机因素。但德西乌斯在加入詹廷贵族团之后，也曾经在链锯剑的基础上重新练习了剑术。在现在这个时代，链锯剑对链锯剑的决斗非常少见，但也偶有听闻。这种决斗的诀窍在于运用腕力、动量和对锯齿运动方向的反向计算，以此来让对手失去平衡，露出破绽。

使用链锯剑这样沉重的武器，是不可能做出假动作的。只能挥舞和重新定向。他们两人转身、出招、撞击、转圈，而后又开始下一次交手。周围的士兵们在叫喊着，其他人在跑过来围观。但没有人敢上前插手。从两位军官坚定的决心可以看出，这是一场事关荣誉的决斗。

德西乌斯压低身体扑来，剑刃快速旋转，随着一阵金属撞击的刺耳响声，将冈特的武器拨到一旁。

有机可乘。德西乌斯挥剑斩去，横扫过冈特的腹部。军法官的大衣和制服上衣都被割裂了，鲜血喷涌而出。

冈特摇摇欲坠。强烈的疼痛感席卷而来，他很清楚那一斩的严重程度，伤口一定非常可怕。他已经输了，无论是他的荣誉还是父亲的都被他输掉了。德西乌斯在他心目中是一个如此强大、如此可怕的存在，不可能战胜。德西乌斯叔叔，这个大块头，这个爱大笑、爱骂人、充满魅力的巨人，不时地闯入他在曼齐波尔的家里，带来数不清的故事、笑话和美妙的礼物。德西乌斯，这个人为他雕刻过那艘玩具护卫舰，告诉过他群星的名字，让他坐在自己的膝盖上，还送给他兽人牙齿的战利品。

德西乌斯，这个人曾拿着遮阳篷的杆子，在大瀑布上方的阳台教他如何击剑。冈特记得他总是被轻轻地刺得坐倒在地，揉着青肿的肩膀。那样灵巧的使剑手法，不可能用在一把链锯剑上。

但也许未必不行。冈特扭曲躯体，感觉自己变得就像一个孩子那么轻，随后，他用这把原本不是为了刺击而设计的武器向前刺出。

冈特的链锯剑刺入了德西乌斯的胸骨，他倒了下去，永远也不会再起来了。

冈特跪到地上，紧紧捂着自己的肚子。当坦豪斯向他赶来时，他已经两眼发黑。

"我为你报仇了，父亲。"伊布拉姆·冈特竭力对着夜空说，随后失去了知觉。

第六部分

第一章

曼奈泽德5号

一

　　没有人想去曼奈泽德5号。没有人想去送死。

　　上校军法官冈特回忆起自己在押沙龙号的玻璃隔间时的想法，沮丧地笑了笑。他记得当时是多么期盼幽魂们被选入主力部队，攻打主星曼奈泽德18号，不由嘲笑自己竟然会让事情变成这样。要是在玻璃隔间时有人告诉他，他会主动选择前往曼奈泽德5号行动，他当时定会嗤之以鼻。

　　好吧，或许不应该用"选择"这样主观意愿强烈的词。运气，以及一只看不见的手，始终在发挥着作用。当押沙龙号被派往如同巨大珠链般贯穿曼奈泽德星钩的轨道棱堡之一时，在曼奈泽德战区正聚集着令人眼花缭乱的大群兵团和装甲部队。大部分的兵团军官都在提出申请，参加前往曼奈泽德18号的光荣进军，战帅马卡罗斯的战术参谋部也被关于帝国大军部署的各种建议和抗议所淹没。冈特想到了弗雷德的做法，隐匿踪迹的弗雷德和他的特工网络，曾经安插维特里安龙骑士团到押沙龙号上来支援他。由于没有直接的沟通手段，冈特相信他们会再次观察他，并在有可能的情况下助力他的行动，有默契地领会到彼此是共同计划的一部分。

　　因此，他向战术部门发出通信，声称鉴于幽魂公认的潜行和侦察能力，他相信他们很适合在曼奈泽德5号的突袭行动。

　　或许是偶然；或许是因为没有其他兵团提出志愿；或许是弗雷德和他的情报网注意到了这个请求，在幕后沉默地动了手脚，以确保事情实现；或许是因为敌人的密谋团体从他这里截取水晶秘密的企图破产后，认为发现真相的唯一途径就是让冈特自由行动，并尾随在后；或许，他正在带领那些人通往他们渴望的胜利。

　　但再多想也于事无补。经过在轨道棱堡一周半时间的重组、补给和战术审核之后，幽魂被选中参加曼奈泽德 5 号的突袭行动。在他们之后出发的还有：一支由拉塔利枪炮狗，卡特佐克第十七团，萨莫色雷斯第四团、第五团、第十五团，博凯利德地狱犬，卡迪安第三装甲团和沙波机械化骑兵团组成的四万辆车的装甲大军。与坦尼斯唯一的第一团一同参战的还有八个莫迪安团、四个普拉格团、阿夫加利掠夺者第一团和第三团、乌迪诺非正规军的六个营，还有维特里安龙骑兵团。

维特里安龙骑士团的加入，让冈特更有理由相信友方对军队部署决策施加了影响。

但詹廷贵族团也参加了第一拨攻击部队，而且曼奈泽德 5 号战场的总指挥官是特级上将德拉维尔，这一点又让冈特从相反的角度思考这件事。

其中有多少部分是弗雷德操纵的；又有多少部分出自敌对的密谋联盟？还有多少部分是纯粹的偶然？只有时间能回答这一切。除了时间……还有杀戮。

特级上将的参谋团为主要登陆行动设定了六个主登陆点，它们沿着一座山脉旁边的一百二十公里的低洼地带展开。在所有的战地图标和信号上，这座山脉被设定的标识为"目标圣地一号"。另有四个疏散点沿着一个巨大的盐碱盆地展开，在盆地西方一千五百公里处是被命名为"目标圣地二号"的绵长的陡峭悬崖。还有三个疏散点被设置在二千公里以南的一个辽阔的滨海半岛上，那里被标识为"目标圣地三号"。

在黎明前的微弱光线下，登陆艇开始分批降落，它们的燃烧引擎和姿态推进器发出的光染红了云层的昏暗底部。随着苍白暗淡的太阳升起，雷鸣电闪的天空中布满了舰艇：笨重的运兵船就像甲虫般闪烁着耀眼的光，较小型的军需补给运输船以两艘或三艘一组的队形移动，执行护航和地面掩护任务的战斗机高速拖曳出交错的云线。轨道对地导弹炸起的火焰旋涡和偶尔谨慎使用的大型激光武器引发的撞击——这些轨道轰炸压制着人潮汹涌的登陆场上方的空旷高地。

在下方的骚动中，士兵和机械在漆黑的舰船外集结起来，走入外面的熹微晨光中。士兵们组成队列或是聚集在一起等候，装甲部队则沿着低地向前推进，在翻腾起伏的草原上结阵进军，自行开辟出道路。空气中充斥着浓烈的废气，满耳都是坦克发动机的咆哮、舰船推进器的轰鸣和通信器的噼啪作响。成排的后勤部队在设置兵营帐篷、点起篝火，或者被调去协助搭建野战医院和通信中心的防爆帐篷。工程部队在挖掘防御工事和设置路障。军需补给小队从物资船上拆下板条箱，向各个集结完毕的排分发突袭武器。在喧嚣声中，国教牧师庄严地在信众们中间行走，吟诵着、祝福着、摇动着香炉，持续歌唱着英勇和保佑的颂歌。

冈特从他乘坐的登陆船的船首斜梯走下，来到清晨的空气中，走上了一片被履带车啃噬翻卷而成的泥泞大地。噪音、震动、石化工业的味道，一切都很强烈，刺激着人们的感官。到处都在闪烁着各式各样的光，从营火到带遮盖的提灯，从车头灯到登陆船闪烁的应急提示灯，还有在引导部队下船或是指挥卸货车辆的登陆军官们挥舞着的荧光棒。

他抬头望着远处的高山斜坡，那是长满了干燥的赭色蕨叶的高耸山丘。更远处则隐约可见峭壁和险峻的山峰，那就是目标一号。如果朱红色级别的情报正确的话，此地就是德拉维尔特级上将和他的走狗们的希望和梦想所系之地。同样，也是伊布拉姆·冈特和他的幽魂们的命运攸关之地。

在下方的登陆场上，吞食者登陆船张开金属巨口，吐出了搭载的步兵。幽魂们眨巴着眼睛，以排为单位列队，凝视着被褐色包裹的起伏山丘和低矮臃肿的云层。冈特按照调度命令，让士兵们移动出来，走到他们的第一个集结地。这里没有了登陆点呛人的废气，他们终于呼吸到了在曼奈泽德的第一口新鲜空气。这里的空气干燥寒冷，吹着刺骨的寒风，弥漫着金银花的花香。起初，这带着香气的冷空气令人愉快而有些新奇，但呼吸过几次后，这味道就变得令人厌烦又恶心了。

冈特向上级报告部署情况后，立刻就收到了命令，按照保密作战指令进军。幽魂向前移动，攀爬穿越山间的蕨类植物，在他们身后留下无数的践踏痕迹。这些蕨叶高至臀部，就像灰尘般脆弱易碎。但绊人的草根和铁丝般的杂草影响了部队的行进速度。

冈特带着他们走上山顶，随后按照命令让兵团向西行军。在他们两公里后的繁忙的登陆场上，几艘庞大的登陆船点燃推进器升空而起。它们低掠过山坡，震动着空气，吹起了布满蕨叶纤维的风暴，以令人难以想象的高速飞入密布云层的天空中。

在三公里外，冈特从望远镜里看见两个莫迪安铁卫团一边从登陆点出发一边整理队列。再过去两公里远，维特里安龙骑兵们正从他们的第一个集结地出发。连绵起伏的丘陵地带上到处都是行进的部队，成群结队的黑色小点从被撞击破坏的登陆场行军离开，穿过灌木丛前进。

到了上午，平行移动着的帝国护卫军装甲部队和步兵团就像许多根手指，穿过布满蕨叶和碎石的高原斜坡向前推进。在他们后方远处的登陆场上，许多舰船仍然在从轨道往下运送这次大规模突袭的其他部队。推进器发出的轰鸣声就像是遥远的雷鸣般在山脉边缘回响。

他们逐渐能看见那些塔了：那是些高达四十米的不规则锯齿状岩石，每隔差不多五百米间距从蕨叶中向上升起。冈特快速将情报发送给指挥部，并在通信器的交叉频道中听到了其他人发出的类似报告。在这片高原上到处都排列着这种石塔。它们看起来就像是用扁平的石板堆积起来的，基座很宽，越往上升就变得越窄，直到最顶端又变得宽阔而平坦。这些塔全都摇摇欲坠，长满苔藓，杂乱无章。在有些地方，岁月已经把一部分石塔推倒，化作大面积散布的碎石堆，在蕨叶之间若隐若现。

冈特不确定这些石塔是否是天然生成的，它们的间距和形状仿佛都在否定这个看法。他回忆起在轨道上召开的战前简报会议上，关于曼奈泽德5号的可用情报极为匮乏，心里不由得一阵沮丧。

"可能是一个圣地世界。"情报人员提供的信息仅限于此，"行星地表覆盖着令人费解的岩石构造，呈线状排列，集中在几处主要的废墟区域：目标一号、二号和三号。"

冈特派穆克尔的侦察排走在前面，绕过这座山的山腰，穿过一排腐朽的尖塔，进入远方的峡谷。他掏出在风衣口袋里藏了两天的数据板，查阅了水晶里的情报。

他叫来通信兵拉夫兰，从他背上的野战通信器上拿过话筒，下达了另外一些命令。他的部队将会前进侦察，在他们后方的莫迪安铁卫团暂时停止，等他发出信号后再紧随前进。现在已经是当地的中午时分了。

冈特转身望向士兵们，发现罗恩少校站在附近，阴森森地弓背站着，手里松垮无力地拿着激光枪。

冈特差点就拒绝让罗恩加入部队，但轨道棱堡的医生宣称他身体健康。自从被詹廷贵族团和那个被拉金射杀的神秘长袍怪人折磨之后，罗恩已经失去了昔日的神采。冈特怀念罗恩过去的暴躁和尖酸态度，正是那些个性才把他塑造成了一个危险的盟友和一个优秀的小队领袖。

　　罗恩的副官菲格尔也在这里,道登救了他一命。菲格尔现在已经成了一个大嘴炮,一个心有芥蒂的愤怒者。他在兵营里怒骂詹廷贵族团,诅咒他们和幽魂一起参加这次出征。冈特担心如果幽魂和詹廷贵族团在曼奈泽德5号相遇可能会出事,尤其是现在罗恩已经没心思来管控自己的副官了。

　　该发生的事情总会发生,冈特仿佛听见弗雷德在自己脑海里建议。他下了决心,检查了一下爆矢手枪,正准备转身告诉麦洛开始演奏军乐,但这时候少年的坦尼斯管中已经响起了进行曲的震颤音符,在起伏的山谷之间回荡。

　　既来之,则安之。他们定会解决这件事。

二

　　特级上将德拉维尔的利维坦指挥车是规模犹如一座小型城市的装甲移动堡垒。它向前行驶穿过低地斜坡的肥沃土壤,俯瞰着目标一号周围的一座主要登陆场。

　　在利维坦指挥车的中心位置,德拉维尔坐在皮革质地的反重力浮床上摇晃着身躯。他的心情很好。多亏了他提出紧急请求,战帅马卡罗斯亲自委派他指挥对曼奈泽德5号的进攻。真是个蠢货!那畸形怪兽赫尔丹在福提斯双星告诉他的秘密就隐藏在此地。这是一个宝藏。它将会让他赢得一切。

　　在登陆前,德拉维尔已经花了两天时间来研究曼奈泽德5号的已知情报。与那颗硕大的伙伴行星曼奈泽德18号相比,5号只能算得上一颗卫星。人们认为它可能是一个侍奉黑暗诸神的圣地世界。在北部高地上,布满了莫名其妙的远古式样的庞大腐朽建筑。只有在高轨道上空才能看出它们排列的图案。对抗他们的混沌军团的大部分兵力都在主星世界建筑工事保护着城市,但情报部门报告说,在这里也建立了一个未知的大规模防御体系。很明显,尽管这个卫星世界没有明显的财富或价值,敌人依然认为这里很重要。否则,他们为什么要冒险分出一部分军队来守卫此地?

　　有人向德拉维尔提议直接从轨道摧毁曼奈泽德5号,但他坚决否决了这个用海军手段的解决方案。他打算从地面夺取曼奈泽德5号,这样就可以捕获和检查敌军在这里用心保护着的东西。这就是他给出的对这次突袭作战的公开解释。

　　但德拉维尔还知道更多的内情。他知道那个桀骜不驯的冈特主动申请来此地，这一点尤为重要。他已经做好了准备。德拉维尔通晓如何利用别人。他飞黄腾达的军官生涯就建立在这一基础之上。现在他要利用冈特。这名军法官并未放弃那些珍贵的数据，因此，他们这次会让冈特来带领他们找到它。

　　德拉维尔拉了一下操纵杆，让指挥浮床转了一圈，快速浏览悬挂在他控制台周围的显示面板上的部署报告。德拉维尔接通了森达克大将和塔伦丁大将的指挥光球，这两人分别负责监督对目标二号和目标三号的突袭作战。他们报告各自的登陆已经完成，军队正在行进。到目前为止还未与敌军发生接触。

　　下午的时间已经过去了一半，第一天的行动即将结束，但三条战线还没有任何一处发生战斗，德拉维尔为此心生不快。但让他欣慰的是，在不到一天的时间内，他监督了一支规模如此庞大的远征军，在三个不同的目标分别完成了登陆。德拉维尔很清楚没有几位护卫军将领能做到这一点。

　　他选中另外一块显示屏，检查了在他直接指挥下的目标一号进攻军的部署。步兵团已经降落到登陆点，正在强势前进，机动装甲部队正从登陆船中前往较低的峡谷。他用三路推进的方式来包围古老的圣地目标一号建筑群，并部署装甲部队支援三条路线上前进的步兵。西路的前锋是莫迪安铁卫团，东路的前锋是拉塔利团，南路的前锋则是坦尼斯团。到目前为止还没有和敌人交战的迹象。完全没有迹象。事实上，在曼奈泽德 5 号上似乎除了帝国军之外别无其他任何军队活动。

　　德拉维尔拿起一支手写笔，在一块数据板上写了一条简短的信息发给詹廷贵族团的弗伦斯上校。弗伦斯一定正在聚精会神关注地面上的坦尼斯幽魂，随时准备提出出兵的请求。他唯一关心的只有冈特的行动。

　　德拉维尔把这条信息用詹廷战斗用语编码，通过断断续续的通信广播发送给詹廷贵族团。弗伦斯不会让他失望的。

　　他往回靠在浮床上，薄薄的嘴唇上掠过一抹微笑。德拉维尔知道这个命令会付出一些代价，但他有的是人命可以挥霍。在曼奈泽德 5 号，有五万步兵的生命在他的支配之下。他已将这些人命看作是自己踏上巅峰之路的首付款。

　　德拉维尔决定趁着这个空当，去休息和沉思一下。

当德拉维尔回到指挥浮床上时,第二天的黎明已经到了。他检查了夜间送来的情报,麾下所有的部队都按计划顺利前进直到天黑,然后建立了警戒营地和兵站。天一亮,部队又再次开始移动。他原本让副官们在晚上第一声枪响时就立刻叫醒他,但就连德拉维尔也没料到整夜都没有敌人出现的迹象。

环绕着他的浮床位置周围的栏杆外,指挥光球正在辛勤地运作着。这是一个从穹顶投射下来的三维光学影像。海军军官、军需部辅助官和护卫军战术参谋们,还有德拉维尔自己的副官们混杂在一起,操纵着主机和记录仪,在这个巨大的全息部署地图上处理、分析和绘制行动路线图。

突然甲板上响起了一声叫喊:"塔伦丁大将报告,他的卡迪安团和阿夫加利部队已经开始交火。圣地目标三号正在激战!"

终于,第一滴血来了,德拉维尔心想。大陆部署地图上闪烁着红色的指示符文。棕色和猩红色的污点被醒目标识出来,勾勒出了在目标三号位置的交火范围。敌军阵地随着估算而逐渐闪烁显现,呈现为刺眼的黄色小星。

他继续下达命令,让周围的重炮和坦克开始轰炸,以掩护塔伦丁的兵线。随着目标二号的军队突然推进到隐匿的敌军阵地,地图上又冒出来两个激烈交战的区域。出现了更多的污点,以及更多的黄色小星。德拉维尔关注了一下标识坦尼斯团快速前进的闪烁信号,在它的后面还有莫迪安铁卫团、詹廷贵族团和维特里安龙骑兵团的纵队。目标一号的突袭行动到目前为止还未受到阻碍。

"已经开始了,大人。"他的左边传来一个声音。德拉维尔一抬头,看见了帝国战术参谋威兰的脸。威兰花白的头发已经半秃,姿态威严,目光锐利。他身穿马卡罗斯战术顾问的红色镶边黑制服。但德拉维尔第一次遇到他时,就看出了这个男人的真实身份。他是一个间谍、密探和监视者。马卡罗斯派他来监督德拉维尔的行动。

"你的看法如何,威兰?"德拉维尔若无其事地说。

战术参谋仔细检查了部署地图,说道:"我们之前预计会遇到一场凶猛的反抗。我觉得他们应该还未使出全力。"

"在目标一号区域还未有任何发现。我们之前的评估中,判断这里是最危险的,对吗?"

"正是如此。"威兰说,他似乎对德拉维尔的讽刺无动于衷,"还没发生,但总会发生的。如果我们预料的没错，这里确实是个圣地世界的话，他们就会以难以想象的顽强和狂热来进行防御。别让您的军队这么快速前进，特级上将，否则他们的兵线会拉得过长，过于脆弱。"

德拉维尔很想怒吼："我比这支舰队里任何一名指挥官都更迅速和高效地完成了这次登陆行动，你胆敢建议我放慢速度？"但威兰是马卡罗斯的亲信军官之一，侮辱他只会带来反效果。德拉维尔最后只是点了点头，暂时闭上了嘴。

威兰坐在栏杆上思索着叹了口气："我们已经很久没有这样了，嗯，赫克托？"

德拉维尔不悦地看着他："很久了？你什么意思？"

威兰微微一笑道："激烈的战场？我们都曾经是步兵出身。我经历的最后一次行动是二十年前在昂德曼克斯对付该死的灵族。现在我们成天就是观察着数据板，移动着显示屏。指挥作战是光荣的事业，但有时我还是会怀念战场上的汗水和辛劳。"

德拉维尔想到了一个美妙的念头，不禁舔了舔嘴唇："我可以让任何一个四肢健全、志愿战斗的人去战斗，威兰。你想上战场吗？"

威兰吓了一跳，随后突然咧嘴一笑，站起身说："我从不拒绝这样的机会。这个著名的坦尼斯团的战斗技巧对我很有吸引力。我相信身为战术顾问，近距离观察他们的隐秘作战可以激发许多新的灵感。要是您允许的话，我很乐意加入他们。"

真是个有话直说的该死家伙，德拉维尔阴沉地想。你想要去亲眼看看，是吗？但德拉维尔知道自己不能反对。在此刻拒绝一个帝国战术参谋或许会危及他的计划。可以以后再来算账，他做了决定。

"你愿意作为一名观察员前往战场吗？这样我就可以得到第一手的战地信息了。"

"只要您许可。"威兰说着就动身离开，"我会从预备队里调一辆奇美拉运兵车赶往前线。我还有一个卫兵小队，可以作为一个射击班作战。自然，我会向您报告我发现的所有事情。"

"那是自然。"德拉维尔毫无幽默感地表示同意，"我会在图表里加上你的识别符号。你想要什么战斗代号？"

威兰似乎想了一会儿："就用我过去的部队代号怎么样？鹰之片羽。"

德拉维尔记了下来，把资料交给副官，说道："祝你好运……战术参谋。"他说完后，那个男人已经离开了指挥室。

三

冈特看完了通信兵拉夫兰从截获的通信数据中记录下来的文本，从数据板前抬起了头。

"这些内容有什么用吗，长官？"拉夫兰问，"这些是我昨天下午记录的。"

冈特点点头。这是用詹廷战斗用语写的一条信息。因为担心错过马卡罗斯的特工的信息，他吩咐拉夫兰保持通信器开启，监听所有的战场通信流。这条信息是德拉维尔发给弗伦斯的。命令直接让他们跟踪幽魂。冈特伸手揉了揉下巴。敌人总算慢慢伸出了黑手。

他向前望去，越过了被蕨叶和一排排倒塌的尖塔堵塞的山口。他很想派罗恩回山坡下面去布置地雷，阻挡后面詹廷贵族团的进军路线。但不管怎么说，他们在战场上还是同一边的。有传言，另外两个目标地点已经爆发了血腥而激烈的战斗。

不知道他们会在前面高海拔的地方遭遇到什么。冈特不敢把后方的友军赶回去，他们或许会是唯一能支援坦尼斯团的部队。

冈特从大衣口袋里掏出一张便签簿，翻阅了佐伦上校仔细写下的几页参考，他有点不太自信地用维特里安战斗用语拼成了一条信息，并加上了佐伦告诉过他的暗号。随后，他让拉夫兰发送这条信息。

"这是用方言说的，长官？"通信兵笑着说，说话时略带讽刺地用了坦尼斯自己的战斗用语，当然冈特早就学会了。许多兵团使用自己的语言或暗号来传达信息。在战场上，通信命令最重要的就是保密。而且德拉维尔应该不知道冈特能运用詹廷战斗用语。

冈特叫来了布莱恩中士。"带上第七排，去执行殿后工作。"他直截了当地告诉布莱恩。

"您估计会有从后方发起的攻击？"布莱恩迷惑地问，"穆克尔的侦察兵已经检查过这条山脉沿线。敌人不可能包抄偷袭我们的。"

"并不是当前的敌人。"冈特说,"我需要你警戒跟在我们后方的詹廷贵族团。我们使用暗号'幽灵制造者',不管是我发给你还是你发给我这个暗号,都表示詹廷贵族团已经开始行动。我并不想和自己人战斗……但这件事很可能发生。当你听到这个暗号,不要犹豫,立刻动手。如果你发信号给我,我也会立刻尽一切力量去支援你。就我看来,詹廷贵族团和这个世界的住民一样都是我们的敌人。"

"明白了。"布莱恩目光阴郁地注视着指挥官说。在冈特解锁数据水晶之后,科贝克已经对高级军官们进行过详细解释。他们知道什么事现在紧要,既要把这件事视为最优先目标,又要对关心此事的士兵们隐瞒。冈特特别重视粗野但技术娴熟的布莱恩,他和科贝克、穆克尔和勒罗德一样,是位有才干而且忠诚的军官,但他还很坚定可靠。冈特情不自禁地向布莱恩伸出一只手。

他们握了手。布莱恩理解到了这个任务的重要性,以及潜在的可怕代价。

"帝皇与您同在,长官。"布莱恩说完,收回了手,转身向长满蕨类植物的山坡走下去。

"愿他保佑你。"冈特回答。

麦洛在附近注视着两人的低声谈话。他从坦尼斯管上甩掉口水,准备再次吹奏。时候到了,他想,军法官做了最坏的打算。

穆克尔中士的侦察兵正在从高地返回。冈特朝他们走去,听取报告。

"我觉得您最好亲自看一眼。"穆克尔简洁地说,随后朝高处做了个手势。

冈特把三个排的射击小队沿着峡谷斜坡边缘展开,随后让他们朝穆克尔的侦察队移动。此刻,幽魂全员都已经用褐色的蕨叶抹在潜行斗篷的吸水纤维上,然后再往上面撒了尘土,他们全都融入了地形的掩护下。穆克尔责怪军法官的潜行技巧不如坦尼斯人,然后小心翼翼地用一丛灰尘般的蕨叶,让冈特的斗篷色调变得暗淡下去。冈特不禁微笑了一下,摘下军帽慢慢前进,尝试着像坦尼斯侦察兵一样熟练地让斗篷盖住身体周围。在他们身后蕨叶茂密的山腰上有两千名幽魂,但身为指挥官的冈特却连一个人都看不见。

冈特走到了山脊,借用了穆克尔的望远镜。他们都蹲在蕨类植物和尘土中间潜伏。

他几乎没必要用望远镜。幽魂们正攀登的这座山脊突然中断,面前垂直升起了一堵悬崖,看起来似乎有一万米高。蓝白色的花岗岩面被雕刻出了阶梯金字塔式的台阶，风化的楼层、成排的拱门和倒塌的石块组成了庞大而陡峭的建筑结构。冈特第一眼看到就知道这里是圣地目标一号。但除此之外，他一无所知。这里究竟是墓地、寺庙、还是被废弃的巢都？它让人感到一种压倒性的邪恶和黑暗。一种罪恶的腐化气息从岩石表面的每一个孔隙，每一间黑暗的洞窟和石柱凹室中渗透出来。

"我不喜欢它的样子。"穆克尔直率地说。

冈特冷冷一笑，查阅了一下自己的数据板。"我也不喜欢。我们不要直接过去，绕到左边，沿着峡谷线走。"冈特用望远镜朝左边望去。雕刻的花岗岩建筑一直延伸到了峡谷的拐角处以外，几行延伸出去的尖塔沿着蕨叶丛生的山坡和这座建筑交会，看起来就像是从巨大的神龛中伸出的触角。在更高的远方，冈特在云端看见蓝色花岗岩的塔群：它们有尖顶、高塔，还有基座。此地只不过是一座古老墓场的外围，是一座早已灭亡的城市。它是在还没有历史记录的远古年代里，被非人类的物种建造的。

空气里的金银花香味正在变成恶臭。在他耳边的听筒里，通信频道中士兵们正在开始莫名其妙地恶心呕吐。

"你想要往左边走？"穆克尔问，"但这跟战斗命令并不一致。"

"我知道。"

"如果我们偏离既定的前进路线，特级上将会大发雷霆的。"

"我有我自己的命令。"冈特轻敲着数据板说。

"但愿帝皇会因为你的忠诚垂怜你。"穆克尔说，他摇了摇头，"长官，我们被告知，要直接突袭这个……地方。"

"我们会的，穆克尔——只不过不在此地。"

穆克尔点头："要走多远？"

"一两公里。水晶指示的是一个圆顶。帮我找到它。"

"乐于效劳。"穆克尔说，"你知道，如果我们改变了前进方向，那帮詹廷狗就更有理由来找我们麻烦了。"

"我知道。"冈特说。他越来越欣赏他的高级军官们对他们真实处境的适应方式。他们已经知道什么是最危急的，以及真正的危险来自何处。

穆克尔和巴鲁下士带领幽魂们沿着峡谷顶部前进，他们就在山峰之下，越过墓场山坡上那些咄咄逼人的高耸阶梯。

侦察兵塔克是第一个发现者。他对指挥小组发通信报告说有一个圆顶，那是从峭壁表面的岩石上隆起的一个巨大球状圆顶，肯定不是用花岗岩雕刻成的。

冈特走上前去亲眼查看。那就像是一个硕大的石头洋葱，直径足有一千米，嵌入了阶梯石壁之中。球体表面雕刻着亿万个难以理解的符文和记号。

塔克也是第一个死者。自动炮发出的弹雨猛烈轰击着山坡，爆炸将蕨叶化作了灰尘，扬起了泥土，把塔克的身体炸得四分五裂。就像是一个信号般，布置在峭壁阶梯的洞窟内的其他武器也都开火了。激光、子弹和等离子束如雨般洒向幽魂们。

还击的火力在峡谷两端交织成了一张以激光、曳光弹尾迹和推进器火焰组成的蛛网。

死亡业已来临。

四

人称"伽马基因池毁灭者"的戈尔·森达克大将，已经离开了他的利维坦指挥车，赶往前线指挥军队。他乘坐一辆博凯利德团的黎曼鲁斯战斗坦克，率领一支快速移动的装甲车方阵横冲直撞，翻越了圣地目标二号的风化石质建筑下方的岩石峭壁。

凭借着不间断洒下的弹幕，装甲部队突破了两道坍塌的幕墙，冲进了圣地建筑低处的边缘。在他们面前是散落着碎石的宽广山坡，上面点缀着一排排的地狱尖塔。森达克向他后方的乌迪诺步兵发出通信，催促他们尽快跟上。在他们面前的洞窟和拱门内，前所未见的猛烈炮火正在倾泻而来。

森达克觉得鼻孔里有一种干燥的灼痛，用力吸了吸鼻子驱散了这个感觉。那该死的金银花气味，让他和手下的士兵们都一样难受。

他觉得上唇的胡须又湿又重，伸手擦了一下。鲜血弄脏了他的灰色衣袖。他的嘴里也有同样的感觉，森达克吐了口血，耳朵嗡嗡发响。他朝坦克内部被荧光照亮的四周望去，发现所有的乘员都在不由自主地流着鼻血，或是干呕和咳血。

空气中有一种仿佛在歌唱的振动声，那声音低沉、懒散，而又刺耳。

森达克转动坦克的潜望镜，扫视外部的景象。在两侧包围他们的那一排排尖塔仿佛发生了什么变化。它们正在闪着光，散发着多变而鲜活的绸缎般的能量流。在古老的岩石周围环绕着柱状的迷雾。

"帝皇之血啊！"森达克咆哮着，他的牙齿和嘴唇都被自己吐出的污血染红了。

就在转瞬之间，外头发生了两件事。那一排排的尖塔，刚才还只不过是成列的石柱，此时却突然爆发出了生命，变成了四十米高的狂暴的能量场。嘶嘶作响交织的能量线在石塔之间挥舞和发出爆响，就像一张超自然的巨大铁丝网。每座塔都以蓝白色荆棘状的能量流连通了附近的塔。任何人类和机械，只要被石塔之间的能量线触碰，在两次心跳之间就会被烧焦、爆炸，或是撕裂成碎片。其他的部队则被围困在突如其来的障碍中间，无法回头或是绕出去。

随着能量线陆续点燃之前休眠的石堆，在每座塔的顶端平台上发生了其他的事情。每一座塔顶平台上，都出现了粉红色气泡构成的形体。

以正常心智无法理解的黑暗异端技术，一队队敌人士兵被传送到平台上。他们动作迅速地在三脚架上搭起了重型武器，朝着下面被围困的入侵者们开火射击。混沌士兵个个形销骨立，身穿半透明的裹尸布，脸上戴着白骨做成的凶恶面具。他们操纵着三脚支架上的激光炮、等离子炮和其他更神秘的野战武器，双手缠绕着肮脏的塑料条。在士兵当中站着被腐化的指挥官，全都是外貌如同机械人的混沌星际战士，他们是泯灭者。

森达克吼叫着发号施令，试图在一片混乱中重整战线。他右边的两辆坦克盲目地转向最近的能量网，被摧毁了。他们的弹药库被引爆，升起了巨大的火焰云朵。另一辆坦克被附近两座塔台上的炮火炸得千疮百孔。

森达克突然发现，敌人的重型武器兵线沿着石塔的路线向后延伸，隔断并包围了他的整个纵队。

他甚至有点钦佩这一战术，但敌人的技术已经超出了他的理解能力。森达克的两眼已经开始发黑，鼻窦内的出血让他无法呼吸，更难以集中精力思考。

他抓起通信器的话筒，摸索着打开了指挥频道，说道："情况比我们担心的还要严重！他们引我们进入了陷阱，使用亵渎神圣的技术困住了我们，然后将我们撕成碎片！通知所有突击部队！那些塔非常危险！那些塔非常危险！"

一发炮弹打穿了坦克的炮塔，炸死了森达克和他的炮手。被炸断的通信话筒在装甲板上嗡嗡作响，依然被大将的断手握着。瞬间，一枚破片火箭弹炸飞了坦克的右侧履带、裙板和轴距板，让它翻了个底朝天。当被炸飞的坦克炮塔向下落入泥地之后，它从内部爆炸了，将旁边的另一辆黎曼鲁斯坦克也炸得四分五裂。

在被摧毁的坦克车队后方，乌迪诺步兵们正在逃跑。

但他们已无处可逃。

五

坦尼斯的幽魂们包围着那座刻满文字的丑陋圆顶。在他们上方，沿着悬崖的另一边，那座阶梯建筑物的每一个缝隙似乎都在倾泻着火力。有激光光束、爆矢弹、大炮发射的激烈火花，还有其他不太常见的爆炸。某些怪异的子弹就像昆虫般嗡嗡作响，懒散而缓慢地飞过。

科贝克从山顶的那几个排中间奔跑而过，用洪亮的嗓音喝令士兵们寻找掩体，开火还击。

这里几乎没有天然的掩体，只有自然起伏的山脊和奇怪排列的古老石块。那些石块看上去就像是从蕨类植物中探出的腐烂变色的牙齿。

"快点！蹲下！匍匐！观察！"科贝克吼叫着，不停重复着士兵们在不复存在的坦尼斯练兵场上学到的训练用语，"好好瞄准！一边祈祷一边乱射是没有用的！"

在山顶下方勒罗德指挥的阵地，布莱格打开火箭筒射击，梅利尔和其他几名使用重型武器的士兵也很快随后开火。足以摧毁坦克的导弹呼啸着穿过沟壑，射进了那座崩坏建筑物的碎石外墙，伴着喷涌的火焰炸飞了大块的岩石和砖块。

冈特手脚并用爬行，与科贝克在山脊下重新碰面。弹幕呼啸着掠过他们头顶，金银花的气味和被点燃的蕨类植物的呛人烟味混合在一起，更加刺鼻。

"我们必须冲过去！"在上万支枪械的开火声和火箭弹的呼啸声中，冈特大吼着对科贝克说。

"我倒是很乐意效劳，但你瞧！"科贝克无奈地对眼前的场景打了个手势。

冈特给他看了看数据板,他们把上面的信息和上方的那座巨型建筑物进行了对比,小心翼翼地伏低身体,以躲避呼啸而过的子弹。

"这不可能做到!"科贝克说,"面对这样的战况,我们根本没办法冲进去!"

冈特知道科贝克说得对。他低头再次查看数据板。他们从水晶中下载的数据非常复杂,有些地方根本无法理解。它是用某种古老的代码符号写出来或是转译来的,能看懂的部分和晦涩难懂之处几乎各占一半。现在冈特有机会将这些信息与实际的位置进行比较,因此更多的信息变得有意义了。其中某个部分的情报似乎变得特别清晰。

"先维持现状,别动。"他简短地命令科贝克,随后从山脊翻身滚了下去。等到双脚踩到了起伏的蕨叶上之后,冈特匆匆沿着刚才上来的斜坡跑了下去。

他很快找到了那座塔。那是一座凹凸不平的发霉石头建筑,就在斜坡下方不远处。冈特推开基座周围的蕨叶,在他期望的位置,掀开了某个古老腐烂的竖井的顶盖。他蹲在井口,凝视着墨色的井下深处。

冈特轻敲了一下耳机,开启通信线路,随后命令几个人撤到他现在的位置:穆克尔、巴鲁、拉金、布莱格、罗恩、道登、多莫和卡夫兰。

他们迅速集结过来,心怀疑虑地注视着那口漆黑的竖井。

"这是我们要走的后门。"冈特告诉他们,"根据过去的情报,这条水槽沿着某条通路向下,进入圣地建筑下方的墓穴。我们需要带上绳索、大头针和锤子。"

"哪些人要进去?"罗恩粗鲁地问。

"我们所有人……我第一个。"冈特告诉他。

冈特对科贝克发起通信,吩咐他指挥坦尼斯团的主力,并维持对那座建筑正面的火力。

随后,他脱掉了大衣和斗篷,把链锯剑挂在背上。穆克尔把一枚固定用的塑钢钉子敲进了竖井口的石质边缘里,将一根缆线在钉子上打了个结,往下放进了黑暗之中。

冈特打开了爆矢手枪的保险滑片,又装回枪套里。"走吧。"他说完,将绳索缠绕在自己腰上,正要翻身滑入洞中。

这时候,士兵文奇匆匆从正在交战的山脊上跑下来,大声叫喊着。穆克尔赶紧一把抓住冈特的胳膊,阻止他下去。冈特从洞里出来,从跌跌撞撞跑来的文奇手中接过数据板。

"来自布莱恩中士的信息。"文奇喘息着说,"有一辆奇美拉运兵车正从下面的山口过来,发信号说想要和我们会合。"

冈特皱起眉头。这事有点莫名其妙。他查阅着数据板上的文本。"布莱恩中士想知道是否应该让他们通过。"文奇补充说,"他们声称自己是从战帅参谋部过来的战术观察员小队。他们使用的识别代号是'鹰之片羽'。"

冈特顿时像被一枪打中般僵住了。"神圣的法斯!"他不禁脱口而出。

士兵们互相对视着小声低语。军法官运用这句坦尼斯脏话的场合真是绝妙!

"留在这里。"冈特告诉周围的士兵,然后解开身上的绳索,快步往山下走去。"告诉拉夫兰给布莱恩发信号!"他冲着文奇喊,"让那些人通过!"

六

那辆奇美拉运兵车的外壳装甲是暗绿色的,除了帝国鹰徽之外没有其他任何标记。它的履带撕扯着蕨叶,从布莱恩的岗哨处隆隆驶上斜坡,调转车身在山坡上的一处平地停下。冈特爬下山坡去迎接,在他一生当中从未像此刻一样小心谨慎。

随着一阵金属碰撞声,运兵车的侧门开启了,三名士兵跳了出来,手上端着激光枪。他们身穿帝国远征军参谋部的红黑色战斗胸甲,是军官干部的精英卫队。反光面罩遮挡了他们的脸庞。随后一个身材更高大魁梧、身穿同样战斗装束的人也从车上下来,双手叉腰站在卫队旁边,评估着周围的环境,直到冈特走近。

这个人将护目镜往后滑开,摘下了头盔。冈特一开始没认出他……但随后他终于发现在短短几年里这个人的肌肉变发达了,还剃掉了头顶的头发。

"鹰之片羽。"冈特说。

"鹰之片羽。"这个人回答,"伊布拉姆!"

冈特握住了老朋友的手。"我应该怎么称呼你?"

"我在这里是帝国战术参谋威兰,但我带来的孩子们都值得信赖。"大个子男人说,他指向那些已经放松下来的士兵,"你可以用过去的名字来称呼我。"

"弗雷德……"

"那么,伊布拉姆……告诉我最新的情况进展吧。"

"我还可以多帮点忙。我要带你一起去寻宝。"

这条石制管道又深又窄。冈特半是攀爬半是掉落地往下通过管道。他的脚趾和双手在发霉的石板中间寻找着支撑点。冈特试着想象这个地方在刚建成时是什么样子的:也许是一座城市,建造在悬崖周围和内部的生活区域。这条管道可能是一条通风管或是换气设备的残骸,往下通往只有帝皇才知道的鬼地方。

冈特的脚触碰到了底部的岩石地板,他挺直身躯,松开绳索,让其他人也都下来会合。此时他身处的这条隧道低矮而且凹凸不平,能闻到一种潮湿和汗水的味道。

"激光枪!"从上面传来了一声叫喊。那件武器从管道中掉了下来,冈特灵活地接住,立刻把道登用外科手术胶带绑在枪管顶端的手电筒打开了。他举起灯光照亮了肮脏低矮的墙上,手指放在激光枪的扳机上。在他头顶上方,传来了其他人沿着破烂的管道向下攀爬的响声。

用了三十分钟时间,其他人终于全都下来了。道登手无寸铁,负责携带所有的手电筒,布莱格扛着一门庞大的自动炮。除此之外,每个人的手里都拿着缠着手电筒的激光枪。布莱格下来的时候最为费劲,他的块头太大,手脚笨拙,在管道里挣扎下来的时候差点陷入了恐慌。

拉金低声呻吟着死亡和幽闭恐惧之类的怨言;年轻的卡夫兰显然惊慌失措;道登闷闷不乐,表现出失败主义的丧气;巴鲁蔑视他们所有人的表现;罗恩沉默寡言,态度粗暴。冈特在心里微笑了一下。他做了最佳的选择。这些人已经都表达过了自己的焦虑不安,除此之外没有别的负面情绪了。但这些人,已经代表了坦尼斯唯一的第一团的潜行、射术、火力、医术和勇气的极致。

但是对军法官突然决定邀请加入的帝国参谋和他的卫队士兵们,这些士兵们都心存疑虑。那些卫兵的性格都很坚定、沉默,在爬下管道时表现得也很专业和轻松。他们紧挨着自己的首领,就像附在礁石上的帽贝一样,每个人都握紧了枪。

一行人沿着隧道向下移动，弯腰避让着露出墙面的石头、岩石上的凹陷，以及扭曲的石块。他们的灯光在凹凸不平的隧道墙面上划分出晦暗的阴影区域和光亮区域。

经过二十分钟，他们小心翼翼地走了两百步左右，终于来到一个滴水的闪亮洞穴中，这里古老的岩壁已经钙化，在潮湿的水汽中闪烁着矿物的光。在他们前方，灯光照亮了一个用装饰过的石块精心搭建的拱门。

冈特举起武器，晃动上面的手电筒作为指示灯。

"跟我来。"他说。

七

"长官，他想见您。"副官说。

特级上将德拉维尔装作没听见。他还在看着悬在他前方的屏幕，上面显示着森达克大将向目标二号进军时遭到的那场彻底而绝望的屠杀。即使是现在，屏幕仍然还不时会嘶嘶作响，变得一片空白，或者变得越来越暗淡。他从未料到这种情况。这……这是不可能发生的。

"长官？"副官又问了一次。

"你没看到现在正在危急关头吗，你是白痴？"德拉维尔暴跳如雷地说，转身推开几个挡住他的悬浮显示屏，"我们正在二号战线被屠杀！我需要时间制订反击方案！我现在需要的是战术参谋！"

"我马上召集他们过来。"副官说。但他说得很慢，仿佛比起发怒的指挥官，他更害怕别的什么东西，"可是，审判官坚持要见您。"

德拉维尔犹豫了一下，然后松开安全带，从浮床上滑了下来。他不喜欢恐惧，但现在他心里正涌出恐惧。他越过指挥光球，走向出口的活动门，边走边短暂地回头命令他的二号指挥官接手他的工作，等战术参谋们过来之后收集他们的建议。

"给森达克的残部发信号，让他们撤退到A11-23集结地。提醒其他部队那些尖塔的危险性。等我回来后要听取战术评估和反击策略。"

他顺着一架铜梯子，往下来到指挥光球底部的一个球形隔离舱。

德拉维尔刚进入这个光线昏暗的室内，就闻见一股熏香和消毒水的味道。

医疗诊断设备上发出脉搏跳动的提示音，盖在房间中央的一张小床上的塑料布冒出苍白的水蒸气。他一走进房间，身穿带兜帽的红色手术服的医务人员们就悄无声息地离开了。

"你想见我，赫尔丹审判官？"德拉维尔开口。

赫尔丹在虚掩着的半透明塑料布下动了动。德拉维尔瞥了一眼周围的许多塑料管，它们正从这个男人脖颈上的可怕伤口中排出液体。他还看见绷带、塑料薄膜和金属支架组成的工具正紧紧包裹住赫尔丹头部侧面惨不忍睹的伤痕。

"它已经近在眼前了，我的赫克托主人。"赫尔丹说，他的声音其实是从床头的一个通信装置里发出的低语，"奖赏触手可及。我已经通过我的傀儡感受到了。"

"我们要怎么办？"

"我们得坚持行动。让詹廷贵族团前进吧。我会引导他们跟上冈特。已经没有时间再软弱或犹豫下去了。我们必须出击。"

八

死亡正急促地从墓地的阶梯拱门中往下扑向坦尼斯团。一阵激光的狂风暴雨倾泻而下，伴随着神秘科技的电流武器的弧线光芒。随着敌人发射的飞行缓慢的金属投射物的鸣响，空气中也在嗡嗡作响。那些投射物慢得甚至能被看清楚，外形像是带倒刺的子弹，犹如闪光的马蜂般呼啸而来。一接触到肉体，它们就会引起难以形容的巨大爆炸伤害。科贝克看到有的部下被这种带刺子弹击中后，被炸得四分五裂；另外有一些部下，当这种罪恶的子弹击中他身边的石块或金属炸得粉碎时，被飞溅的弹片射中，也受了重伤。

一枚带刺子弹钻进了科贝克所在的散兵坑的草地里，随后再也没有动静了。

上校用刀尖将子弹挑了出来，仔细研究——这是一个无光泽的金属球，表面覆盖着像剃刀般锋利的指向前方的合金叶片。在子弹的底端还残留着玻璃管熔化的黑色残留物，说明了它的发射原理。科贝克可以肯定，这是从某种简便的枪管中射出来的，发射针击碎了玻璃容器，并点燃推进燃料。他用潜行斗篷的边缘保护着一只手，把子弹翻过来查看。这些倒刺叶片上邪恶而巧妙地加上了刻痕，在撞击时会更容易碎裂——如果击中坚硬的表面会产生弹片云，如果打穿肉体组织撞在骨头上，就会造成更严重的撕裂伤。这些叶片上有轻微的螺旋角度，说明发射器的膛线会在开火时让子弹旋转。科贝克从未见过比这更野蛮、更精心算计、更可怕的制造死亡和痛苦的工具。

弹幕还在他头顶肆虐，科贝克叹了口气。军法官的潜入小队还未发回任何消息。只因为科贝克知道冈特的秘密行动内容，才略微减轻了他对如此冒险的战术的担忧。

科贝克联络了排长们，让他们把士兵沿着山脊往前推进，尽量压倒对手。他布置了将近两千挺激光枪和重型武器来轰击这座建筑的前方，布满了洞窟的石壁正面在齐射下倒塌、瓦解和崩坏。但敌人还击的火力依然猛烈如初。

科贝克自己排的通信兵马汉，正蹲伏在他旁边的散兵坑里，不时对着沉重的通信设备的话筒说话，传递和处理从各部队发来的战斗报告。突然，马汉往后侧身，抓住上校的袖子把他拖近，将耳机挂在科贝克的耳朵上。

"……非常危险！那些塔非常危险！"科贝克听见里面的声音。

他瞪了一眼正在数据板上进行信息转码的马汉。

"我们在目标二号已经被击败了。"马汉一边严肃地说，一边记录从通信器的听筒收到的断断续续的传输讯号，"森达克死了……法斯，听起来他们好像全都死了。德拉维尔正发出全军撤退的信号。那些石塔——"

科贝克抓起数据板，查看马汉从高级指挥频道直接收到的滚动文本。上面有森达克最后一次传输时捕获到的闪烁和模糊的图像。他看见石塔启动，布下了毁灭性的栅栏，还看到了敌人出现在塔顶的景象。

科贝克下意识抬头看了看离他们最近的石塔。如果这种事情在这里发生的话，他们也会遭遇同样的厄运。

"神圣的法斯！"科贝克低吼一声，他的咒骂几乎能让空气燃烧起来。他敲击自己的耳机开启通信频道，吼叫着发出命令。

"所有幽魂！如果离你们二十米之内有尖塔的话，用你们能搞到的所有弹药来摧毁那些塔！快点做，每个人都会感激你们！"

通信频道中有无数的回应向他传来，科贝克不得不大声叫喊盖过这些杂音："快点动手，你们这群法斯的蠢货！"他怒吼着。

在200米外，从这座山的一条斜坡往下走不远的地方，瓦尔中士的排最先开始行动，他们把火箭筒对准最近的两座塔发射，让它们在飞扬的尘土和火焰中倒塌下去。福洛尔和勒罗德的排在科贝克的左方，他们也迅速照做了。附近地区至少有七座石塔都被这样破坏了。库拉尔中士的排负责保护主力部队的后方，他们用火箭筒炸掉了斜坡下方的石塔。碎石的尘埃和烧焦的蕨叶纤维在灼热的空气中飘舞。

哈斯克中士发来了报告，他的排在第一次交火时损失了所有的重型武器士兵。哈斯克正在派人靠近他所在区域的石塔，打算用集束手榴弹和雷管来炸毁它们。

在科贝克身边，马汉正要说什么事，却惊讶地停了下来，擦掉了上嘴唇突然出现的鲜血。科贝克也感到自己的鼻孔里有一股热流，感受到了空气中怪异的刺痛感。

"噢——"他开口说。

马汉摇晃着脑袋，想要把鼻腔弄干净，从他的鼻孔里正不断流出鲜血。突然，一阵恐怖的静电噪音冲出耳机，炸坏了他的耳朵，让他猛地抽搐起来。马汉痛苦地蜷缩着身体，大喊大叫，撕扯着自己的耳廓。

他的动作太大了。当马汉的脑袋和肩膀露出掩体时，一枚带刺的子弹击中了他。他背后的通信器也爆炸了。科贝克被淋上了一身鲜血，子弹在马汉胸骨上炸飞出来的一枚弹片从侧面弹来，射进了科贝克的肋骨。

科贝克倒在地上，大口喘气。剧烈的痛楚席卷了他。那枚碎裂的金属叶深深扎进了他的肋骨之间，他清楚自己体内的某个内脏被打破了。他身体下方的蕨类植物根部渐成一摊血泊。

科贝克强忍着疼痛抬起头。空气中的灼烧感和流鼻血只意味着一件事——科贝克已经在许多战场上对抗过混沌，他很清楚这个该死的预兆。

目标一号已经激活了石塔。

科贝克几乎把身体折叠起来，用沾血的手指按在负伤的身体侧面，沿着攻击兵线一直望去。他刚才的警告来得正是时候。幽魂们摧毁的石塔数量已经足够破坏敌人的能量连锁。臭气熏天的白色能量从墓地中滚滚涌出，就像在攫取的触须般旋转着，抽动着向前寻找已经不复存在的中继站。科贝克刚才的命令已经切断了敌军险恶的防御反击武器。

从墓地里发出的可怕能量无法连接上中继塔，变得摇摆不定，随后沸腾着倒流回了城市内部。顷刻之间，敌军自己的失控武器对城壁造成了科贝克的团用一个月的持续射击火力也难以达成的损害。随着无法抑制的能量猝然涌入这座已死的城市，整个石雕建筑都爆炸、倒塌了。花岗岩碎片在令人窒息的火焰中向外炸飞，整座建筑的一部分就像坍塌的冰山一样滑落下去，暴露出了下面密布着隧道的岩石。

在坦尼斯团的战线上，哈斯克排遭遇了不幸。当防御网络激活的时候，他们的布雷工作只完成了一半。五十名士兵当中的大部分人，包括多兰·哈斯克在内，全都落入灼热的能量栅栏里被烧死了。

但哈斯克最后还是报了仇，那座塔产生的能量引爆了他们带去的炸药。在爆炸引发的共振之中，整座山坡都震动起来。噼啪作响的能量塔融化在火海和爆炸的大地中。那个区域的能量回流要比别处猛烈得多。随着石塔倒塌，闪烁着的炽热能量栅栏向后席卷而去，冲向墓地，在山脉侧面产生了一道新的山谷沟壑。

敌人的炮火就像是陷入了眩晕，或者说受了致命伤，渐渐地变得稀疏下去，直到最后完全停止了。

科贝克在散兵坑内疼得打滚，身上沾满了自己和马汉的鲜血。他从野战工具包里扯出一张止血布，拍在身体侧面的伤口上，然后从药袋里找出一大把止痛片，从水壶里喝了三口水咽了下去，同时还背诵了一段连祷文，祈求得到治愈的慈悲。

他知道服用的药片已经超过了推荐剂量。他的视野开始模糊，随着疼痛的减缓，他感到身体的力量在恢复。尽管肋骨和胸部都在抽痛，科贝克觉得自己差不多已经重新活过来了，可以重新战斗了。但在内心深处，科贝克很清楚这不过是回光返照。

他的工具包里还剩下八枚药片。科贝克把它们都放在口袋里以便下次拿出来服用。这本来是一周的剂量，但如果必要的话他会在一个小时内全用光。科贝克决心持续战斗下去，直到痛苦和死亡的利爪穿透了止痛药的防护屏障，让他无法再战为止。

科贝克振作精神，拾起激光枪，敲击了一下耳机通话器。

"坦尼斯幽魂全体成员，我是科贝克……现在，全军前进！"

九

越过他们上方的山崖，德雷克·弗伦斯上校和他的贵族团看到了爆炸的闪光。那些火光照亮了山峦和云层底部。夜幕已经降临。那些遥远的爆炸带来的巨响和冲击力，超过了护卫军拥有的任何地面武器，甚至让他们身旁的空气都产生了一种灼痛感。

弗伦斯的通信兵迪斯福瑞兹走到他身旁立正，举起了手持显示屏，来自指挥部的转码信息就像没完没了的连祷文般闪烁而下。

弗伦斯安静地在暮色中阅读着，周围是漫无边际的蕨叶和轻柔飞舞的夜蛾。

坦尼斯团遭遇了激烈的抵抗，但多亏其他目标点发来的警告，他们摧毁了混沌的防御网，炸飞了对手。还在远处群山间回荡的滚滚雷鸣，正是标志他们胜利的声音。

"长官？"迪斯福瑞兹举起他的数据板说。一行来自德拉维尔的战斗代码信息，用暗淡的符文在无光泽的屏幕上逐渐成型。

弗伦斯接过数据板，把他的印章戒指压在阅读屏上进行破译。戒指的凸起面转动了，射出一道光线刺进数据般的密码接口。紫红色权限等级，内容只有他一个人的眼睛能看到。

这条信息非常直接和明确。

弗伦斯容许自己微微笑了一会儿。随后他转身面向部下们，整整六千名士兵以两列纵队螺旋形排列在悬崖的下方。

布洛胡斯少校站在近处，从兜帽下方盯着指挥官。

弗伦斯敲击了一下耳机通话器。

"詹特·诺曼尼德斯主星的勇士们，我已收到命令。我们可敬的指挥官特级上将德拉维尔提供了可靠证据，上校军法官冈特被混沌腐化了，他所谓的幽魂也同样如此。只有他们通过了混沌的防线，而森达克大将和塔伦丁大将却都已被击，这是因为他们身上有恶魔的印记。特级上将德拉维尔已经授予我惩罚他们的权力。"

队伍中传来了低语，还有一种急切的渴望。

弗伦斯清了清嗓子，说道："我们要夺取这座悬崖，从后方猛攻坦尼斯团。无须再把他们看作友军，甚至无需再把他们看作人类。他们已经被永恒大敌的肮脏黑暗所腐化。我们将会和他们交战，而且我们将会把他们彻底歼灭。"

弗伦斯切断了通信，转身面对悬崖顶部。他挥手命令进军，很清楚所有人都会勇往直前。

十

灯光熄灭了。

冈特从激光枪的枪口上解下能量耗尽的手电筒，扔到一边。道登走在他旁边，伸手又给他递过去一个。

"还剩八个。"老医生说着，拿出一卷外科手术胶带，帮助冈特把手电缠在枪上。

谁也不想谈论这里的黑暗。护卫军配发的手电筒正常使用寿命是六百小时。但在不到两小时内，他们已经用完了二十个手电筒中的大部分，就好像在这座墓穴的地下世界里黑暗会吞噬光明。冈特颤抖了一下。如果这个地方能从手电筒这样的动力源里汲取能量，他不敢想象它会对人类的身体造成什么样的影响。

他们还在小心前进着。最前面是侦察兵穆克尔和巴鲁，他们保持着沉默，在难辨方向的黑暗之中几乎看不到他们。随后是拉金和冈特。冈特注意到拉金没有带激光枪，而是拿着一把式样古老的火器，一种外形古怪的长管步枪。他听人说过拉金就是用这件武器击倒了赫尔丹审判官，因此这把枪已经成了他的幸运武器。不过现在不是责怪这个士兵过于迷信的时候。冈特很清楚拉金的精神状态不太稳定。他唯一的希望是，在交火时这件奇怪武器能发挥跟激光枪同样的威力。

在他们后面的是罗恩、多莫和卡夫兰，他们都拿着随时可以开火的带手电筒的激光枪。多莫的肩膀上还挂上了扫雷器，以备不时之需。在后面是手无寸铁的道登，随后是扛着庞大的自动炮的布莱格。在他们后方是弗雷德和那几个依然戴着护目镜、不知名字的卫兵，充当后卫小队。

侦察兵们转到一个新的方向，开始检查前方的隧道，冈特让其他人原地休息一下。这时弗雷德走到他身边。

"很久没有一起行动了，伊布拉姆。"他用接近耳语的轻柔声音说。

冈特想，他并不想让士兵们听到。他不知道我告诉了他们多少事情。他甚至还不知道我知道了多少事情。

"是啊，很久了。"冈特回答，他拉紧了一下步枪的系带，在昏暗的光线下瞥了一眼弗雷德那难以分辨表情的脸，"这次我们还没来得及好好打个招呼，就又开始行动了。"

"就像在帕什那次一样。"

"很像在帕什。"冈特带着诡秘的微笑点点头，"我们总是一边行动一边解决问题。"

弗雷德摇了摇头，说道："这次不是。这次的事太大了。跟它比起来，帕什9-60就像是一次使用空包弹的演习。事实上，伊布拉姆，要是你注意到的话，我们已经在这次事件里携手合作好几个月了。"

"因为你没有直接联络过我，我很难搞清楚事情的真相。我第一次知道的时候是在黄铁星，那时你提议让我做那该死的水晶的保管人。"

"你不愿意？"

"不。"冈特绷紧了脸带着一丝怒气说，"我从来不会逃避对王座的效忠，哪怕是要参加这种肮脏的秘密影子游戏。但你丢给我的任务也太沉重了。"

弗雷德微笑道："我知道你能做到。我需要的是那种值得信赖的人。那种……"

"那种你不管到什么地方都会培养的错综复杂的人脉网络和知交关系之中的一分子？"

"说得真难听，伊布拉姆。我还以为我们是朋友。"

"我们确实是朋友。你了解你的朋友们是什么样的人，弗雷德。是你自己结交的。"

两人沉默了片刻。

"那么，告诉我整件事吧……从头说起。"冈特扬起眉毛发问。

弗雷德耸了耸肩道："你已经全都知道了，不是吗？"

"我只知道一小部分，残缺不全……零零星星的情报加上有一定根据的猜测，再加上直觉。我想了解得更清楚一点。"

弗雷德放下激光枪，脱下手套，活动了一下指关节。这个动作让冈特微笑了一下。这位战术参谋威兰，与他曾经在帕什9-60的农业城市里认识的弗雷德之间几乎没有相似之处，这就是间谍的精湛伪装技巧。但现在这个小动作，这个甚至连小心伪装都无法掩盖的癖好，让军法官安心了。

"建立一个秘密网络来监督他所有的部下，这是作为一位帝国战帅的通行做法。马卡罗斯非常谨慎，如同帝皇一样精于算计。与荣耀为伴的，总有许多值得畏惧的阴影。司雷德的人选并非众望所归。有许多人憎恨新任战帅，其中莫过于德拉维尔。权力会腐化人，而权力产生的诱惑则会腐化更多的人。人类不过是人类而已，每个人都会犯错。我是马卡罗斯用来监视他的远征军的秘密组织的一员。德拉维尔是个骄傲的人。伊布拉姆，他不会忍受现在这种被轻视的待遇的。"

"这些事你以前已经说过了。见鬼。我甚至还把你这些话对我的部下们演讲过。"

"你告诉部下们了？"弗雷德立刻发问，目光变得犀利。

"告诉了我的军官们。只是为了确保他们会和我站在一边，让他们在关键时刻会觉得自己背后有个依靠。事实上，我可能已经把我知道的事都告诉了他们，但加起来也不多。那个宝藏，那个朱红色的目标……这就是改变一切的关键，对吗？"

"当然。即使有一些兵团忠于他，德拉维尔也绝对不敢背叛我们敬爱的战帅。但如果他还有别的什么，某种巨大的优势，某种马卡罗斯缺少的东西的话……"

"比如某个武器？"

"可能是一个非常强大的惊人武器。八个月前，我的情报网在塔尔斯坎特的一名成员首先获得了线索，据说德拉维尔自己的秘密组织偶然得知了关于某个强大宝藏的传闻。我们不知道他们是在哪里和如何找到的……只能想象他的特工们为了定位和恢复这些数据所做出的巨大努力和牺牲。但他们成功了。一件远古的无价之宝，朱红色等级的机密，在遥远而可怕的宇宙边缘被夺取，从灵能者传递给灵能者，从特工传递给特工，再送往特级上将的手中。它无法被公开运送，否则马卡罗斯肯定会截获它。同样也不可能直接将它送出去，因为运送它要经过远离帝国控制、敌人出没的太空区域。在这件东西漫长旅程的最后一步，从边境星云传输到黄铁星的时候，我们设法追踪和截获了它，把它从德拉维尔的特工手中转移走了。也就在那时，它落到了你手中。"

"从那时候开始，上将的走狗们就开始不顾一切地试图夺回它。"

弗雷德点点头说："为了获得那个宝藏，德拉维尔已经调动了庞大的人力物力。他知道它的重要性、它的位置，以及它是什么。唯一的问题是现在它在我们手中。我绝不能让它再次落入德拉维尔掌中。但我们现在的优势并不稳固，也并不容易保持。我们决定——事实上是我做的决定——当前的最佳选择是让你带着它行动，并希望你能赶在特级上将和他的同党得手之前把它带给我们。"

"你对我的能力可太有信心了。弗雷德。我不过是一个小卒，一个步兵指挥官而已。"

"你很清楚自己不止于此。你是一位品德无懈可击的忠诚英雄，足智多谋而又冷酷无情……你是司雷德战帅少数几个看中的人之一，你的名望使你成为众人关注的焦点，德拉维尔因此很难直接对你出手。"

冈特笑道："如果企图杀死我和我的部下们还不算直接行动。我真不敢想象直接行动意味着什么。"

弗雷德用锐利的目光注视着老朋友，说道："但你做到了！你取得了如此大的成功！正如我对你的期许，你掌控了局面，现在距离最终目标只有一步之遥。我们已经尽一切所能在幕后推动和帮助你。坦尼斯团被部署到这条战线并非偶然。我很庆幸能以一名战术参谋的身份来作掩护，接近并加入你们。"

"好吧，我们已经到了这里，用不了多久，那件宝物就会落入我们手中……"冈特说完，再次拿起激光步枪，准备继续前进。

"我可以看看水晶吗，伊布拉姆？或许现在我也应该读一下里面的内容……以便于我们之后的共同行动。"

冈特转过身盯着弗雷德，慢慢意识到了什么事："你还不知道，对不对？"

"知道？"

"你还不知道我们冒着生命危险来到这里，是为了什么东西，是吗？"

"你觉得我会知道吗？甚至马卡罗斯和他的盟友也还不能确定。我们全体能够肯定的是，那是一件可以让德拉维尔推翻远征军最高统帅部的东西。据我所知，你是唯一一个破译了它的人。只有你知道，还有你选择与之分享秘密的人。"

冈特开始大笑。笑声在低矮的石头隧道里回荡着，使得所有人都惊讶地四下张望。

"那我就告诉你吧,弗雷德,那个东西正如你担心的一样——"

穆克尔刺耳的吹哨声响彻了周围,让他们全都安静了下来。

冈特转过身,举起激光步枪,望向前方的黑暗,他刚换上的手电筒已经变得暗淡无光了。在黑暗中有什么东西在他前面移动着,发出摸索的声音。

一枚带刺的子弹不知从何处嗡嗡作响地缓缓飞来,与畏畏缩缩的拉金擦肩而过,在走廊的石壁上爆炸了。多莫倒在卡夫兰身上开始惨叫。飞溅的弹片夺走了他的眼睛。

冈特朝黑暗处开了五枪,同时听到布莱格的自动炮在他身后启动的响声。他们一行人各自沿着坑坑洼洼的隧道墙壁找到位置开火射击。

这场游戏终局已至,冈特在心里说。

十一

医师们拖曳着像牧师袍般的长长的红色手术服,脸上蒙着薄纱,安静地在利维坦指挥车内部的球形隔离舱里移动和工作。他们重新启动医疗诊断仪器和其他轻微振动的机械,嘴里低声嘟囔着治愈的祈祷词。

赫尔丹知道他们是整个太平星域舰队最优秀的医生。当德拉维尔得知审判官负伤的消息后,他把自己的十几个私人医师都调给了赫尔丹。但这无济于事,赫尔丹很清楚地知道,他已濒临死亡。那颗步枪子弹在很近的距离射中了他,摧毁了他的脖子、左肩、锁骨、左颊,还有咽喉。要是没有这个医疗舱的治疗小组和帝皇的慈悲,他早就死透了。

在穿透他脖颈与胸口的输液管和调节管所能允许的情况下,赫尔丹尽可能放松地躺在他的加长病床上。在无菌篷的塑料布外面,他可以看见黄铜手推车和架子上的医疗器械在闪烁和抽吸着,维持着他的生命。他可以看到自己体内的黑色液体在离心过滤机里来回循环,沿着被铝制框架支撑的棱形塑料管喷射出去。

每隔二十秒,一个精致的白银蝎子形的设备就会钻入他的面部骨骼,用钩状尾巴喷射出的消毒水喷雾来清洗他开放的伤口。窗边的熏香炉里冒着舒缓的烟气。

他越过塑料布往上望着球形隔离舱的天花板,仔细地查看着天花板上锯齿形的黑白镶嵌画装饰。赫尔丹运用着他的心灵，那是可以在虚幻领域中迈出脚步，在亚空间的完全照射下依然保持理智的强大心灵，他思考着这个交叠的图案，象牙色与黑曜石色呈"V"形互相交织。在这图案中隐藏着永恒的本质。这是操纵所有现实的总开关，他开启了它，精神从他毁坏的肉体上升腾而起，穿透了光与暗的抽象领域。

光明和黑暗彼此交织。这让他心生愉悦。赫尔丹知道，正如他一直以来都很清楚的那样，他位于针锋相对的黑与白的阴影狭间。他进入了这个中间区域，而这里也拥抱了他。他很了解人类的光明与敌人的黑暗中间的奇妙分界点，而且他确信帝皇并不了解。这是一个如此明显的分隔区域，却又被人忽视。就像每个人类帝国的真正子嗣一样，他会全心对抗黑暗，但他绝不会在纯粹白色的操纵下行事。在黑白之间有一个阴影，一片灰色区域，这才是他应该站立的位置。帝皇和继承他事业的马卡罗斯，对这个分隔区域视而不见，这是他们的弱点。但德拉维尔看见了，所以赫尔丹才会全力支持特级上将。就算他们猎取的那件武器是混沌制造的，或被混沌污染了，那又有什么关系？它依然可以被用来对抗黑暗。

如果人类想要存活下去，就必须改变自己的方方面面，步入那片阴影之中。长达九十年的审判官生涯，已经向赫尔丹证明了这一点。陈腐的地球王座对人类的统治必须结束。对这种故步自封之举而言，外面的黑暗太过深邃，太过消极。

尽管他非常虚弱，赫尔丹还是漫不经心地阅读着周围医生们愚钝的思想，就像是在翻着打开的书页。他知道这些人都害怕他，知道有些人厌恶他那非人的模样。其中一个叫作盖拉特的医生，胆敢将他视为一种动物，一种需要谨慎对待的怪兽。赫尔丹一直很乐于加深盖拉特的成见，他不时隐秘地偷偷溜进这个男人的心灵，烧掉他发现的几根神经突触，让这个医生带着翻腾的胃肠或者窒息般的呕吐欲跑出隔离舱去找厕所。

可以拨弄的心灵，这是赫尔丹最喜欢的玩具。

他又扫了一圈周围，翻阅那些直白的信息。这些头脑的简单让赫尔丹感到震惊。两个医生正在门口小声交谈，以为床上的病人听不见。其中一个人猜测赫尔丹的大脑受到这么大的损害，一定是疯了。另一个人则表示赞同。

他们害怕他，多么让人愉快，赫尔丹不由窃笑。

他已经充分锻炼过了自己的心灵。它可以自由地执行工作。他可以利用心灵来执行任务。赫尔丹皱了皱眉头，召唤了一名医生。那个医生立刻走了过来，一边对自己的行为莫名其妙，一边掀开了塑料篷布的边缘，走近赫尔丹。

"镜子，我需要一面镜子。"赫尔丹通过喉部扩张器说。医生点点头，转身退出无菌篷，不一会儿就带着一面圆形的手术镜回来了。

赫尔丹用右手抓住镜子，这是他唯一还能用的肢体。他用一个小小的念头打发了那个愚钝者，医生回去工作了。

赫尔丹举起镜子，朝里面看去，瞥见了自己头颅的锐利轮廓线条、咧开的大嘴、流血的伤口边缘和医疗器械。他朝镜子内部望去。

创造一个傀儡并不容易。需要进行复杂的聚焦疼痛和反应训练，这样才能给傀儡的心灵加上一道配合赫尔丹的灵能钥匙的枷锁。这个过程可以通过灵能粗暴地进行，但使用外科手术和精巧的刀法来完成，效果会更好。

赫尔丹很喜欢他的工作。通过对痛苦的正确运用和对精神反应的微妙调整，他可以把任何人塑造成自己的奴隶，变成一个灵能傀儡。他可以用傀儡的眼睛和耳朵来感知，用傀儡的四肢来行动。

赫尔丹使用镜子来召唤他的傀儡。他全神贯注，直到那张面孔模糊地浮现在镜子里。这个傀儡将会执行他的意图。傀儡将会行动。通过这个傀儡，他可以看见一切，就好像身临其境。正如他对德拉维尔承诺的，他的傀儡现在正和冈特在一起。他能感觉到傀儡感受到的一切：潮湿的岩石、吞噬性的黑暗、来回交织的火力。

他能看见冈特，军法官没有穿戴风衣和军帽，身穿一件短皮夹克，正用激光枪射击敌人。

赫尔丹伸出手，控制了他的傀儡。他能从他选择的傀儡的心灵中感受到对伊布拉姆·冈特的强烈仇恨。这会让事情更好办。赫尔丹在心里告诉自己，在死亡征服他之前，他会用自己的傀儡来赢得这一局。赢得一切。

十二

当激光光束和带刺子弹在隧道里飞扬时，罗恩猛地扑到地面上。他举起激光枪，寻找猎杀的目标。突然，他就像偏头痛般感到一阵疼痛从脑袋中间贯穿而过，让他无法判断这是否是正常的身体疼痛。在他的脑海中，罗恩看见了那个怪物、那个操纵者、那个审判官，正拿着带钩子的利刃和微型手术钻头，俯在他身体上方。

赫尔丹。那个杂种的名字叫作赫尔丹。他的刀刃割开了罗恩的身体，切开了他的心灵。赫尔丹那恶毒可怕的心灵涌入了缺口……

他摇了摇头，感到大滴的汗珠飞溅出去。该死的赫尔丹。他朝着地窟的暗处一连开了三枪，默默地感谢疯狂的狙击手拉金，是他一枪击中了赫尔丹。但他从未亲口向拉金道谢。这是理所当然的，像他这样的人，怎么可能会对疯狂拉金这种乡巴佬说好话？

潜入小组已经都找好了掩护，只有膝盖被一发激光打伤的巴鲁倒在开阔地，一边爬行一边喘气。

冈特在狭窄的隧道里喝令一声，布莱格从掩体冲了出来，他的自动炮砰砰作响地对一大片区域进行了火力压制，冈特和麦洛趁机把巴鲁拖进了隐蔽处。卡夫兰尝试着用战地工具包里的东西来包扎多莫脸上的伤，但多莫还在惨叫着。

激光光束沿着他们周围的通道呼啸而过，但罗恩更害怕倒刺子弹。就算没打中、被偏转了，或是被弹飞了，这种子弹还能制造更大的伤害。他碰运气地打了两枪，气喘吁吁地寻找着目标。不安的情绪在脑海里盘旋，自从他被那个削瘦的大高个赫尔丹折磨过之后，一种朦胧的、污秽的黑暗始终在他心里挥之不去。罗恩奋力想将它抛到脑后，但却无法摆脱。

冈特闪身掠到多莫身旁，紧握住颤抖的伤员沾满鲜血的双手。

"放松点，士兵！放松点，朋友！是我，军法官……从坦尼斯开始我就和你同行，我是不会丢下你，让你去死的！"

多莫不再哭号了，他紧紧咬着嘴唇。冈特看见他的脸已经变得血肉模糊。他的眼睛已经瞎了，右颊的碎肉松松垮垮挂在脸上。冈特从卡夫兰那里拿过绷带卷，把多莫的脸绑好，用绷带紧紧蒙上了他的眼睛。他低吼叫来了刚给巴鲁的膝盖进行紧急处理的道登。军医在不时划过头顶的枪火之下匍匐爬来。冈特用刀子猛地割开了多莫的前臂袖子，道登迅速在他扩张的手腕静脉里注射了一针止痛剂。

冈特知道什么是致命伤，他很清楚在没有装备齐全的医疗室的情况下，多莫活不了多久了。他眼部的伤口太深了，从苍白的纱布已经渗出了斑斑血迹。道登难过地对冈特摇了摇头，军法官唯一庆幸的是多莫没有看见这无言的判决。

"你会赶上的。"冈特对多莫说，"哪怕是我背着你去。"

"把我丢在这里吧……"多莫呻吟说。

"丢下那个曾经操纵磁悬浮列车，让我们在福提斯获得大胜的士兵？我们在你的帮助下夺取了一个世界。多莫，我宁愿砍了我的一只手臂丢在这里。"

"您是个好人。"多莫声音嘶哑地说，他的呼吸渐渐变弱了，"作为一个安洛思。"

冈特微微露出笑容。

在他身后，拉金用他的那把古老武器瞄准，干净利落地击倒了一个在黑暗中隐约可见的人影。

弗雷德的士兵们，在罗恩和穆克尔的支援下，以波浪般的节奏发射激光光束，猛烈地攻击暗处的敌人。

随后，周围突然安静了下来。

穆克尔和一名弗雷德的部下一同慢慢向前走去，身穿潜行斗篷的他就像一个影子。过了不久，他向后叫喊："敌人已被清除！"

队伍继续前进，卡夫兰搀扶着虚弱的多莫，道登协助着跛着脚的巴鲁。在走廊的一个拐角处，在敌人的尸体中间，他们找到了出口。这里一共有八具人类的尸体，瘦骨嶙峋，浑身是烂疮，身穿半透明的塑料紧身衣，他们的脸隐藏在龇牙咧嘴的白骨面具之下。他们身上都刺满了符号——这些符号让人精神受损，是瘟疫和虚假的象征。冈特确认了尸体身上的激光能量匣都已经被拿走了。罗恩把激光枪扛在肩膀上，捡起了一把倒刺步枪——这种武器的枪管就像长矛一样，枪管下方固定着一把像滑冰刀般的刺刀。他从一具尸体松弛的手中扯出一袋倒刺子弹。

冈特没有指责他。此时此地，他们能搜罗到的任何东西都是好的。

十三

堡垒已陷入沉寂。在阶梯石壁的正面，有的地方涌出苍白的薄雾，有的地方冒着沸腾的黑烟。

上校科尔姆·科贝克在止痛药的作用下呼吸困难，头晕眼花，带着第一批部下走下布满瓦砾的陡峭沟渠，随后又爬上这座建筑物的陡峭正面。寂静无声中，不仔细看难以察觉到坦尼斯战士们悄然尾随着他，手中紧握着激光枪，在废墟中寻路前进。

科贝克没有向指挥部发回任何信号。这次进军必须尽可能不为人知。这是幽魂的单独行动，在不得不呼救求助之前，他们要夺取尽可能多的战果。

他们慢慢穿过碎裂的石块和熔化的黑色气泡，把烧成灰烬的敌人残骸在脚下踏得粉碎。能量栅栏武器反噬造成的伤害远超科贝克的想象。他指派瓦尔的排作为侦察队走在最前面，使用双倍数量的扫雷器进行排查。

突然，科贝克一转身，发现麦洛站在旁边。

"我猜现在还用不着吹奏军乐，长官。"男孩说，他的坦尼斯管安然无恙地夹在腋下。

"暂时还用不着。"科贝克淡淡一笑。

"你还好吧，上校？"

科贝克点点头，这才注意到嘴里有一股鲜血的铁腥味，他把血咽了下去。

"我没事。"他说。

十四

"长官，你怎么看？"士兵雷纳姆把望远镜递给排长布莱恩中士。按照冈特的指示，幽魂第七排被调到后方，把守主力部队正在进军的那座山坡的山脊。布莱恩知道这是为了军法官的计划。但是，布莱恩不知道该用什么方式来告诉他的部下们。

他眯着眼睛用望远镜看去。在山谷下方，詹廷贵族团大举集结，按照训练方阵组成了射击小组，正朝他们的位置向上前进。这是一次攻击行动。绝不会有错。

布莱恩转身回到长满蕨叶的散兵坑里，面色苍白地把通信兵赛伯叫了过来。

"他们……他们看上去像是要攻击我们，中士。"雷纳姆难以置信地说，"他们是不是搞错了命令？"

布莱恩摇了摇头。冈特已经预见到了这一点，而且似乎还很肯定，但布莱恩现在仍然难以接受这个事实。护卫军攻击护卫军？这甚至……想都不应该去想。他遵从了军法官的命令——当时冈特很热诚和直率——但布莱恩仍然无法理解这个命令的严重性。詹廷贵族团即将攻击他们。布莱恩从赛伯手中拿过了通信器的话筒。

"幽魂第七排。"他简短地说，"沿着山坡组成防御阵形，监视詹廷贵族团的进军。如果他们对我方开火，那就不是误会，而是真的攻击。军法官亲自警告过我这件事。千万不要犹豫。全都看你们的了。"

恰好就在此刻，从詹廷贵族团兵线中发出的第一轮激光枪齐射呼啸着扫过他们的头顶。

布莱恩命令部下们先不要开火。他们要一直等到敌人进入射程。他咽下一口唾沫。这真的难以置信。整整一个团的詹廷精锐重步兵对阵他的区区五十名部下？

激光光束在他附近噼啪作响。他拿起话筒，让赛伯接通军法官的通信频道。

布莱恩停顿了一会儿。那个词在他干裂的嘴里就像一块冰冷而又沉重的大理石。但他最后还是说了出来。

"幽魂制造者。"他低声说。

十五

黑暗中，潮湿黏糊的液体在他们周围滴落。冈特率领小队穿过带着回声的潮湿石窟和洞穴。卡夫兰牵着多莫的手臂，弗雷德的一个不知姓名的精锐士兵协助着跛脚的巴鲁。

这个地方，除了成群的蟑螂之外，别无生命痕迹。起初，他们只遇到一两只这种黑色的害虫，随后是上百只、上千只。拉金开始还用脚踩死它们，但当数量越来越多之后就放弃了。现在蟑螂已经无处不在。在潜入小组周围的黑暗中，到处都是鸣叫着和蠕动着的蟑螂，覆盖了墙壁、地板和天花板。这些昆虫持续不断、喋喋不休在黑暗中沙沙作响，那是一种像地毯般密集的虫群不断移动发出的响亮的爬动声，无法分辨出个体的声音。

坦尼斯人战战兢兢地继续前进，终于把大群的害虫留在身后，走进了一座八角形的回廊，回廊墙壁是用玻璃砖融合在一起砌成的。玻璃的表面散发着令人发狂的昏暗光泽，岁月流逝缓慢地侵蚀了它，从暗淡的光线里投射出怪异的半透明幻影。有的地方是刺眼的反光，有的地方则是微弱的闪烁和余火。

穆克尔敏锐的目光注视着玻璃中的形体，在半透明的墙壁内隐隐约约镶嵌着半熔化的骸骨，就像在珍珠里的沙砾……或者说，当他在故乡的终焉木树林搜寻时，经常在树液形成的坚硬琥珀中发现的褐色苍蝇。

穆克尔的身材削瘦结实，头发和胡须都已经灰白。尽管他已经五十岁了，但看上去比实际要年轻。穆克尔陷入了对故乡森林的思念。他回忆起了十二年前因为眼毒症去世的妻子，还有他的孩子们，他们没有继承他的森林猎人职业，而是去河上的工厂做木匠了。

在他还和妻子埃洛尼一起生活的那些年里，他从未想象过自己会来到这样一个地方。但在这里，有什么东西让穆克尔想到了终焉木树林。

在建团后不久的某一天，军法官从档案中注意到了他的背景经历，在经过科贝克的同意后任命他为侦察排的中士。那时候，他坐在那里，和冈特谈论着终焉木。冈特军法官对他说，坦尼斯特有的移动森林给幽魂们上了一堂宝贵的寻路课程。冈特猜测，这就是让他们在侦察和秘密行动中如此自信和能力突出的原因。

穆克尔此前从未仔细思考过此事，但这个说法应该是对的。在移动着的树丛间寻找道路，在遮天蔽日的大树下发现往来的道路和小径，这就像是他的第二天性，是一种直觉。他曾经以追捕库克兰兽，猎取它们的毛皮和角为生。无论它们如何在终焉木中隐藏，都躲不过穆克尔的目光。

穆克尔是个猎人，他可以与周围的环境融为一体，很清楚如何从瞬息万变的蛛丝马迹中发现确凿的真相。自从冈特初次提及这项所有坦尼斯人都具备的天赋以来，他和他部下的士兵们已经进一步提高了能力。他为自己从未在任务中失手而备感自豪。

没错，穆克尔现在已经非常确定，在这地下有什么东西存在，才会让他如此强烈地怀念已陨落的坦尼斯。

他示意队伍停下。战术参谋威兰——军法官称他为弗雷德——派到前面来陪同他的士兵向周围张望。或许他在发出无言的询问，但在他那红黑相间盔甲的护目镜背后却看不出任何表情。穆克尔本能地讨厌这个战术参谋和他的部下们。他们似乎隐瞒着什么。他不喜欢任何遮住脸的人，即使威兰露出了脸，穆克尔也一点都不信任他。在脑海中，他仿佛听见埃洛尼发出啧啧声，责怪他如此孤僻和不信任别人。

他眨了眨眼睛，将对妻子的回忆从脑海中抹去。他知道自己是对的。这些精锐卫兵确实训练有素，跟着他一起走的那个士兵始终保持着沉默和坚定，不亚于穆克尔排里任何一个部下。但他们依然隐瞒着某种东西，某种和这个地方有关系的东西。

冈特走上前，来到先头部队中间。

"穆克尔？"冈特没有理会动作僵硬地向他敬礼的威兰部下卫兵，对穆克尔问。

"这里有点问题。"穆克尔说，他朝左右做了个手势，"这里的地形很危险。"

冈特皱眉："详细解释一下？"

穆克尔耸耸肩。在押沙龙号上冈特批准他看过解锁的数据，穆克尔仔细研究和审核了那些图表。能为军法官的机密重任效力，让他深为荣幸。

"出了很大的错误，长官。我们依然走在正确的道路上，如果我没带对路，我就该被法斯——但并不是这个问题。"

"你说的是我给你看的地图？"

"是的……更糟糕的是五分钟之前我们走进的这条路。这个建筑非常安静。"穆克尔拍了拍玻璃砖墙强调道，"但是，方向却似乎在不知不觉地变化。有什么东西正在改变左右上下的顺序。"

"可我什么也没注意到。"威兰的士兵直截了当地插嘴说，"我们应该继续走。没什么出错的地方。"

冈特和穆克尔都冷冷地看了他一眼。

"或许我该看看你们的地图了。"从后面传来了一个声音，战术参谋威兰走了过来，脸上带着和蔼的微笑，"还有你的数据。我们……上次被打断了。"

冈特突然感到一阵犹豫。这很奇怪。就算弗雷德去一趟恐惧之眼再回来，冈特也会信任他，而且他也已经把数据给穆克尔等人都看过了。但有什么东西让冈特心生疑虑。

"伊布拉姆？我们是一边的，不是吗？"弗雷德问。

"当然。"冈特说，拿出数据板，把弗雷德拉到一旁。以帝皇的名义，他究竟在想些什么？这可是弗雷德。弗雷德！穆克尔说得对：在这地下有什么东西，这种东西甚至影响了他的判断。

穆克尔往后退了几步，等待着。他看了一眼旁边的远征军士兵。"我还不知道你的名字。"他最后开口说，"我叫穆克尔。"

"克洛特，军衔是中士，战术顾问团的作战参谋。"

他们彼此点头致意。哪怕现在也没有让我看看你法斯的脸，穆克尔心想。

在回廊的后面，多莫正在低声呜咽。道登又过去检查了一下他的眼睛。拉金用枪口对着暗处来回巡视。

罗恩严肃地盯着玻璃砖墙。"这里面有骨头。"他说，"法斯。是怎样的屠杀会把骨头融化进玻璃，然后还用它们来做成这里的墙砖？"

"什么方式，还有多久之前？"道登走过来，收起多莫的纱布。

"骨头？"布莱格问，靠近看了看罗恩指的位置，他颤抖了一下，"以一捆终焉木的名义，法斯这个鬼地方！"

在他们后面，卡夫兰低吼着让他们安静点。自从多莫受伤以后，他就一直随身携带着队伍的小型通信器，把通信线插进他的耳机里监听通信频道。这套装置的功率比不上拉哥伦和穆卡恩等其他排的通信兵携带的重型通信器，而且本就有限的通信范围因为下面岩洞的深度进一步受到了阻碍。但还是有一个信号传了进来：一条间歇自动重复发送的信息。识别代号是坦尼斯，部队序列号是第七排。是布莱恩的人。

"怎么了，卡夫兰？"拉金问，目光变得锐利。

"士兵卡夫兰？"罗恩少校发问。

卡夫兰推开两人，匆匆走过隧道，来到正与帝国参谋站在一起的冈特面前。

当他走近时，卡夫兰瞥见威兰正盯着冈特的数据板发光的屏幕，睁大了双眼。

"这……难以置信！"弗雷德低声说，"这是我们想要得到的一切！"

冈特眼神锐利地看了他一眼，说道："想要得到的？"

"你懂我的意思，伊布拉姆。王座啊！没想到这样的东西居然还存在……而且它已近在眼前。我们不顾一切代价寻找它果然是对的。绝不能让德拉维尔掌控……这个东西。"

弗雷德停顿了一下，再次看了一会儿数据板，随后回头望向军法官说：

"我们为了得知这里确实有一个值得夺取的宝藏,所做的所有工作、付出的所有损失和所有努力……全都没有白费。这证明我们并没有浪费时间,或是对着鬼魂起舞——抱歉我并没有对同伴冒犯的意思。"他注意到卡夫兰正在走近,对他露出外交礼仪性的微笑。

穆克尔身体僵硬地盯着战术参谋。难道又是因为这个法斯的地方的缘故,让他的脑子坏掉了?或者说这个伟大的帝国参谋有什么手法,让冈特都没能看出来?

"卡夫兰,怎么了?"冈特转身面对他的临时通信兵说。

卡夫兰把他刚才从野战通信器打印出来的信息纸交给了冈特,说道:"布莱恩中士发来的信息,长官。信号很模糊、支离破碎。我花了很长一段时间才弄明白。"

"上面说'幽魂制造者',长官。"

冈特紧闭上眼睛,沉默了片刻。

"伊布拉姆?"

"没事,弗雷德。"冈特对老朋友说,"是一件我预计到,但希望不要发生的事情。德拉维尔已经发起反击行动了。"

冈特转向卡夫兰。"我们能向外发出信号吗?"他一边问,一边朝卡夫兰用帆布吊带挂在肩上的通信器点头示意。

"我们可以法斯地使点劲多发几遍。"卡夫兰回答,冈特和穆克尔都咧嘴大笑。卡夫兰借用了通信兵拉格伦的台词,他总是在通信状况特别糟糕的时候作出这种回答。

冈特递给卡夫兰一张事先准备好的信息纸。卡夫兰瞥了一眼,发现上面写的既不是坦尼斯战斗方言,也不是帝国护卫军的通用暗码。

尽管看不懂,但他知道这应该是用维特里安战斗暗码编写的。

卡夫兰把信息纸放进通信器,让机械读取和整理它,随后他轻轻按下在通信设备狭窄的面板边缘用发亮符文标记的发送按钮。

"发出去了。"

"每隔三分钟重复一次,卡夫兰。等待确认的回复。"

冈特转身回到弗雷德身边,干净利落地从他手里拿回了数据板。

"我们该往前走了。"他告诉帝国参谋,"告诉你的部下们。"他朝远征军士兵们点头表示："听从我的侦察兵的每一个指示，不要再提出异议。"

穆克尔走在最前面，这支突袭小组再度开始前进。

在很长一段距离后，队伍的最后面，罗恩少校全身战栗着。怪物赫尔丹的形象刚才又在他脑海中闪过。他感觉到赫尔丹那渗透入体内的黑暗触摸，感觉到他桀骜不驯的天性正在畏缩。

滚出去！他的心灵在发出尖叫。滚出去！

十六

布莱恩中士觉得，这真是讽刺。

这场防御战，就像帝国护卫军的所有传说故事一样充满了史诗感。五十个士兵迎战一千敌人的大规模攻击。可惜的是，这场战斗不会为人所知。在这个故事里，护卫军对护卫军的情节令人难以接受。坦尼斯唯一的第一团的壮举，将会被束之高阁，即使在最高统帅部也不会被提起。

詹廷贵族团的部队，在山谷深处的轻型火炮和重武器的支援下，就像是扼住咽喉的双手般，围着布莱恩的部下们占据的高地以两条路线推进。训练有素的士兵双发连射，形成了激光光束的扇形火力互相交叠。每隔二十秒就有一千五百发的弹雨扫过幽魂们的头顶，或是砰地射进倾斜的土坡，扬起一团团烟尘，在覆盖地面的蕨叶中点燃无数的火苗。

布莱恩中士在隐蔽处用望远镜注视着敌人。当他看见敌人以可怕的坚定姿态扫射地面，向上进军时，他感到心惊肉跳。詹廷的战士都是重装士兵，他们的银色和紫色的战斗铠甲是专门用于进攻的，不追求速度或是隐秘性。他们都是突击兵，而不是散兵；而坦尼斯人则是轻装、敏捷、擅长潜行的士兵。尽管如此，詹廷贵族团高超的训练水准还是令人恐惧。他们利用所有的技巧和每一处掩护，朝上挥舞他们的攻击之爪，绞杀着幽魂第七排。

从詹廷贵族团第一次朝他们射击时起，布莱恩就在努力克制着还击的冲动。他们武器的射程无法与詹廷贵族团的重型武器对抗。而且布莱恩很明白，用激光枪在有效射程外的齐射，只不过是一种心理威胁。

他的五十名部下沿着山脊线部署在一系列天然的散兵坑里。幽魂们用潜行斗篷和睡袋装满沙尘和土块制成沙袋，并使用掘壕工具加固了这些散兵坑，布莱恩的命令很清楚：上刺刀，设置武器为单发射击模式，等候他发出信号再开火。

最初的十分钟里，他们的兵线寂静无声，只有激光光束不断噼啪作响地向上袭来，空气中弥漫着白色的烟雾和飘浮的尘土。小口径的野战炮弹轻飘飘地落下，夹杂其间的还有少量火箭榴弹，大部分都在半途落地，在斜坡上炸出了新的散兵坑。布莱恩一开始以为他们是瞄准失误，但不久后他就看出了规律。那些野战炮是在山坡侧面挖掘掩体和弹坑，以便詹廷贵族团的步兵们使用。在他的西边，詹廷贵族团正进军的大部队中派出了一些小队，躲进了距离幽魂兵线一百米处刚炸出的弹坑壕沟。很快，野战炮又调整了射程，开始在詹廷贵族团前进方向的下一条线上制造弹坑。

布莱恩咒骂詹廷贵族团无懈可击的战法。冈特军法官总是说有两种敌人最为可怕：最野蛮的和最聪明的，但后者更难对付。詹廷贵族团每个人都接受过良好的教育，善于应对错综复杂的战争。他们确实值得恐惧。布莱恩甚至在入伍前就听说过詹廷贵族团的故事。此时，他正听见敌人在唱歌，上千个声音洪亮的男声合唱着悠长、缓慢、低沉的胜利颂歌，如此优美而又充满压迫感……令人胆战心惊。布莱恩全身都在颤抖。

"这该死的歌。"士兵科林在他旁边低声怒吼。

布莱恩同意他的看法，但什么也没说。敌人的激光光束终于开始在他们头顶上交织而过，如果詹廷贵族团的激光枪能够着他们，那就意味着一个确定的事实：詹廷贵族团已进入他们的射程。

布莱恩点击开启了耳机，选中公开的指挥通信频道。他用坦尼斯战斗用语说："仔细挑选目标。别浪费任何一枪。现在射击。"

幽魂们开火了。一连串的单发射击火力从他们的隐蔽位置扫向正在扇形前进的詹廷贵族团。仅在第一次齐射中，布莱恩就看到至少十个詹廷士兵踉跄着倒下。他们加快了射速。激光的波浪穿透了詹廷贵族团队伍三十多处，使得敌人的下一轮火力变得迟疑不决、杂乱无章。

步兵们的对决开始了。在山谷上下的两排壕沟中隐蔽的士兵们来回进行着密集的倾斜交火。伴随着激光灼烧臭氧产生的恶臭，空气变得温暖而干燥。这里的坡度曲线很平滑，坦尼斯兵拥有更大的火力覆盖角度和山势提供的保护。但是，詹廷贵族团每分钟都可以从后备队获得增援，而他们没有。

布莱恩每六秒就能射出一枪，每四枪中就有一次是致命一击。即使如此，他依然感到绝望无助。他们不能撤退，也不能利用高处的优势冲锋。一招不慎，满盘皆输。幽魂只有坚守阵地，战斗到最后一刻。

詹廷贵族团有很多战术可用，但他们最后采用的方案还是让布莱恩大为吃惊。在整整三十分钟的交火后，詹廷贵族团发起了冲锋。是全员冲锋。将近一千名重装士兵，都把刺刀固定在枪口的夹子上，所有人都在同一时间从布满蕨叶的散兵坑中一跃而出，沿着斜坡猛冲向布莱恩的排。

这是一个惊人的决定。布莱恩倒抽一口凉气，他的第一个念头是詹廷贵族团的指挥部门已经疯了。尽管是疯狂之举，但这种疯狂必将让他们赢得这一天的胜利。幽魂的五十把枪根本无从应对这么多的目标。几十个、上百个詹廷兵永未能登上斜坡。他们因为重伤而抽搐着，或是无力地跌倒在褐色的灌木丛中。但布莱恩的部下根本没有可能在敌人冲到山顶前将他们全部击倒。

"帝皇之血啊！"布莱恩吐出一口唾沫，他终于理解了敌人的战术：压倒性的兵力、完全的忠诚，以及对胜利不可阻挡的渴望。詹廷指挥官将他的部队当作了消耗品，用庞大的数量来吸收幽魂的火力，最终压倒他们。

在冲进坦尼斯防线之前，有三百名詹廷贵族兵阵亡。坦尼斯的枪炮、山坡的地形、倾斜的射击角度，让他们一一赴死。但仍有将近七百名詹廷兵发出海浪般的叫喊，迎面冲进了狭长战壕的沟渠中。

布洛胡斯少校唱着古老的詹特·诺曼尼德斯战争颂歌《嘹亮信条》，率领突击部队攻入了坦尼斯幽魂不堪一击的防线。一发激光枪打穿了他布甲的袖子，烧焦了一条胳膊上的肉。他转过身对那个幽魂连开了两枪，而他的士兵们紧随他冲了进来。

幽魂们不足挂齿……像这样屠杀他们带来的快乐，驱散了布洛胡斯心中的幽灵。自从凯德之辱以来，这些幽灵就在他身边挥之不去，福提斯双星和黄铁星的遭遇让它们变得更加不可忽视。愤怒、战斗狂喜、欲望、怒火……这些情绪在詹廷贵族的强壮身躯里激荡不已。

他的精钢刺刀左右斩杀、突刺、杀戮。有两次布洛胡斯不得不开枪直射来摆脱卡在刀刃上的尸体。

他的贵族教养，让布洛胡斯认同他们在这条壕沟里击溃的蜘蛛般的黑衣人的勇气和战斗技巧。他们战斗至死，格斗技巧惊人。但他们是轻步兵，穿着单薄的衣物,无论是力量还是忍耐力都完全无法与布洛胡斯身穿硬甲的詹廷兵匹敌。他部下的血管里流淌着詹特军事学院的精良纪律和强烈的胜利欲望。这就是贵族团的立身之道,其他的帝国护卫军都害怕他们,就像是护卫军害怕阿斯塔特修士一样。

就算布洛胡斯想到在通往山顶的途中付出的代价,他也只是考虑到要在集体葬礼上为阵亡者合唱胜利颂歌。不管是损失了一个人还是一千人,胜利始终是胜利——而且像这样一场对叛逆人渣的天罚胜利,是所有胜利当中最为宝贵的。幽魂们是必须消灭的害虫。弗伦斯上校下达冲锋命令是正确的选择,尽管在下命令时他的脸色异常苍白和惊恐。

胜利已落入他们手中。

布莱恩中士在沟渠边缘用刺刀捅穿了第一名詹廷兵的腹部,随后将他挑过头顶扔了出去。那名士兵惨叫着死去。但就在他冲过去的时候,另一把刺刀刺穿了布莱恩的左大腿。中士疼痛地大叫,猛地一挥激光枪,刺刀从头盔下方割断了那名敌人的咽喉。随后,布莱恩对还在地上挣扎的敌人脸上直接开了一枪。

科林开枪打倒了壕沟边缘的两名詹廷兵,但他自己也倒在了成群敌人的刺刀之下。战斗变得越来越激烈,成了面对面的肉搏厮杀。赛伯射倒三名屠杀了科林的敌人后,一束激光杀了他,他抽搐着的身躯向后跌下,落入一条已被十几具尸体堵塞住的狭窄沟渠。

布莱恩用刺刀突刺和枪托横扫的连续攻击杀死了另一名詹廷兵,他看见通信器从赛伯垂死的手中旋转掉落。布莱恩想抓住它,给冈特或者科贝克发一个信号。但山脊顶端现在已经变成了沸腾的人海,他们刺杀着、击打着、射击着、死亡着,谁也没有余裕去管其他事情。这就是白热化的战斗,沸腾的仇恨,士兵们常常会提起,但很少亲眼见到这种场面。

布莱恩在两米外又射中了一名詹廷贵族兵的胸膛,挥舞着刺刀刺向另一个朝他猛扑的詹廷贵族兵的下巴。某种又热又坚硬的东西从后面推了他一下。布莱恩低头看了一眼,发现詹廷贵族团刺刀的刀尖穿过他胸前刺了出来。鲜血在钢铁刀刃周围涌出。

布洛胡斯少校得意地咆哮着,手中的激光枪开火,把碍事的幽魂从他的刺刀上推了出去。布莱恩中士呻吟一声，脸朝下跌倒在地。

　　　　　　十七

　　麦洛从未见识过如此的酷热。

　　幽魂的纵队缓慢前进，穿过墓穴崩塌的石堆，走进了一条长长的峡谷。古代的柱廊从峡谷两侧升起，投下了遮天蔽日的阴影。这条山谷是山脉中的一条自然裂缝，远古的建筑师们在它两侧建造起了高耸的大面积洞窟凹室，凹室将近8000米长，地面500米宽，随着岁月流逝，这些高大的建筑已经变得很危险，随时可能会有石制品和碎石从上面滚落下来。

　　防御网络的能量倒流也同样严重毁坏了此地，坠落的远古岩石在爆炸中烧得焦黑，吸收了大量的热，此刻正将热量散发出来。这里的温度已经超过了六十度，又干燥又炎热。坦尼斯人在山谷间缓慢前进时，每个人都汗流浃背。黑色制服变得潮湿沉重，除了侦察兵之外，所有人都脱掉了斗篷。

　　士兵德斯塔正走在麦洛旁边，他咳嗽一下，对着附近一块石板漆黑粗粝的表面吐了口唾沫。看见他的口水在石头上嘶嘶作响着瞬间蒸发，德斯塔喷了一声。

　　麦洛抬头望去。裂谷之间露出的那一道天空狭缝是淡蓝色的，是晴朗的夏日。在峡谷下方，长长的阴影和深邃的山谷代表着凉爽的庇护所。然而，这里的酷热却是压倒性的，比卡利古拉的热带火山口的蒸汽丛林要更难受，比福尔蒂斯的湿地更难受，比麦洛知道的任何地方都要更难受，甚至比坦尼斯玛格纳灼热的盛夏季节还要更难受。

　　在他的幻觉中，正在散热的岩石仿佛在发亮，灼痛地扎进他被烤干的骨头和鼻孔。他渴望着水分。他回想着黄铁星的情况来自嘲，那里郊区的刺骨寒冷曾经是那么难以忍受。要是他能回到那里就好了。他拿出水瓶，喝了一大口气味难闻的热水。

　　半个人影落在他身上。科贝克上校伸手放在他肩头。

　　"别喝这么快。我们需要在这种高温下定量补给，如果你喝得太快，你很可能会痉挛呕吐，又更快地把水都吐出来。"

　　麦洛点点头，握紧了瓶子。他看得出科贝克已经变得多么苍白憔悴，在峡谷的深深阴影下，他的肤色显得暗淡而湿润。

但并不只是因为酷热和劳累。他还在忍受着比别人更多的疼痛。

"您受伤了，对吗，长官？"

科贝克瞥了麦洛一眼，摇摇头。

"我没事而且状态很好，小伙子。是的，一点也没事。"科贝克笑了一声，但在他的声音中缺乏力量感。麦洛清楚地看见科贝克制服上衣侧面有个被打穿的口子，上校一直在故意隐藏它。

黑色的制服布料很难分辨出什么，但麦洛确信科贝克制服上的潮湿并不是因为汗水，那些地方和其他人衣服上的潮湿并不一样。

从山谷前方的侦察队传来了一声叫喊，不一会儿，有什么东西吱吱作响地在风中出现。

敌人发起反击了。科贝克吼叫着下令，幽魂们在闷热的岩石之间分散开来，那些岩石虽然提供了掩护，但谁也不敢去碰。

那些敌军沿着山谷扑来，有一些人是徒步的，但大部分敌人在空中。有几十架导弹外形的小型飞艇，个个色彩艳丽花哨，装饰着怪诞的混沌符号，加速沿着裂谷向他们冲下。螺旋桨在它们的内燃机舱上猛烈转动，机身悬挂着的吊篮、吊船和吊车里装满了混沌的甲胄战士。飞艇朝着幽魂们蜂拥俯冲下来，轰击着地面。

决战时刻已至，要么赢得胜利，要么全军覆灭。

十八

德拉维尔满脸怒容，眼神空洞。他推开球形隔离舱里的医生们，拉开遮住了赫尔丹审判官病床的塑料帘罩。审判官从覆盖住他身体的医疗维生装置中抬起头，用深不可测的冷静目光凝视着他。

"赫尔丹？"

德拉维尔把一块数据板丢到床上。审判官用那只完好的手臂小心翼翼地放下了一面他刚才一直端着的镜子，拿起了数据板，用留着长指甲的拇指输入一串数据。

"简直疯了！"德拉维尔怒气冲冲地说，"詹廷贵族团已攻克高地，歼灭了冈特的后卫部队,但弗伦斯报告说坦尼斯主力部队实际上已经进入了目标一号。王座在上,我们现在该怎么办?我们攻打自己人损失的兵力比攻打敌人时损失的还多,我依然需要取得这场战争的胜利!否则我没办法跟马卡罗斯交代了!"

赫尔丹仔细看了一遍数据板上的信息,说道:"还有其他团正在前进。莫迪安铁卫团就在这里,维特里安龙骑兵团……他们也很接近。既然冈特的幽魂已经抢先对目标发起攻击,那就让他们去吧。用他们当炮灰来打出一个楔子。把贵族团调到他们后方去巩固阵地,然后干掉幽魂。你的主力部队做好准备,到时候跟在他们后头进军。"

德拉维尔深吸一口气。从战术的角度看,这个建议是合理的。现在还有机会,在确保取得胜利的前提下,神不知鬼不觉地偷偷干掉幽魂。"冈特那边呢?"

赫尔丹又拿起镜子凝视内部,说道:"他进展很顺利。我的傀儡还在他身边,准备着在我下命令的时候出击。耐心点,赫克托。我们的游戏一环套一环,所有人都受制于错综复杂的战争进程。"

他沉默不语,在特级上将看不见的遥远镜中世界仔细分辨着图像。

德拉维尔转身离开了。审判官对他还很有利用价值,但只要利用价值一消失,他就会毫不犹豫地除掉赫尔丹。

赫尔丹凝视着镜子,心不在焉地注意到了德拉维尔愚钝的头脑中的邪恶念头。德拉维尔完全误解了他在这场歌剧中的角色。他认为自己是一个领袖、一个操纵者、一个指挥官。但实际上,他仅仅是又一个傀儡而已,而且同样也可以被牺牲。

十九

弗伦斯上校率领詹廷贵族团沿着宽阔的外沟向下走,进入了墓地废墟的外围,他们穿过科贝克的突击留下的炸毁碎石和焦黑尸体。远处,可以听见枪火声穿过拱门和石头隧道传来。幽魂们显然在墓穴内部遇到了新的反击。

下午的时间变得越来越长,惨白色的天空中弥漫着一缕缕战斗遗留下的浓烟。弗伦斯身边只剩下六百一十二名士兵,其中还有四十个人的伤势过于严重，必须撤往远处登陆场的战地医院。五十个负隅顽抗的坦尼斯人，带走了他的三分之一个团。弗伦斯的悲痛几乎将自己消耗殆尽。他对伊布拉姆·冈特的憎恨，以及因此产生的与坦尼斯唯一的第一团之间的争斗，造成了痛苦的挫败感。现在，当他们终于有机会在战场上对付坦尼斯人时，坦尼斯的散兵们以寡敌众，即使吃了败仗，却依然取得了巨大的战果。

到了现在，弗伦斯既不在乎刚才的血战，也无所谓幽魂们是生是死。他的目标只剩下一个：冈特。弗伦斯给德拉维尔发了一条紫红色机密等级的信息，表达了自己的意愿。

对方的答复让他又惊又喜。德拉维尔指示弗伦斯把部队主力交给布洛胡斯指挥，继续对目标一号的行军。作战命令的内容是先消灭幽魂，再对敌军发起直接突击。顺利的话，坦尼斯团就会被詹廷贵族团和混沌军队夹在中间碾个粉碎。

但是，还有一个对弗伦斯单独下达的命令。德拉维尔从审判官赫尔丹那里得知，冈特正在亲自率领一支潜入小队从下方进入了城市。入口处是山坡上一块石头边缘的竖井，那里被标记了出来，并加上了一条高亮的路线。在德拉维尔的机密命令中，弗伦斯必须带领一支射击小组进去追击军法官，杀死他。

在弗伦斯和布洛胡斯一同注视着士兵们以三列纵队向上进入巨大的墓地时，弗伦斯低声把命令告诉了他。布洛胡斯对获得指挥全军的机会感到激动而自豪。这个大块头转身面对上校，双眼散发着斗志的光芒。他脱下手套，向弗伦斯伸出了手。上校也脱了手套，与他握手，拇指彼此紧扣在一起。那是他们在詹特·诺曼尼德斯军校里培养出的战友情谊。

"带着希望前进，伴着好运战斗，凭借荣誉获胜，布洛胡斯。"弗伦斯说。

"放心把刀放在鞘里吧，上校。"他的副手回答。

弗伦斯转身，重新戴回手套，点击了一下通信耳机，说道："士兵赫雷克、斯提甘德、恩朱、阿弗兰奇、艾布赞，现在直接听我指挥，带上攀爬用的绳索。"

弗伦斯从一名死者身上拿过一把激光枪，默默地祝福它，安抚它的旧主的灵魂，然后检查了弹药匣。布洛胡斯让两个排的人从死者们身上搜集手电筒交给他们。后卫排注视着弗伦斯和他的小组做好准备，从石块下方的竖井降下。

在指挥光球下方的球形隔离舱，赫尔丹感觉到了这个行动。他在那个蠢货弗伦斯的脑袋里停留的时间不够久，还不足以转化他成傀儡，但赫尔丹在里面留下了自己的标记，通过这一扇灵能之窗，他已经可以感觉和体验到足够多的信息了。最重要的是，他能感受到弗伦斯痛苦的恨意。

看来，德拉维尔正在打着自己的算盘，让他的自己人弗伦斯加入这场阴谋，急于夺取属于他的筹码。赫尔丹的头隐隐作痛，他知道自己应该生特级上将的气。但现在没有时间也没有精力浪费在这种事上。他会把德拉维尔的对策纳入全局考量，把其中的某些部分为他自己所用。为了人类，为了手头的伟大计划，他会奉献一切，操纵并赢得目标一号底下的朱红色宝物。只有达成这个目标，他才会容许自己死去。

他强忍着痛苦，推开了死神的温柔拥抱。这种痛苦在某些方面是有益的，正如他可以借此来控制那些愚钝工具的心灵一样，痛苦也能让他集中意志力。他可以沉湎在自己深深的痛楚中，就像用一把灵能手术刀般利用痛苦来切开他的傀儡们的心防，让他的行动更加顺利。

赫尔丹又朝镜子看去，他周围的生命维持器械砰砰作响，发出喘息般的动静。他看见自己的手在发抖，便用心智刺了一下手，停止了它的颤抖。

他再度深入他的傀儡那渺小的心灵，感受着他穿行其间的那些隧道的封闭、寒冷和令人喘不过气的狭窄。隧道已经深入墓穴倒塌的石堆下方。他用自己的思想朝外扩展，看到并触碰到了他的傀儡前面的道路和空间。那里有温暖、智慧和脉动的热血。

赫尔丹心头一紧，立刻对他的傀儡发出一个警告：前方有埋伏！

二十

他们来到一座狭长低矮的岩石蓄水池边，石材是浅蓝色的，很像玻璃，水流朝前方四个方向分流而去。油污的黑水从上方滴落下来，顺着倾斜的地板朝中央汇集。

罗恩感到紧张不安，精神虚弱。他伸出一只手靠在坚硬的墙壁上，突然一阵刺痛攥紧了他的大脑，就像一个巨大的蜘蛛从他的脸深深地咬进了头骨。

他的视野重叠旋转起来。

那就像是一个警告……警告他在前面有……

少校惨叫着发出语无伦次的声音，让其他人都吓得转过头或者压低身体。当这一阵怪叫刚刚从蓄水池前方传来回声时，威兰开始射击了，他用激光枪扫射着黑暗，吼叫着下达命令。

一连串的倒刺子弹和激光光束向他们还击。

枪火在头顶的玻璃墙上发出噼啪声和嘶嘶作响，冈特压低身体躲在一块倒塌的岩石后。他们差点就走进了埋伏圈！要不是罗恩的警告和弗雷德的迅速反应……但是罗恩怎么会知道？他在队伍很远的后方。走在最前头的目光敏锐的穆克尔都没有发现，为什么他能看见？

弗雷德此刻正在对大家发号施令，但冈特并没有因为他滥用指挥权而愤愤不平。冈特信赖他这位朋友的战术直觉，而且弗雷德现在的位置和视野更适合指挥这场隧道战斗。冈特关闭了手电筒，以避免自己成为目标，随后端起激光步枪进行瞄准和射击。穆克尔、卡夫兰、巴鲁和战术参谋的士兵们都用各自的武器持续开火，拉金使用他那把古怪的步枪来掩护布莱格，布莱格则扛着庞大的自动炮往上跑到一处射击点开火。道登带着多莫躲在一边。

罗恩匍匐向前，往他捡来的武器里装进了一枚倒刺子弹。随后他站起身，手指摸索着不熟悉的扳机，对通道中央射出一发倒刺子弹。一阵嗡嗡的飞行声之后，响起了一声惨叫。罗恩快速再次装填和开火。在其他人的激光枪发出的飞速闪电之中，他的子弹就像一只缓慢、笨重的蜜蜂般曲线飞行。

拉金的步枪不断发出两倍音量的奇怪拍击爆炸声。随后布莱格也开火了，那沉重而又迅速的爆炸震撼着整个石窟。周围的空气里突然弥漫着浓密的烟尘和引爆油燃烧的气味。

"停止射击！停下！"冈特在地面上用力一拍手，大喊一声。顿时周围陷入了沉寂。

十秒时间内，只能听见自己的心跳声，二十秒，等到差不多一分钟后，敌人冲了过来。他们从前面的两个隧道岔口涌入，蜂拥进入石窟。

冈特的部下们等待着，尽管没有命令他们等多久，但所有人都严阵以待。终于，他们再次开火射击。罗恩的倒刺枪、布莱格的自动炮、拉金的步枪，还有冈特、弗雷德、穆克尔、巴鲁、卡夫兰和三名远征军卫兵的激光枪。蓄水池帮他们限制了射击目标的范围。在短短十秒内，几乎有三十名敌人在狭窄的房间内倒下死去，这些尸体妨碍了后面敌人的前进，使得他们成为更容易瞄准的目标。

冈特跪在隐蔽处，把激光枪架在一块从高处滚落的石块上，用他训练部下们的瞄准器模式开火。他期待士兵们的表现，而且也知道士兵们同样期待自己的表现。他们正在屠杀着敌人，每一发精心瞄准的射击，都会打穿敌人的塑料护身衣或是蒙面护目镜。但敌人冲锋的势头并未减弱。冈特开始疑惑最先耗尽的会是什么：敌人的兵力、他的小队的弹药，或是蓄水池里容纳死者躯体的空间。

二十一

詹廷贵族团士兵们终于走出了墓穴拱门令人窒息的阴影，进入了一处空旷的内部山谷，里面到处被高温烘烤，布满了正在散热的岩石。布洛胡斯和他的部下们眨着眼睛走进光线底下，双眼被酷热熏得流泪。少校厉声朝着左右两边发号施令，让部下们布成松散队列，在杂乱的巨石和碎裂的石块之间向前散开。他尽可能地让士兵们走在峡谷两侧投下的阴影处。

前方不到两公里外，一场壮观的战斗正在上演。布洛胡斯看见在峡谷盆地的岩石山顶间闪烁的激光光束，还有步兵激烈交火产生的滚滚浓烟正从山谷中涌起，升上苍白的天空。他听见激光发射声和射中的爆炸，等离子束的刺耳噪音，偶尔传来的火箭破空的嘶嘶响声。布洛胡斯很清楚，科贝克上校那些卑劣的幽魂正在前面交战。从那里还传来其他的声音：马达的呼呼运转声、倒刺子弹的嗡嗡声、怪异的连发炮的持续响声，还有士兵们的吼叫和惨叫，形成了漫长的回声在峡谷内回荡、呼啸。

布洛胡斯点击打开耳机通信频道，说道："我勇敢的小伙子们，这是一场棘手的游戏。我们要从后面攻击坦尼斯团，摧毁他们。但还要防备和他们交战的那些害虫。杀光幽魂后，我们就要自己来对付这些敌人了。击败他们所有人，然后把胜利的荣耀带回詹特·诺曼尼德斯的先祖塔林！"

六百个声音以浪潮般的赞同作为回答，他们念诵着虔诚信条的音符，自发地唱起了战争颂歌。士兵们头顶和四周的悬崖峭壁，仿佛变成了一座雄伟大教堂的抛光玄武岩壁面。他们的歌声就像国教连祷文般铿锵有力地在其间回响。

由于酷热，大多数贵族团士兵都掀起了他们的防护面罩，但现在他们把面甲扣回原位，用只露出眼缝的钻石战争面具遮住了自己的脸。他们的战歌通过各自的头戴通信器，在每个在场士兵的耳中回响。

布洛胡斯也放下了防护面罩，这样颂歌就会在他耳边流动，在他密闭而炎热的金属头盔内部回荡。他转向身边的士兵法兰特，丢下了自己的激光枪。两人无须说话，法兰特将自己的重机枪和弹链交给了指挥官，捡起了激光枪。士兵带着荣誉感庄严地点头，指挥官将会拿着他的重武器，在被称为"帝皇亲选"的贵族团的最前方进入战场。

在法兰特熟练的帮助下，布洛胡斯将沉重的弹链系在腰部和肩膀上，把鼓形装弹机和沉重的弹药袋放在他的后背和大腿上。然后他用戴手套的拳头架起巨大的重机枪，右手抓住扳机手柄，右腋窝夹着骷髅匣，左手抓住枪侧面的把手，这样他就可以自由地用枪管扫射了。他的右拇指碰了一下上弹开关，让弹药开始循环前送。弹链将肥大丑陋的子弹筒推送就位，水冷式枪管开始冒出蒸汽，发出轻微的嘶嘶响声。

布洛胡斯走到他的方阵的前头，这时一名后卫士兵对他发起了直连通信："有部队！从我们后方过来了！"

布洛胡斯转过身。一开始他什么也没发现，随后他察觉到了在蓝白色的天空和烧焦的石块之间有一些轻微的动静。有许多士兵正尾随詹廷贵族团而来。这些人数以百计，在暗淡的峡谷侧照光线中几乎难以分辨。他们身穿的护甲能反射光线，发出微微的闪光。是维特里安龙骑兵团。

布洛胡斯在防护面罩下露出了微笑，准备对维特里安指挥官发出信号。有了维特里安龙骑兵的支援，他们就可以——

他的后卫兵线，遭到了一连串的激光光束射击。

佐伦上校率领部下们，直接向下冲进了詹廷贵族团毫无防备的散乱兵线。对手有六百多人，维特里安龙骑兵团只有四百人，但运气在他这边。

冈特按照约定发来了信息，但这可能是佐伦十六年战士生涯当中收到过的最糟糕和最可怕的信息了。他们共同的敌人已经出手，这场冒险的成败取决于他的忠诚：对冈特军法官的忠诚、对自称弗雷德的那个人的忠诚，还有最重要的——对帝皇的忠诚。

这违背了他作为一名帝国护卫军接受的所有教育，他所有的本性。这与《拜哈塔》错综复杂的教条格格不入。但是，《拜哈塔》里说过荣誉存于友谊之中，友谊则存于勇气之中。忠诚与荣誉，这正是维特里安战争艺术的两个基本方面。

让德拉维尔接受枪决的制裁，这是他和他的四百名部下的任务。这并非犯上抗命，也非起兵暴乱。冈特已经让他明白了当下的危机所在。在曼奈泽德5号，冈特已经让他看清了更高层次的忠诚与荣誉正处在危机之中。他对帝皇和《拜哈塔》教义的忠心，远在德拉维尔之上。

维特里安龙骑兵身穿近乎隐身的玻璃铠甲，以三个箭头的阵形从后方猛攻入布洛胡斯松散的行军阵线。他们的队伍是一个坚固而紧密的三重楔子，而詹廷贵族团的行列则松懈而分散。詹廷兵团企图用侧向队形来包围敌人，但对于从后方发起的扫荡，这种反击行动完全无效。在《拜哈塔》第六册第三十一节第四百零六页中，就有针对这一战局的详细论述。

詹廷贵族团拥有更多的兵力，但他们的阵线漏洞百出。佐伦的部下们将他们打得四分五裂。佐伦已下令部下们将激光武器调到最大功率。他希望冈特上校军法官能原谅这种奢侈之举，毕竟詹廷重步兵身披重甲早已众所周知。

詹廷贵族团的第一团，所谓的"帝皇亲选团"，帝国护卫军中的精英，在这一天下午，被全歼于目标一号墓地内的峡谷中。这支在几年后被誉为帝国最强军队之一的维特里安龙骑兵第三团部队，以寡击众，在一场持续二十八分钟的激战后彻底消灭了詹廷贵族团的第一团。这场胜利主要取决于他们慎重的战术。

布洛胡斯少校用尽全力抵抗维特里安龙骑兵团。他在愤怒和绝望中尖叫着，穿过自己的队伍向后冲来，用法兰特的庞大重机枪来对决维特里安兵。他从未预料到自己会以这种方式战死，也从未预料到他著名的连队会以这种方式灭亡。

他对部下们咆哮着，警告他们不许死，当他们在他身边倒下时，布洛胡斯用脚踢向尸体，绝望而愤怒地想要让他们再次站起。最后，布洛胡斯被一阵灼烧的怒火淹没了理智，他们已经做了这么多努力，进行了这么艰苦的战斗，但他和他的贵族团却还是被欺骗了。

他们被骗走了应得的一切。他们被不光彩的结局骗走了荣誉。他们被弱者骗走了性命。这些敌人虽然弱小，但却仍然决心为自己的信仰奋勇作战。

布洛胡斯是最后几个战死的人之一。当最后几发子弹啪嗒作响地从他的弹鼓中射出，如雨点般洒向冲来的维特里安兵时，他还在猛按着嘶嘶冒烟的重机枪的扳机。在詹廷贵族团第一团的最后一战中，布洛胡斯单人杀死了四十四名维特里安龙骑兵。一个名叫佐加特的维特里安中士最后杀死他时，布洛胡斯的重机枪已濒临过载爆炸。

他披甲的身躯被佐加特的精准枪法打得粉碎。布洛胡斯跌倒在峡谷底部布满斑点的云母砂中。他的名字、外貌、行为和存在，都从帝国历史档案中被彻底删除。

二十二

巴鲁已经死了。肮脏的倒刺子弹在他身后的岩壁上爆炸，弹片溅射害死了他。他甚至还来不及发出惨叫。

冈特在隐蔽处目睹了他的死，心中感到痛惜。他迅速转过身，将激光枪调整到全自动，对成群的敌人倾泻出一长串活跃的荧光闪电。他听见罗恩在发出语无伦次的尖叫。

巴鲁，是他最好的一名士兵，作为侦察兵和潜行者的本事不亚于穆克尔，他是坦尼斯唯一的第一团的骄傲。冈特退回隐蔽处更换弹药匣，瞥了一眼他最爱的侦察兵残留的血泊。痛苦的利爪攫住了他。自从凯德以来，军法官又一次品味到了战争的辛酸与徒劳。当一个士兵死去时，他的指挥官有责任忘掉这个损失，重新打起精神。但是面对巴鲁——那个犀利机智的巴鲁、士兵中最讨人喜欢的一个、笑话大王和小丑、看不见的潜行者、那个最真诚率直的人，冈特发现自己甚至无法直视那具尸体，直视曾经是他的朋友、他倍加信任的那个人的残骸。

在冈特陷入忘我情绪时，他周围的其他护卫军士兵已经冲向了敌军的队伍。突然间，就像是水龙头被关上了，邪教徒冲锋的势头变弱，随后彻底停下了。拉金不停用那把长管步枪轰击，罗恩对着暗处射出一发又一发倒刺子弹。

然后一切都陷入了静寂和黑暗，除了被点燃的衣物的嘶嘶燃烧声和鲜血的汩汩流淌声。

弗雷德的声音猛地响起，急促而有力："他们完了！前进！"

他太急了，冈特想，太急了……我才是这里的指挥官。他从掩体里站出来，看见其他士兵都争先恐后跟着弗雷德。"等一下！"他大喊一声。

人们都转向冈特，弗雷德困惑地眨了眨眼睛。

"要么都听我的，要么就别干了。"冈特严厉地说，迈步走向巴鲁的尸骸。他跪在那团碎肉前，从上面摘下了坦尼斯白银徽章，将它拿到自己的衬衣领口前，挂在项链上。他用低沉的言语，在道登、拉金和穆克尔的响应下，主持了坦尼斯的葬礼仪式。那是麦洛教会他的许多事情中的头一件。罗恩、布莱格和卡夫兰也都低下了头。多莫令人不安地沉默着跌坐在地。

冈特从尸骸前站起身，收起了项链上挂着的徽章。他朝弗雷德望去。帝国参谋带领他的部下们组成了一支庄严的仪仗队，站在坦尼斯人身后。

"这是个好小伙，伊布拉姆，一个真正的损失。"弗雷德低声说。

"你不会懂的。"冈特说着，突然拿起激光枪，朝着敌人尸体丛中走去。

他又转身。"穆克尔！跟我来！我们一起前进！"

穆克尔急忙走过去和他站在一起。

"弗雷德，让你的人保护我们后方。"冈特说。

弗雷德点头表示同意，让他的士兵们从队伍前面退回。现在的顺序是：冈特和穆克尔、布莱格、罗恩和拉金、道登和多莫、卡夫兰、弗雷德和他的护卫。

他们小心翼翼越过敌人倒下的尸体，发现隧道陡然向下通往一个更开阔的场地。光亮，就像是从一只萤火虫肚子里发出的光亮，在前面的暗处照进来，勾勒出一个拱形的出口。他们武器上膛，继续前进，一直走到出口的阴影处。

"我们到了。"穆克尔说。

冈特从口袋里掏出数据板，想看看他的便携式地理罗盘，但穆克尔的直觉比起隆隆作响的小罗盘可靠得多。军法官看着数据板，用拇指滚动，在小屏幕上拖动浏览了一遍解码信息。

"地图上称这里为圣所——是一个祭坛，安息之地。这是整个墓穴的中心点。"

"而且，在这里我们会找到……这个东西？"穆克尔阴沉地说。

冈特点点头，朝着光亮的拱门走了一步。在这座拱门破碎的黑色花岗岩之外，有一座宏伟的地下室延展开来。地板、墙壁和天花板，都是用色彩变幻的石头制造的，某种非自然的绿色幽光将它们照亮。冈特眨了眨眼睛，让双眼适应了这摇曳的光芒。穆克尔在他后面小心翼翼走来，随后是罗恩。冈特注意到他们的呼吸在空气中化作水蒸气。在这座地下室里，温度比其他地方要低很多，空气潮湿而沉重。冈特关掉了已经显得多余的手电筒。

"看上去空无一人。"罗恩少校环顾四周说。他的声音被这个房间内奇怪的气氛所扭曲，变得异常轻微和模糊。冈特指了指远处六十米外的墙壁，石墙上有一条意味着是门缝的细线。那是一扇巨大的长方形的门或者多重门，大概有十五米高，镶嵌在墙内。

"这里是入口大厅。圣所在那些门的背后。"

罗恩向前迈了一步，但穆克尔中士过去伸手拉住他的胳膊，让他惊讶地停了下来。

"别这么快，嗯？"穆克尔说，他对着前方的地板点点头，"这些地下室里曾经挤满了敌人，但那片地板上的尘埃却至少几十年没有被碰过了。还有，你看到在尘埃中的图案了吗？"

罗恩和冈特都低下头，想要从某个角度看清穆克尔描述的东西。借着光线，他们在厚厚的尘埃中发现了几乎难以识别的螺旋形和圆形，仿佛是冻结在灰尘中的水滴涟漪。

"你的数据显示了某些关于禁区和圣所入口处的禁止条例。这个区域已经很久没有人走过了，我猜测这些图案是能量或者动力屏在尘埃中留下的痕迹。或许就像一个防暴盾。我们知道这里的敌人支配着某些危险的鬼东西。"

冈特挠了挠下巴，陷入了思考。穆克尔说得对。就在宝物已经触手可及，冈特全部心思都放在尽快赶路上的时候，穆克尔很明智地回想起了数据里的记录。不知为何，冈特本来预料会有枪炮阵地、连锁栅栏、铁丝网围栏——这些传统的禁区和屏障。他注视罗恩的眼睛，发现那目光中正燃烧着怨恨。冈特依然没有让少校获知他分享给其他军官的情报，尽管罗恩对这次行动的重要性有所了解，但对其实质意义还是一无所知。冈特之所以带他来，只是因为罗恩在隧道战斗方面的专精才能。

还因为，在押沙龙号事件之后，他想要让罗恩留在自己的视线范围之内。

当然，还有……

冈特眨了眨眼睛抹去这段思绪，说道："把多莫的扫雷工具拿给我。我自己来探测一下这个房间。"

"我可以做这件事，长官。"一个声音从他们身后响起。后面的其他人已经都逐渐走入了这座大厅，弗雷德的部下监视着拱门，尽管他们对前面发生的事情更感兴趣。说话的是多莫本人。他现在已经可以自己站立了，尽管有点不稳，但腰挺得很直。道登的大剂量止痛剂让他的疼痛获得了短暂的缓解，暂时恢复了体力。

"应该我来做。"冈特轻声说，多莫轻微转动了一下瞎眼的脸，让他自己朝向说话声的来源。

"哦，不，长官，请您原谅。"多莫说，他被蒙眼绷带覆盖的脸笑了一下，他拍了拍肩膀上挂着的扫雷工具，"您知道，我是这支部队里最好的扫雷员……而且这个工作只需要听耳机里的脉冲信号。我不需要用眼睛去看。这该是我的活。"

一阵长时间的沉默中，他们听到古老墓穴里浓稠的空气仿佛在嗡嗡作响。冈特知道多莫关于扫雷技术的说法是对的，而且，他知道多莫真正想说的话是：我是个幽魂，长官，牺牲我吧。

冈特做了决定，但并不是基于任何关于牺牲兵力的理念。这项任务，多莫会比任何人做得都更好，如果冈特还想让多莫感觉自己是队伍里有用的一员，他就不能挫伤一位垂死的士兵的自豪感。

"干吧。用最大的探测范围，还有最大程度的小心谨慎。我会用声音来引导你，我们会给你系上一根绳子，这样就能把你拉回来。"

多莫残缺不全的脸上流露出的表情，让冈特觉得无论在这扇大门背后发现什么宝物，都不会比这更加珍贵。

卡夫兰走上前，给多莫系上了一根绳子，穆克尔检查了扫雷器的检测装置，调整了多莫耳边的耳机。

"冈特，你在开玩笑！"弗雷德厉声说，大步走上前，他压低声音怒吼，"你真的要浪费时间来玩这种装模做样的把戏吗？这是我们所有人经历过的最重要的事！让我的人来扫雷！天啊！我自己去扫雷行吗——"

"多莫是扫雷军官。他会做好的。"

"但是——"

"他会做好的,弗雷德。"

多莫开始了扫描,他沿着一条直线穿过了古老的地板,每次只踏出一步。每当脚落地后,他都会停下来,调整那台咔嗒作响、脉动着的扫雷器,用经验丰富的耳朵倾听装置发出的每一个轻微响动。卡夫兰在他身后拉着绳子。几米之后,他转向右边,往前走了一点,又再次急转向左。他那飘忽不定的行走路径在尘埃中被完美地记录了下来。

"这有……不规则间隔的能量柱从地板放射出来。"多莫在微型对讲机里低声说,"谁也不知道是什么方式或是为什么,但我敢打赌,如果碰到其中一个不会有好事发生的。"

时间令人痛苦地慢慢流逝。多莫缓慢地、迂回地,接近了大厅的对面。

"冈特!这条绳子!这法斯的绳子!"道登突然指着前面说。

冈特立刻发现了医生说的是什么。多莫正在安全地通过看不见的障碍物,但他的安全绳以更节省距离的方式在他与伙伴之间拉开。这根本身具有重量的绳子,随时都可能与看不见的能量柱相交。

"多莫!别动!"冈特在对讲机里咆哮,在地下室的另一端,多莫立刻停下了,"松开你的安全绳,让它落到地上。"军法官吩咐。多莫一言不发地照做了。看不见的他笨手笨脚地摸索着解开卡夫兰系紧的那些绳结。但这件事并不容易。多莫想要抽出一些绳索来让绳结松开,正抖动着绳子的时候,扫雷器的带子从肩膀上甩脱了。绳索松开掉了下来,但沉重的扫雷器却从他的胳膊滑下,他慌忙用胳膊肘钩住了扫雷器。尽管多莫接住了扫雷器,这个动作却拉到了他的耳机线,将它扯了下来。耳机咔嗒作响地掉在了距离他脚边一米远的布满尘埃的地面上。

大厅里靠近冈特这边的所有人都感到一阵恐惧,但什么也没发生。多莫挣扎着把扫雷器放回了肩膀上。"我的耳机呢?它到哪去了?"多莫对着微型话筒说。

"别动。留在那里。"冈特把激光枪丢给罗恩,尽可能大胆地沿着多莫在灰尘中走出的路径穿过大厅。他走到那个僵住的盲人身后,低声说了几句安慰的话,以免他突然转身,然后越过他身边,低身捞起了耳机。他把平衡杆塞回插座,将耳机戴回多莫的头上。

"让我们把活干完吧。"冈特说。

他们继续前进,彼此靠得很近。冈特跟随着多莫的步伐和方向。又花了四分钟,他们终于到了门口。

冈特向他的队伍做了个手势,指示大家跟随他们两人,沿着多莫留下的路径过来。他注意到弗雷德走在队伍的第一个,脸上带着焦急和不耐烦的怒容。

当他们走过来的时候,冈特将注意力转移到大门上。这扇门只能从岩石的接缝处分辨出来,这是一件不可思议的精密工程技术制作的光滑作品。冈特按照数据水晶的情报执行了应该做的事:伸出一只手掌放在门的右手边,轻轻地按了下去。

两扇十五米高的庞大石门向后转动,无声地开启了。门里是一个巨大的房间,里面的灯光是如此耀眼夺目,冈特不由闭上眼睛向后畏缩了一下。

"什么?你看到了什么?"多莫在他身边发问。

"我不知道。"冈特眨着眼说,"但这是我见过的最不可思议的东西。"

其他人紧跟在他们后面,惊愕地抬起头,从冈特和急切的弗雷德身后越过圣所的门槛朝大厅望去。罗恩是最后一个走进来的。

二十三

赫尔丹审判官轻轻地松了一口气。他的傀儡现在已经来到了曼奈泽德墓地的禁忌圣所内部,赫尔丹的感知也随之跟了过去。经过了这么长时间、这么多努力,他终于来到了这里,通过愚钝的凡人工具,他的心灵第一次接触到了这个宇宙中最宝贵的技术制品。

这是最珍贵、最危险,也最具有无限可能性的宝物。而且,它毫无疑问可以推翻马卡罗斯与他拥护的故步自封的帝国统治。它将让德拉维尔成为战帅,德拉维尔又将会成为他的工具。在人类用光明对抗黑暗的漫长战争中,他最终注定失败。赫尔丹心想,这是灰色的,属于灰色的秘密武器,就连帝国的强硬派都不敢使用。它们是超越了一分为二的简单正义、模糊的道德迷雾的装置和可能。他将会用这种方式带领人类走出黑暗,占据真正的支配地位,将银河中的邪恶异形威胁与那些忠于陈旧方式的人统统粉碎。

当然,如果德拉维尔掌控了远征军,并在这场战役中使用了这件武器,泰拉元老院一定会严厉斥责他，宣布他叛国。但是，在这一切完成之前，他们绝不会知道。那么，当德拉维尔取得任何人都不敢想象的伟大胜利，光芒万丈归来之时，他们又怎么敢质疑他的决定？

隔离舱里的几个护工渐渐注意到审判官的生理监测仪上出现的异常情况，走过来开始检查。赫尔丹用灵能挥出一记鞭笞，让他们惊惶地逃出了他的视野范围。

赫尔丹再次拿起了镜子，凝视着它，直到心灵又一次放松下来，他能够像游泳者潜入一座平静的泳池一样，以灵能潜入镜中人的体内。

他隐匿着自己，出现在正在圣所内游荡的冈特小队中间。他让傀儡东张西望，将一切都尽收眼底：这是一座高达一千米、直径五百米的圆柱形大厅。墙壁上装饰着管乐器、长笛和各种银管、铬管，这些管子就像织物般密布和纠缠在一起。明亮的白光从高空中直线照射下来。脚下的地面覆盖着白银装饰物，上面雕刻着数量令人难以置信的复杂算法悖论，每平方米内就有一千个算式。赫尔丹让自己的心灵扩展开来，在一次心跳的时间内把它们全都读完了……而且完成了解题。

他急迫地从这点琐事中抽出心智，环顾周围，注意力集中到了大厅中央的那座巨大建筑上。那是一台机械，一座用亮白色的陶瓷、银色的管道和铬制的仓室构成的庞大设备。

这是一台 STC（编者注：标准建造模板），而且完整无缺。

人类早已遗失了起源科技的奥秘。自从黑暗时代以来，帝国甚至机械修会都只能通过恢复古代 STC 装置来学习制造物品的知识。帝国从上千个已经死亡的世界上搜寻被摧毁的 STC 装置的碎片和残骸，缓慢地再次理解建造坦克、机械、激光武器的奥秘。每一块残留的 STC 碎片都是无价之宝。

几乎每隔一代人的时间，才会发现一台完整的专用 STC。整个帝国都会因此而受益。

但是发现这种类型的完整 STC，是绝对没有先例的。所有的猜测都是正确的。在很久之前，在混沌淹没这个世界的几千年前，曼奈泽德 5 号曾经是一个兵工厂世界，制造着那些失落时代的终极武器。它的生产过程和生产目的的所有奥秘，都记载在这片宽广地面上的一百五十万个算式当中。

这是铁人。这个传闻已经古老到变成了神话，而且是来自最古老时代的神话，是远在纷争时代之前的黑暗科技时代。在那时，人类作为一个自动化科技帝国的主宰，已经达到了荣耀的巅峰，将 STC 技术发展到尽善尽美。他们创造了铁人，这些机械生物拥有力量和智慧，但没有人类的灵魂。在帝国的眼中，这是一种异端装置。与拥有自我意识的铁人之间的战争，导致了远古帝国的崩溃。而且，如果赫尔丹所知的那个古老深奥的秘密记录是正确的，这也是帝国取缔一切没有灵魂的机械智能的原因。但如果能让这些铁人成为仆人和不屈的战士，世上又有什么宏图伟业无法达成呢？

而在这里，在这个远古兵工厂世界从未被人触及过的心脏之处的，正是制造这种铁人的 STC 装置。

还有更多的东西！赫尔丹扩大了他的感知，第一次注意到了这个大厅的墙壁。在地板的周围，到处都是用金属格栅隔开的凹室。在格栅后，矗立着一个个方阵的铁人，就像是守卫皇家陵墓的兵马俑般寂静无声。数以百计、数以万计的铁人，在凹室的阴影中对称地排列着。每个铁人都比正常男人要高得多，它们的脸庞就像是用抛光过的钢铁制成的盲眼头颅，它们的肌肉和动脉是用亚光合金板以及藏在内部的缆线和钢丝模仿人体构造而成的。它们沉睡着，等待着醒来的命令，等待着接受指示，等待着再次启动这个伟大的装置，再次扩充它们的大军。

赫尔丹竭力呼吸以平息自己的兴奋。他把感知收回他的傀儡内部，审视着那些聚在一起的人。

冈特凝视着这座庄严的奇迹。幽魂们都敬畏和不知所措地站着。远征军参谋们保持着警觉，很想立刻开始调查。冈特转身吩咐道登把多莫带到旁边休息，随后他走向弗雷德。此刻弗雷德正站在庞大的 STC 装置面前，手上拿着摘下的头盔的系带。

"这就是宝藏，老朋友。"弗雷德说，没有转身。

"这个宝藏，希望它值得我们付出的这一切。"

现在弗雷德转过身看着他了。"你对这个东西难道没有一点概念吗？"

"自从我解锁水晶之后，你应该清楚我就知道了。我并不想假装很懂这个技术，但我知道这是一个完整的标准武器生产模板。我也知道这是一件从来没有过先例的精心保管的作品。"

弗雷德笑着说："六十年前，在普莱戈·苏塔努斯星系的一个偏远世界盖鲁斯·阿斯拜克斯，一队帝国侦察兵在位于一个丛林盆地里的金字塔城市废墟中发现了一个完整的STC。完整的。你知道它是用来制造什么的？那是用来制造一种钢刃的标准建造模板，可以造出一种折叠钢复合材料的合金，比我们曾有过的任何材料都要更锋利、更轻便、更坚硬。整整三十个战团的伟大阿斯塔特现在都在使用这种新式样的刀刃。那些侦察兵成了英雄。我相信他们每个人都获得了一个属于自己的行星世界。这被看作是这个世纪最伟大的技术进步、最伟大的发现、当代人记忆中最完美和最有价值的STC恢复工作。"

"但那只是用来制造刀的，伊布拉姆……匕首、短剑、刺刀、剑。它只不过能制造刀刃，就已经是人们记忆中最伟大的发现了。与这里的机器相比……那台STC几乎一文不值。拿一把那种漂亮的新型刀刃，来跟这台机器制造的武器比比看就知道了。"

"我比你先看过水晶，弗雷德。我知道它能做什么。铁人，古老的神话，一个在古代大战时的传说。"

弗雷德咧嘴一笑道："那么此刻就屏息惊叹吧，我的朋友。我们在这里发现了原本不可能存在之物。一件可以确保人类霸权的装置。如果人类可以像挥舞刀刃一样用整个军团的不死战士吞没一个行星世界，这将会是一把多么强大、轻便、锋利的刀刃！这就是历史，你懂的，历史正在我们周围流动。这将会让我们成为最伟大的人。你能感受到吗？"

冈特和弗雷德都缓慢地转过身，注视着在格栅后静静等待着的金属生物们。

冈特犹豫着说："我感受到的……只有恐惧。我们战斗、杀戮、牺牲，却只是为了赢得一个能以一千倍效率战斗、杀戮、牺牲的机器。这不是宝藏，弗雷德。这是个诅咒。"

"那你为什么还要来找它？你之前已经知道它是什么了。"

"我知道我的职责所在，弗雷德。我将我的一生奉献给帝国，如果有一台这样的装置存在，那么我的职责就是以我们敬爱的帝皇之名取得它。毕竟，你给了我任务去找到它。"

弗雷德把头盔放在白银地板上，开始脱掉手套，摇了摇头说："我对你的感情就像兄弟，老朋友，但有时你让我很担心。我们分享了这样一个伟大的发现，你却在大谈一些人类道德底线之类软弱的陈词滥调？你懂的，这就是所谓的伪善。你是个杀人者，接受已知银河中最强大的杀人机器的使役。你的工作、你的人生，就是去杀人、去摧毁。你做得很好。而且你很享受这一乐趣。现在，我们发现了能比你做得要好十亿倍的东西，你却开始感到不安了？这是为什么？对同行的嫉妒？"

冈特若有所思地挠了挠脸颊，说道："你好像更懂我一点。别嘲笑我了。你的得意让我感到震惊。我认识几个帝国泰坦机长，他们会为自己造成的杀戮而得意，尽管如此，他们还是谨慎地对待自己掌握的庞大力量。如果任何一个人拥有了神的力量，你最好希望他也拥有不亚于神的智慧和道德。我的道德底线与软弱这个词没有任何关系。我珍惜生命。因此我才会为了保护生命而战。我哀悼我失去的每一个部下和我造成的每一次牺牲。无论是一条命还是十亿条命，同样都是生命。"

"无论一条命还是十亿条命？"弗雷德重复了一遍，"这只是在比例和规模上的问题。为什么你要和你的部下们在泥泞中苦战几个月，去夺取一个我本可以用铁人轻松征服的世界……而且无须流一滴血？"

"无须流血？或许不会流我们的血。黑铁时代的思考机器是最可怕的异端行为的产物。你要再次释放这样的异端力量？你能信任这些……东西不会像过去一样把武器转向我们？人类再也不能把命运托付给自己的造物，无论它们有多聪明，这是最古老的法则。我信任鲜血和肉身，而不是钢铁。"

冈特发现自己几乎被格栅后面那一排排黑色的眼窝催眠了。那些东西就是未来？他并不这么认为。它们是过去，一个最好永远被遗忘和拒绝的过去。

怎么会有人想要唤醒它们？怎么会有人想要制造更多这种东西，并且放出它们来对付……

对付谁？敌人吗？战帅马卡罗斯和他的随从吗？德拉维尔就是计划这样来夺取远征军控制权的？一切都是为了这个？

"你真的把你可怜的孤儿幽魂们放到了心里，是吗，伊布拉姆？这种担忧不适合你。"

"或许我是产生了共鸣吧。孤儿总是愿意和孤儿们待在一起。"

弗雷德退开了几步。"你不再是我懂的那个人了，伊布拉姆·冈特。幽魂的哀号和沮丧让你变得心软了。你对在这里真正意义重大的可能性视而不见。"

"很显然,你不懂。你说的是'我'。"

弗雷德停下脚步,转过身。"什么?"

"'一个我可以无须流一滴血征服的世界。'这是你的原话。你会使用这些东西,不是吗?你会用的。"冈特伸手指向那些沉睡的钢铁身躯。

"总比没有任何人来用好。"

"没有人用才最好。我正是因为这个理由才来的。我本以为你的想法和我一样,否则你为什么要派我来。"

弗雷德的脸变得阴沉丑陋。"你在胡说什么?"

"我来这里,只为了销毁这个东西,这样就没有人能使用它了。"上校军法官伊布拉姆·冈特如是说。

他转身离开脸色僵硬的弗雷德,招呼卡夫兰和穆克尔。"打开雷管的包装。"他指示说,"把它们放到能发挥最大威力的地方。罗恩是最了解拆除工作的,因此我才会带他来。让他来监督这件事。给科贝克发信号,或者找其他还在上面管事的人。告诉他们火速离开这座墓穴。我无法预测爆破后会发生什么事。"

在球形隔离舱内,赫尔丹怔住了,他紧紧抓着镜子,甚至把它都抓裂了。他带着指甲钩的手指上渗出了少量的血。他完全低估了这个冈特,这个愚钝的蠢货。它拥有如此大的力量,具备如此大的规模,如果还能再给他一次机会的话,赫尔丹一定会选择先把冈特变成傀儡。

赫尔丹咽了口唾沫。不能再浪费时间了。宝藏已经落入他的手中。没有任何帝国护卫军、没有任何人现在能阻止他。谨慎和谋略的时间已经结束了。他将自己的心灵像长矛般扎进他傀儡的愚钝头颅里。发出欺骗指令催促他行动。要赶在这个疯子冈特破坏神圣的遗物并摧毁铁人之前,杀光他们所有人。

罗恩坐在圣所大厅的边上,背靠着白银墙壁,检查着他的倒刺长枪,他浑身发抖,鲜血从鼻子里渗了出来,浓稠地淤积在嘴里。他比以往更强烈地感觉到了那个杂种怪物赫尔丹的触碰。这种力量正在抓着他的头颅,像蝎子爪一样挖进他的双眼。他的胃肠翻腾着,四肢不停颤抖。

罗恩少校跌跌撞撞地站了起来,把一枚倒刺子弹塞进枪管,举起了枪。

二十四

获得了佐伦的维特里安龙骑兵团的强力增援,科贝克的士兵们将混沌部队推回了墓穴废墟中,一边前进一边杀戮。疯狂的畸形军队陷入了崩溃。

科贝克靠在一块巨石上,从肋骨传来的疼痛让他喘息不止。科贝克想叫来一个通信兵,给指挥部发信号已经取得胜利,但麦洛突然来到他身边,举起了一张从通信器打印出来的信息纸。

"军法官发来的。"他说,"我们必须撤离目标一号,彻底撤离。"

科贝克仔细阅读了那张胶片。"法斯!我们花了一整天才打到这里……"

他挥手叫来了拉格伦,把话筒从通信兵背后的通信器上拿了下来。

"我是坦尼斯唯一的第一团的科贝克,现在告知全体坦尼斯与维特里安兵。冈特发来了消息:立刻撤离!重复,从墓穴区域撤离!"

佐伦上校的声音从通信频道中传来:"他做到了吗,科贝克?他达成目标了吗?"

"他没提,上校。"科贝克厉声回答,"我们已经在他的命令下做了这么多事了,现在让我们把剩下的活干完。使用撤退方案5-90!我们将掩护和支援你的龙骑兵,执行轮流后撤。"

"确认。"

放回话筒,科贝克浑身发抖。疼痛几乎超出了他的承受能力,在一个小时前他已经吃完了最后一粒止痛片。

他回身走向自己的部下们。

二十五

布莱格突然惊呼一声,但在广阔的圣所内,他的喊声显得很轻微。正沿着门口走向道登和多莫的冈特惊讶地转过身,发现弗雷德和他的卫队正举着激光步枪对准幽魂。

当弗雷德举枪瞄准的那一刻,冈特与他目光交错。从那对深邃漆黑的瞳孔中,冈特看不出任何旧日情谊,只有仇恨和杀意。

瞬间之后……

冈特猛地匍匐在地。而弗雷德的第一发激光光束随之割裂空气，掠过了冈特的头原本该在的位置。

弗雷德的精锐士兵们开始射击，打飞了布莱格，驱散了其他的幽魂。道登扑倒了正在大喊大叫的多莫，用身体掩护着他。

罗恩瞄准，用倒刺长枪开火了。

那嗡嗡作响，缓慢得可怕的子弹穿过圣所明亮的内部空间，打在了弗雷德的鼻梁上。帝国战术参谋威兰丧了命。

拉金号啕大哭着倒下，战术参谋身边的一名精英士兵射出的激光打穿了他的前臂。

卡夫兰和穆克尔都手忙脚乱地跑来跑去用激光枪开火还击，共同击倒了一名精英士兵，说不好是谁取得了致命一击。

冈特俯身翻滚，拔出激光手枪，一边大声咒骂一边挥枪射击。又一名弗雷德的士兵倒下了。士兵的胸口被打中了三枪，他抽搐着后退，胳膊和腿一伸，倒下死了。

冈特再次扣动扳机，但他的激光手枪只是嘶嘶作响放着空枪。这座地下墓穴的能量吸收效应不但耗尽了他们的手电筒，也同样消耗了他们的弹药充能匣。他的武器已经用完了。

剩下的最后一名护卫猛冲向无助地趴在地上的冈特——但是一发激光光束干净利落地打穿了他的脑袋，让他倒下了。他的尸体猛地撞在STC设备的侧面，滑了下去，在机器雕花的白银表面留下了一条血迹。冈特从地上爬起来，环顾四周。

道登紧紧抱着叫嚷着的多莫半坐在地上，手拿着多莫的激光手枪。

"情非得已。"医生低声说，突然把武器丢到一边，就像是被一只虫子蜇了似的。

"枪法真好，医生。"拉金说着，站起身，一手抓着自己被烧焦的胳膊。

"我只说过我不会开枪，但并不是不能。"道登说。

幽魂们都站了起来。道登赶紧去处理布莱格和拉金刚才受的伤。

"那是什么声音？"多莫突然发出一声刺耳的问话。所有人都怔住了。

冈特望向那台庞大的机器。琥珀色的光芒正在它侧面的一个面板上闪烁着。最后一名远征军士兵临死之前，身体被撞上了启动键盘。古老的科技产物正在持续苏醒过来。不知是烟雾还是蒸汽从靠近地板的整流罩中排出。在机械内部，程序进程推进着，转换着，发出嗡鸣。

还有另一个声音，脚步拖曳的声音。

冈特缓慢地转身。在那些凹室的黑暗格栅后面，金属的肢体正在开始弯曲和伸展。就在他注视着的时候，那些死寂的眼窝中突然亮起了光，蓝色的目光。那是一种蓝色、冰冷、永恒的光芒。不知为何，冈特感觉这是有生以来他见过的最骇人的颜色。它们正在苏醒。当它们的造物主醒来时，铁人们也同样醒来了。

冈特盯着它们看了很久，喘不过气来，他的心脏怦怦直跳。他看着它们，直到他已经无法数清究竟有多少双被点亮的蓝色眼睛。有些铁人已经开始跌跌撞撞地向前走来，猛地撞在格栅上，发出咔嗒咔嗒的响声摇晃着格栅。金属的双手撕扯着金属的板条。现在它们开始说话了，喋喋不休的，在人类的耳中只是依稀可辨。代码、协议、二进制串流，这是铁人们苏醒时的低吟。

冈特往回望向STC。"罗恩！"

"长官？"

"立刻摧毁它！"

罗恩注视着冈特，从嘴唇上擦去一抹血丝。

"恕我直言，上校军法官……这样对吗？我的意思是——这个东西或许会改变一切。"

冈特转身看着罗恩少校，他目光中带着深沉的愤怒，紧皱眉头。"你想亲眼看到另一个世界毁灭吗，罗恩？"

少校摇摇头。

"我也一样。这是正确的做法。我有我的理由。而且，难道你看不见吗？你想让这些沉睡的东西都醒过来，和它们打招呼吗？"

罗恩环顾四周。那些冰冷的蓝色目光似乎也刺穿了他的身体。罗恩颤抖了一下。

"我去做！"他突然果断地说，然后离开了，召唤穆克尔和卡夫兰，让他们把炸药都拿来。

冈特在他身后大喊："这些东西都是异端，罗恩！肮脏的异端！而且，它们已经在一个被混沌污染的世界里沉睡了上千年！我们当中难道有谁真想见证一下，混沌是如何改变它们的吗？"

"法斯！"道登在附近说，"你的意思是，所有这些东西都已经被腐化了？"

"只有世上最大的傻瓜，才会想搞清楚这一点，不是吗？"冈特回答。

他俯视着他的朋友弗雷德的遗骸。"改变了的人不是我，对吗？"他喃喃自语。

二十六

赫尔丹完全没有预料到他的傀儡会死。识别并捕获马卡罗斯的间谍是一次巨大的胜利，将他改造为傀儡则又是一个特别的荣耀。他花费了很长时间来转变弗雷德，很长时间，以及很多次痛苦的切割。但这个小手术的结果是如此的美妙：夺取战帅最出色的特工，并把他转变成了一件工具。赫尔丹从弗雷德身上学到的东西，远超过任何一个他曾经控制过的小人物。表里不一，欺骗，还有意志驱动力。战帅曾经大力支持这个人来削弱赫尔丹的行动，但如今却为他所用。这个计划既漂亮，又完美，而且大胆。

在他最后的时刻，赫尔丹曾经希望有机会来完成对罗恩的转化。这是一个很有可能控制的心灵，只是更为愚钝。然而，幽魂科贝克和拉金偷袭了他，导致罗恩仅仅能感知到他的影响，却没有被其控制。

赫尔丹做出了错误的判断，认为这无关紧要。垂死之身削弱了他的判断能力。他把太多的心智都投入在了傀儡身上。因此，傀儡死亡造成的反噬太过于强烈。他本该保护自己的心智，以避免突如其来的死亡创伤。但他忘了这么做。

弗雷德经受的是能想象到的最痛苦和最可怕的死亡。所有的体验都沿着灵能链接传到了赫尔丹身上。他体验了弗雷德死亡的每个瞬间。在这个过程中，他感觉到了自身的死亡。

赫尔丹抽搐着，随后炸得四分五裂。无法估量的灵能能量从他死去的躯壳中涌出，不受控制地向外抽打。冲击回应着冲击。在指挥宝座上的赫克托·德拉维尔注意到了甲板的震动，开始四处寻找原因。

伴着一朵光芒万丈的蘑菇云，审判官在死亡时释放出的灵能能量，将整个利维坦指挥车炸得粉碎，就连一个原子都没有剩下。

二十七

"我们完成了!"罗恩一边叫喊着一边冲过大厅,卡夫兰紧随其后。冈特已经把其他人都召集到了门口。现在,那台巨大的机器正在轰鸣着,持续排气。

"穆克尔!快点!"冈特大叫。

在大厅的对面,有一段古老的格栅终于被弄开了。铁人跌跌撞撞地向外走出凹室,它们的金属脚嘎吱作响地踏过倒塌的格栅。它们周围的同伴们也都发出短促的高音,摇晃着各自的围栏,双眼就像导弹发射管的蓝色高热尾焰般燃烧着,低吟着浑厚的嗡嗡曲调。

那些从牢笼中涌出的金属骨架开始越过大厅漫无目标地前进。穆克尔将最后一组炸药固定在震动着的STC侧面,惊恐地环顾着周围那些铁人的猛烈行进。

从他身边突然传出一阵喧哗,STC设备侧面的一扇舱门开启了,排出一股巨大的蒸汽。穆克尔被这团蒸汽卷入其中,跪在地上、窒息、咳嗽着。

背朝着高热的蒸汽,跪地咳嗽的穆克尔没有看见,从旋转的气流当中隐约冒出了什么东西。

那是一架新生的铁人。这台STC在漫长的沉睡之后制造的第一架。它刚出现,其他那些已经走出格栅的,或还关在笼子里的铁人,全都开始了号叫,发出了一连串令人怜悯的漫长哭号,那既像是人类的尖叫,也是一连串机器代码语句的快速广播。

那架新生铁人似乎出了什么问题。与其他铁人完美对称的人体结构相比,显得畸形而古怪。它高出了一个头,驼着背,身体发黑,一只手臂又长又大,松松垮垮搭着;另一只手臂退化和扭曲得可怕。腐化的角从它过长的头颅上冒了出来,它的双眼闪烁着枯黄的光。类似机油的黏稠脓液从眼窝中往外流出。它身体摇摇晃晃,站立不稳。裸露在外的牙齿和下颚咔嗒作响,模样愚蠢地上下咀嚼着。

道登叫喊着冈特是对的之类的话,但冈特还没有听到他的话就已经动了起来。他全力以赴地冲过大厅,把咳嗽的穆克尔扑倒在地板上。一瞬间后,那架新生铁人更大的那只手臂就挥过了穆克尔刚才的位置。

几乎没有喘息的余地，冈特翻身从穆克尔身上滚开，想要把他拉起来，但却看见新生铁人转向他们在说话。它的下巴漫不经心地咬合着。在它身后，在舱口散发着恶臭的烟雾中，第二架新生铁人已经出现了。

两束激光击中了新生铁人，让它踉跄后退。卡夫兰已经尽力了，但新生铁人钝重的反射甲壳抵消了射击冲力之外的所有伤害。

它再次向冈特和穆克尔扑来，但军法官推开了侦察兵，自己也翻滚躲过了攻击。那只巨大的金属爪在雕刻了算式的地面上碰撞出火花，切割掉了部分算式而且永久地改变了整个算式。

冈特奋力将穆克尔从那个摇摇晃晃的金属怪物面前拖走，高声咒骂着。不一会儿，道登和布莱格也都赶了过来，减轻了他的负担，将穆克尔拉了起来。

突然，出其不意的一击把冈特打得飞了起来。新生铁人斜着挥出一拳，从冈特背后撕扯下一大块布料和血肉。怎么可能——— $\frac{3}{4}$

冈特翻过身，抬头望去。新生铁人的巨大前肢变得更大了，随着机械结构的变化，手臂上伸出了金属卡钳，组成了新的活塞和挤压滑轮。

那个可怕的怪物再次向他攻击。军法官急促地左右闪避。金属爪先后砸击在他身体两侧的地板上。

罗恩、拉金和卡夫兰都冲了过来。卡夫兰想要在近距离射击，但拉金挡住了他的射击路线。他蹦蹦跳跳，大声叫喊来吸引机器的注意力。不一会儿，拉金也被机器反手一挥打得飞到空中。

罗恩来不及再给长枪装填一发倒刺子弹，因此他把枪当成斧头来使用，挥舞着枪上的刺刀，击打着那个怪物的金属脑袋。刀刃割断了缆线，新生铁人的脑袋也被打歪了过去。

那个机器生物挥舞着庞大的战斗手臂把罗恩击退，现在那只手臂已经伸展到了至少5米长。冈特俯身冲过地板，拿着罗恩的倒刺长枪迎了上去。他用刺刀从第二肘关节处斩向铁人的胳膊，切断了随着伸展而变细了的金属手臂。随后冈特将那把武器的刀尖直插进新生铁人的脸庞。伴着一阵机油和类似脓水的乳状液体的爆炸，刀刃从中间穿了过去。

那只怪物向后倒下，变得冰冷僵硬，双眼的光芒渐渐消失了。

这时候，已经有六个该死的新生铁人从STC舱门中涌出。在它们后面，还有四十多个铁人从牢笼中挣脱出来，正在脚步砰砰作响地大步向前。其他铁人也都摇晃着栏杆发出嚎叫。

"快走！法斯，我们得立刻离开！"冈特大吼。

二十八

他们花了将近四个小时才奋力闯入这里。从山坡上的竖井一直到圣所大门，耗费了四个小时。现在，他们已经将那些闪烁的蓝眼睛金属噩梦关在了门背后，准备逃跑。但是，即使有信心能原路返回，冈特也知道必须留出宽裕的时间，因此他最后让罗恩把雷管爆炸的时限设为 4 标准小时。

他们返回地面的进程已经放慢了。多莫每走一步都变得更加虚弱，尽管布莱格和拉金身体强壮，他们两人也因为在战斗中受伤的隐痛放慢了脚步。他们的大多数武器已经耗尽了能量匣，都被丢弃了。没有必要带上这些多余的重量。罗恩的倒刺长枪还能用，穆克尔的激光步枪弹匣里也还剩下十几发正在逐渐耗尽的激光能量。他们两人一起在前面带路。

道登、多莫和拉金身上除了匕首之外没有任何武器。拉金的步枪因为是机械式的，所以还能用，但由于他胳膊受伤了，冈特就把枪转交给了卡夫兰，以保护队伍后方。布莱格坚持带着他的自动炮，但里面已经只剩最后一发了，冈特不确定如果发生战斗的话，这个负伤的士兵要怎么来操纵它。

隧道里现在一片黑暗，冈特咒骂自己忘了这一点。他们所有的手电筒都耗尽了，当他们离开圣所大厅，前往迷宫的其他黑暗区域时，他们不得不停下脚步，等穆克尔和卡夫兰到前面去侦察，从蓄水池边上的敌人尸体身上收集布料和木棍。他们用布料包裹木棍和枪杆，把布莱格宝贵的最后一瓶气味呛鼻的烈酒浇在上面，制作了二十多支临时火炬。在摇曳火光的照亮下，他们继续前进，小心翼翼地通过了蓄水池。

当他们笨手笨脚地穿过堵塞了蓄水池的恶臭的敌人尸体堆时，冈特想从他们身上寻找其他武器，那些不会受到能量流失影响的机械武器。但尸体的肉味引来成群的昆虫聚集在通道上，那些扭曲的尸体现在已经成了一团令人恶心的翻腾腐肉。

没有时间再考虑这些了。他们继续前进。冈特努力不去想象穆克尔和卡夫兰为了寻找火炬的材料经受了怎样的可怜遭遇。

火炬燃烧消耗得很快，而且只能照亮拿火炬者身边的一小圈范围。冈特的四肢渐渐变得疲劳，他现在才知道，能量流失效果影响的并不只有手电筒和激光枪充能匣。如果连他都感觉累了，那么多莫现在的情况肯定更加糟糕。由于穆克尔和罗恩比其他挣扎前行的人走得领先太多了，军法官不得不两次让队伍停止前进，重新整队。

已经走了多久了？他的计时器已经坏了。冈特开始怀疑那些炸药是否真的会爆炸。他们的雷管引线会不会等到击发时已经失效了？

在一条古老的下沉隧道里，他们来到了一个弯弯曲曲的拐角处。冈特猜测他们已经走了将近三个小时了。前面看不到穆克尔和罗恩的踪影。他点燃了一支新的火炬，回头看见拉金和布莱格共用一支火炬，一起走过他旁边。

"快点。"冈特催促说，希望这条路是正确的。没有了穆克尔的敏锐直觉，他感觉迷失了方向。要往哪条路拐才对？拉金和布莱格也拥有不可思议的坦尼斯人的特异方向感。他们看起来并不迷惑。"直接往前走，然后出去。如果你们发现了穆克尔中士或者罗恩少校，也告诉他们继续前进。"

体形巨大的布莱格与他瘦骨嶙峋的同伴都无声地对他点了点头，很快他们那飘忽不定的火光就在隧道前头消失了。

冈特等待着。其他人到什么法斯地方去了？

几分钟时间缓慢地过去了。

一支火炬的光出现了。卡夫兰进入了冈特的视野，他眯着眼睛看着暗处，手里拿着子弹上膛的拉金的步枪。

"长官？"

"多莫和医生在哪？"冈特问。

卡夫兰看起来很困惑。"我没遇到他们——"

"你是后卫，士兵！"

"我没遇到他们，长官！"卡夫兰叫喊。

冈特捏紧拳头，挥拳敲了一下自己的前额。"继续走吧。我要回去。"

"我和您一起回去，长官——"卡夫兰开口说。

"快往前走！"冈特厉声说，"这是个命令，士兵！我要回去看看。"

卡夫兰犹豫了片刻。在暗淡的火光中，冈特看见这个年轻人目光中的苦恼。

"你已经完成了我对你的所有要求，卡夫兰。你们是兵团最好的战士。就算我死在这个泥坑里,我也会死而无憾,因为我尽我所能救出了你们当中的大部分人。"

他想跟士兵握手。但卡夫兰似乎被这个手势吓坏了,他躲开了。

"我在地面上等您,军法官。"卡夫兰坚定地说。

冈特转回头朝向岩石隧道。卡夫兰的灯光一直停留在他身后,注视着他,直到冈特消失在视线之外。

岩石隧道潮湿而闷热。到处都找不到道登和负伤的多莫。冈特开口大喊,然后陷入了沉默。在他周围的黑暗深邃到就连声音都难以穿透。而且现在那些苏醒的铁人可能正沿着隧道摸索而来,随时可能发现这里的动静。

通道突然拐向左边。冈特努力压下心中的一阵恐惧。看起来他并不是在原路返回。他肯定是在某处少拐了一次弯。你迷路了,一个声音在他脑海中低声说。那是弗雷德的声音,是德西乌斯的,还是马卡罗斯的?你迷路了。你这个不明事理、同情心过剩的蠢货!

最后一支火炬噼啪作响地熄灭了。黑暗笼罩了他。他的双眼调节适应了一下,现在他发现前面有一道苍白微弱的闪光。冈特朝着光走去。

他沿着一条斜坡走的时候,这条隧道开始在脚下崩塌。斜坡通往一个很深的洞穴,那是天然的岩石洞穴,顶部和墙壁上长满了蘑菇和地衣,这些真菌发出颤动着的绿莹莹的生物光照亮了洞穴。这是一座布满了碎裂岩石和漆黑水池的庞大洞穴。他的脚在松动的鹅卵石上打滑,不得不挣扎着保持平衡。一个在黑暗中几乎看不见的无底深渊在他右边冒着水泡。走了几步后,他跌跌撞撞地绕过了另一个深坑。在坑洞里有黑色油状液体在冒泡和发出爆响。丑怪的盲眼昆虫长着巨大的纤维翅膀和悬挂着的腿,在半明半暗之间嗡嗡作响着乱飞。

多莫侧卧在一块冰凉的岩石上,寂静无声。冈特匍匐着来到他面前。这个士兵的后脑勺被一件钝器砸中了。他还活着,但这一下打击加重了他的伤势。附近丢着一支燃尽的火炬,还有一个半开的医疗箱,周围散落着几卷绷带和几瓶消毒水。

"医生?"冈特呼唤。

黑影从两边同时向他扑来。几双手猛地抓住了他。在他反击时瞥见了詹廷贵族团的制服。这场伏击非常突然，差点擒住了他。但由于多莫散落的医疗箱的警示，冈特保持着紧张，做好了准备。他猛地踢碎了一名袭击者身体的某个部位，随后翻身滚开，用白银坦尼斯匕首砍了出去。一个男人尖叫着——随后发出了更大的惨叫，他踉跄着一脚踩空，跌入了一座深坑。但其他人抓住了冈特，狠狠地殴打他。一共三双手，三个人。

"够了！艾布赞，把他留给我！"

冈特眼冒金星，被三名贵族兵拖着站了起来。在模糊不清的视野中，他看见弗伦斯穿过洞穴走来，把道登在他前面推着走，用激光手枪对准了头发苍白的老医生的太阳穴。

"冈特。"

"弗伦斯！你这个法斯的疯子！现在不是做这种事的时候！"

"恰恰相反，上校军法官，现在正是时候。在一切的最后……你和我，清算一次总账。"

三名詹廷贵族士兵拉起冈特，让弗伦斯和他的俘虏面对面站着。

"如果你是为宝藏来的，弗伦斯，你来得太晚了。等你赶到那里，一切都已经灰飞烟灭了。"冈特低吼着说。

"宝藏？宝藏？"弗伦斯微笑着说，脸上的疤痕随之抽搐，"我根本不在乎那个。让德拉维尔去操心吧，或者那个怪物赫尔丹。我唾弃他们的宝藏！你才是我来这里的唯一目的！"

"我真感动。"冈特说。一个士兵立刻狠狠揍了一下他的后脑勺。

"够了，阿弗兰奇！"弗伦斯厉声说，"把他放了！"

三个詹廷贵族士兵很不情愿地放开了冈特，向后退开。冈特的头还在晕，他挺直身体面对弗伦斯和道登。

"现在让我们解决一下荣誉的问题。"弗伦斯说。

冈特对弗伦斯咧嘴笑了，但并没有任何幽默感。"荣誉问题？我们还在继续吗？坦尼斯和詹廷的私斗？你真是个十足的白痴，弗伦斯，你知道吗？"

弗伦斯脸色一变，把手枪用力地推向畏畏缩缩的道登的额头。"你就是这么嘲笑那笔宿怨的？你非要我在你面前射杀这个人吗？"

"接着嘲笑。"道登低声说，"让他开枪打死我,总比让我再听他那些废话好。"

"不要装作你不知道那个旧伤疤有多深，你过去的那场背叛。"

冈特叹了口气。"德西乌斯。你说的是德西乌斯！神圣的法斯啊，但那件事不是已经结束了吗？我知道詹廷贵族团从来不喜欢承认他们一尘不染的荣誉将领当中有个懦夫存在，但这件事太过分了！德西乌斯，德西乌斯将军，他肮脏的灵魂被腐化了，在肯托尔星，他丢下我的父亲和部下跑了，让他们死在了那里。当我多年前在凯德处决德西乌斯时，那是一次战场处刑，是我身为帝国军法官的管理职责。"

"他抛弃了他的部下，弗伦斯！地球的王座啊，帝国护卫军当中，没有一个团里不存在害群之马，或是不听指挥的孽子！德西乌斯是詹廷贵族团的耻辱！但这并不是对我和幽魂进行持续私斗的理由！这场无意义的私斗夺走了双方的许多好人的生命！要是我们在福提斯攻击你们会怎样？还有在黄铁星和押沙龙号上呢？你这个愚蠢的詹廷人不知道什么时候该罢手，是吗？你不知道荣誉和军纪之间的界限！"

弗伦斯在道登的头部侧面开枪了，医生的身躯倒了下去。冈特奋力冲向前，怒火中烧，但弗伦斯举起手枪挡住了他。

"这是一件荣誉攸关的事。"弗伦斯说，他吐了口唾沫，"好吧，别管詹廷贵族团和坦尼斯唯一的第一团了。这是一件关乎你和我之间荣誉的事。"

"你在胡说什么，弗伦斯？"冈特怒气冲冲地说。

"你的父亲和我的父亲。我是詹特·诺曼尼德斯的一个贵族世家的子嗣。我拥有一个省份和大笔产业的继承权。你使我的父亲蒙羞而死，我的土地和税收也全都被剥夺了。甚至我的姓氏也被夺走了。我被迫从一个步兵开始努力奋斗往上爬。只是为了证明我的价值，出人头地。我的人生是一场为扭转家族恶名而存在的地狱般的漫长挣扎，这全因你而起。"

"你的父亲？"冈特重复了一遍。

"我的父亲。阿尔多·德西乌斯。"

真相在伊布拉姆·冈特的脑海中回荡。他明白了，现在他终于真正明白，这一切绝不可能以其他任何方式解决。他朝弗伦斯扑了过去。

手枪开火了。冈特在冲向詹廷贵族团上校的途中，感到一阵灼热的刺痛穿过胸口。他们在岩石上翻滚，尖锐的石头棱角划破了他们的身体。弗伦斯用手枪的枪托砸在冈特脑袋的侧面。

冈特的胳膊肘侧面被撞烂了，他感觉肋骨也断了几根。弗伦斯对着军法官吼叫和伸手猛抓，像挥舞车轮般拽着冈特的脑袋将他甩过头顶。冈特的后背狠狠地撞在地上，他挣扎着站起，但被弗伦斯一脚踢在脸上。他向后摔到岩石和松动的鹅卵石上，身体震得碎石纷纷飞起。

弗伦斯再次扑来，但在他冲来时正好被冈特朝上一脚踢中，把他胸腔内的空气都压了出来。弗伦斯倒在冈特身上，仍然伸出双手抓向他的咽喉。冈特留意到三名围观的詹廷士兵的歌唱声，他们呼唤着弗伦斯的名字。

当弗伦斯的双手渐渐收紧用力，冈特感到窒息的时候，三个人的歌唱内容从弗伦斯转变成了那个家族姓氏，那个因为耻辱而被从上校身上夺走的姓氏。

"德西乌斯！德西乌斯！德西乌斯！"

德西乌斯，德西乌斯叔叔，法斯的德西乌斯叔叔……

冈特一拳将弗伦斯从身上打飞了，嘴里喷溅出飞扬的鲜血。他翻过身，猛扑向贵族团上校，连续挥出三拳、四拳、五拳，每一下都又狠又准。

弗伦斯恢复了平衡，一脚踢中了冈特的脑袋，军法官手脚瘫软地倒在地上，一时动弹不得。弗伦斯高耸着出现在他上方，双手高高举起一块岩石，准备碾碎冈特的脑袋。

"为我的父亲复仇！"弗伦斯大叫一声。

"为了我自己！"冈特低吼一声。他的坦尼斯战斗匕首破空飞去，在黑暗中钉在了贵族团长的头颅上。一口鲜血随着他的惨叫涌了出来，弗伦斯向后踉跄着退去，啪的一声掉进了一池黑水之中。

冈特身受重创，疼痛难忍。他往后躺在石壁上。他的部下们，他想，他们会……

一把古怪步枪、一把激光枪和一把倒刺长枪的一连串砰砰声响起。冈特挣扎着站起身，看见卡夫兰、罗恩、穆克尔、拉金和布莱格大步走进了洞穴。三名詹廷士兵都死在黑暗之中。

"去地面……我们必须……"冈特咳嗽着说。

"我们正要去。"罗恩说。同时布莱格扶起了多莫无力的身躯。

冈特跌跌撞撞地来到道登面前。医生还活着。弗伦斯的激光手枪在洞穴中耗尽了能量，只是擦伤了他。同样，冈特扑向弗伦斯时中的一枪也只是擦伤了冈特的胸部。冈特双手抱起了道登。卡夫兰和穆克尔走过来想要帮忙，但冈特没有让他们插手。

"我们已经没有多少时间了。让我们离开这里。"

二十九

地下的爆炸使得曼奈泽德 5 号星上的目标一号发生了地震,整个区域也都熊熊燃烧起来。帝国军从这颗已经被完全征服的卫星上撤离,回到他们在高轨道上空的补给舰。

冈特收到了来自战帅马卡罗斯的一份公报,感谢他的努力,赞许他的成功。

冈特把信息纸揉成一团扔掉了。带着绷带和疼痛,他穿过纳瓦拉号护卫舰的医疗翼舱,去巡视他负伤的部下们……多莫、道登、科贝克、拉金、布莱格,还有其他上百个人……

当他经过科贝克的床位时,头发灰白的上校用沙哑虚弱的低语叫住了他。

"罗恩告诉我,你找到了那个东西。然后毁掉了它。你怎么知道的?"

"科贝克?"

"你是怎么知道应该那样做的?在黄铁星的时候,你告诉过我这条道路将会非常艰辛。即使是在找到了我们的目标后,你也从来没有说过你打算要怎么做。你是怎么做出决定的?"

冈特微笑了一下。

"因为那是错误的。你不知道我在下面看到了什么,科尔姆。人们都在做疯狂的事。法斯,如果我疯狂到去利用我发现的那些东西……如果我成功了……我可能已经成了战帅。谁知道呢,就算帝皇也未必……"

"冈特帝皇。嘿,你还得再找个戒指。不过,总有点法斯的亵渎神明的感觉。"

冈特微笑了。这种感觉有点陌生。"曼奈泽德 5 号的朱红色机密是异端的,被混沌玷污的。不管你用什么词语来修饰,那都是坏的。但这并不是我决定毁掉它的真正理由。"

科贝克蜷缩着身体说:"你在开我玩笑?那你又是为什么?"

伊布拉姆·冈特双手抱住脑袋,仿佛卸下重担般叹了口气。"有人告诉过我该怎么办,上校。那是很久之前的事了……"

第二章　回忆片段

达伦达拉，二十年前

四名赫尔肯士兵正在积雪的院子里切开水果，一圈火盆照亮了他们。他们在一个地下室里找到了一些木桶，打开木桶后，发现了一种保存在香油里的夏季成熟的硕大球形果实。他们将水果放在一个架子上，一边开玩笑一边大笑着，用刺刀将水果切成碎块。有人从厨房里偷来了一个巨大的镀金上菜盘，他们把水果片堆在上面，准备把它送往大厅。在那里，大部分士兵正在狂欢和为胜利痛饮。

夜晚悄悄穿过冬宫破碎的屋顶，群星渐渐浮现，仿佛是寒冷黑暗中的点点冰霜。

那个男孩，那个军法官学员，正在院子里散步，沉浸在片刻的宁静之中。远处的欢声笑语和歌声，穿过岩石房间传了过来。冈特微微一笑。他能分辨出一首营房传来的胜利之歌，至少有四十个赫尔肯人在合唱，和声配合得很糟糕。有人还把歌词里的英雄名字替换成了冈特的名字。这首歌并没有通过军方审查，但他们还是在唱，尤其唱到其中淫秽的部分时，歌声变得兴高采烈。

冈特的肩胛骨还在隐隐作痛，过去的几个小时里，他挨了无数次祝贺的拍肩。或许从现在起他们不会再叫他"那个男孩"了。

他抬头望去，看见了十几艘从轨道运送新的占领军下来的运兵船的登陆灯光，在夜色中看不见它们的船体。这些登陆船使他想起了星座。他从未能理解这些星星的意义。人们在群星间描绘着图案：勇士、公牛、蛇、王冠。对他来说，这些都是不完美地诠释群星方位的抽象图形。

在曼齐波尔，他多年前的家乡，厨师奥利克会在傍晚时让他坐在自己膝盖上，教他那些星星组合的名字。那已经是很多年前了。那时候他还真是个男孩。奥利克知道那些名字，他连接星星，画出图形，直到它们变成了一只公羊或是狮子。要是没有他连接星星的那些线条，冈特永远也无法看出那些图形。

此刻在这里，他知道这些灯光构成的线条象征着降落的舰船，但他无法想象出它们的图形。只是一些灯光。群星与灯光，灯光与群星，象征着他还无法理解的目的和意义。

冬宫的某些区域还在冒着黑烟，它在黑色的夜空衬托下显得更黑。那些缓慢移动着的舰船灯光有时会被黑烟遮蔽，就像星星偶尔变得暗淡一样。

冈特扣上了大衣，走过宽广的石板地面，他的靴子在雪泥里打滑。冈特走过了一个用分离派叛军的头盔堆成的战利品堆。上面散发出一股汗臭和失败的恶臭。有人在每个头盔上都涂上了简略的赫尔肯团狮鹫徽章。

当他的身影从黑暗中浮现时，围在火盆周围的士兵们都抬头望来。

"是那个男孩！"有人大叫起来。冈特对他龇牙咧嘴摆了个凶相，但同时也露出了傻笑。

"达伦达拉的胜利者！"另一个人带着醉笑说，但语气里并没有讽刺的意味。

"过来，参加我们的宴会吧，长官！"第一个人说，在他的制服上衣前面擦着他沾满果汁的手，"士兵们都想跟你喝一两杯酒。"

"三杯也行！"

"或者五杯、十杯、一百杯！"

冈特点头表示没问题："我马上就回来。帮我开一桶酒吧。"

他们都嘲笑和挖苦着回去继续干活了。当冈特经过时，其中一个人转身，伸手拿出还在滴水的半个水果。

"至少拿上这个！这可是我们几个星期以来尝到的最新鲜的东西！"

冈特接过那半个水果，用手指掏掉了果核里的一串种子。在油滑的果壳的裂缝中，果实是鲑鱼肉般的粉红色，成熟且充满了汁水。他咬了一口，随后一边挥手向士兵们道谢，一边大步离去了。

味道很甜，带着凉爽的感觉。果肉在他干渴的嘴里融化，化作甘美的糖水涌入他的喉咙。果汁顺着他的下巴往下滴。冈特笑了，看起来又像是一个男孩了。这是他在达伦达拉品尝过的最甜美的东西。

不，这还算不上是最甜美的。

他在这里品尝到的最甜美的事物，是他的第一次胜利。他第一次成功指挥战斗。他第一次为帝皇和帝国工作的机会，他从小就被教育要服从和热爱这份工作。

在前面的一个亮着灯的门口，有个人出现了。冈特立刻认出了那魁梧的轮廓。他笨手笨脚地藏着水果块，想要敬礼。

"放轻松，伊布拉姆。"奥克塔尔说，"继续享用吧。那玩意看着很不错。或许我也得给自己弄一块。"

"跟我来。"

冈特从甜甜的果肉一直啃到了果皮，跟在奥克塔尔身后走。他们又一次经过了火盆边的士兵们，奥克塔尔接住了一个扔给他的完整水果，用大拇指剥开了它。两人一言不发地走向宫殿的礼拜堂，在蓝色的幽暗中穿过了一座散发芳香的花园。两人边走边吃，流着口水，吐着果核。奥克塔尔分了一部分水果给冈特，他们全都吃完了。

站在礼拜堂的彩色玻璃窗台下，他们把果壳扔到一边，站了很久，一边咀嚼和吞咽，一边舔着手指上滴落的果汁。

"味道真好。"奥克塔尔最后说。

"总会这么好吗？"冈特问。

"总是这样，我保证。胜利是我们所有人追逐和渴望的结局。当你得到了它，就要紧抓不放，享受每一秒。"奥克塔尔擦了擦下巴，他的脸在昏暗中只是一个剪影。

"但是要记住一点，伊布拉姆。胜利并不总是清晰可见的。胜利就是一切，但关键在于知道胜利真正在哪里。该死的，杀敌是普通士兵的工作。军法官的任务要更加微妙。"

"发现如何胜利？"

"或者发现什么是胜利。或者从长远来看哪一种胜利才是最值得的。你必须利用你拥有的一切，每一次洞察，每一个角度。永远不要成为一个单纯的战术指令的奴隶。高级军官们有时候并不比一个兽人的屁股蛋更聪明。我们是政治动物，伊布拉姆。如果我们做好了自己的工作，通过我们，战争的黑与白将会得到调和。我们是战斗的解释者和翻译员。我们微妙地赋予战争意义，有时甚至赋予战争以目的。对人们而言，杀戮是一种可憎、无意义的职业。我们的角色是将人类的杀戮机器塑造成一种积极的力量。这是为了帝皇。为了我们自己的良知。"

他们沉思了片刻。奥克塔尔点燃了一支昂贵的大雪茄，吐出一大口白烟，在夜风中袅袅升起。

"在我忘记之前。"他突然补充了一句,"在你退休前,我还得给你最后一桩任务。等等,退休!我在说什么?是在你去加入大厅里的那些士兵,把自己喝成一个醉鬼之前!"

冈特报以大笑。

"是一次审讯。审判官德菲已经赶来审问俘虏。你知道最高指挥部通常坚持要收到猎巫行动的检查报告。德菲是个讲理的人,我认识他很多年了。刚才我和他谈过,看来他希望你能帮助他。"

"我?"

"他特别指名要找你。他有一个囚犯拒绝透露任何信息。"

冈特眨了眨眼。他很困惑,但他也知道总军法官说的那个囚犯是谁。

"在你和那帮小伙子惹出麻烦之前,赶紧去见见德菲,可以吗?"

冈特点点头。

奥克塔尔拍了拍他的胳膊。"你今天表现得不错,伊布拉姆。你父亲会为你骄傲的。"

"我知道他会的,长官。"

奥克塔尔或许笑了笑,但在教堂花园的黑暗中却无法分辨。

冈特转身要走。

"还有一件事,长官。"他又转过身说。

"说吧,冈特。"

"您能不能试试让那些士兵不要再叫我'那个男孩'了?"

冈特说完就走了,只留下奥克塔尔在黑暗中放声大笑。

干掉的果汁让冈特感觉有些黏手。他大步走过一条灯火通明的绵长过道,拉直了他的外套,把学员的帽子端正地在头上戴好。

在前面的一座拱门下,全副武装的赫尔肯兵正在站岗,武器松垮地挂在肩带上。这里还有其他人:身穿长袍、兜帽蒙面的人藏身在蜡烛的阴影下,喃喃自语着,交换着数据板和密封的口供记录。

空气中有熏香的味道。某个地方,仿佛有某个人正在抽泣。

坦豪斯少校负责监督着这里的赫尔肯兵,他挥手招呼冈特,眨了眨眼指示冈特去左边。

在左边的过道上有一个男孩，站在一扇紧闭的门外。他和我差不多大，冈特走近他时心里想着。男孩抬起头。他苍白削瘦，比冈特更高，身穿黄褐色长袍，目光凶狠。长长的黑发从他惨白的脸的一侧垂落下来。

"你不能进去。"他阴沉地说。

"我是冈特。军法官学员冈特。"

小伙子皱了皱眉。他转过身敲了下门，当有个声音回答时轻轻打开了门。他们说了些什么，冈特并没听见。随后一个高大的人影从房间中出现，把门在身后关上了。

"目前就只有这个了，格雷维尔。"那个人对后退到阴影中的男孩说。他高大强壮，甚至比奥克塔尔还要魁梧。他穿着式样复杂的铠甲，披着一条长长的紫色斗篷。他的脸庞完全隐藏在一个白色的布面罩里，让冈特感到有些恐惧。从面罩的眼缝处有一对明亮的眼睛注视了他一会儿，评估着他。随后那个人摘下了面罩。

他的脸很英俊，有个鹰钩鼻。冈特惊讶地发现他的表情里有同情心、痛苦、疲惫和理解。那张脸庞是冷白色的，皮肤苍白，但不知为何还有一种温暖和光明。

"我是德菲。"审判官用低沉回响的嗓音说，"我想你就是冈特学员。"

"是的，阁下。您让我来有什么事？"

德菲走到学员面前，把一只手放在他的肩膀上，在说话之前把他转了个身。"有个少女。你应该知道她。"

这并不是一个疑问句。

"我知道那个少女。我……见过她。"

"她是个关键角色，冈特。在她的心灵中隐藏着让这个世界陷入混乱的秘密。我知道这很令人厌恶，但我的工作就是解开这类秘密。"

"我们都为了帝皇工作，大人。"

"当然如此，冈特。现在回到主题。她说她认识你。我很确定这是胡说八道。但她说你是她唯一愿意回答的人。冈特，我工作过很多年，很清楚如何打开别人的心防。我可以………用无数种方法来解开我想要的秘密，但对我和她两人而言最人道的做法，还是让你来询问她。你能胜任吗？"

冈特望向德菲。他那严厉但慈祥的态度，让他想起了某个人。奥克塔尔——

不，是德西乌斯叔叔。

"你要我怎么做？"

"走进去，跟她谈话。除此之外，什么都不用做。里面没有窃听线路，也没有摄像监视器。我只要你去和她谈话就行了。如果她说了想告诉你的话，或许她会对我打开心防。"

冈特走进了房间，门在他身后关上了。这个小房间里只有一张两侧都有椅子的桌子，除此之外，空无一物。少女坐在其中一张椅子上。一盏钠灯在墙壁上摇曳着火光。

冈特在另一张椅子上坐下，面对着她。

她的双眼就像头发一样漆黑。她的肤色就像裙子一样洁白。她很漂亮。

"伊布拉姆！终于等到你了！我有很多事情必须告诉你！"她的嗓音柔和但坚定，她的高哥特语说得很标准。在她直率的注视下，冈特不由避开了目光。

她急切地倾身靠在桌上，凝视着他的双眼。

"别害怕，伊布拉姆·冈特。"

"我没有害怕。"

"哦，你在害怕。不需要读心术我就可以看出来。当然，我也会读心术。"

冈特深呼吸了一下，说："那就告诉我，我想知道的事情。"

"聪明，聪明。"少女轻笑着，向后坐了回去。

冈特前倾着身体，坚定地说："瞧，我也不想待在这里。让我们尽快结束这一切吧。你是个灵能者——要么用你的预言让我大吃一惊，要么就闭嘴。我还有其他更想做的事要去做。"

"你要去和士兵们喝酒。不，是吃水果吧。"

"什么？"

"你很渴望吃到更多的甜水果。你在渴望着，甜美多汁的水果……"

冈特颤抖了一下。"你怎么会知道？"

她顽皮地露齿一笑。"果汁都从你下巴滴到制服上了。"

冈特不禁也笑了一下。"现在谁在耍小聪明？这不是灵能者的把戏。这只是观察。"

"但这是真的，不对吗？这之间有很大的不同吗？"

冈特点点头。"是的……这很不同。你更早前和我说的那些话。那些胡言乱语,和我制服上的污渍也没有关系。你为什么要找我来?"

她低下头,叹了口气,陷入了长时间的沉默。

最后回复他的声音,不再是少女本人的嗓音了。那是个沙哑细小的嗓音,让冈特不由身体向后退。帝皇在上,这里突然变得太冷了!

他看见自己呼吸出的水蒸气,意识到这并非自己的想象。

那耳语般的干枯嗓音说:"我不想看那些事情。伊布拉姆,但我还是会看到。在我的脑海里。有时是美妙的事,有时是可怕的事。我看到了人们让我看的事。心灵就像书本一样。"

冈特向后滑进椅子里,结结巴巴地说:"我……我……喜欢看书。"

"我知道你喜欢。我读到过。你喜欢博尼费斯的那些书。有那么多本。"

冈特怔住了,他的脊椎在疑惑和恐惧中战栗。他感到有一滴冰冷的汗珠沿着额头往下流。他有一种幽闭感。

"你为什么会知道这些?"

"你知道为什么。"

房间里的温度降到了冰点。冈特看见桌子表面噼噼啪啪地出现了一道道冰霜,木头也随之吱吱作响。他身上冒出了鸡皮疙瘩。

冈特站起身,走向门口。"够了!这次会面结束了!"

他想要开门离开。但门锁上了,或者是他无法让这扇门打开。有什么东西迫使它关闭。冈特敲打着门,喊道:"审判官!德菲审判官!让我出去!"

在这个冰冻房间的狭窄空间内,他的嗓音显得粗糙而空洞。他感觉到有生以来从未有过的恐惧。

冈特环顾四周。少女正从地板上向他爬来,她的眼神茫然,就像笼罩着一层薄雾。从她耷拉的嘴里流出了口水。她在微笑。那是少年伊布拉姆·冈特曾见过的最恐怖的景象。

当少女说话时,她的嗓音和嘴唇的动作并不协调。这些言语仿佛来自另一个可怕的地方。她的嘴唇只是在拙劣地跟读。

冈特蜷缩在房间一角,看着少女像动物般缓慢地爬过结冰的地板靠近,冈特挣扎着发出声音说:"你想从我这里得到什么?是什么?"

"你的人生。"一个轻柔的、非人类的声音说。

"离我远点!"冈特喃喃地说,拼命拉着门把手,但没有用。

"你想知道什么吗?"那个恐怖的声音突然发问,语气中带着一丝狡黠。

冈特快速转动着脑子。或许只要他能一直说话,他就能让对方慢下来,找到出去的方法……"我会成为军法官吗?"他一边厉声说,一边敲门,并不太在意他的问题是否得到解答。

"那当然。"

门锁正在扭动,开始松了。只需要再多点时间。继续让她说话!"告诉我别的事。"冈特催促着,希望对方别再朝自己爬过来。

少女陷入沉思,安静了一会儿。她的眼睛渐渐变得更黑了。那个令人战栗的轻微嗓音说:"我以前告诉过你的。会有七个,七枚能量之石,切断它们,你就将获得自由。不要杀死它们。不过,你首先必须找到你的幽魂。"

冈特耸耸肩,继续和门锁纠缠,仍然没有仔细倾听。"这法斯的什么意思?"

"法斯是什么?"少女直率地反问。

冈特犹豫了一下。他也不知道这个词是什么意思,也不知道为什么要用它。

"你的未来在影响着你,伊布拉姆。幽魂,幽魂,幽魂。"

冈特转过身。如果有必要的话他会战斗的。门还没有打开,而这个耷拉着嘴的怪人已经靠得太近了。"在我的职业生涯中我会做许多次这种事。告诉我一些别的有用的事吧。"

"你是一个安洛思。"

"一个什么?"

少女怒气冲冲,抬头瞪着他。"我一点也不知道这是什么意思,但我知道你是一个安洛思。安洛思,这就是你。"

冈特穿过房间,走到更远处的墙壁,以便在两人之间腾出足够的空间。

少女缓慢地爬着转过身。

"这简直是疯了!我要走了。"冈特说。

"那就走吧。但走之前还有一件事。"

他回头看去,少女披着一头蓬松的黑发,令人恐惧地对他微笑。

"亚空间知道你,伊布拉姆·冈特。"

"滚你的亚空间!"冈特大喊。

"伊布拉姆,总有一天……在很远的地方,非常遥远,有某种朱红色的东西将会成为你见过的最宝贵的东西，追逐它，找到它。其他人也会寻找它，但你会用鲜血捍卫它，你的幽魂们的血。"

"够了！"

少女像动物般跪在地上挪动着前进，嘴里的唾沫溅到了地板上。

"记住这个！伊布拉姆！伊布拉姆！求求你！如果你不做这件事的话，许多人都会死！许多，太多了！"

"如果我不做什么事？"冈特厉声说，想要找到离开这个地狱的方法。

"摧毁它。你必须摧毁它。那个朱红色的东西，摧毁它。它会造出没有灵魂的钢铁。"

"你疯了！"

"没有灵魂的钢铁！"

她抓向冈特的腿，对覆盖了一层冰霜的衣服又抓又扯。

"放开我！"

"很多世界会毁灭！一个战帅会死去！别让他们当中的任何人拿到它！任何人都不行！这不是选错了谁的问题！所有的人选都是错的！任何人都没有权力使用它！摧毁它！伊布拉姆！求求你！"

冈特一把甩开她，她从冈特身上摔了下去，瘫坐在结冰的地板上，哭泣着。

冈特走到门前，他的手放在插销上，门锁突然就开了。冈特转身望向少女。少女从地板上站了起来，黑色的眼眸里溢满了泪水。她的声音又变成了自己原本的嗓音。

"别让它们发生，伊布拉姆。摧毁它。"

"我从未听过像这么疯狂的胡言乱语。"冈特犹豫着说，他深呼吸了一下，"如果你真有本事，为什么不告诉我一些现实点的事呢？一些我或许真的很想知道的事。比如……比如我的父亲是怎么死的？"

少女坐回了椅子上。房间里又一次变冷了，极度严寒。她深深地凝视冈特的双眼，冈特感到这道目光仿佛直刺进了他的大脑。

冈特不由自主地又坐回椅子上。他看着少女的黑眼睛，仿佛预感到有重要的事即将发生。

少女用自己的嗓音开口说："你的父亲……你是他的长子，也是唯一的儿子。第一和唯一……"

她又沉默了片刻，随后继续说："肯托尔，那是在肯托尔星。德西乌斯指挥主力部队，你的父亲率领着精锐突击部队……"

作者简介

丹·阿伯奈特已经完成了四十余本小说，包括广受好评的"冈特幽魂"系列的最新作《反逆者》，以及"拉文纳"系列和"艾森霍恩"系列（最新作品为《学者》）。在"荷鲁斯之乱"系列作品中，他创作了《荷鲁斯崛起》《军团》《不被铭记的帝国》《无所畏惧》和《普罗斯佩罗之焚》，其中后两部都登上了《纽约时报》畅销书榜。他还为第一部"荷鲁斯之乱"图像小说《马库拉格之耀》创作了故事脚本，并创作了战锤40000和战锤宇宙背景下的许多部广播剧和短篇小说。丹现居于肯特郡的梅德斯通。

译者简介

韩之昱，曾用笔名"正雪"。出版历史小说《匈奴》《东晋妖异谭》。独立做过Paradox Interactive游戏《欧陆风云2》的民间汉化。后转战游戏圈十年，参与《完美世界》《赤壁》《笑傲江湖》《剑魂之刃》等游戏的核心策划工作。2017年辞职，开始创作混沌银河世界观下的系列大战略题材独立游戏《混沌宙域》《混沌银河》，并先后在Steam和Wegame发布，目前正在制作系列新作《混沌银河2》。热爱战锤40000的宏大设定和悲壮故事，曾从第一版设定开始读完了上百本战锤40000的核心规则书（Codex），受到深刻的影响和激励。

版权所有　侵权必究

图书在版编目（CIP）数据

　　唯一的第一团 /（英）丹·阿伯奈特著；韩之昱译. --杭州：浙江科学技术出版社，2023.9
　　ISBN 978-7-5739-0847-6

　　Ⅰ. ①唯… Ⅱ. ①丹… ②韩… Ⅲ. ①幻想小说－英国－现代 Ⅳ. ①I561.45

中国国家版本馆CIP数据核字(2023)第161000号

著作权合同登记号　图字：11-2020-234号

书　名	唯一的第一团
著　者	［英］丹·阿伯奈特
译　者	韩之昱

出版发行	浙江科学技术出版社
	杭州市体育场路347号　邮政编码：310006
	办公室电话：0571-85176593
	销售部电话：0571-85176040
	网址：www.zkpress.com
	E-mail: zkpress@zkpress.com
排　版	浙江新华广告有限公司
印　刷	浙江海虹彩色印务有限公司

开　本	710×1000　1/16	印　张	16.75
字　数	335 000		
版　次	2023年9月第1版	印　次	2023年9月第1次印刷
书　号	ISBN 978-7-5739-0847-6	定　价	50.00元

责任编辑	吕路明	责任校对	张　宁
责任美编	金　晖	责任印务	叶文炀